晚清民初中晚唐诗派研究

黄培 著

凤凰出版社

图书在版编目（CIP）数据

晚清民初中晚唐诗派研究 / 黄培著. -- 南京 : 凤凰出版社, 2019.5
ISBN 978-7-5506-2963-9

Ⅰ. ①晚… Ⅱ. ①黄… Ⅲ. ①古典诗歌—文学流派—诗歌研究—中国—唐代 Ⅳ. ①I207.209

中国版本图书馆CIP数据核字(2019)第171392号

书　　名	晚清民初中晚唐诗派研究
著　　者	黄　培
责任编辑	李相东
出版发行	凤凰出版社(原江苏古籍出版社) 发行部电话025-83223462
出版社地址	南京市中央路165号,邮编:210009
出版社网址	http://www.fhcbs.com
照　　排	南京凯建图文制作有限公司
印　　刷	扬州皓宇图文印刷有限公司 扬州市食品工业园连心路68号,邮编:225002
开　　本	652×960毫米　1/16
印　　张	17.5
字　　数	260千字
版　　次	2019年5月第1版　2019年5月第1次印刷
标准书号	ISBN 978-7-5506-2963-9
定　　价	88.00元

(本书凡印装错误可向承印厂调换,电话:0514-87825262)

目　录

序

陈书录

“荷风送香气，竹露滴清响”（孟浩然《夏日南亭怀辛大》），正当炎炎夏日中有凉风送爽之际，传来黄培在博士学位论文基础上修改成《晚清民初中晚唐诗派研究》学术专著的消息，感慨颇多，因而提笔为序。

近代学者汪辟疆在《近代诗派与地域》中将清代诗歌分为三个时段，初期是康雍之间，第二期是乾嘉之间，第三期是近代诗歌。汪辟疆认为前两个时期的诗人，虽然有不少名家，不少风格和流派，但因为缺少自己独特的面貌，所以不能转移诗坛风会，不能算真正的有成就。汪辟疆所看重的是近代诗学。他认为和近代诗学所取得的成就相比，不仅第二期无足可观，第一期也有所不及。近代因为特殊的时代背景和因缘际会，涌现了一批有成就的诗人。这一批诗人，从流派的角度可以分为以陈三立、沈曾植等为代表的同光体，以王闿运为首领的汉魏六朝派，以樊增祥、易顺鼎为代表的中晚唐诗派。从流派成立、流变和成员等方面看，同光体和汉魏六朝派争议不多，而被视为可以和他们鼎足而三的中晚唐诗派则存在一定的争议，这些争议主要集中在流派是否成立、究竟如何命名、整体风格、主要作家以及流派中其他部分作家的评价等问题。正是基于对这一诗派的思考，黄培在多年前提交的博士学位论文《晚清民初中晚唐诗派研究》，角度比较新颖，反映了较强的问题意识。论文资料比较丰富，研究比较细致，有一定的学术思考，时有新见。

《晚清民初中晚唐诗派》一书以兴起于光宣诗坛，与同光体相抗衡的中晚唐诗派为研究对象，通过大量的资料检索和人物考证，探讨诗派的成立、命名和主要成员，思考流派的一些基础性问题。首先，根据流派划分的一般标准，从诗歌风格和诗学主张、领袖人物和彼此的交游等方面进行考察，思考中晚唐诗派是否成立、诗派成员以及流派领袖等主要问题。对这一论题，前人多有争论。如钱基博运用现代流派概念，在“近来诗派大别为三宗”中，认为以樊增祥、易顺鼎为代表的“中晚唐诗”为其中一宗（钱基博《现代中国文学史》），但是其他一些评论者却对这一流派做出了完全不同的判断，如汪辟疆依据地域，把曾广钧、李希圣归于湖湘派，把樊增祥和易顺鼎归于湖湘派的“别子”（汪辟疆《近代诗派与地域》）。专著《晚清民初中晚唐诗派研究》认为以樊增祥和易顺鼎为领军人物的这一诗人群体，有共同的诗学追求，即要求以李商隐为学习对象；诗歌风格总体比较凄艳感伤；诗派成员普遍与领袖樊增祥、易顺鼎有交游。因此，认为中晚唐诗派是可以成立的。但是，考虑到他们的聚会方式和彼此之间的交游程度，她将这一流派定义为较为松散的诗歌流派。其次，流派的主要作家也是一个矛盾焦点，一般界定为樊增祥、易顺鼎、僧寄禅、三多、李希圣、曹元忠、杨圻、汪荣宝等人，在这份名单中，流派的领袖樊增祥和易顺鼎固然没有争议，但是其他诗人，如曾广钧、李希圣等，一直有所争议。该书对具体诗人的流派归属、人生出处加以考察，认为诗派的成员构成颇为复杂，以樊增祥、易顺鼎为领袖，主要成员以湖湘诗人群为主。曾广钧、李希圣、寄禅的诗学归属争议较大，该书将他们归入中晚唐诗派。该书对中晚唐诗派的第二代诗人、诗派的分支和兼派诗人同样给予了关注，不仅留意传承樊增祥衣钵的三多、丁传靖等较有名气的诗人，也关注了与樊增祥、易顺鼎没有师承关系，但诗风接近的名诗人杨圻，以及名气不大但诗风与中晚唐诗派一脉相承的诗人。其三，对于流派如何命名，也是说法不一，陈衍称为“定庵派”（陈衍《石遗室诗话》），汪辟疆根据地域将樊增祥、易顺鼎归入湖湘“别子”，将近代西昆派归入“江左派”（汪辟疆《近代诗派与地域》），而钱基博提出“中晚唐诗”这一说法，已经有“中晚唐”这样的名称在其中了。如此种种，不一而足。该书综合了前人的研究成果，认为一个诗派的出现，往往得力于其所处的时代背景。近代重视渊源的诗学氛围是近代复古诗派得以划分、命名的先决条件。如湖湘派又称汉魏六朝派或选派，同光体又被称为宋诗派，都得力于这一诗学背景。也正基于此，将樊增祥、易顺鼎诗学一脉定名为“中晚唐诗派”。

诗学渊源、入手门径、复古与创新是近代旧体诗派比较关心的话题，也是研究的重点和难点。该书关注中晚唐诗派比较核心的特色，对诗派的相关理论问题作进一步探讨。其中分析了中晚唐诗派的诗学渊源，对诗派以唐代的李商隐、温庭筠为效仿对象和入手门径等诗学追求进行考察，并揭示他们创作的终极目标，即从温李之“绮丽”进一步升华，最终达到杜甫的境界的艺术路径。将诗学渊源与诗歌风格紧密相连，认为中晚唐诗派对李商隐的各种特质都进行了深入地开掘，将与温李有关的绮艳华美、属对精工、善于用典等标准，进一步加以发掘。他们将温李与元白相结合，一方面追求温李的绮艳，另一方面追求语言的浅切，力求用元白的平易流畅，冲淡温李的晦涩难解，同时将白体语言约束锻造，以期进而上溯到杜甫。其诗学杜却不似杜，学李亦非李，华美绮艳中见沉郁顿挫，为律体诗开拓了新的境界。再如，《晚清民初中晚唐诗派研究》认为该派诗人的诗学皆主张师古复古，但本质是试图在新的时空基点上，以复古为革新，甚至不避极端性的尝试，来延续古体诗的血脉，贯注传统诗学以生气。他们又主张不分唐宋、“八面受敌”（樊增祥《天放楼诗续集书后》），将学问、工夫、思考和性情融为一体。其中，樊增祥以其总结性的诗论与“樊山体”（樊增祥《爽翁赠于谏议诗，自言效“樊山体”，亦继作吴体一篇，殊不似浙西也》），在复古与独创之间作出了回答；易顺鼎更以其天才式的创作，在古今文学演变长链中，寻找诗歌形式约束的种种突破，无所不用其极，他以口语白话直接入诗的尝试，甚至可视为白话诗的先导。力求通过对考察中晚唐诗派的诗学渊源、复古主张和诗学风貌，上升到对诗派整体性地把握。

该书力求将个案研究与整体研究相结合，对诗人的诗歌创作本身关注较多，尤其注重个体诗风与整体诗风之间的关联，尽量突出中晚唐诗人在整体背景下的个体风格，关注时代风气的影响与个体性格的表达。在总结中晚唐诗派的总体风格以后，又认为每位诗人因为个性、出身、经历和政治立场等关系，有各自不同的创作风貌。如认为樊增祥的弟子三多的诗歌平易质朴，西昆派的众多诗人或者雄直刚劲，或者有学者气息，或者清淡雅致等，这些都与他们的个性气质和出身经历有关。

又认为流派的领袖诗人易顺鼎在流派总体的绮艳感伤风格之外，又有疏狂、浪漫和颓废的一面，这与他自幼受到湖湘文化的影响有关，也和他晚年醉心梨园艺术有关；另一位流派领袖樊增祥则重视内容创新，善于写乐事、美景和喜悦的心情，这与他仕途比较顺利，得到多方面的赏识有关。《晚清民初中晚唐诗派》一书注意到中晚唐诗派的诗学理论与诗歌创作互动的一面，认为诗人的创作风格的形成和他们的诗学追求有关。樊增祥的诗歌内容与他"诗到古人不到处"（樊增祥《冬日池上》）的诗学追求以及总结前代的艺术成果，推陈出新的创作追求密切相关。樊增祥在技巧上刻意追求，将传统旧体诗中回文、次韵叠韵、押险韵、双声等技巧反复叠加，是站在"因难见巧"（樊增祥《白菊四咏同人多次韵见答，双关题为韵所限，往往顾此失彼，古人勿尚也，尤而效之，亦因难见巧之意》）的高度上重视技巧，追求独特的艺术效果。本书注意总结樊增祥诗论的主要特色，认为其诗学理想是将中国诗歌史上彼此对立的诗学观进行统一，如力求将"神韵"、"格调"、"性灵"、"肌理"诸说相融合，以此来创造一种新的集大成的诗歌风格，在此基础上，总结樊增祥努力将清新与绮艳、博学与浅近等风格融于一炉的诗歌风格。这些，颇多思考，颇有见地。

近年来，我在继续进行明清文学研究的同时，又比较关注包括歌谣在内的晚清民初文学研究，深感到晚清民初文学是值得进一步开拓的领域，学海无涯，任重道远，我们共勉之。

绪　论

近代以降，大清王朝日臻倾颓之状。鸦片战争、太平天国，外侮不息、内战频仍。同光之季，号称中兴，左宗棠新疆用兵，局势稍稍安宁，外寇又至，甲午之战，李鸿章苦心经营的北洋水师土崩瓦解，引发人们对洋务运动的反思。接着是慈禧发动戊戌政变、八国联军入侵，清政府内忧外患。光宣以还，接踵而至的辛亥革命、袁世凯篡权、张勋复辟等等，众多政治变故令人目不暇接，无从应对。

社会的激烈变动引发了社会思潮和文学创作的巨大变革。相比于前代的三国鼎立、五代十国与明亡清兴，清末民初的时代奇局以礼崩乐坏、思想动荡、流派纷呈的极端形式涌现。正统的儒家文化失去了主导力量，尚统观念开始削弱，“西学东渐”带来了巨大的文化冲击，在此背景下兴起的中晚唐诗派，不同于康乾时代的文学创作风格，其主要基调是反对因袭前人，要求诗歌变革，以复古为革新。他们的流变与发展，改变了晚清诗坛的旧体诗创作格局，与同光体、湖湘诗派成鼎足之势。

光宣以来，陈三立、郑孝胥、沈曾植等宋诗派诗人相继登上诗坛，时人目为“同光体”；与此同时，作为对宗宋诗风的反拨，以陈三立、沈曾植的好友樊增祥、易顺鼎为代表，光宣诗坛出现了另一大诗派——“中晚唐诗派”，并且随其宦游，影响扩大至京师、江浙、两广乃至全国。近代社会在孕育出宗宋大家的同时，也孕育了樊增祥、易顺鼎等一批绮艳诗人。在近代注重“诗学渊源”的风气中，他们以唐代的李商隐、温庭筠为作诗门径，认为温李之“绮丽”进一步升华，可以达到杜甫的境界——本质上是缘李涉杜。他们的诗学主张，可以用樊增祥的《题寿萱诗集》："能教绮丽复飞腾，上口依稀学杜陵"[①]进行阐释。他们又试图以复古为革新，主张"不分唐宋"、"八面受敌"，将"学问"、"工夫"、"思考"和"性情"融为一体。他们对李商隐的各种特质都进行了深入地开掘，将与温李有关的属对精工、善于用典等标准，进行了踵事增华的发挥。易顺鼎在《琴志楼摘句诗话》将属对的工巧上升到"诗之正宗"的高度，甚至说"凡开国盛时之诗，无不讲对属者"，又说"无工巧浑成对仗，竟可以不必作诗"。具体要求是"无一字无来历，又无一字用僻典，又无一字稍杂凑而不浑成。必如此，方可讲对仗也"[②]；在风格上，他们将温李与元白相结合，一方面追求温李的绮艳，另一方面追求语言的浅切，力求用元白的平易流畅，冲淡温李的晦涩难解，同时将白体语言约束锻造，以期进而上溯到杜甫。其诗学杜却不似杜，学李亦非李，华美绮艳中见沉郁顿挫，为律体诗开拓了新的境界。

中晚唐诗派是一个较为松散的诗歌流派，经历了由孕育、发展、鼎盛和衰微的全部过程，时间跨度较长。绮艳诗风在晚清前期就已经出现，根据陈衍的记载，道光年间，翁蕙卿的作品就被人称为"温李体"[③]，咸丰年间，又出现了备受易顺鼎、樊增祥推崇的诗人叶衍兰。光宣年间是诗派形成和发展的重要时期，清光绪二十五年(1899)，易顺鼎进京，与樊增祥结识，开始了近二十年的唱和。易顺鼎以温庭筠来评价樊增祥："携得温家新体去，天涯一读一回颦。"[④]标志着他们由早期的个人活动转向群体创作。第二年，八国联军侵华，他们赴西安迎驾。樊增祥的《洛花集》和易顺鼎的牡丹诗，把温李绮艳的风格推向高潮，使得中晚唐诗派以群体的面目出现在众人面前。从光绪二十六年到辛亥

① 樊增祥:《题寿萱诗集》，樊增祥著，涂晓马、陈宇俊校点《樊樊山诗集》，上海古籍出版社2004年版，第1337页。

② 易顺鼎:《琴志楼摘句诗话》，《诗话评识》，《琴志楼诗集》附录三，上海古籍出版社2004年版，第1512页。

③ 陈衍:《石遗室诗话》卷一五，《民国诗话丛编》(第一册)，上海书店出版社，2002年版，第211页。

④ 易顺鼎:《留别樊山二首用前韵》，《燕榻集》，《琴志楼诗集》卷十一，第710页。

革命前夕，两人在仕途奔波中保持着频繁唱和，奠定了中晚唐诗派扩大影响、不断发展的基础，与他们同时唱和的尚有李希圣、寄禅以及樊增祥的弟子后辈诗人。辛亥革命后，中晚唐诗派诗人大多避居上海，组织超社，樊增祥、易顺鼎不断唱和，高潮迭起，写出了《数斗血歌为诸女伶作》等代表作。这一时期，大量诗人围绕在樊易的周围，如杨士琦、杨毓瓒、梁鼎芬、顾印愚等人，群星璀璨，是绮艳诗风一次"回光返照"式的繁荣。

这一出现在近代视野中的诗歌流派，往往被时人、今人以泥古守旧目之，百般指责，原因不是出于政治立场的优越，就是因为文化定位的激进。固然，他们中大多数人在辛亥以后的"遗老"立场，确实彰显了保守、顽固甚至落伍的一面。但是曾几何时，这一诗派也是对应着"中体西用"、"保存国粹"的社会思潮，而引领时流，喷薄而出的。在风云突变的近代，"欧风美雨"扑面而来，他们的文化保守本身也并非完全消极，一方面在强势西方思潮侵袭中，不肯放弃传统，力求强化本体，制恒西学；另一方面则是传统为用，求变为体，力图取今复古，别立新宗，以此来接替诗学传统，而融通古今。他们的诗论，既是诗学主张，同时也是政治主张。所以，该派诗人的诗学皆主张师古复古，却力求取精用弘，尽其浑身解数，七十二般变化，试图在新的时空基点上，为革新而革新，甚至不避极端性的尝试，来延续古体诗的血脉，贯注传统诗学以生气。其中，樊增祥以其总结性的诗论与"樊山体"①，在复古与独创之间做出了回答；易顺鼎更以其天才式的创作，杀诗无数，在古今文学演变长链中，寻找突破诗歌形式约束的种种途径，无所不用其极，他以口语白话直接入诗的尝试，甚至可视为白话诗的先导。评价他们，似乎不该以时势、成败论英雄，而应充分估价他们为古诗形式革新所做的努力，臻于极限的尝试；所以，尽管我们把"同光体"诗人定义在文化保守的立场，但对于中晚唐诗派，理应定义为"文化接续派"。

① 樊增祥曾多次在诗歌中，称自己的诗歌为"樊山体"，如《爽翁赠于谏议诗，自言效"樊山体"，亦继作吴体一篇，殊不似浙西也》，樊增祥撰，涂晓马、陈宇俊点校《樊樊山诗集》，上海古籍出版社2004年版，第851页。

一、研究内容、研究思路和研究价值

（一）研究内容

本书以光宣诗坛的“中晚唐诗派”为研究对象，主要分析他们诗歌的效法对象、诗学门径、创作内容和诗派成员等，具体内容包含以下几个方面：

1. 近代社会文化背景与中晚唐诗派之关联

中晚唐诗派所体现的诗学思想、诗学主张和诗学风格与近代社会的巨大变动密切相关。儒家一统天下的格局的打破，使得墨家、法家、道家和西方思潮都在他们的诗歌中有所表达；受张之洞“中学为体，西学为用”观念的影响，他们提出了“每存新理废名词”①的诗学主张，反对生硬地在诗歌中点缀新名词，希望探索出一套解决旧风格和新名词冲突的创作方案；晚清文学观念的变迁，使得晚清诗人反对清代中期诗坛的盛唐风气，希望能够通过学宋、学汉魏或者学中晚唐来表达现实情感，恢复风雅之道。地域和政治因素也是中晚唐诗派出现的一个因素，诗派的出现与壮大受到湖湘与常熟地区绮靡感伤的文学传统影响，地域特征孕育了中晚唐诗派的中坚力量，北京、上海两大政治经济区域，是中晚唐诗派众多诗人的主要集中地，北京的政治文化，与晚清政治中枢“洋务派”张之洞的密切关系，使得该派诗人的诗歌创作，总体上倾向“经世致用”与“中体西用”。上海的海派文化，成为他们辛亥革命后的避祸场所，为他们从容交游、遍开诗社、饮酒赏花，提供了物质保证。

2. 诗派命名、诗学渊源与近代诗学转型

近代重视渊源的诗学氛围，使得大量复古诗派得以出现和命名，如众所周知的湖湘诗派又称“汉魏六朝派”，“同光体”又被称为“宋诗派”。中晚唐诗派之命名，源于其所宣称的诗学门径，初学温李，后溯元白，最

① 樊增祥：《广示吏诗意》，《紫薇三集》，《樊樊山续集》卷二十四，第1392页。

后突向老杜。这一名称，正好对应其所处的时代背景，也正基于此，将樊易诗学一脉定名为“中晚唐诗派”符合历史背景。他们学习元白温李的同时，又能够诗学百家，一个途径是由温李向上，标榜李白、屈原，甚至老庄。更多的时候，是向下突破，如沈曾植说樊增祥晚年转入宋调。从他们的这种诗学努力中可以看出近代旧体诗所呈现的独特状态，即唐与宋、丽与淡等所有古典诗学命题都融合贯通乃至渐趋消失，近代诗派强调的扩大门径、博采众家、不分唐宋才是时代的主流，这种诗学门径代表了近代诗学转型的时代需求，是变革时代风气的主要力量。

3. 推崇温李与绮艳诗风

他们对于中晚唐诗风的提倡以诗学标榜、相互唱和、结社诗钟的方式展开，通过各种文学活动，推广自己的绮艳诗风。综观中晚唐诗人的作品，他们中很多人始终保持着对温李诗风的独特追求。樊增祥“性耽绮语”[①]，将这种追求保持终身，在《再和李元膺十忆诗》中说：“少工侧艳，老尚童心。往往撰叙丽情，微之、义山，勉焉可至。”[②]易顺鼎不仅年轻时候就开始作集李诗，晚年仍然保持着对李商隐深切的情感：“玉珰缄札怀商隐，金缕衣裳惜杜秋。”[③]理论往往是与创作实践相结合的，推崇温李则带来了诗风的绮艳[④]。樊增祥的诗歌“百宝流苏”[⑤]般充斥着金叶、红罗、银泥、锦裙、青梅和紫丝等华美的色泽，包含了贵妃出浴、南唐宫人、汉宫飞燕、宓妃留枕等艳丽的典故。所以王森然有这样的回应：“（樊增祥）辑裁巧密，情辞并茂，以虚运实，素以为绚，而尤工隶

① 樊增祥：《戏和宋人李元膺十忆诗并序》，《十忆集》，《樊山续集》卷二十六，第1465页。

② 樊增祥：《再和李元膺十忆诗》序，《十忆集》，《樊山续集》卷二十六，第1476页。

③ 易顺鼎：《叠韵再答寇君见赠》，《高州集》，《琴志楼诗集》卷十六，第1180页。

④ 陈书录师在《明代诗文的演变》序中认为理论批评与诗文创作是互相促进和作用的，江苏教育出版社1996年版，第8页。

⑤ 樊增祥：《排闷》诗云：“令狐书记谢朝簪，锦瑟妻迷托意深。百宝流苏随处挂，几人真识玉溪心。”《北台集》，《樊樊山诗集》卷九，第839页。

书……惊才绝艳，可驾冬郎而上之，王次回安足语哉？”[①]

4. 诗派领袖与诗派成员

在近代文学的研究过程中，中晚唐诗派的面貌一直不很清晰，一个重要原因就是难以确定诗派的领袖人物和诗派成员。本文通过考证，确定中晚唐诗派人员如下：

中晚唐诗派以樊增祥、易顺鼎为领袖，他们交游广阔，参与了晚清民初众多的诗社活动。樊增祥早年曾与诗友结“青门萍”社，易顺鼎早年入湘社，后两人都参加过逸社、超社、裙社和寒山社等，与当时主要诗人唱和频繁，对于诗派的形成与扩大影响，作用巨大。中晚唐诗派主要成员以湖湘诗人群为主，主要成员包括曾广钧、李希圣、寄禅、叶德辉、华金婉、帅曼真和陈士廉等，也包含泗州地区以杨士琦、杨毓瓒为首的家族诗人群。这一批诗人中，曾广钧、李希圣、寄禅的诗学归属争议较大，我们将按照以李商隐为模仿对象，诗风凄艳，同时与樊易有交游三条为标准，将他们归入中晚唐诗派。中晚唐诗派后期也涌现了第二代诗人，其中传樊增祥衣钵的有三多、丁传靖[②]，从《樊樊山诗集》里可以找到樊增祥的弟子有祝蕊、祝竹延、余诚格、秋江、倚竹等，他的女儿阿频亦工诗，此外尚有侯毅、陆更存等人。不属于其弟子，但诗名颇盛的有杨圻。中晚唐诗派的成员构成颇为复杂，尚有分支与兼派诗人群。吴下以张鸿、徐兆玮为首的西昆派是其分支，主要成员除张鸿、徐兆玮外，还有汪荣宝、曹元忠、曾朴、沈鹏、黄炳元、杨无恙、孙景贤、姚古凤等。除以中晚唐为主要渊源的诗人外，全国各地还散落着兼学李商隐和其他诗人的创作群。主要分布在四川、广东等地，主要诗人是顾印愚、梁鼎芬、曾习经等人。

---

① 王森然：《樊增祥先生评传》，樊增祥著，涂晓马、陈宇俊校点《樊樊山诗集》附录二，上海古籍出版社 2004 年版。

② 陈衍《石遗室诗话》云：“近来诗派，海藏以伉爽，散原以奥衍，学诗者不此则彼矣。若樊山之工整者，祈向者百不一二，六桥、阊公其最者。”张寅彭主编《民国诗话丛编》（第一册），上海书店出版社 2002 年版，第 445 页。

（二）研究价值

在中国旧体诗学的转型期与结穴期，中晚唐诗人试图从“怎么写”和“写什么”这两个角度，为中国诗学探索一条新的出路，从中可以看出旧体诗人们对中国诗歌近千年的丰硕成果进行整合与创新的诗学努力。中晚唐诗人在保持基本体式的情况下，以浅近文言杂糅新思想的诗学尝试，提供了与新诗不同但都源于变革思想的另一种变革方式。他们在旧体诗内部的不断努力，体现了格律诗在终结期强大的生命力。如何看待与评价他们的尝试，如何看待他们与新文学的关联，都是本书需要解决的问题。

首先，中晚唐诗派研究的意义在于其独特的诗学宗尚和对旧体诗学的不断总结。中晚唐诗派站在清诗承继束结的立场上对旧体诗进行思考，他们的观点带有集大成和整合的色彩。中国旧体诗学中的唐宋诗之争、性情与学问之争，都在他们这一代落下了帷幕。他们首先以宽容的姿态，改变了宗唐者不能宗宋，宗宋者不能宗唐的僵化标准，诗学门径从温李元白入手，上溯杜甫，以此为基础博采众家，在学宋和学汉魏六朝之外，提供了复古的另外一种形式。其次，他们站在“合”与“圆”的立场上，希望能够融合古今各种创作风格和技巧，樊增祥说：“能圆人所不能圆，如月三五悬在天。”①所谓“能圆”，指多种风格的交融，生辣与婉转，清新与博丽，这些对立的风格，都能完美交织。只有做到了这一步，才是“独胜共”。再次，对待文学遗产的态度，他们主张先学习，再突破，形成自己的独特风格，“多合千百古人之诗，以成吾一家之诗”②，他们诗学百家的主张立足在力图融合所有古代文

---

① 樊增祥：《与左绍佐笏卿论诗长歌》。注：本诗《樊樊山诗集》未收，但民国年间各种诗话都曾收录，如王逸塘的《今传是楼诗话》，钱基博的《现代中国文学史》都曾收录。本诗选自王逸塘《今传是楼诗话》，张寅彭主编《民国诗话丛编》，上海书店出版社 2002 年版，第 345 页。

② 樊增祥：《天放楼诗续集书后》，金天羽《天放楼诗文集》，上海古籍出版社 2007 年版，第 1419 页。

学的精华，然后成一家之言，而不像新文学那样，彻底以“破”和立新为主要方法。

其次，中晚唐诗派研究的意义在于其对诗界革命的不断深入思考。樊增祥看到了诗界革命滥用新名词但没有新思想的矛盾，反对生硬地镶嵌新名词入诗，希望能够探索一条解决旧风格和新名词冲突的方案。樊增祥提出了自己的解决方案，这就是“每存新理废名词”①，表面看与梁启超提出的“旧风格含新意境”②类似，其实梁启超偏重于“境”，而樊增祥偏重于“意”，梁启超有退回旧风格的嫌疑，樊增祥则更重视与西方思想的交融，“西儒未见吾狂耳，相见当胜不见时”③。樊增祥心目中的“新理”第一表现为“切用”，他牢记着他的老师张之洞的教训，“诗非有事勿做”④，主张“又行路多更事……多经历世变”⑤，反对浮泛抒情，诗歌以广博的见闻，开阔的诗学题材见长，笔触遍及清代末世的时政、世风、权豪、士子、文人、百姓、交游、山乡、都市、塘报等等。第二，他能写出近代社会所出现的新事物、新现象和新观念，又与旧的风格水乳交融。他笔下出现了如测量、标本、演讲、报纸、飞艇等新事物的描摹，又有跳舞、运动、卫生、自由婚嫁、地球自转、女学兴盛、体育运动等新观念的推广。第三，他提出了崭新的创作态度，强调阅历、训练与见识的结合。他认为传统的中国人轻率动笔，是造成空疏的主要原因：“西人每作一事，皆积劳苦思而后成，中人则卤莽施之，灭裂报之。”⑥他认为写作是阅历和见识的结合，“又行路多更事，见名人长德多，经历世变

---

① 樊增祥：《广示吏诗意》，《紫薇三集》，《樊山续集》卷二十四，第 1392 页。

② 梁启超：《饮冰室诗话》之六十三，人民文学出版社 1959 年卅版，第 51 页。

③ 樊增祥：《广示吏诗意》，《紫薇三集》，《樊山续集》卷二十四，第 1392 页。

④ 樊增祥：《二家咏古诗》序，樊增祥撰，涂晓马、陈宇俊点校《樊樊山诗集》卷二十八，上海古籍出版社 2004 年版，第 1568 页。

⑤ 樊增祥：《天放楼诗续集书后》，金天羽《天放楼诗文集》，上海古籍出版社 2007 年版，第 1419 页。

⑥ 樊增祥：《二家词钞》跋，《二家词钞》卷尾，《樊樊山诗集》，上海古籍出版社 2004 年版，第 1753 页。

多”[①]，在此基础上要“几番捣炼”，多加训练，“多读多做多商量”[②]，最后通过“学与思交致”，不断思考升华，才能“知其意”，达到写作的最高境界“熟”[③]。

再次，中晚唐诗派的研究意义在于对旧体诗形式的不断突破。易顺鼎的创作实践则尝试着运用被诗界革命所抛弃的诗体解放的方式，解决旧体诗和新名词之间的艺术冲突，汪辟疆说他“不避熟典，不避新辞”[④]，其实是肯定易顺鼎的诗歌能熔铸新旧，在作品中呈现出一种不中不西，不新不旧，但富有艺术性的“近代诗”。在《读樊山后数斗血歌作后歌》中，易顺鼎说：“时至今日世界已无界，一切界说皆破坏。岂复尚有诗界能存在？”他认识到诗歌已经没有规范，可以突破一切约束，这在他那个时代是一个了不起的创见。摆脱了诗学观念约束后的诗歌是个什么形态呢？易顺鼎说：“若谓我诗凌乱放恣不得谓之诗，是必欲尽令天下人欲歌不敢歌，欲哭不敢哭，如曹蜍李志而后快，其人眼光毋乃隘，此名诗界之诗械。”在这里，他提出了一种新的诗歌的形态，即“凌乱放恣”，这已经不仅仅是否定诗与其他文体的界限的问题，而是初步摆脱了旧体诗格律、形式、音节等各种规范后，诗歌的本体状态[⑤]。我们来看他的《万古愁曲》中的一小段：

> 去年我见朱幼芬，宗之玉树临风皎。今见梅兰芳，使我更倾倒。使我哀贤才，思窈窕，坐对真成被花恼。犹忆尔祖之楹联：几

① 樊增祥：《天放楼诗续集书后》，金天羽《天放楼诗文集》，上海古籍出版社 2007 年版，第 1418 页。

② 樊增祥：《再与石甫论诗并呈伯严》，《樊山集外》卷二，《樊樊山诗集》，上海古籍出版社 2004 年版，第 1772 页。

③ 樊增祥：《二家词钞》跋，《二家词钞》卷尾，《樊樊山诗集》，上海古籍出版社 2004 年版，第 1753 页。

④ 汪辟疆：《光宣诗坛点将录》，《汪辟疆文集》，上海古籍出版社 1988 年版，第 369 页。

⑤ 易顺鼎：《读樊山后数斗血歌作后歌》，《癸丑诗存》，《琴志楼诗集》卷十八，第 1283 页。

生修到梅花，何所独无芳草。[1]

首先，单从形态上看，该诗已经彻底打破了格律歌形式齐整的限制，非常像一首自由的现代诗。最短3个字，多则超过19字，已经不能简单地称为古体。其次，出现了比较稳定的现代句法，如“去年我见朱幼芬”，主谓宾和状语已经齐全。其三，叙述的口气非常口语化，不仅采用了自然的音节和浅易的文风，而且以第一人称“我”的方式，打破旧体诗无人称的客观描述的抒写方式，类似于胡适在《胡适留学日记》中的早期诗歌。

观察中晚唐诗派的表现，将有利于建立一套较新的文学史叙述模式和话语体系，即以旧体诗的视野观察新旧文学变迁，力图接近从晚清到五四诗歌发展与裂变的自然脉络，为我们理解旧体诗的从容退场与新体诗的兴盛，提供了一个更好的视角。对中晚唐诗派的诗歌创作与诗学宗尚进行研究，可以复原晚清旧体诗坛复古的全貌，时代思潮与诗学范本选择之间的关联。

二、研究现状与创新之处

对中晚唐诗派的研究和评价，伴随着这一诗派的出现就已经开始。推崇者誉为“天才”、“诗史”、“哀感顽艳”等等，而批评之声，亦从未断绝。

1. 清末至建国时期的研究成果

传记资料方面。樊、易传记资料较多，很多著作中皆有中晚唐诗派诗人小传：1918年崇文书局出版的费行简《近代名人小传》、鲁云奇汇集的《古今名人家庭小史》、1934年杏岩书屋发行的王森然《近代二十家评传》及1936年世界书局蔡冠洛《清代七百名人传》中有樊增祥、易顺鼎等人小传。

---

① 易顺鼎：《万古愁曲为歌郎梅兰芳作》，《癸丑诗存》，《琴志楼诗集》卷十八，第1256页。

各种诗话和点评。这一时期，诗话中对诗人诗作的评价甚多，其中有很多是关于他们诗学渊源的论述。张之洞在《庐山诗录评识》中认为易顺鼎的诗歌“有数首颇似杜、韩，亦或似苏”①。孙雄的《诗史阁诗话》称李希圣有“大致神似玉溪，亦颇多近杜处”②。陈衍在《石遗室诗话》里对易顺鼎、樊增祥、曹元忠、李希圣等人的诗学创作进行了分析，他对易顺鼎的评价是：“学谢、学杜、学韩、学元白，无所不学，无所不似，而以学晚唐者为最佳。”③对樊增祥的评价则是“自喜其诗，终身不改涂易辙。尤自负其艳体之作，谓可方驾冬郎，《疑雨集》不足道也。”④对李希圣、曹元忠等人的诗歌则评价不高，认为“专学玉溪生”⑤。

对中晚唐诗人诗坛地位和诗歌创作进行点评的诗话和点评也很多。其中，汪国垣《光宣诗坛点将录》仿效水浒108将排座次，谈及樊增祥、易顺鼎、李希圣、曹元忠、王以敏、曾广均等中晚唐诗派诗人，既评价了他们的创作风格，又评价了他们的诗坛地位。《光宣诗坛点将录》以位于天罡星十五位的董平喻樊增祥，认为其地位仅次于张之洞、李慈铭，变相隐含了对中晚唐诗派的肯定，并以风流双枪将比“樊美人”的华丽诗风。将易顺鼎与李逵相比，肯定其“天才”、“万人敌”、天下“无双”，甚至断言“读君癸丑诗存后”，李、杜前贤“未足夸”⑥。钱仲联先生的《近代诗评》和《梦苕庵诗话》提到这一流派中不少诗人，尤其是《梦苕庵诗话》对樊增祥、张鸿等众多中晚唐诗人做出正面肯定。也有论者对他

① 张之洞：《庐山诗录评识》，转引自易顺鼎《琴志楼诗集》，上海古籍出版社2004年版，第1519页。

② 孙雄：《诗史阁诗话》，张寅彭主编《民国诗话丛编》（第二册），上海书店出版社2002年版，第179页。

③ 陈衍：《石遗室诗话》卷一，张寅彭主编《民国诗话丛编》（第一册），上海书店出版社2002年版，第25页。

④ 陈衍：《石遗室诗话》卷一，张寅彭主编《民国诗话丛编》（第一册），上海书店出版社2002年版，第29页。

⑤ 陈衍：《石遗室诗话》卷七，张寅彭主编《民国诗话丛编》（第一册），上海书店出版社2002年版，第100页。

⑥ 汪辟疆：《光宣诗坛点将录》，张寅彭主编《民国诗话丛编》（第五册），上海书店出版社2002年版，第329、348页。

们提出批评，如张之洞委婉批评易顺鼎的《庐山诗》："作者才思学力，无不沛然有余。紧要诀义，惟在割爱二字。"①陈衍说："然剑南万首、乐天三千首外，杜则仅逾千首，韩则不过数百，又何尝以多为贵哉？"②对他们作诗之速、成诗之多，亦委婉表示批评。

很多评点从个体诗人上升到流派的高度。陈衍云："前清诗学，道光以来一大关捩。……其樊榭、定庵两派，樊榭幽秀，本在太初之前；定庵瑰奇，不落子尹之后。然一则喜用冷僻故实，而出笔不广，近人惟写经斋、渐西村舍近焉；一则丽而不质，谐而不涩，才多意广者，人境庐、樊山、琴志诸君时乐为之。"③将黄遵宪、樊增祥、易顺鼎归入一派，说明陈衍看出了这几位诗人所共同具有的华丽、才情、富赡的特点，认为他们可以合为一派。1917 年出版的《清稗类钞》，对中晚唐诗派的理解，更接近我们今天的观点，作者点出这一批诗人所学为"中晚唐诗"："华亭姚鹓雏尝曰，近来诗派，大别为三宗。……樊山早岁为袁子才、赵瓯北，自识文褰，乃悉弃去，从李莼客游，颇究心于中晚唐。吐语新颖，则其独擅。龙阳易实甫固能为元白温李者，于是中晚唐诗，流传颇盛。"④1925 年《甲寅》刊载的汪国垣《光宣诗坛点将录》，有诗人小传，谈及樊、易，肯定其"在湖湘为别派"的诗歌史地位⑤。1936 年世界书局出版了钱基博所著《现代中国文学史》，首次包含了"中晚唐诗派"这一概念。

这些评价，形式上以评点为主，也出现了文学史类的书籍，既有师友之间流于空泛的赞誉，也有从诗艺、诗史角度的客观评价，对诗人们的诗学风格如对仗、用典、华丽等特色都有关注，凸显了中晚唐诗人的

---

① 张之洞：《庐山诗录评识》，转引自易顺鼎《琴志楼诗集》，上海古籍出版社 2004 年版，第 1519 页。

② 陈衍：《石遗室诗话》卷一，张寅彭主编《民国诗话丛编》（第一册），上海书店出版社 2002 年版，第 29 页。

③ 陈衍：《石遗室诗话》卷三，张寅彭主编《民国诗话丛编》（第一册），上海书店出版社 2002 年版，第 47 页。

④ 徐珂：《姚鹓雏评近来诗派》，《清稗类钞》，文学类，第二十九册，商务印书馆印行，第 142—143 页。

⑤ 汪辟疆：《近代诗人小传稿》，《汪辟疆文集》，上海古籍出版社 1988 年版，第 427、437 页。

创作风格，体现了晚清诗学重渊源、重师承的总体特色。而陈衍等人的评价则说明，中晚唐诗派这一概念，伴随着樊增祥、易顺鼎的创作逐渐成熟就已经开始出现，对这一诗派的特质，也已经出现了概括性的总结，如艳丽、才华，取径于元白温李等。所欠缺的只是对诗派成员、诗派流变、诗人创作的考证和研究等。

随着新文化运动的推广，中晚唐诗派也面临着长期的批评和冷落。中晚唐诗派与近代旧体诗人一样，因为执着地向传统寻求写作资源，而饱受新文学主将的攻击。

以胡适为代表的批评家直接否定他们在文学史上的作用，1923 年 2 月连载于《申报》的胡适《五十年来中国之文学》，否认了中晚唐诗派及同类型的旧体诗派在诗学上所取得的成绩。胡适将中晚唐诗人目之为旧文学的代表，以不屑的姿态，将王闿运、陈三立、樊增祥匆匆打发①，"不敢把他们委曲在这五十年之内"②，很客气地把他们请出文学史。时至二十年代末三十年代初，陈子展延续了"五四"的论调："（樊增祥）做诗而至于仅仅在隶事裁对上用工夫，想要因难见巧，这种技巧的可贵，也不过像能够由钱孔倒油，像用一个核桃刻东坡游赤壁一样。""总之，这个时期的旧诗人，无论他的诗学宋，学唐，学六朝，学汉魏，乃至学《诗》《骚》，无奈他们所处的时代，总不是周、秦、汉、魏、六朝、唐、宋，他们在诗国里辛辛苦苦的工作，不过为旧诗姑且作一个结束，他们在近代文学史上的重要即在于此。"③

其他论者基于道德伦理和文学教化功能的评价标准，对樊易诗派的艺术风格进行了强烈的批评。南社成立之后，年轻的诗人柳亚子写道："郑、陈枯寂无生趣，樊、易淫哇乱正声。一笑嗣宗广武语：而今竖子

① 在《五十年来中国之文学》中认为王闿运的诗是"假古董"，陈三立的"《散原精舍诗》里实在很少可以独立的诗"，而樊增祥的诗，"比较的最聪明，最清切，可惜没有内容，也算不得大家"。《胡适文存二集》，《胡适文集》（第三册），北京大学出版社 1998 年版，第 187、205 页。

② 胡适：《五十年来中国之文学》，《胡适文存二集》，《胡适文集》（第三册），北京大学出版社 1998 年版，第 205 页。

③ 陈子展：《中国近代文学之变迁》，中华书局 1941 年版。

尽成名。"[1]陈子展又说:"(易顺鼎)无如他到了晚年与樊增祥一班人旅居北京,颠倒歌场酒肆,追逐女伶,常常做'捧角诗'。他少壮时期的狂热竟压不住了,乘老年精神的衰惫不能自制,乃冲决而出,淫滥的'捧角诗'。便成了他晚年生活上最重要的纪录。"[2]

更有甚者如钱玄同,索性借与刘半农的一问一答,对于"易哭庵、樊云门诸公之诗文",从风格到人格进行了全部的否定:"曰烂污笔墨。曰斯文奴隶。曰丧却人格。半钱不值。"[3]

这种评价在一定程度上影响着对于该诗派的深入研究与评价,但我们可以看到,由于"五四"新文化运动所处的特定时代,确有矫枉过正的必要,但"新胜于旧"文学观毕竟过于简单,旧体诗歌的成就一定看是否接近"白话",这种观点也失之草率,樊易的"捧角诗"是否等于淫秽?时过境迁,今天对于包括中晚唐诗派在内的诗人的创作实际成就,应有"价值重估"的必要与空间。

2. 1949年至20世纪80年代

自建国至上世纪八十年代,三十年间中晚唐诗派很少被提及,即使被提及,也是作为反面教材。游国恩的《中国文学史》认为"他们的诗大都以对仗用事为能,玩弄艳丽词句,实已腐朽下流不堪"[4]。这一时期,港台地区对中晚唐诗派的研究同样不算丰富,五六十年代,港台地区喻血轮为台湾《新生报》撰写了《绮情楼杂记》,绍镜人1957年完成并由香港自由出版社出版的《同光风云录》中有樊增祥、易顺鼎小传。

3. 20世纪80代后的研究成果

八十年代以后,这一诗派的研究成果日渐增多,开始有专门的论文

---

① 柳亚子:《论诗六绝句》之二,《磨剑室诗词集》,上海人民出版社1985年版,第215页。

② 陈子展:《中国近代文学之变迁》,中华书局1941年版。

③ 钱玄同:《文学革命之反响》,《文学革命》,《钱玄同文集》第一卷,中国人民大学出版社1999年版,第116页。

④ 游国恩、王起、萧涤非等:《中国文学史》(第四册),人民文学出版社1963年版,第409页。

论述中晚唐诗人，相关的著述陆续出现。

钱仲联先生研究成果。中山大学中文系1983年11月出版的《中国近代文学研究》杂志第一辑，上面刊登了钱仲联先生《近百年诗坛点将录》，钱先生对汪辟疆先生《光宣诗坛点将录》“以‘同光体’为极峰”①不赞同，希望建立一个新的评价体系，涉及大量中晚唐诗人，如樊增祥、易顺鼎、梁鼎芬、杨无恙、释敬安、曾广钧、李希圣等，对近代诗人的座次进行了重新排定，体现了新的近代诗学研究观念，是新中国成立后较早较全面对中晚唐诗人进行研究的论著。《近代诗钞》收录了樊增祥、寄禅、易顺鼎等人的诗作，不仅记载了诗人生平，而且对他们的诗学风格、诗学渊源进行评价，如钱仲联先生不赞成王闿运对寄禅的似褒实贬的评语，认为寄禅诗歌的可取之处正在于诗中所表现的“灵气”和“情思”②。《论近代诗四十家》中对中晚唐很多诗人都有论述，对李希圣的评价不同于陈衍，认为李希圣的诗歌“寄托晚清国事”③，堪称佳作。

诗集的整理汇总。上海古籍出版社2003年出版了马卫中、潘虹点校的杨圻《江山万里楼诗词钞》，主要依据民国十五年中华书局印行的《江山万里楼诗钞》为底本进行点校，并参考其他文献，合为《江山万里楼诗词钞》一书，全书包含了《江山万里楼诗钞》、《江山万里楼诗钞集外诗》、《江山万里楼词钞集外词》。2004年4月出版了王彪先生点校的易顺鼎《琴志楼诗集》，对易顺鼎的诗集、刊刻、名称和版本情况进行了整理和考证，对《琴志楼编年诗集自记》所包列的二十八种诗集进行了梳理，对这些诗集的刊刻、作者、内容等各项情况进行了考证，找到了部分散失的诗集，厘清了个别诗集重名和重复的情况；点校者对《琴志楼编年诗集自记》进行了补充，指出《燕榻集》、《东归集》和《己酉诗砖集》未列入自记，点校者整理了易顺鼎生前已经编定而未及见刻或者死后见刻的诗集；查找了散落于报刊和日记等处的集外诗，呈现了易顺鼎诗歌的主要面貌。涂晓马、陈宇俊点校的《樊樊山诗集》对樊增祥诗歌的各种版本进行了梳理，最终以光绪十九年和光绪二十八年刻的《樊山

① 钱仲联：《近百年诗坛点将录》，《梦苕庵论集》，中华书局1993年版，第349页。
② 钱仲联主编：《近代诗钞》，江苏古籍出版社2001年版，第797页。
③ 钱仲联：《论近代诗四十家》，《梦苕庵论集》，中华书局1993年版，第349页。

集》、《樊山续集》为底稿，参以其他版本进行校刊，提供了全面清晰的樊增祥诗歌全貌。这些诗集的出现，标志着中晚唐诗派的基础文献的整理已经取得初步的成果。陈松青校点的《易顺鼎诗文集》，由湖南人民出版社出版，收录易顺鼎诗歌 4300 多首，词 500 多首，辞赋、骈散文 100 多篇，收录易氏作品比较全面，甄别比较准确。

文学史研究成果。马卫中先生的《光宣诗坛流派发展史论》论述了樊增祥、易顺鼎、曾广钧、李希圣、张鸿、汪荣宝等多位诗人的诗歌创作。作者将曾广钧放在湖湘诗派中进行论述，樊增祥和易顺鼎归入唐诗派，张鸿、汪荣宝、徐兆玮等归入晚唐派。马亚中先生的《中国近代诗歌发展史》将中晚唐诗派命名为唐宋调和派，将张之洞列入此派，认为西昆是这一派的分支，并对樊增祥、易顺鼎、西昆派诗人的诗歌创作进行了系统论述。章培恒、骆玉明先生的《中国文学史》中，提及了清末的传统诗派，指出这些诗派当时的影响比新派诗人大得多。刘世南先生的《清诗流派史》论述了中晚唐诗派，指出其特色为秾丽而流转，并着重介绍了樊增祥的诗歌特色。

个案诗人研究。中晚唐诗人的个案研究成果比较丰富，较整体流派研究为多，很多诗人的研究成果较为深入。

1. 易顺鼎研究

近年来研究日渐深入，当代的研究者大多本着“了解之同情”①的态度，不再是其同时代的研究者批评、调侃和嘲讽的态度，而是从时代变迁、命运转折等方面加以深入思考，理解易顺鼎的行为动机。对他诗歌创作的研究，已经从比较宽泛的介绍，简单的归类，转入深入的专题研究，在作品的搜集校对，诗学内涵的思考和诗学风尚的关联等方面进行了深入的挖掘。

(1) 传记资料。湖南文艺出版社 1998 年出版的李达轩《易氏作家群论》，从家族文学、时代变迁和地域风貌的角度，论述了绵延四代的易氏家族，对易顺鼎生平和创作有详尽的论述，勾勒了易顺鼎自由不羁的

① 陈寅恪：《金明馆丛稿二编》之《冯友兰中国哲学史上册审查报告》，三联书店 2001 年版，第 280 页。

个性和跌宕起伏的一生。潘宏恩的硕士论文《易顺鼎传论及年谱》，以王彪先生的年谱为基础进行细化，补充了生平细节、相关时事和作品系年。范志鹏的博士论文《易顺鼎年谱长编》，将易氏一生分为咸同、光宣和民国三个阶段，在深入阅读易顺鼎诗文的基础上，广泛搜集同时代人的诗文集、笔记、日记，对方志、档案和报刊中的相关资料也进行了引证，资料丰富，勾勒出易顺鼎的一生。

（2）诗词创作。李达轩《论易顺鼎的诗》（《求索》1995 年第 5 期）、《论易顺鼎的诗歌创作》（《武陵学刊》1995 年第 1 期），从宏观的角度对易顺鼎的诗歌创作进行论述。1995 年，河南大学出版社出版了王广西的专著《佛学与中国近代诗坛》，收录《易顺鼎的冷趣和冥想》一文；李达轩《秀色无限有双峰——论易顺鼎、易顺豫兄弟的词作》（《中国韵文学刊》1999 年第 1 期）、《近代湖南易氏人才群及其家庭影响》（《常德师范学院学报》1998 年第 1 期），这些论文在近代文学和近代诗学属于开风气之作，在诗歌风貌、佛学思想、家庭环境等方面开易顺鼎诗歌研究之先河。

2000 年后，易顺鼎研究走向了新的方向。刘梦芙先生发表了《神龙金翅　振采腾辉——试论近代名家易顺鼎的山水诗》（《合肥学院学报》2007 年第 11 期），张丽华发表了《易顺鼎山水诗论略》（2008 年第 10 期在《江苏大学学报》），邱睿发表了《清遗老“戏剧热”解读——以易顺鼎“捧伶诗”为例》（2009 年在《四川戏剧》第 2 期），这些论文或研究易顺鼎富于特色的山水诗和捧角诗，或者从易顺鼎诗学理论入手，是易顺鼎研究走向正面和深入的标志。何荣誉的论文《王闿运与晚清中晚唐诗派的诗学交流——以王闿运与易顺鼎、樊增祥的诗学交流为中心》（《文艺评论》2013 年第 2 期）考证了王闿运与樊增祥、易顺鼎的诗歌唱和，比较了他们诗学主张的异同。认为易顺鼎究心于中晚唐，强调作诗应该有自己的性情，保存自己面貌，着意于诗歌形式的突破。

陈松青教授专注于易顺鼎研究，发表了《易顺鼎与红楼梦》和《易顺鼎与清末民初诗歌演变》两篇论文，将易顺鼎的创作放在近代诗学思潮演变的背景下进行解读，既领悟其“空幻”与“伤逝”的抒情主题，又感悟其与时代思潮的交织与背离。专著《易顺鼎研究》，分为《易顺鼎系年诗传》、《易顺鼎交游述录》、《易顺鼎诗文研究》、《附录》等四个部分，文献资料整理较为扎实，对易顺鼎的生平行迹、交游唱和考证较为详细，对易顺鼎别号的由来，与王闿运、陈三立、樊增祥等人的交游，对袁世凯政权的态度等，进行了深入细致的考证，得出大量较为合理的结论。

2. 樊增祥研究

相对于易顺鼎研究和樊增祥的文学成就，樊增祥研究略显薄弱。刘厚章、郑正《鄂西籍近代文学家樊樊山生平纪略》(《鄂西大学学报》1986 年第 1 期)，对樊增祥的生平细节记叙较多，如早年成长中的耻辱碑、渭南审案大堂的题字"镜烟堂"、进献慈禧的绿牡丹等等。邓治凡《清末文学家樊增祥》(《武汉教育学院学报》1988 年第 2 期)，侧重其诗歌诗集创作的系年，写作缘由，赠答酬唱者等等。这两篇论文通过对樊增祥生平的整理，为樊增祥研究的进一步展开打下了基础。

2000 年后，开始有学者专门著文，研究樊增祥诗歌。潘宏恩的《20 世纪以来樊增祥诗歌研究述略》(《黑龙江史志》2009 年第 4 期)，将樊增祥研究分为早期、停滞期、复苏期和成熟期四个部分，梳理细致，辨析严谨，不仅搜集了汪辟疆、陈子展、钱基博、钱仲联等名家的观点，而且汇集大量文学史的论断，资料的整理、汇总和评述较为全面。周容的博士论文《论李慈铭与樊增祥的诗歌理论及其创作》，系统阐释李、樊二人在诗学领域的传承关系。周容认为，樊增祥继承了老师李慈铭以杜诗为根柢，不专一家、不名一代的诗学思想，打破唐宋以来的门户纷争，把视野扩展到西学领域。关注此二人，可以考察中西学交融与冲突的时代背景，理解晚清民初以来传统诗歌的发展。何荣誉的论文《王闿运与晚清中晚唐诗派的诗学交流——以王闿运与易顺鼎、樊增祥的诗学交流为中心》指出，王闿运与樊增祥、易顺鼎在诗学宗尚和学古方法上的差异是明显的，王闿运宗汉魏六朝，樊、易则主宗中晚唐；其中，樊增祥的诗歌创作重创新，学古兼宗并采，不名一家，主张诗法百家而又能存己之面貌；文章还强调，三人在诗歌创作上也有相同的一面，即都"恃其才华，以诗自娱，重视诗歌的艺术性，张扬诗歌的审美功能"。其中，樊增祥重视的是其"艳体及大量的叠韵诗。他们注重自己性情的阐发，自娱自适”①。这些研究成果从简单的对樊增祥诗歌的赏析转入对樊增祥的诗学思想、诗学理论的探讨，标志着樊增祥研究进入新阶段。

3. 寄禅研究

诗僧寄禅，一直是近代诗坛备受关注的诗人，研究成果较多：孙海洋的论文《八指头陀诗风初探》(《船山学刊》1998 年第 1 期)，萧晓阳的论文《释敬安诗歌的艺术：澄明之境中的诗音与诗画》(《名作欣赏》2007 年第 8 期)，周欣的论文《王闿运对释敬安诗歌创作的影响》(《云梦学刊》2012 年第 1 期)，李文兴的论文《晚清湖湘诗僧寄禅的诗歌交游考》(《沈阳师范大学学报》2015 年第 2 期)，贾国宝的博士论文《传统僧人文学近代以来的转型》等等，这些论文探讨了诗僧寄禅的诗歌创作、诗学交游、禅意禅境等。认为“八指头陀是传统僧人文学的殿军”，“是最后一位‘苦吟’的诗僧”。他的诗风“转益多师”，内容“表现出诗人的感时忧世的现实情怀和爱国情思”②。

4. 诗派其他诗人研究

关于中晚唐诗派的其他诗人，目前也出现了一定的研究成果。这些研究成果主要是以下几个类型。

(1) 诗学风格、诗学主题和诗学理论。马卫中、张修龄的《曾广钧与〈环天室诗集〉》(《求索》1989 年第 10 期)考证了曾广钧的诗学交往，认为他倾向维新，同情革命。他的诗歌有雄浑、开阔、浓艳和善于用典的艺术特点。孙启华的硕士论文《曾广钧诗歌研究》研究曾广钧的生平思想、诗学渊源和家庭背景，认为曾广钧诗歌的创作主题是感世忧事和怀亲思友，两者相辅相成，折射了诗人的情感和个性。孙海洋先生的《李希圣与〈雁影斋诗存〉》(《中国韵文学刊》2006 年第 2 期)，认为李希圣的诗歌深刻地反映了庚子事变前后动乱的社会现实，抒发了其忧国

---

① 何荣誉：《王闿运与晚清中晚唐诗派的诗学交流——以王闿运与易顺鼎、樊增祥的诗学交流为中心》，《文艺评论》2013 年第 2 期。

② 贾国宝：《传统僧人文学近代以来的转型》，复旦大学 2001 年博士论文。

忧民的情怀，诗风在杜甫和李商隐之间，沉郁悲婉，清雅典丽。白敏敏的论文《浅析近代诗人李希圣论诗之特点》，分析了李希圣论诗诗的主要特点，白敏敏的硕士论文《李希圣诗歌研究》以《雁影斋诗存》为主要文本，论述李希圣的生平思想、诗歌内容、诗学思想和诗歌艺术特色等。陈燕妮的论文《末世歌吟：论丁传靖诗歌之价值》从其诗歌写作艺术及与时代关联的角度来探讨这位处于时代之交及新旧文学冲突之间的学者诗歌的价值。

(2) 交游、生平和创作考证。1988 年，金孙振发现署名鹤睫的《红楼梦本事诗》为丁传靖所作。1992 年，江慰庐在《文教资料》第六期发表《丁传靖年表》和《丁传靖和〈红楼梦本事诗〉》。何荣誉的论文《论王闿运与曾广钧的诗学交流》，梳理了王闿运和曾广钧的关系，认为曾广钧受王闿运的影响主要表现在以下两个方面：就其古体诗而言，曾氏拟作六朝诗，并且拟作闺怨诗以抒己意，皆有王闿运的影子；就其七律而言，曾氏宗法晚唐李商隐，虽受其家学影响，但在形态上，又与王闿运相近，即用词绮靡。白敏敏的论文《李希圣与郑孝胥、陈三立交游考略》考证李希圣与郑孝胥、陈三立的交往，并且以此廓清李希圣与近代诗坛的关系。此外，曹培根《虹隐楼主人徐兆玮及其著述考略》(《图书馆杂志》2008 年第 7 期)论及徐兆玮，上海文艺出版社 2001 年出版的时萌《曾朴及虞山作家群》则论及曾朴。郑智勇《评清季岭南名人曾习经的为人与作诗》(《广东省社会主义学院学报》2003 年第 3 期)，论及中晚唐诗派其他成员如张鸿、曾习经等。

(3) 因为很多诗人同时又是政治家和历史学家，所以很多论文从这些角度对这些诗人进行了论述。祁龙威《关于〈庚子国变记〉的作者李希圣——读义和团运动史札记》(《扬州师院学报》1982 年 4 月)、曹立前《李希圣与〈庚子国变记〉》(《历史教学》1994 年 6 月)等，记叙了李希圣生平和他的《庚子国变记》的主要内容和史料价值。韩春英的硕士论文《论梁鼎芬——晚清忠君卫道型知识分子的典型代表》，李吉奎《因政见不同而影响私交的近代典型——康有为梁鼎芬关系索隐》(《广东社会科学》2006 年第 2 期)等等，从政治和历史角度对梁鼎芬进行解读，解读其作为晚清重臣，人生轨迹、官场沉浮、人际关系等等，以此折射晚清社会历史文化变迁，对其末世人格进行探讨。

从以上研究成果可以看出，中晚唐诗派近年来获得了学界的关注，但相对于其同时代的其他诗派，如“同光体”、湖湘诗派、南社等，尤其是在宋诗派获得广泛关注的背景下，中晚唐诗派的研究仍然是比较薄弱的，整体研究力度还是不够，对这一诗派的特殊性及文学史地位研究也不够深刻。对“中晚唐诗派”一词的最初提法及命名的由来，解释尚不够深入，对诗派成员的考证工作开展也不够全面。但也正因为如此，对这一诗派的研究，才彰显其重要意义。

在对中晚唐诗人的个体研究中，研究成果并不均衡。很多重要诗人的研究成果比较丰富，如樊增祥、易顺鼎和寄禅。不仅有基础性的诗集、年谱出现，而且有较多的生平考证、诗歌艺术、诗学地位等论文，深化了对他们诗歌艺术的理解。其他的诗人，如论及李希圣的论文大约8篇，论及曾广钧的论文目前有10篇左右，对他们的交游、师承和诗歌艺术等方面的研究都较为丰富。但是仍然有很多重要的诗人，目前的研究成果并不充分。如杨士琦是近代名人，有《泗州杨尚书遗诗》一卷，与樊增祥、易顺鼎多次诗赋酬答，近代诗话对他的创作也颇有记载，但是目前并没有足够的研究成果。

目前缺少的是从诗人和流派的关联这一角度进行研究，对诗人在流派形成、风格定型等方面的重要意义进行探讨。很多诗人的流派归属，目前仍然存在争议，如寄禅、曾广钧、李希圣等，部分研究者将他们归于湖湘诗派，但也有学者将他们归于中晚唐诗派。他们流派归属究竟如何划分，划分的标准是什么，仍然是需要探讨的。

此外，笔者将专著的时段定义为“晚清民初”，主要是考虑到中晚唐诗派的大部分诗人及其重要的诗作，均写作于这一时期。个别诗人的创作虽然超出于这一时段，但他们的风格、内容仍然与“晚清民初”时期流派的总体倾向密切相关。

综观以上成果，本书的创新之处主要在于：

1. 从宏观角度，联系近代文化变迁、地域家族、诗学风尚，对该诗派进行全面分析，将其定性为较为松散的诗歌流派，确定以中晚唐为基础的博采众家是他们复古的核心，他们的命名亦因此而来。

2. 考证、梳理该诗派众多作家。对曾广钧、李希圣、杨圻、寄禅的诗学归属作出判断，并补充了一批诗人。对西昆派进行了考证，判定黄炳元、曾朴亦是其成员，徐兆玮当年没有参加“西砖酬唱”。

3. 对该诗派众多诗人的创作进行了解读，如该派领袖人物樊增祥的诗论及其创作以及曾广钧、李希圣、三多等人的诗歌等等，对梁鼎芬、沈汝瑾等边缘诗人的诗歌创作，及其与中晚唐诗派的离合，进行了分析。

4. 对《北松庐诗话》的诗论价值进行了总结，肯定其为西昆诗论的代表性论著，并对西昆派的主要成员的各自诗风进行分析。

本书主要采用以下研究方法：

陈书录师在《明代诗文的演变》中提出了理论批评与诗文创作交叉研究的方法，他在序论中说：“对明代诗文创作与理论批评作交叉思考、交叉研究，不仅有利于我们找准逼近明代正宗文学发展客观规律的突破口，而且有利于我们在这个突破口上的开拓与深化。”这一研究思路同样适用于近代文学。

1. 诗歌创作与文学理论相结合。晚清诗坛的诗人们对当代作品有相当自觉的理论探讨意识，中晚唐诗派的诗人们受时代风气影响，同样具有强烈的流派意识和自觉的理论总结，诗歌创作与理论批评之间互动异常频繁，交叉研究有助于对其诗学观念、诗学风貌进行全方位的总结和思考。

2. 文学研究与近代社会历史背景研究相结合。中晚唐诗派是产生在近代特殊背景下的诗学群体，诗派的演进与时代思潮密切相关，通过对近代社会文化背景的考察，可以发现，西学东渐、中体西用、复古风尚和日渐兴盛的都市文化都在不同程度上影响了中晚唐诗派的发展和流变。

3. 群体与个体相联系。中晚唐诗派诗人有自己总体的风格，领袖人物樊增祥、易顺鼎、张鸿等，既与清末的中晚唐诗风的形成密切相关，但作为独立的个体，又有自己鲜明的风格，并且以自身的不断探索，如易顺鼎诗风的屡屡变化，影响了诗派的流变。将两者结合，才能更好地把握这一文学群体。

4. 文献与艺术的结合。近代文学资料庞杂，既要尽可能地多搜集资料，通过对年谱、家乘、方志、碑传、墓志等资料的搜集和梳理，勾勒流派渊源，关注诗人生平和学术倾向、师承交游，又要去粗取精，研读文本，做到深度和层次的提升。

第一章　近代社会文化背景下的中晚唐诗派

第一节　晚清社会思潮与绮艳诗风

近代以降，大清王朝朝纲废弛，日臻倾颓。鸦片战争、太平天国，外侮不息、内战频仍。同光之季，号称中兴，但左宗棠新疆用兵，局势稍稍安宁，外寇又至，甲午之战，李鸿章苦心经营的北洋水师土崩瓦解，引发人们对洋务运动的反思。接着是慈禧发动戊戌政变、八国联军入侵，清政府内忧外患。光宣以后，接踵而至的辛亥革命、袁世凯篡权、张勋复辟等等，众多政治变故令人目不暇接，无从应对。

相比于前代的三国鼎立、五代十国与明亡清兴，清末民初的时代奇局以礼崩乐坏、思想动荡、流派纷呈的极端形式涌现。思想混乱、王纲解纽、黄钟喑哑、瓦釜雷鸣，缺乏主流意识形态支撑，传统文化在中学与西学的激荡中另寻出路。代表末世感伤气息的温李之风，弥漫于社会各个角落，成为近代思想文化领域一股不容忽视的时代思潮。

一、近代社会文化变迁与中晚唐诗派诗人的诗学思想

近代是一个大变动的时代，西方列国早已营造了一个完全不同于东亚传统的政治体系，国人看待外部世界与反观自身传统的视角，亦因

此发生剧烈嬗变，时代变局由此展开。时代的沧桑巨变给社会文化带来的巨大挑战，尚统观念受到冲击，传统社会人们奉为金科玉律的皇统、道统、文统受到质疑，但一时又没有形成统一的意识形态。新兴思潮出现的同时，保守观念并没有消失，而是因此更为顽固。

在学界，以曾国藩、郑珍、黄式三、张履、陈澄、朱一新、朱次琦等为代表的通达之士，要求汉宋兼宗，如陈澧就认为应该调和汉学与宋学，他认为："合数百年来学术之弊而细思之，若讲宋学而不讲汉学，则有如前明之空陋矣。若讲汉学而不讲宋学，则有如乾嘉以来之肤浅矣。"① 还有学者要求古今兼采，如王闿运于《春秋》独尊《公羊》，于《礼》却又推崇《周官》，既反对今文经学为追求微言大义，一味求新求奇、乱发议论，又反对古文经学忽视义理而专尚考据。如此种种，不一而足。

在思想界，伴随着墨学复兴，以墨学比附西学成为时代思潮，佛学中的"入世精神"也被谭嗣同、梁启超、章太炎、熊十力等人拓展，从根本上动摇了正统儒学与传统礼教的独尊地位。

在种种思潮中，西学东渐成为一个复杂议题。鸦片战争前，西学的传播尚以民间自发为主，主要依靠传教士的宗教传播，鸦片战争后，一直到《北京条约》签订，通商口岸开放 16 个，东南沿海和长江沿岸成为西方人合法的居留地。一系列丧权辱国的条约，让中国主权渐失，也改变了国人盲目自大的观念，再加上西学的传播和洋人经商、传教等一系列活动，促进了西学东渐的速度。如何对待西方思潮，如何对待传统，成为中国文化之热点。一个极端是全盘西化，认为西学最高；另一极端则恰恰相反，认为是本国的学问最神圣，大声疾呼应保护"国粹"。

这种"权威真空"导致价值观的混乱，革命派要革命，改良派要变法，保皇党要复辟。而随着清统治的式微，文人的自由个性再次得以伸张。嘉道间，龚自珍文笔横绝一时，魏源诗才动魂荡魄，为近代个性张扬的时代精神开辟了先河。生活于其间的诗人，受到时代思潮的影响，思想复杂，自我张扬。他们的诗歌实践，受到其创作理论影响，不拘成法，强调的是广泛的师承，所以学界在给清末的众多诗人梳理流派时，总感到十分棘手，难以归总。

① 陈澧：《陈兰甫先生澧遗稿》，《岭南学报》1932 年第二卷第三期。

反映在创作中，则体现为这些诗人的思想很难用一宗一派来界定。如易顺鼎就说自己："若儒若墨，若夷若惠，莫能以一节称之。"①樊增祥时而宣称自己是法家："谢公寝处仍山泽，非子纵横是法家。"②时而宣称自己是墨家和学佛："漫兴小诗儒遁墨，余诗时作禅语。慰情薄酒女非男。"③易顺鼎的《哭庵传》，就反映了这种思想乱世，主导他思想的是诸子百家，已经不再是儒家大一统的天下了。

他们时而对君主感恩戴德，表现出正统的忠君思想。如梁鼎芬要去为隆裕太后或光绪皇帝殉葬，曹元忠在清亡后，兄弟相互砥砺，成为遗民，等等。樊增祥把慈禧称为圣人，易顺鼎也曾写诗赞美慈禧："女娲炼云霞，重复定九州。"④但渐趋民主的时代氛围，孔子以来"尊王攘夷"和溯源于《春秋》公羊学的"大一统"思想受到了前所未有的挑战，所以易顺鼎疑古非圣，公开宣称自己"视苍昊帝如仇敌，对素王师若路人"⑤，发出了继龚自珍之后，最响亮的一声呐喊："恐人疑我忠一姓，我忠一姓殊呆狂。"⑥

他们反对"文以载道"，要求摆脱那些强加于文学创作的清规戒律。易顺鼎强调以诗为戏，对应了近代以来的游戏说，反对文学功利观，对儒家诗学范式进行了挑战；他们宣扬诗歌无用论，易顺鼎在《鬘天影事谱自序》中说："不为无益之事，何以遣有涯之生？"⑦又在《故友蒋君词叙》中更进一步发挥说："呜呼！天下不祥之物孰有过于词哉！惟不祥之人好不祥之物。"甚至还更深一步，说："今而知非徒无益，损莫大焉。

① 易顺鼎：《哭庵传》，《琴志楼诗集》附录一，上海古籍出版社2004年版，第1435页。

② 樊增祥：《三月二日过课吏馆扃试竟日酽寒欲雪赋示馆员》，《樊樊山诗集》，上海古籍出版社2004年版，第1400页。

③ 樊增祥：《和戟传覃韵》，《樊樊山诗集》，上海古籍出版社2004年版，第1406页。

④ 易顺鼎：《同诸公等慈恩寺塔用杜韵》，《魂西集》，《琴志楼诗集》卷二十，上海古籍出版社2004年版，第777页。

⑤ 易顺鼎：《今日》，《癸丑诗存》，《琴志楼诗集》卷十八，第1321页。

⑥ 易顺鼎：《告剪发诗》，《壬子诗存》，《琴志楼诗集》卷十七，第1204页。

⑦ 易顺鼎：《鬘天影事谱自序》，《鬘天影事谱》，清光绪二十二年刻本。

非徒遣有涯之生，乃以促有涯之生也。”[①]他们反对封建信条，“三十功名尘与土，五千道德粕兼糟”[②]，有意识地追求浮艳轻丽，以对抗儒家诗学所推崇的端凝典重，以男欢女爱的主要内容，突破了正统观念，摆脱了儒家思想的约束。当时的正统学人称之“自谓玩世不恭，不知其有伤温柔敦厚之旨也”[③]；他们作诗歌追求速度，被陈三立称为“作诗机器”[④]。《石遗室诗话》记载：“近人樊樊山增祥已届万首，易实甫略相等”[⑤]，又称樊增祥和易顺鼎为“近人赋诗之速者”[⑥]，又说“樊樊山平生以诗为茶饭”[⑦]，易顺鼎自称“一岁得诗三百篇，多由信口少呕肝”[⑧]。

二、复古诗潮与时代悲情

中国古代诗歌的变革，往往以复古相标榜，于复古中求新变，十九世纪末的旧体诗人也不例外。梁鼎芬的《题王渔洋集》，很好地阐释了时代风气的转变：

> 落花飞燕两微茫，绝好楼台碎玉装。刘勰文心尚声律，钟嵘诗品爱闲长。

---

① 易顺鼎：《故友蒋君词叙》，《慕皋庐杂稿》卷一，《琴志楼丛书》，光绪刊本。

② 易顺鼎：《上海感怀今昔，示申报馆诸人六首》，《四魂集・魂北集》，《琴志楼诗集》，第 574 页。

③ 李法章：《易顺鼎传》，易顺鼎著《琴志楼诗集》，上海古籍出版社 2004 年版，第 1444 页。

④ 转引自李详《陈散原评樊易两君》，《药裹慵谈》卷六，《李审言文集》，江苏古籍出版社 1989 年版，第 733 页。

⑤ 陈衍：《石遗室诗话》卷一，张寅彭主编《民国诗话丛编》（第一册），上海书店出版社 2002 年版，第 29 页。

⑥ 陈衍：《石遗室诗话》卷十二，张寅彭主编《民国诗话丛编》（第一册），上海书店出版社 2002 年版，第 177 页。

⑦ 陈衍：《石遗室诗话》卷二九，张寅彭主编《民国诗话丛编》（第一册），上海书店出版社 2002 年版，第 411 页。

⑧ 易顺鼎：《除夕旅店祭诗》，《琴志楼诗集》，上海古籍出版社，2004 年版，第 202 页。

一时竞许龙鸾手，何处能容冰雪肠。晚近涓流沾溉尽，香山山谷久荒凉。①

通过批评王士祯，一改前代诗人推崇盛唐的习气，或从汉魏六朝入手，或从江西诗派着力，或如樊、易推崇中晚唐，其目的在于恢复风雅之道，表达现实关怀，表现诗人独特的情感。陈衍曾经引述了近代宋大樽的《诗论》，探讨复古的方式，不是“剿说雷同”式的“三百后有补亡，离骚后有广骚、反骚”，而应该是“拟议以成其变化”②。复古的目的仍然是立足反映时代感受，体现文化关怀。“它能够进入寄主的细胞并且能对该细胞中一切遗传物质进行剧烈的重新安排，把该细胞化作制造它自身拷贝的小工厂，从而把该细胞消灭掉。这就是出人意料的‘常春藤夫人’”③。

在浩浩荡荡的复古大军中，中晚唐诗人倡导的诗文复古的意义，我们认为在于他们理性全面的复古态度。如果说“保持、坚守”是“同光体”对待传统文化的立场，那么“保持、兼容”则是中晚唐诗人的普遍立场。樊增祥曾经说：

向来诗家率墨守一先生之集，其他皆束阁不观，如学杜、韩者，必轻长庆；学黄、陈者，即屏西昆；讲性灵者，则明以前之事不知；尊选体者，则唐以后之书不读。不知诗至能传，无论何家，必皆有独到之处。少陵所谓“转益多师是汝师”也。人所处之境有台阁，有山林，有愉乐，有忧愤，古人千百家之作，浓淡平奇，洪纤华朴，庄谐敛肆，夷险巧拙，一一兼收并蓄，以待天地人物形形色色之相需相感，吾即因以付之。此所谓八面受敌，人不足而我有余也。所蓄既

① 梁鼎芬：《题王渔洋集》，《节庵先生遗诗六卷》卷一，民国十二年（1923）沔阳卢弼慎始基斋刊本。

② 陈衍：《石遗室诗话》卷三，张寅彭主编《民国诗话丛编》（第一册），上海书店出版社 2002 年版，第 48 页。

③ [美]J·希利斯·米勒：《作为寄主的批评家》，《西方最新文论选》，漓江出版社 1991 年版，第 160 页。

富，加以虚衷求益，旬煅季炼，而又行路多更事，多见名人长德，多经历世变，多合千百古人之诗，以成吾一家之诗。此则樊山诗法也。大抵诗贵有品，无名利心，则诗境必超；无媢嫉心，则诗界必广；无取悦流俗心；则诗格必高；无自欺欺人心，则诗语必人人能解。有性情则诗必真，有材力则诗必健，有福泽则诗必腴，有风趣则诗必隽。此皆余自道所得而未尝轻以示人者。①

从这一段话中，首先，我们可以看出，相对于汉魏六朝派的“唐以后书不观”，“同光体”的“三元”、“三关”说，中晚唐诗人复古面扩大，超越了唐宋之争，不仅把苏东坡、陆游等一批宋代诗人纳入了模拟的范围，部分诗人对黄庭坚也不排斥。更重要的是他们强调所复的古是“古人千百家之作”，不拘束于门户偏见，展现了非凡的文化气度和文化视野。其次，他们推崇的是通变的文学观，超越了古今之争。樊增祥是要以“古人千百家之作，浓淡平奇，洪纤华朴，庄谐敛肆，夷险巧拙，一一兼收并蓄”，而兼收并蓄的结果是“以待天地人物形形色色之相需相感，吾即因以付之”。这就是古与今的结合。

陈三立在《依韵酬樊山布政见赠》中写道：“使君风什靡天下，更腹经纶过绝人。才士独为蒙叟许，道家谁识贾生真。移情水石知鱼乐，呵气楼台吐雁新。廿载相望今不负，弥天旧是渡江身。”②“弥天旧是渡江身”借用《世说新语》中释道安和愍度道人的典故，借喻诗人能坚守士人的节操。这首诗指出樊增祥所持守的中国文化本位观念。但其实，他们是所有复古诗派中最为开通的一派，又是最为理性的。他们反对新学和中学之间，非此即彼的态度。樊增祥批评当时的社会风气，说：“毗于旧者，谓中国自有制度，西人之学皆窃我圣帝明王之绪余以臻富强；毗于新者，则欲一切规仿西人，学西学，行西政，习西艺，居处饮食衣服无不效之。以彼新机之解驳，岂不胜于故步之自封。然而择之无方也，

① 樊增祥：《天放楼诗续集书后》，金天羽《天放楼诗文集》，上海古籍出版社2007年版，第1418页。

② 陈三立：《依韵酬樊山布政见赠》，《散原精舍诗文集》，上海古籍出版社2003年版，第250页。

行之无序也，徒歆羡乎外人而不自度其能否也，忘其高卑远迩之程度而侥幸于速成也。”①

他们大多推崇张之洞所提出的中学为体和西学为用的态度，采取一种相对折衷、理性的策略。强调儒家道德规范，强调君国观念，强调文化立场，樊增祥指出：“今之所谓新学者，学人之美，并其丑者而亦学之；去己之短，并其长者而亦去之，不分事势之缓急，不揣程度之高下，人人自命为识时之俊杰，而其无识与八股诸公同，而祸且益烈焉。”他希望陕西留学日本的士人，出国以后“文武、实业总期各有一得，而终身不忘为大清国人，则善矣”②。

但同时，他们都以西学为标榜，樊增祥公开说：“今人皆诋吾为守旧，不知吾作事甚似西人，其不合于时贤者，世皆袭西人之貌，吾则取其意也。”③易顺鼎也说“真新要从真旧出”④，尽管还是以旧包新，但已经体现出对西方文化的接纳态度。相对于举国皆新的社会思潮，樊增祥反对“专事剪辫发、戴草帽、着窄衣革鞮”，因为那是“所效者仅形容”。他提出了具体的学西的方法，那就是“今所当学者，以教育普及为最急，兵制工艺为最要，而学制当中西并重，不当偏倚”。尽管他认为中国“专制已久，未可骤更”，有保守的一面，但他反对举国从西，不顾国俗民情，“事事舍己从人，徒滋讪笑”⑤，亦有其合理的一面。

从诗歌史的演变看，近代晚唐体的流行，是作为宋诗派的反拨出现。近代宋诗的兴盛是伴随着理学复兴开始的，代表人物为曾国藩等一批国家重臣，其背后是对于理想制度、礼乐社会的政治追寻，其实质

① 樊增祥：《书王令景峨试卷后》，《樊山政书》卷十，中华书局2007年版，第285页。

② 樊增祥：《批潼关厅举人陈同熙蒲城县增生王其昌禀词》，《樊山政书》卷十五，中华书局2007年版，第420页。

③ 樊增祥：《二家词钞跋》，《二家词钞》卷尾，《樊樊山诗集》，上海古籍出版社，第1752页。

④ 易顺鼎：《再用苏文忠百步洪韵呈宫保师》，《霭园诗事》，《琴志楼诗集》卷十三，第918页。

⑤ 樊增祥：《苏门游记》，《樊山集外》卷八，《樊樊山诗集》，上海古籍出版社2004年版，第2010页。

是要宣扬以儒家为正统的文学观。与此相对，近代文学史上却出现了一批个性张扬，浪漫不羁的诗人。他们的复古，体现了张扬人性的时代特征。封建社会往往重视伦理生活，强调帝王的权威，要求个性服从共性，人的自由精神很难发展。而一统社会瓦解之时，社会共性分崩离析，人的自我个性反而得以充分呈现，清末民初就是这样的时代。人的自然属性和个体价值观念得到充分的张扬，即所谓的“人性的觉醒”。体现于中晚唐诗人，在于他们以温李为标榜，张扬本色人性，发挥“巫山神女情结”，使得绮艳文学获得前所未有的繁荣。

更为重要的，晚清是中国历史上最为哀伤的时代。《毛诗序》曰：“治世之音安以乐，其政和；乱世之音怨以怒，其政乖；亡国之音哀以思，其民困。”孔颖达疏曰：“治世谓天下和平，乱世谓兵革不息，亡国谓国之将亡也。”[①]又曰：“乱世之政教与民心乖决，民怨其政教，所以忿怒，述其怨怒之心而作歌，故乱世之音亦怨以怒也；国之将亡，民遭困厄，哀伤己身，思慕明世，述其哀思之心而作歌，故亡国之音亦哀以思也。”[②]当人们从“天国圣朝”美梦中清醒过来之后，面对着列强入侵，内乱滋生的混乱，无不发出深沉哀婉的叹息，如《雁影斋诗序》谈李亦元：“君忧天坠，犹类杞人。”[③]他的《乱离一首仿元白体示颂年叔进两太史》、《陶然亭题壁》、《感旧》、《故宫》、《对雪》等，或通过想象中故都的繁华，今昔对比，白描笔法，写出了乱后的凄凉，无不透出绝望、感伤的情调。樊增祥也感叹：“天宝尚有收京日，生逢元佑真灾年。”[④]尤其是清亡而建立民国，给受到长期封建教育的中晚唐诗人强烈的失落感，在他们此后，或

---

① 《毛诗序》，孔颖达编撰：《毛诗正义》，阮元刻《十三经注疏》本，清光绪二十三年(1897)石印本。

② 孔颖达编撰：《毛诗正义》卷一，阮元刻《十三经注疏》本，清光绪二十三年(1897)石印本。

③ 王式通：《雁影斋诗序》，李希圣著《雁影斋诗存》卷首，民国七年(1918)仁和吴氏双照楼刊《松邻丛书》本。

④ 樊增祥：《秋夕与子修、伯严、石甫、子琴诣莱香居共饭，石甫招朱郎至，自庚子后不相见者十三年矣，既归，作长句纪之》，《七言古诗》，《樊山集外》卷二，《樊樊山诗集》，上海古籍出版社2004年版，第1781页。

饱历战乱，或落魄官场，或流连青楼，或隐遁都市，或皈依宗教的人生遭际中，无不包含着深沉的乱离之悲与国运之悲。

总之，时代的悲情，让他们领悟了晚唐乱世诗风的心理根源；个体生命的困顿、仕途的不顺、理想的失落，激起他们内心中狂野和浪漫的潜质；更为重要的，是他们普遍有参政的愿望，多少有一点官职，这让他们深刻地感触到时代的悲剧气氛，对现实强烈不满，要求张扬个性。他们浓郁的诗人气质，为了寻求近代悲情的寄托之所，也以效法古人为途径，中晚唐诗派就在这样的背景下呈现，直至与“同光体”双峰并峙，共同构筑晚清复古诗学之奇峰。

第二节　都市的兴盛与近代绮艳诗风

“王石谷画苏书温李诗……咸同以后成风尚。”①咸同光宣以后，整体诗风在“同光体”流行的同时，凄艳感伤也打着复古的旗号，呈现出泛滥、汹涌的态势，成为绮靡的末世悲吟。郁达夫曾描述当时的风气：“到了光绪的季世，西昆排比之诗兴，而二三自命为风流的人物，又多喜作淫靡猥亵之语，于是一般有识的读者，遂又崇拜起黄仲则的诗来。最近十年，《两当轩集》居然也成了一种复兴的样子。”②这股风气的形成，一方面在于近代文人再一次地遭遇乱世，时代的悲剧意识需要绮艳的形式进行消解，在彷徨无依的状态中，他们在中晚唐的香奁体、温李的艳情诗中，找到了心灵的知音；另一方面，这种风格的大量出现，又不是孤立的文学现象，是在近代都市兴起、商业繁荣的社会经济背景之下产生的，因而更具有时代意味，是元白温李的风格在新的时代环境下的重新发展，并且变得更加狂诞与变本加厉。

① 侯毅：《绝句答友人》，陈衍著《石遗室诗话》，张寅彭主编《民国诗话丛编》（第一册），上海书店出版社 2002 年版第 219 页。

② 郁达夫：《关于黄仲则》，《郁达夫文集》卷六，花城出版社 1983 年版，第 116 页。

一、近代都市奢侈之风

清末虽然政治腐败，大厦将倾，但随着洋务派的大力提倡，实业、商业、科技的发展，都市经济却得到了前所未有的畸形繁荣。上海、汉口、青岛、广州、厦门都因为地理的优势，成为新兴的商业城市，重商思潮得以发端。振兴商务，工业立国的主张开始流行，对传统伦理道德产生了有力冲击。人们的消费观念开始变化，传统的黜奢崇俭论受到广泛的批判，在这样的风气中，对其繁华耳濡目染，诗人的心灵也会受到震撼和影响。以易顺鼎为例，他早年初次经过上海，对上海的都会繁华非常不满，《沪上书感六十韵》："客每寻芳误，夫如逐臭何。虎威狐惯假，龙样马频过。墨客繁于鲫，钱奴佞似鮀。"①表现了对近代商业文明，纸醉金迷生活的抵触。后来他在这样的环境中生活久了，就开始改变口气，《香港看灯兼看月》云："何来无数宝星合为一座大宝星？何来无数宝山合为一座大宝山？"②铺陈笔法中，流露出对香港繁华的艳慕。辛亥革命后，他闲居上海，每天听歌看戏，俨然是都市中人。《和樊山元夜同踏月归寓元韵》云："烟花日日皆佳节，电灯夜夜皆明月。"③对海上华美多有赞叹。与都市繁荣相联系，世风日渐奢侈，娱乐业的开始繁荣，社会风气也开始转向奢侈。

首先，娱乐行业成为晚清文化一个显著标志。打茶围、开烟灯、设宴、叫局、喝花酒、摸牌九以及看戏听书，都成为流行的都市生活方式。在一些新兴都市，青楼、戏园、餐饮等娱乐场所异常盛行，"蕞尔一弹丸地，萃中国二十余省，外洋二十余国之人民，衣于斯，食于斯，攘往熙来，人多于蚁。有酒食以相征逐，有烟花以快冶游，有车马以代步行，有戏

---

① 易顺鼎：《沪上书感六十韵》，《琴志楼诗集》，上海古籍出版社2004年版，第24页。

② 易顺鼎：《香港看灯兼看月歌》，《岭南集补遗》，《琴志楼诗集》卷十四，上海古籍出版社2004年版，第1053页。

③ 易顺鼎：《和樊山元夜同踏月归寓元韵》，《琴志楼诗集》，上海古籍出版社2004年版，第1253页。

园茗肆以资遣兴。下此而烟馆也、书场也、弹子房也、照相店也，无一而不引人入胜”①。

尤其是戏剧业迅速发展。贺长龄称：“吾观于乡而知王道之易易也，雅道凌迟，浇风竞扇，昵邪丑正，实蕃有徒。往往以小说淫词曲为傅会，但博观者之一粲，不顾声色之荡人。”②并站在道学家的立场上，要求严禁“淫戏”的演出，这也从一个侧面证明了当时都市娱乐行业的繁荣。在近代戏剧的发展中，作为雅部的昆曲逐渐衰落，京剧开始发展，涌现了一批以梅兰芳为代表的京剧大师，并且出现女伶，这为戏剧带来大量的观众，从当时市民浓郁的“捧角”风气，就能看出当时戏剧业的繁荣，易顺鼎、樊增祥大量的“捧角诗”，就是产生于这样的环境。

“清吟小班”、“书寓”、“茶室”、“下处”和“小下处”等妓院的繁荣，使得妓女再次成为一个重要的社会阶层。当时的上海滩，妓院纷起，美女如云。根据20世纪20年代上海一位知县的估计，上海妓院妓女人数众多，“盖有名数者，计千五百余家，而花烟馆及咸水妹、淡水妹等等，尚不与焉”③。本世纪初，上海工部局和公董局有报告显示，租界华人女性中，妓女比例竟达12.5%，狎妓吃花酒已公开化，有叫局、打茶围、兜风、白相等各种名目，种类繁多，使人惊叹。而近代中晚唐诗人们因科举、仕宦、交游、谋生、国变等缘由汇聚繁华闹市，与妓女们结下特殊的渊源，饮酒狎妓、诗酒风流，仍然是他们生活中重要的一个部分，传统的文人在酒筵上即席撰写艳情歌诗的方式，在他们身上再一次得到延续。

其次，与娱乐业发展相对应，民间兴起了铺张消费的潮流。在消费世风变迁中，人们逐新趋奇，社会风气崇洋媚外，“沪地海关每年进口的洋货中，生活消费品和奢侈品始终占有相当大的比重。”④“凡物之极贵重者，皆谓之洋，重楼曰洋楼，彩轿曰洋轿，衣有洋绉，帽有洋筒，挂灯曰洋灯，火锅名为洋锅，细而至于酱油之佳者亦名洋酱油，颜料之鲜明者

① 《论上海耗财之多》，《申报》，1890年12月1日，第1版。

② 贺长龄：《饬严禁淫戏札》，《耐庵奏议存稿》，沈云龙主编：《近代中国史料丛刊》，台北文海出版社，1966—1973年版，第1413页。

③ 上海通社编：《上海研究资料》，上海书店1984年版，第554页。

④ 樊卫国：《近代上海的奢侈消费》，《探索与争鸣》，1994年第12期。

亦呼洋红洋绿。大江南北，莫不以洋为尚。”[①]咸丰以来，市民服饰渐渐讲究奢侈，服装以紧和短为美；同治年间流行宽和长；光绪年间，上海地区又追求短衣窄袖。一有时尚的产品出现，人们即群起效尤，风行一时。而当时的婚丧嫁娶，不仅礼仪繁多，而且场面奢华。人情攀比，显示排场。如湖南善化县，在清光绪年间，举办婚礼，“男家用金玉钗钏等物件”，而“女父母爱怜其女，恣其所求；女恃宠而骄，亦恣其所取”，甚至出现“夫或以无财轻其妇，妇或以无财轻其夫，而夫妇之道必不能终”[②]。

尤其是开埠之后的上海，充斥着妓院、赌场、烟馆，醉生梦死、销金销魂，是富商大贾尽情享乐、醉生梦死的好地方。有人描写沪上的繁华与奢侈：“就沪上而论，费用之大，竟有令人不可思议者。无论楚馆秦楼密如鳞比，戏楼酒馆昼夜喧哗，即茶寮烟室之装饰辉煌，亦从来所未有……曾有人核算烟灯所点之油，日须数十篓。”[③]“商人们讲求体面排场，追求奢侈豪华，相互攀比，斗富争雄，为是得到某种优胜者的快感，为的是向人们证实自己的社会价值。”[④]《申报》也载文：“近来沪上经济之内容日就干涸而外表则日趋奢华。酒食游戏，夜以继日，娶妾狎妓，争豪角胜。一宴之费可破十家之产，一博之资可罄九年之蓄。”[⑤]即使普通人，平时为生计忙碌，休息日也进入各种娱乐场所。许多诗文有此记载：“第一开心逢礼拜，家家车马候临门。娘姨寻客司空惯，不向书场向戏园。”[⑥]“恰逢礼拜闲无事，好把京班仔细看。”[⑦]有记夜生活繁荣景象的：“洋场随处足逍遥，漫把情形笔墨描。大小戏园开满路，笙歌夜夜

---

① 陈作霖：《洋字先兆》，《炳烛里谈》卷上，清宣统三年（1911）刻本。

② 丁世良、赵放主编：《中国地方志民俗资料汇编》（第六册），国家图书馆出版社 2014 年版，第 478 页。

③ 《论近今俗尚之奢》，《申报》，1899 年 9 月 5 日，头版。

④ 乐正：《近代上海人社会心态（1860—1910）》，上海人民出版社 1991 年版，第 99 页。

⑤ 《注意俭德》，《申报》，1913 年 10 月 13 日。

⑥ 鸳湖隐名氏：《洋场竹枝词》，载《申报》1872 年 7 月 12 日。

⑦ 苕溪洛如花主人未定草：《春申浦竹枝词》，1874 年 10 月 17 日。

似元宵。”[①]上海报纸为此感叹：“在他处则欲俭尚易，在上海则欲俭甚难。”[②]

都市的繁荣，为文人提供了游宴的场所；戏剧的繁盛，让文人有了新的天地，展示自己的调笑天赋、狂诞个性；商业的氛围，奢侈的世风，为温李诗风的再次繁盛，提供了合适的土壤；改变了传统道德取向和伦理原则，消解了传统中国以田园为核心的审美习惯和创作方式；诗歌由内敛转向狂歌，文人由闲情逸致转向异性崇拜。

二、近代诗学观念的变化及其原因

以温李为代表的晚唐诗歌，在正统的诗学话语中，是不被重视的，甚至被冠以“格卑”的评介。宋人吴可的《藏海诗话》称：“晚唐诗失之太巧，只务外华，而气弱格卑。”[③]所谓气弱格卑，其实是指唐代贞元、元和年间的政治理想已经在藩镇割据、王朝摇摇欲坠的残酷现实面前变成了完全个人化的咏叹——落第秀才的青袍之叹，青楼浪子的“扬州一梦”。这种“以悲为主”的诗格，不同于宋诗所强调的刚健、瘦硬的艺术特质。

清代以来，虽然有钱谦益等人的大力提倡，有叶燮为晚唐诗歌正名：“又盛唐之诗，春花也。桃李之秾华，牡丹芍药之妍艳，其品华美贵重，略无寒瘦俭薄之态，固足美也。晚唐之诗，秋花也。江上之芙蓉，篱边之丛菊，极幽艳晚香之韵，可不为美乎？”[④]但主盟诗坛的仍然是王士祯的“神韵说”和沈德潜的格调论，推崇的仍然是以盛唐为核心的盛世文化。陈衍曾记叙乡人前辈：

> 道光间……蕙卿性孤介，老于诸生。尝尽汉、魏、齐、梁、唐、宋之源流，心摹而手追之。少年自伤名不出里巷，同辈无能知之，故

① 晟溪养浩主人稿：《戏园竹枝词》，《申报》1872 年 7 月 9 日。

② 《俭说》，《申报》，1890 年 7 月 31 日，第 1 版。

③ 吴可：《海藏诗话》，文渊阁《四库全书》本，总 1479 册，第 4 页。

④ 叶燮：《原诗》，人民文学出版社 1979 年版，第 67 页。

狎游以自晦。四十以后，闭关守穷，人罕见其面，乃遭蚍蜉之撼，薄以温李体。①

从“薄以温李体”这一描述来看，咸同光宣之前，温李之体还是被人们轻视的。

近代这一现象则发生了转移，对以温李为核心的中晚唐诗人的推崇，达到了顶点。究其原因，一方面如吴调公先生从文学史的角度加以分析：“如果说清初晚唐诗（包括李商隐一派）的复苏，是明代竟陵派幽涩孤峭风格的反拨，那么清末晚唐诗的小小繁荣，恰是标榜盘硬古奥的江西派末流的反响。李商隐诗的余波主要就是在这两次反拨中出现的。”②另一方面则是时代原因。近代中国正处于一个由盛转衰的时期，“以第一次鸦片战争为开端，来自西方的工业文明作为一种整体水平已经超前的文明形态，以入侵者的姿态首先从军事上，既而从经济上、政治上和文化上给中国人以当头棒喝，宣布东方农耕文明优势地位及封闭状态的历史性终结。”③西方列强对中国的侵略掠夺，腐败政治对民众的压抑搜刮，再加上难以适应的新的历史环境以及对前途的迷茫，使得人们不知所措、无可奈何，加剧了悲剧心理的产生。

近代这种长时间高强度的心理压力，使得诗人们心态失衡，面临精神崩溃，他们只好自觉不自觉地寻找心灵的补偿。或是寻找价值转移，或是寻找心理弥补，或是寻找安慰物等等，以使自己的悲剧情怀得到发泄与释放。艳诗的写作，亦成为一种自我逃避、自我麻醉的方法。其原因如同鸦片一样，“有一个有闲有钱的阶层消费它，有一个普遍绝望悲观、逃避现实的社会心理为它提供了需求的精神背景”④。

明代的曾异撰曾从个人角度，探讨了绮艳诗风的由来。在《卓珂月〈蕊渊〉〈蟾台〉二集序》中，他说：

① 陈衍：《石遗室诗话》卷一五，《民国诗话丛编》（第一册），上海书店出版社2002年版，第210页。

② 吴调公：《李商隐研究》，上海古籍出版社1982年版，第206页。

③ 冯天瑜：《中华开放史》，湖北人民出版社1996年版，第48页。

④ 周宁：《鸦片帝国》，学苑出版社2004年版，第46页。

> 且夫饮醇酒近美人，在今日富贵利达之士大夫，以为是得志而不可不为之乐事。此夫事之极猥庸而不足道者也。然出于千古之英雄，则借以行其痛哭忧畏，而消泄其无可如何之感愤。愚尝谓酒色鄙事，今古人亦不相及若此。

曾异撰对时人纵情于酒色颇为不满，认为“此夫事之极猥庸而不足道者也”。不过，他其实反对的是“以为是得志而不可不为之乐事”的上层士大夫，而对“借以行其痛哭忧畏而消泄其无可如何之感愤”[①]的千古之英雄则表示同情。近代的中晚唐诗人们往往一生坎坷，如易顺鼎，被时人誉为天才，但在晚清的时代格局下，即使是天才，也一无所用；沈汝瑾，以一介寒士终老田园；曾广钧，曾国藩之孙，晚年依妹勉强度日。他们显然不属于“以为是得志而不可不为之乐事”的贵族士大夫阶层。他们诗中的绮艳意象，常常与悲伤的情感紧密相连。或如袁中道阐述说：

> 丈夫心力强盛时，既无所短长于世，不得已逃之游冶，以消磊块不平之气。古之文人皆然。近日杨用修云：“一措大何所畏，特是壮心不堪牢落，故耗磨之耳。”亦情语也。近有一文人酷爱声妓赏适，予规之。其人大笑曰：“吾辈不得志于时，既不同缙绅先生享安富尊荣之乐，止此一缕闲适之趣，复塞其路，而欲与之同守官箴，岂不苦哉！”其语卑卑，益可怜矣。[②]

他们是以绮情艳笔来发泄心中郁结的悲哀，酒色成了痛苦人生的避难所。荣格说过：“一个已经过时的诗人，常常突然又被重新发现。这种情形发生在我们的意识发展已经到达一个更高的水平，从这个高度上诗人可以告诉我们某些新的东西的时候。实际上，这些东西始终存在于他的作品中，但却隐藏在一种象征里。只有时代精神的更迭，才

① 曾异撰：《卓珂月〈蕊渊〉〈蟾台〉二集序》，黄宗羲编《明文海》，卷二百五十五，中华书局 1987 年版。

② 袁中道著，钱伯城点校：《珂雪斋集》，上海古籍出版社 1989 年版，第 472 页。

对我们揭示出它的意义。"①近代诗人夏敬观将之上升到国家与时运的高度：

> 侍郎独为义山之诗……吾闻之，治世之音安以乐，乱世之音怨以怒，亡国之音哀以思，风雅之正变政理之盛衰为之也。非夫诗人之好为此，怨怒哀思之音也，诗之旨，主乎讽谏箴诵，周衰而诗作，姑宣尼论诗以关雎之刺为风雅之首，而后世诗道之兴亦恒在中叶。唐宋之初，其文不振，固由未能革六朝五代之余习，亦其所处安乐，讴歌粉饰转无足观。不若衰世之音啾发感耳，犹不失为变风变雅之遗也。②

总之，近代文人在以艳诗消解其悲剧感的同时，也彰显出诗歌的时代风貌。

三、中晚唐前辈诗人群与绮艳诗风

一个诗派的兴起常常与特定时空相连，一代或几代前贤的积淀与酝酿，才导致了以樊易为代表的中晚唐诗派的横空出世。近代社会在孕育出何绍基、曾国藩等宗宋大家的同时，也厚积薄发，出现了一批以叶衍兰为代表的以华艳诗风为导向的诗派，尽管其事迹或已淹没、其书亦散佚难觅，但其对诗风学风的开创之功，不可泯灭。我们可以将他们认为是中晚唐诗派之先导，亦即初兴。说明樊易等人诗学风格并非凭空而成，而是文学史的必然，是前朝几代诗人共同努力的结果。

1. 中晚唐诗风之初兴

近代绮艳诗风的肇始，当溯源近代诗风转型的关键人物龚自珍。其诗作情词缠绵，意象瑰丽，诗情悱恻，可以看出温李的痕迹。"天教伪

---

① 荣格：《心理学与文学》，三联书店 1987 年版，第 116 页。

② 夏敬观：《泗州杨尚书遗诗》序一，杨士琦著《泗州杨尚书遗诗》卷首，1942 年铅印本。

体领风花，一代人材有岁差。我论文章恕中晚，略工感慨是名家”[①]，指斥文坛“伪体”盛行，推崇中晚唐诗的“略工感慨”，实际上是推崇时代诗风的新变。

早在同治年间，在福建地区，号称海滨邹鲁的泉州地区，有陈棨仁(1837—1903)，字戟门，又字铁香，同治年间进士，著作《藤华吟馆诗录》、《闽诗记录》等，表达了对于李商隐的推崇，《读香草笺偶题》云：“顽艳骚情剧可人，樊南词客认前身。蘼芜十里青溪路，不绘秋声止绘春。”[②]陈衍《石遗室诗话》多次提到有陈子驹、徐云汀、李星村、杨子恂、林希村等人，“而木庵先兄年二十余，出语高隽浑成，绝无所师承，天才超逸然也。所与游者，惟陈子驹明经通祺、徐云汀孝廉一鹗、李星村太学应庚、杨子恂庶常仲愈、林希村季才如玉数人，则才华自喜，自命能为玉溪生、杜樊川近体者，伯兄久而厌之”[③]。其中，林希村是陈衍在《石遗室诗话》中多次提到的诗人，诗话中收集了他的两首诗：

仓皇同志有忻城，铁骑横江把臂行。愁杀石城闲草木，当年亲见褚渊生。

——《虞山吊钱宗伯》之四

笙歌艇子破愁围，载得王昌缓缓归。左右成行三十六，一湖春水落花肥。

——《社集赋得莫愁湖鸳鸯》[④]

陈衍称他的文章“惊才绝艳”，从这仅存的两首诗看，全诗宗尚性情，文字新颖秀美。

湖湘地区历来有绮艳的传统，早在道光年间，就有欧阳辂(1767—

---

① 龚自珍：《歌筵有乞书扇者》，《龚自珍全集》，中华书局1959年版，第490页。

② 陈棨仁：《藤华吟馆诗录》卷一，铅印本，第18页。

③ 陈衍：《石遗室诗话》卷一，张寅彭主编《民国诗话丛编》(第一册)，上海书店出版社2002年版，第31页。

④ 林希村作，陈衍：《石遗室诗话》卷一附，《民国诗话丛编》(第一册)，上海书店出版社2002年版，第268页。

1841)，字念祖，湖南新化(一作善化)人，作《涧东诗钞》。标举性情，反对当时舍性情而矜淹博的风气，反对当时的"近时如朱某、厉某辈，披搜隐僻书语，涂泽满纸，意将傲人以所不知"，称之为"诗道之魔"①。他早年的诗如："翠袖娇扶上彩茵，笑生春态步生尘。座中莫讶梁州舞，元是仙韶院里人。"②词采华茂，体现了湘中华艳的风格。这一风气一脉相传，现据《湘雅摭残》，道咸年间，推崇绮艳诗风的诗人尚有熊绍庚、刘文协、何维棣(何绍基之孙)、胡焯、周寿昌、袁文光、邹汉勋等人。

被章士钊认为"翩联三士壮同光"③的吴观礼，在当时影响颇大。吴观礼，字子俊，号圭庵，同治十年(1871)进士，长期在左宗棠幕府，平定新疆，于国有功，光绪四年(1878)因赈灾染上瘟疫而死。认为"学杜当从玉溪入手"④，汪辟疆称为"诗格高浑"，"其抚时感事之篇，得杜陵法乳"⑤。

广东诗人叶衍兰与樊增祥、易顺鼎关系较为密切。叶衍兰字南雪，号兰台，广州番禺人。他自幼受家训，爱诗词，曾向张维屏学诗，早年曾作《鸳鸯十二首》，其一云："文采翩翩绝世才，栖身池馆亦蒿莱。湖边翡翠伤心侣，江上芙蓉薄命胎。云水为家双宿惯，秾华被服五铢裁。生涯毕竟烟波好，不羡鲸鱼跋浪开。"⑥这十二首诗，大得同时代诗人文士的赞赏，各诗社纷纷传诵，引来了同一时空诗人的共同唱和，在当时影响颇大。叶恭绰说："汪芙生先生笔记中所载，先大父咏鸳鸯一联，谓当时传为佳话者。"⑦冒广生也记载："顾其少日乃盛以诗鸣于时，尝赋鸳鸯句……柳翁者见之，妻以女，上夫至今艳其事"，其人其事，"金丈……粟

① 张翰仪编，曾卓、丁保赤标点：《湘雅摭残》，岳麓书社 1988 年版，第 9 页。

② 张翰仪编，曾卓、丁保赤标点：《湘雅摭残》，岳麓书社 1988 年版，第 8 页。

③ 章士钊语，汪辟疆《光宣以来诗坛旁记》，《汪辟疆文集》，上海古籍出版社 1988 年版，第 494 页。

④ 汪辟疆：《近代诗派与地域》，《汪辟疆文集》，上海古籍出版社 1988 年版，第 305 页。

⑤ 汪辟疆：《光宣以来诗坛旁记》，《汪辟疆文集》，上海古籍出版社 1988 年版，第 494 页。

⑥ 叶衍兰：《鸳鸯十二首》之一，《海云阁诗钞》，民国十七年(1928)刻本，第 32 页。

⑦ 叶恭绰：《海云阁诗钞跋》，叶衍兰《海云阁诗钞》，民国十七年(1928)刻本。

香采入随笔中”[1]。叶衍兰辞官后，主讲于广州越华书院，培养人才潘飞声、冒广生等，都有成就。

他对中晚唐诗人颇有影响，易顺鼎有《和叶兰台丈游丝四首》，樊增祥有《菩萨蛮》（桃花扇点桃花雪），题下有小注：“梁冉属题叶南雪所摹李香君小像。”[2]这里的“梁冉”指梁鼎芬，可见易顺鼎、梁鼎芬、樊增祥等人对他都很推崇，叶衍兰对易顺鼎也很佩服，称为“清超绝俗”、“天马行空”、“天际真人”[3]。

叶衍兰诗风以绮艳著称。他的学生冒广生称为“上追元白，平视温李”[4]；汪瑔（汪芙生）也称他的诗“清而实腴，丽而有则。富于藻采，而性灵不为所掩”[5]；他自己也以三十六体自命：“粲粲成行三十六，更谁黄绢斗新词。”[6]他在《秋梦庵词钞序》中说，晚清政治腐败，民生凋敝，自己的诗作却是酒阁灯畔，倚醉挥毫，忧愁幽思，大都侧艳之词，与民众的生活格格不入。但他又说：“今年已垂暮，学道未能，不复作少年绮语。然春蚕未死，尚有余丝。”[7]在《寒夜独坐信口放言拉杂录出得十七首》其五中，他提出了自己的理论标准，推崇元白温李：“长庆称元白，温李亦继美。”接着又推崇吴梅村，视他为清初诗坛领袖：“前有吴梅村，海内称诗史。左翼钱牧斋，右翼龚鼎孳。”[8]

他曾效法李商隐作《无题》诗：“几树垂杨罨画楼，卷帘斜日正梳头。空凭青鸟传芳信，浪说文鱼驾远游。赌醉记翻金凿落，题词还认钿箜篌。徐娘老去风情减，一角银河路阻修。”[9]他有诗歌咏历代美人，如西

① 冒广生：《海云阁诗钞跋》，叶衍兰《海云阁诗钞》，民国十七年（1928）刻本。

② 樊增祥：《菩萨蛮》，《诗余》，《樊山集外卷六》，《樊樊山诗集》，上海古籍出版社 2004 年版，第 1918 页。

③ 叶衍兰：《题辞》，转引自易顺鼎《琴志楼诗集》卷二，上海古籍出版社 2004 年版，第 1501 页。

④ 冒广生：《海云阁诗钞跋》，叶衍兰《海云阁诗钞》卷尾，民国十七年（1928）刻本。

⑤ 汪瑔：《海云阁诗钞序》，叶衍兰《海云阁诗钞》卷首。

⑥ 叶衍兰：《鸳鸯十二首》之十二，《海云阁诗钞》，第 35 页。

⑦ 叶衍兰：《秋梦庵词钞序》，《秋梦庵词钞》卷首，清光绪十六年（1890）刻本。

⑧ 叶衍兰：《寒夜独坐信口放言拉杂录出得十七首》之五，《海云阁诗钞》，第 16 页。

⑨ 叶衍兰：《无题》，《海云阁诗钞》，第 27 页。

施、昭君、文君、若兰、红拂、杨妃等等，在这些诗中，他并没有刻意描摹女性的容貌，而是感叹其事其情，很多议论能打破常规，颇有见识，如“毕竟三郎情太薄，深盟牛女未多时”[①]，这就和历代哀叹两人爱情悲剧的主题有所不同；他更注重人格精神：“蘼芜诗句横波画，那及桃花扇底香。”[②]古人咏鬼诗往往阴森恐怖，但叶衍兰的咏鬼诗却词彩华茂，表达了警世之意：“爱河荡漾鸳鸯性，兰麝香浓花箭影。刘伶携上糟丘台，春暖黄炉金屋冷。”[③]他的咏物诗，客观景物描写中带有强烈的女性色彩，如《春柳四首用渔洋山人秋柳韵和友人作》，完全把柳树当作美人来描写，如：“笼烟蘸露剧消魂，无异萧疏感白门。萦恨瘦腰台畔影，伤心愁黛镜中痕。”[④]再如他的《白桃花》，描写桃花的娇媚多姿，但诗歌意图并不在此，而是为了牵出后面的“三月贫家嫁女时”[⑤]，以白桃花的秀美来反衬贫家女的楚楚动人。

他的诗歌虽然华艳，但是并非无骨力。“世事坐看云变幻，壮怀潜与墨消磨”[⑥]，表达世事风云变幻，自己壮志难酬的感叹；《都门即事杂诗》表示了对当时政局的不满，如其一云“今日黄金非市骏，燕昭台畔首重回”[⑦]；《将出都门感赋》其三云“频年学士画葫芦，赢得霜华鬓影疏”，表示对以往的追芳逐艳有了觉醒；而其三的“不分蛾眉谣诼甚，何如归去结吾庐”，则表示了难忍小人中伤，宁可辞官回家的决心；其四云“才人老大频看剑，名士声华值几钱。待向罗浮寻旧约，万梅花里梦游仙”[⑧]，则是看破红尘，潇洒隐退。

2. 近代绮艳风尚

中晚唐诗风的主要发源地，其一是湖湘地区，当地本身所特有的

---

① 叶衍兰：《杨妃》，《海云阁诗钞》，民国十七年(1928)刻本，第 25 页。
② 叶衍兰：《题李香君小影》，《海云阁诗钞》，第 1 页。
③ 叶衍兰：《题罗两峰鬼趣图》，《海云阁诗钞》，第 3 页。
④ 叶衍兰：《春柳四首用渔洋山人秋柳韵和友人作》其一，第 12 页。
⑤ 叶衍兰：《白桃花》，《海云阁诗钞》，第 7 页。
⑥ 叶衍兰：《秋日感怀寄故园诸同好》，《海云阁诗钞》，第 6 页。
⑦ 叶衍兰：《都门即事杂诗》，《海云阁诗钞》，第 9 页。
⑧ 叶衍兰：《将出都门感赋》，《海云阁诗钞》，第 26 页。

“绮艳”传统，与时代风尚相联系，出现了一批宗尚温李和中晚唐的诗人，其二在常熟地区，这一地区本身有冯氏兄弟学李的文学传统。其三是京师，作为全国的政治文化中心，京师最先感受到时代的悲剧气氛。汪辟疆曾经说：“清末京朝，颇多哀楚绵邈之音，皆从玉溪、冬郎而出。”①主要作者是李希圣、曾习经、丁叔雅和王乃征。而随着樊易的进京、西昆诗人的西砖酬唱，这一股风气逐渐蔓延至全国。

甚至有诗人读了樊易的诗歌，而改变原先的风格。“叶损轩郡丞为诗三十年，寝馈于渔洋、樊榭，语多冷隽。梁节庵鼎芬亟称之……未几，损轩官江南，见实甫《魂东》诸集，喜之，顿改故步。《续稿》、《又续稿》，七律诗十居八九，惟求裁对工整，视旧作若出两人矣。”②

近代学李是一种时代风尚，很多其他诗派的诗人也纷纷效仿。如唐诗派的张佩纶，徐世昌认为其“近体缜密高华，伐材既富，隶事尤工”，而其“早岁尝为玉溪诗作注，知宗尚又有在也”③。汪辟疆说：“其诗得力于玉溪、坡公，而剽健精悍之气溢于字句，亦深至，亦蕴藉，确为光绪朝大手笔。”④再如唐诗派的领袖张之洞，他在庚子之役后就写下一首效仿义山之作，《同人有效玉溪体者亦戏作一首》云：

> 青鸟销沉锦字笺，凤凰怨绝宝琴弦。佩留洛浦波难语，扇冷班姬月独圆。梦雨夕飘三峡路，泪筠春绿九疑烟。持金耻觅他人赋，自赋楼东且自怜。⑤

他还有一些诗作艺术手段与李商隐诗相仿，如“一夜狂风国艳残，

① 汪辟疆：《光宣以来诗坛旁记》，张寅彭主编《民国诗话丛编》（第五册），上海书店出版社2002年版，第419页。

② 陈衍：《石遗室诗话》卷一，《民国诗话丛编》，上海书店出版社2002年版，第26页。

③ 徐世昌：《晚晴簃诗汇》卷一百六十五，《续修四库全书》本第1632册，第670页。

④ 汪辟疆撰，程千帆原校：《光绪以来诗坛旁记》，张寅彭主编《民国诗话丛编》（第五册），上海书店出版社2002年版，第426页。

⑤ 张之洞：《同人有效玉溪体者亦戏作一首》，《广雅堂诗集》卷一，清顺德龙氏刻本。

东皇应是护持难。不堪重读元舆赋，如咽如悲独自看”①，别有寄托，有神无痕，得咏物之高妙，接近于李商隐咏物诗，时人评价说：“哀感顽艳，盖不独为牡丹而作也。”②

“同光体”诗人虽然尊崇宋代诗人，但据陈衍的《沈乙庵诗序》记载，沈增植自己说：“吾诗学深，诗功浅。夙喜张文昌、玉溪生、山谷《内外集》，而不轻诋七子。”③他有《仿玉溪体》云：

> 青鸟传言乍有无，朝元一气泒清都。由来北烛仙人杖，可要东陵圣母符。
>
> 密意袖中诒玉玦，神方墨外洒金壶。还丹八转华如雪，快遣丁神启药炉。④

而江西派的陈三立，在赵元礼的记载中也有嗣法义山之处：“予向喜陈散原《赠吴彦复七截》后两句云：‘我友堂堂终付汝，喜心和泪说彭嫣。’‘喜心和泪’四字，可谓奇而法矣。近读李义山《赠刘蕡诗》有‘万里相逢欢复泣，凤巢西隔九重门’，乃知散原老人脱胎于此也。”⑤

第三节　近代以渊源论诗的时代风尚与中晚唐诗派诗人

中国古代诗学中的渊源论由来已久，至近代则蔚为大观。“诗学渊源”成了近代诗人之间互评的常用语，成了近代诗坛流派划分的重要标

---

①② 张之洞：《牡丹》，林庚白《孑楼诗话》附，张寅彭主编《民国诗话丛编》（第六册），上海书店出版社2002年版，第116页。

③ 沈曾植语，转引自陈衍《沈乙庵诗序》，沈曾植著，钱仲联校注《沈曾植集校注》，中华书局2001年版，第12页。

④ 沈曾植：《效玉溪体二首》之二，沈曾植著，钱仲联校注《沈曾植集校注》卷八，中华书局2001年版，第1025页。

⑤ 赵元礼撰，李剑冰校点：《藏斋诗话》，张寅彭主编《民国诗话丛编》（第二册），上海书店出版社2002年版，第250页。

志，是近代旧体诗坛的重要特征。陈衍在《石遗室诗话》里谈到近代诗坛风气时说："自咸同以来，言诗者喜分唐宋，每谓某也学唐诗，某也学宋诗。"①虽然是对当时"诗分唐宋"现象的不满，但我们也由此可见当时诗坛的普遍风尚。甚至有丁仪专门写《诗学渊源》八卷，这就是诗歌流派史上比较独特的文化现象。

诗歌作者不仅乐意向别人阐述自己的渊源，对自己所推崇的诗人，也会以集句、祝寿、悼亡等特定形式加以追悼。他们在评论别人的诗歌时，也喜欢论其宗尚，论述自己的诗学主张时，也喜欢阐明渊源。如《诗话后编》记载一位叫汤樾坡的诗人，他的《论诗记怀》云："吾江诗派祖涪翁，能自名家迥不同。出入风骚胎息远，取携韩杜揣摩空。"②

不同流派的诗人之间，因为渊源不同，经常展开争论。虽然近代关于诗学正宗的争论，不如明代激烈，也远远没有陷于意气之争，但《石遗室诗话》也记载："剑丞溺苦于诗，其造语大有不惊人不休之意。去年数至都下，弢庵、樊山诸老盛许之。一日掞东招余，余后至，见剑丞与昀谷方断断争论。剑丞谓唐宋诗人独有一梅圣俞耳，昀谷大非之，稍訾及宛陵，因取决于余。"③

他们往往以各种姿态展示自己的诗学观，批评其他流派。王闿运诗学源于汉魏，雅好《骚》心《选》旨，下及三唐，他不喜欢宋诗，连诗论也称为《湘绮楼说诗》，不以"诗话"为名，表现出对宋诗的不满。门下弟子也受他影响，唐以后诗不观。如张绍龄，《湘雅摭残》记载："格律遒上，不为唐以后语，故王湘绮谓其语必惊人，才气喷薄，有自辟门径之概云。"④再如曾彦，字季硕，四川华阳人，江西吉安知府曾咏的女儿，后归蜀，与其夫张祥龄同为王闿运弟子，《晚晴簃诗汇》称其诗学魏晋和六

① 陈衍《石遗室诗话》卷一四，张寅彭主编《民国诗话丛编》(第一册)，上海书店出版社 2002 年版，第 203 页。

② 汤樾坡：《论诗记怀》，转引自魏元旷撰《诗话后编》卷五，张寅彭主编《民国诗话丛编》(第二册)，上海书店出版社 2002 年版，第 52 页。

③ 陈衍：《石遗室诗话》卷一四，张寅彭主编《民国诗话丛编》，上海书店出版社，2002 年版，第 199 页。

④ 曾卓、丁保赤标点：《湘雅摭残》，岳麓书社 1988 年版，第 431 页。

朝，“抗心希古，不愿作唐以后语”①。此外如张之洞“少工应试之作，长治官文书，最长于奏疏，旁皇周匝，无一罅隙，而时参活着。故一切文字，力求典雅，而不尚高古奇崛”，他不喜欢江西派，每每有“张茂先我所不解”之语。《石遗室诗话》记载：“广雅相国见诗体稍近僻涩者，则归诸西江派，实不十分当意者也。苏堪序伯严诗，言‘往有巨公，与余谈诗，务以清切为主。于当世诗流，每有张茂先我所不解之喻’。巨公，广雅也。其于伯严、子培及门人袁爽秋昶，皆在所不解之列。”他曾经有诗，斥责僻涩之诗：“江西魔派不堪吟，北宋清奇是雅音。双井半山君一手，伤哉斜日广陵琴。”②所以门下樊增祥、易顺鼎受他的影响，都不学黄庭坚。对其渊源的不认同，成了贬低其诗歌创作的重要原因。

诗话点评成了比较常见的标举自己倾心作者，贬低其他诗派的方式。陈衍就曾标举过宋代的梅尧臣和陈师道：“余向于古人论宛陵、后山诗，于今人论伯严、子培诗，皆如是观。剑丞疑余所评许者不尽由衷之言，则不然也。鄙意古人诗到好处，不能不爱，即不能不学，……剑丞诗最佳者，……用笔造语，皆得髓于宛陵而神似之。世之服膺宛陵者，一时恐未有其匹。”③陈衍对于专学李商隐的李希圣等人也颇有不满，认为：“与亦元同时，专学玉溪生者，吴县曹君直舍人元忠，工处时出雁影斋上。……亦元苦追义山，实与牧斋相近。君直有《赠天韵阁主》云……可谓工整绵丽矣，然犹出入于温李之间者也。”④

一、以渊源评价诗人

近代诗话往往以渊源来评价诗人，文中充满“雅似北江”、“今之贾

---

① 徐世昌：《晚晴簃诗汇》卷一九二，中华书局 1990 年版。

② 陈衍：《石遗室诗话》卷一一，张寅彭主编《民国诗话丛编》（第一册），上海书店出版社 2002 年版，第 156 页。

③ 陈衍：《石遗室诗话》卷一四，张寅彭主编《民国诗话丛编》，上海书店出版社 2002 年版，第 200 页。

④ 陈衍：《石遗室诗话》卷七，张寅彭主编《民国诗话丛编》，上海书店出版社 2002 年版，第 100 页。

浪仙、李才江”、“诗格在玉川、白傅之间”、“近元次山”等赞语，评论诗人的时候点出其诗学渊源，则更是随处可见。如对周星诒的诗歌，陈衍说：“君诗固《箧中集》中孟云卿、沈千运诸人之流亚也。”[1]张之洞在评点易顺鼎的《庐山诗》时，不断有“颇似杜、韩，亦或似苏”[2]的评价；陈三立在评梁鼎芬时又有“超语似苏髯”、“学黄有老气”[3]之类的断语，以“似杜”、“似韩”来表示赞赏。甚至对每一首具体的诗歌，也会有人点出其源头，加以评判，如对郑珍《巢经巢集》中的一首《正月陪黎雪楼舅游碧霄洞作》，陈衍就评论说：“效昌黎《南山》而变化之。”[4]

评论者又会根据自己的诗学立场，对诗人的诗学渊源进行分析。首先，对于诗人的渊源，评论者会进行仔细分辨。如陈衍曾辨析过陈三立的渊源：“余旧论伯严诗避俗避熟，力求生涩，而佳语仍在文从字顺处。世人只知以生涩为学山谷，不知山谷仍槎枒，并不生涩也。伯严生涩处与薛士龙季宣乃绝相似，无人知者。尝持《浪语》诗示人，以证此说，无不谓然。然辛亥乱后，则诗体一变，参错于杜、梅、黄、陈间矣。”[5]其二，对诗人渊源的转变，评论者也表达了关注。如陈仁先，早年“抗希骚选，唐以下若无足留意者”，陈衍就委婉地批评他说：“君甚似苏堪年少不作七言诗之时，恐可言者尠耳。”而后来陈仁先诗风转变，以韩愈、李商隐、黄庭坚为效法对象，陈衍就“不禁为之狂喜”[6]。又如林纾，早年效法吴梅村、张船山和张亨甫。后来则改变了这种习气。陈衍记录

---

① 陈衍：《石遗室诗话》卷四，张寅彭主编《民国诗话丛编》，上海书店出版社2002年版，第68页。

② 易顺鼎：《庐山诗录》（张之洞评点本），清光绪三十四年（1908）刊本。

③ 陈三立：《散原精舍诗文集》，上海古籍出版社2003年版，第1126页。

④ 陈衍：《石遗室诗话》卷四，张寅彭主编《民国诗话丛编》，上海书店出版社2002年版，第61页。

⑤ 陈衍：《石遗室诗话》卷一四，张寅彭主编《民国诗话丛编》（第一册），上海书店出版社2002年版，第204页。

⑥ 陈衍：《石遗室诗话》卷三，张寅彭主编《民国诗话丛编》（第一册），上海书店出版社2002年版，第50页。

了转变的过程与原因，是“识苏堪后，悉弃去”①，以此强调宋诗派的影响；其三，对被近人忽略的唐宋名家，近代评论者们也大力提倡。如《石遗室诗话》卷一〇说：“初梅宛陵诗无人道及。沈乙庵言诗夙喜山谷。余偶举宛陵，君乃借余宛陵诗亟读之，余并举残本为赠。时苏堪居汉上，余一日和其诗，有‘着花老树初无几，试听从容长丑枝’句，苏堪曰：‘此本宛陵诗。’乃知苏堪亦喜宛陵。因赠余诗，有云：‘临川不易到，宛陵何可追？凭君嘲老丑，终觉爱花枝。’自是始有言宛陵者。后数年入都，则旧板《宛陵集》，厂肆售价至十八金。于是上海书肆有《宛陵集》出售，每部价银元六枚，乙庵、苏堪，闻皆有出资提倡。”②

二、以渊源划分流派

这种重视渊源的诗学倾向，形成了近代诗坛的特殊风尚：在观察和评论诗人时探索他们的创作渊源，并从渊源的相同或相近转入流派判别，以渊源划分流派并命名流派。如陈衍就在《石遗室诗话》中收录了石铭吾的《读石遗室诗集呈石遗老人八十韵》，对光宣诗坛诗人的渊源进行划分：

> 双井孕散原，半山孳海藏。弢庵于二者，亦颇扼其吭。节庵工超逸，中晚多感伤。乙庵喜诘屈，深语难浅商。觚庵学简斋，杜味得苍凉。香宋比陵阳，精卓莫低昂。剑丞视伯足，长者或徐行。博丽斗工巧。云门共龙阳。暾谷追观槿，后山步趋跄。苍虬起后劲，陈郑观彷徨。壬秋守汉魏，旧派衍湖湘。公度五七言，谢翱欲与翔。喜苏不喜黄，南皮一文襄。各不为地囿，道分而镳扬。③

---

① 陈衍：《石遗室诗话》卷三，张寅彭主编《民国诗话丛编》（第一册），上海书店出版社2002年版，第56页。

② 陈衍：《石遗室诗话》卷一〇，张寅彭主编《民国诗话丛编》（第一册），上海书店出版社2002年版，第139页。

③ 陈衍：《石遗室诗话》卷二九，张寅彭主编《民国诗话丛编》（第一册），上海书店出版社2002年版，第397页。

诗中说陈三立学黄庭坚；郑孝胥学王安石；陈宝琛（弢庵）兼学黄、王；梁鼎芬学中晚唐；沈曾植学黄庭坚；俞明震学陈与义、杜甫；赵熙学韩驹；林旭学陈师道。从纵向的渊源论转为横向的流别论，大体勾勒出陈衍同时代一批诗人流派划分情况。虽为石铭吾所写，实际是陈述陈衍的观点。

陈衍甚至以渊源划分派别：

> 前清诗学，道光以来一大关捩。略别两派：一派为清苍幽峭。……此一派近日以郑海藏为魁垒，其源合也；而五言佐以东野，七言佐以宛陵、荆公、遗山，斯其异矣。……其一派生涩奥衍。自《急就章》、《鼓吹词》、《铙歌十八曲》以下，逮韩愈、孟郊、樊宗师、卢仝、李贺、黄庭坚、薛季宣、谢翱、杨维桢、倪元璐、黄道周之伦，皆所自《急就章》、《鼓吹词》、《铙歌十八曲》以下，逮韩愈、孟郊、樊宗师、卢仝、李贺、黄庭坚、薛季宣、谢翱、杨维桢、倪元璐、黄道周之伦，皆所取法，语必惊人，字忌习见。郑子尹珍之《巢经巢诗钞》为其弁冕，莫子偲足羽翼之。近日沈乙庵、陈散原实其流派。……其樊榭、定庵两派，樊榭幽秀，本在太初之前，定庵瑰奇，不落子尹之后。然一则喜用冷僻故实，而出笔不广，近人惟写经斋、渐西村舍近焉；一则丽而不质，谐而不涩，才多意广者，人境庐、樊山、琴志诸君时乐为之。①

从这段话我们可以看出，他以诗风论诗派，但以同类型的古代诗人定义为源头，是比较全面的近代流派观。他将郑孝胥定为"清苍幽峭派"，其源头诗人定义为孟郊、梅宛陵、王安石、元好问；将郑珍、莫友芝、陈三立定义为"生涩奥衍"派，将其源头定义为《急就章》、《鼓吹词》、《铙歌十八曲》，直至韩愈、孟郊、樊宗师、卢仝、李贺、黄庭坚、薛季宣、谢翱、杨维桢、倪元璐、黄道周等等。这样的风气愈演愈烈，以至于将近代王闿运等人定义为"汉魏六朝诗派"，陈三立、沈曾植等人归属于"宋诗派"，易顺鼎、樊增祥则归入"中晚唐诗派"，无不是着眼其复古的方向。

① 陈衍：《石遗室诗话》卷三，张寅彭主编《民国诗话丛编》（第一册），上海书店出版社 2002 年版，第 47 页。

第二章　中晚唐诗派的命名、渊源与风格辨析

清道咸以后，随着曾国藩开始提倡宋诗，学习和摹仿宋诗渐渐成为诗坛的主流。但作为对宋诗派的反拨，中晚唐诗派，在当时亦形成一个规模、影响较大的诗派，和“同光体”一样，实际上是以价值回归的方式力图承担起对于旧体诗的归结——只不过这种归结作用一直为学界忽视。相比之下，“同光体”主要是延续宋诗重学问、重义理的传统，而中晚唐诗派则偏重唐诗讲究技巧、注重情韵的特色。

这一诗派的崛起，在当时影响极大，是唯一可以和“同光体”相颉颃的诗派。首先，这一流派的首领樊增祥与易顺鼎诗名颇盛，甚至有“樊诗左菜”的说法[①]。《星庐笔记》记载：“（易顺鼎）间关至京，寓故人姜隐生所。……时诸名士多集京师，实甫与恩施樊增祥日有诗歌登诸报章……天下谈士，竞言樊山、实甫。”[②]可见清末民初之际，樊增祥、易顺鼎影响颇大。所以，李祥提到“近代诗人四家”时，是将樊易放在陈郑之前的[③]。其次，作为诗派，他们亦诗名赫赫。李详《药裹慵谈》云：“樊、

① 张百熙：《次韵酬樊山廉访见赠二首》，樊增祥《上张大冢宰》附张次韵诗其一，樊增祥撰，涂晓马、陈宇俊点校《樊樊山诗集》，上海古籍出版社 2004 年版，第 1162 页。

② 李肖聃著，绛希点校：《星庐笔记》，《近代湘人笔记丛刊》，岳麓书社 1983 年版，第 9 页。

③ 李详：《近代诗人四家》，《药裹慵谈》卷六，《李审言文集》，江苏古籍出版社 1989 年版，第 721 页。

易之派，盛于北方。”①客观描述了这一诗派在北方的兴盛之况。汪辟疆甚至记载说：“樊易二家，在湖湘为别派，顾诗名反在湘派诸家之上。”②可见，汪辟疆的《光宣诗坛点将录》虽然将王闿运奉为首领，但也肯定樊易作为“别派”，其诗文所具备的流行性因素。其三，这一诗派追随者众多，李详《药裹慵谈》云：“少年后进，有才华者学樊、易。”③连不喜欢樊易的南社诗人姚鹓雏，也有《贻子美兼示亚子，戏效实甫体》——也就是说樊易诗作当时确实成为主流“诗体”，而令后学仿效之。

陈衍就曾经将樊易和宋诗派并举，肯定中晚唐诗人在当时的影响：“前清诗学，道光以来一大关捩。略别两派：一派为清苍幽峭。……其一派生涩奥衍，……其樊榭、定庵两派，樊榭幽秀，本在太初之前，定庵瑰奇，不落子尹之后，然一则喜用冷僻故实，而出笔不广，近人惟写经斋、渐西村舍近焉；一则丽而不质，谐而不涩，才多意广者，人境庐、樊山、琴志诸君时乐为之。”④将前清诗学分为两派，一派以生涩奥衍和清苍幽峭为特色，一派是延续“樊榭、定庵两派”的樊增祥、易顺鼎等人。

关于中晚唐诗派的研究，目前并不充分，龃龉尤多，主要集中为：首先，中晚唐诗派的命名究竟是否合适？其次，传统上定义为西昆派的成员能不能属于中晚唐诗派？再次，这一群诗人究竟是一个诗派还是一个诗群？

---

① 李详：《近代诗人四家》，《药裹慵谈》卷六，《李审言文集》，江苏古籍出版社 1989 年版，第 721 页。

② 汪辟疆：《近代诗派与地域》，《汪辟疆文集》，上海古籍出版社 1988 年版，第 295 页。

③ 李详：《近代诗人四家》，《药裹慵谈》卷六，《李审言文集》，江苏古籍出版社 1989 年版，第 721 页。

④ 陈衍：《石遗室诗话》卷三，张寅彭主编《民国诗话丛编》（第一册），上海书店出版社 2002 年版，第 47 页。

第一节 从“独开一派”[①]到“中晚唐诗派”[②]：中晚唐诗派的命名由来

这一派诗人普遍有自成一派的强烈动机。《庐山集》附录里，易顺鼎引用陈三立的说法：“陈君伯严以魏默深山水诗比之，谓能独开一派。”[③]1913年，他在《庸言》杂志发表《琴志楼摘句诗话》：“自有诗家以来，要自余始独开此一派矣。”[④]樊增祥说：“多合千百古人之诗，以成吾一家之诗，此则樊山诗法也。”[⑤]并称自己的诗歌为“樊山体”[⑥]。何震彝称杨圻的诗为“别成一队”[⑦]。正是出于此目的，他们往往自觉地与其他诗派划清界限，如樊山自称“余诗不效‘选体’”[⑧]；曾广钧强调“余固不似湘绮”[⑨]；徐兆玮说张鸿“时贤以模拟西江为职志，视之蔑如也”[⑩]。

---

①③ 易顺鼎：《庐山诗录自记》，《琴志楼诗集》附录二序跋题辞，上海古籍出版社2004年版，第1483页。

② 钱基博：《现代中国文学史》上编，世界书局发行，民国二十五（1936）年，第177—209页。

④ 易顺鼎：《琴志楼摘句诗话》，《诗话评识》，《琴志楼诗集》附录三，上海古籍出版社2004年版，第1512页。

⑤ 樊增祥：《天放楼诗续集书后》，金天羽《天放楼诗文集》，上海古籍出版社2007年版，第1418页。

⑥ 樊增祥多次在诗歌中，称自己的诗歌为“樊山体”，如《爽翁赠于谏议诗，自言效“樊山体”，亦继作吴体一篇，殊不似浙西也》，《樊山续集》卷十，樊增祥撰，涂晓马、陈宇俊点校《樊樊山诗集》，上海古籍出版社2004年版，第851页。

⑦ 何震彝：《江山万里楼词钞序》，杨圻《江山万里楼诗词钞》，上海古籍出版社，第688页。

⑧ 樊增祥：《斋居遣兴》，《樊山续集》卷十六，《樊樊山诗集》，上海古籍出版社2004年版，第1027页。

⑨ 曾广钧：《游仙诗和璧园艳体》后记，《环天室诗后集》，《环天室诗集》，民国铅印本。

⑩ 徐兆玮：《蛮巢诗稿序》，张鸿著《蛮巢诗词稿》卷首，民国二十八年（1939）铅印本。

这些表述或者议论皆说明，樊易本身有超越前人规范、自开一派的自觉意识。

时人亦逐渐将其视作一个诗派。早在光绪十三年，李鸿章在看了易顺鼎的文章后，就对于式枚说“易实甫在湘人中另成一派”[①]，首次用流派的观点看待易顺鼎的诗歌；易宗夔《新世说》“晚清诗坛三大宗派”中提到，“咸、同、光、宣之诗人，可别为三宗……樊山早岁为袁简斋、赵瓯北，自入张门，一概弃去，从李莼客游，颇究心于中唐、晚唐。吐语新颖，则其独擅。龙阳易哭庵，固能为元、白、温、李者，于是中晚唐诗，流传颇盛”[②]；陈衍《石遗室诗话》从流派的角度对这一批诗人进行总结，“其樊谢、定庵两派，……定庵瑰奇……人境庐、樊山、琴志诸君时乐为之”[③]，把这一派的源头定为龚自珍，依据“瑰奇”的标准，将樊增祥、易顺鼎、黄遵宪定义为一个流派；李详《药裹慵谈》云：“樊、易之派，盛于北方。”[④]不仅将其视作一个流派，描述其发展盛况，而且指出其领袖人物为樊增祥与易顺鼎；柳亚子也曾于 1932 年 6 月在上海回忆说：“从清末到民国初年，做旧诗的人，大概可分为三派，甲派是王闿运，乙派是郑孝胥、陈三立，丙派是樊增祥、易顺鼎。”[⑤]从以上资料中可以看出，在近代诗坛，很多人视为他们为一个流派。

但对该诗派的命名，迄今为止，说法不一。钱基博称为“中晚唐诗”，同时又称“近来诗派大别为三宗”，[⑥]“中晚唐诗派”的名称已经呼

---

① 李鸿章语，易顺鼎《呜呼易顺鼎》收录，铅印本。

② 易宗夔：《新世说》卷二，1918 年铅印本。

③ 陈衍：《石遗室诗话》卷三，张寅彭主编《民国诗话丛编》（第一册），上海书店出版社 2002 年版，第 48 页。

④ 李详：《近代诗人四家》，《药裹慵谈》卷六，《李审言文集》，江苏古籍出版社 1989 年版，第 721 页。

⑤ 柳亚子：《我对于创作旧诗和新诗的经验》，《柳亚子语体文》，《磨剑室文录》，上海人民出版社 1993 年版。

⑥ 钱基博：《现代中国文学史》上编，世界书局发行，民国二十五年（1936），第 177 页。

之欲出，陈衍称为“定庵派”[①]，汪辟疆根据地域，将樊易归入湖湘“别子”[②]，将近代西昆派归入“江左派”[③]。如此种种，不一而足。

如前所引，易宗夔的《新世说》，总结樊易一派与中晚唐诗的渊源，而陈衍首先指出易顺鼎无所不学，接着又从学谢、学杜、学韩、学元白中跳出来，概括易顺鼎诗学渊源为晚唐：“（易顺鼎）学谢、学杜、学韩、学元白，无所不学，无所不似，而以学晚唐者为最佳”[④]；1918年出版的《清稗类钞》（实际写作年限应该更早）点出这一批诗人所学为“中晚唐诗”：“华亭姚鹓雏尝曰，近来诗派，大别为三宗。……樊山早岁为袁子才、赵瓯北，自识文襄，乃悉弃去，从李莼客游，颇究心于中晚唐。吐语新颖，则其独擅。龙阳易实甫固能为元白温李者，于是中晚唐诗，流传颇盛。”[⑤]从这几则材料中，我们可以看出，首先，在当时人心目中，樊易和中晚唐诗是相互联系的两个概念。其次，在近代交通日渐便利的条件下，除汪辟疆以地域论诗歌流派外，应该有众多诗人打破地域的局限，形成以诗学渊源论流派的风气。其三，中晚唐作为该诗派主要渊源，是当时不少人的共识。

在此基础上，钱基博在《现代中国文学史》中，运用现代流派概念，将其定义为中晚唐诗派，界定其主要作家为樊增祥、易顺鼎、僧寄禅、三多、李希圣、曹元忠、杨圻、汪荣宝和杨无恙等人，并对其生平、诗风、交游做了论述。此后，中晚唐成了这一诗派约定俗成的代称。如任访秋主编的《中国近代文学史》、郭延礼的《近代文学发展史》和刘世南的《清诗流派史》都提到了“中晚唐诗派”这一概念。

---

① 陈衍：《石遗室诗话》卷三，张寅彭主编《民国诗话丛编》（第一册），上海书店出版社2002年版，第47页。

② 汪辟疆：《近代诗派与地域》，《汪辟疆文集》，上海古籍出版社1988年版，第294页。

③ 汪辟疆：《近代诗派与地域》，《汪辟疆文集》，上海古籍出版社1988年版，第310页。

④ 陈衍：《石遗室诗话》卷一，张寅彭主编《民国诗话丛编》（第一册），上海书店出版社2002年版，第25页。

⑤ 徐珂：《姚鹓雏评近来诗派》，《清稗类钞》，文学类，第二十九册，商务印书馆印行，第142—143页。

而一个诗派的出现，往往得力于其所处的时代背景。在第一章，我们已经论及近代重视渊源的诗学氛围，这一氛围正是近代复古诗派得以划分、命名的先决条件。如湖湘诗派又称"汉魏六朝诗派"，"同光体"又被称为"宋诗派"，都得力于这一诗学背景。也正基于此，本文将樊易诗学一脉定名为"中晚唐诗派"。

第二节　"元轻白俗"与"出入温李"：中晚唐诗派的诗法途径与策略

中晚诸人普遍有别立新宗的愿望，这就必须在传承上有所突破。暨于当时诗坛之复古门径几被瓜分殆尽，如"同光体"以学宋为主，湖湘诗派学汉魏六朝，张之洞、张佩纶等人直接学杜，剩下的仅是温李、西昆等寥寥几个方向。所以，汪辟疆对此的论述尤为精辟，为什么"（易顺鼎）要不肯为宋派"[①]？其原因在于"盖以专学汉、魏、六朝、三唐，至诸家已尽，不得不别辟蹊径，为安身立命之所"[②]。所以，樊易在诸家取法对象之外，独具慧眼，寻找突破，于宗唐宗宋之外，另溯流别，另辟蹊径。在取法对象上推崇中晚唐，进而呈现与湖湘诗派、宋诗派完全不同、鼎足而三的诗学主张和流派宗风。

中晚唐诗派诸家风气相通的一个重要根源是，早年均有由温李或西昆入手的共同经历。如樊增祥就曾自述："余三十以前，颇嗜温、李，下逮西昆，即《疑雨集》、《香草笺》亦所不薄。"[③]他甚至表达过和曾国藩、李希圣接近的诗学观："君看涪叟江西派，早向西昆乞秘方。"[④]杨士

①② 汪辟疆：《近代诗派与地域》，《汪辟疆文集》，上海古籍出版社 1988 年版，第 295 页。

③ 樊增祥：《自叙》，《樊山续集》，樊增祥撰，涂晓马、陈宇俊点校《樊樊山诗集》，上海古籍出版社 2004 年版，第 656 页。

④ 樊增祥：《论诗质实甫》，樊增祥撰，涂晓马、陈宇俊点校《樊樊山诗集》，上海古籍出版社 2004 年版，第 1830 页。

骧记载，杨圻十八岁以前的诗歌，“惊才绝艳，出入温李家数”[①]；陈衍则说易顺鼎“为大小谢，为长庆体，为皮、陆，为李贺，为卢仝”，但“风流自赏，近于温、李者居多”[②]；徐兆玮的《书钞本韫玉楼诗后》体现了吴下西昆诸人诗学三唐，根在玉溪的诗学主张：“暝写三唐月旦评，瓣香惟在玉溪生。”[③]如斯等等，不及赘述。而正是因为这种普遍的学李经历，使得他们尽管出唐入宋，但温李的面目和唐音唐调无可改变。

当然，近现代文学史论者能够视樊易等为一个流派，还另有别因——是因为该派诗人皆有共同的“开手师傅”[④]——李商隐，最终的目标却是杜诗。诚如钱基博对该派诗风渊源特色的总结：“由李商隐沿洄以溯白居易、杜甫。”[⑤]

樊增祥就是明显例证。张佩纶记叙说：“（樊增祥）自言初涉温、李，后溯刘、白，于此事颇具甘苦。……不囿于四家者也。”[⑥]说明樊增祥诗歌一共经历三关，第一关是温李，第二关是刘白[⑦]，第三关才是杜甫。

相比之下，易顺鼎则稍有特殊，对于白居易更加推崇一些，作《新乐府》、《高州新乐府》等诗，歌民生病，为时为事。又推崇元白之“轻”与“俗”：“敢把朱贪比王爱，任嘲白俗与元轻。”[⑧]“元轻白俗任人嘲，不媚

---

① 杨士骧：《江山万里楼诗钞跋言》，杨圻著《江山万里楼诗词钞》，上海古籍出版社2003年版，第682页。

② 陈衍：《近代诗钞述评》，钱仲联编校《陈衍诗论合集》，福建人民出版社1999年版，第897页。

③ 徐兆玮：《书钞本韫玉楼诗后》，《闰余集》，民国三十一年（1942）铅印本。

④ 汪辟疆：《光宣诗坛点将录》，张寅彭主编《民国诗话丛编》（第五册），上海书店出版社2002年版，第356页。

⑤ 钱基博：《现代中国文学史》，世界书局出版，民国二十五年（1936）增订本，第203页。

⑥ 张佩纶：《樊山诗集叙》，樊增祥著，涂晓马、陈宇俊校点《樊樊山诗集》，上海古籍出版社2004年版，第2026页。

⑦ 刘禹锡后期与白居易唱和，诗风非常接近。

⑧ 易顺鼎：《云门以朱宗丞韵见赠四首和韵答之》，《集外诗存》，《琴志楼诗集》卷二十，上海古籍出版社2004年版，第1384页。

群儿媚老妪。”[①]其他诗人也不约而同地表现出诗学元白的倾向，如李希圣作《乱离一首仿元白体示颂年进两太史》，诗风效法白居易，清浅平易；徐兆玮晚年回忆说，自己三四岁的时候，老师就教他背诵《长恨歌》、《琵琶行》，“暑月以坐车置广场，听背诵香山诗为乐”，并且感叹“风丁才识学吟哦，白傅歌行口授多”[②]；樊增祥弟子三多“文章泉涌不聱牙”[③]，体现了他们受白体诗歌影响，追求平易流畅的语言特色。

还是李希圣的《题山谷集》概括最为精确，堪作中晚唐诗派的纲领性诗论，集中体现了该派诗人的诗学渊源与诗学理想，“一棹湘江去不还，杜陵高峻苦难攀。曾侯老眼分明在，解道涪翁学义山”[④]。这首诗有两层意思，一是指称黄庭坚的诗学对象，抬高李商隐的地位。二是强调杜诗的高峻，说明李商隐才是学杜门径，是真正的“开手师傅”。

第三节　“标举少陵”：中晚唐诗派诗人的终极理想

学李并非中晚唐诗派之旨归，师杜方为终极之目标。由于晚清世极邅迍，战火频仍，山河破碎，大厦将倾，中晚唐诗人因为忧生伤时而与杜甫有了心灵上的契合。因为杜甫诗“尽得古今之体势，而兼人人之所独专”[⑤]，后人都可从杜诗中找到与自身的契合之处。樊易、杨圻等人就都推崇李杜，如易顺鼎自诩作诗如杜甫：“日返舍三夸父策，月逢闰八

---

① 易顺鼎：《叔海任河道与客游伊洛嵩少于龙门修香山墓属赋诗时余在高州已得代因赋一诗寄之》，《高州集》，《琴志楼诗集》卷十六，第 1183 页。

② 徐兆玮：《团溪感逝诗》，《闰余集》，民国三十一年（1942）铅印本。

③ 三多：《八叠前韵赠同社》，《可园诗钞》，《粉云盦词可园诗钞》合本卷七，第 102 页。

④ 李希圣：《题山谷集》，《雁影斋诗》，民国七年仁和吴氏双照楼刊《松邻丛书》本。

⑤ 元稹：《唐故工部员外郎杜君墓系铭并序》，《墓志》，《元氏长庆集》卷五十六，《四部丛刊初编》，上海书店 1989 年据商务印书稿 1926 年版重印。

少陵诗。”[①]认为自己有杜甫忧国忧民的情怀：“谁识杜陵诗酒客，不忘忧国与忧民。”[②]时人狄葆贤说：“《雁影斋集》皆庚子以后之作，大致神似玉溪，亦颇多近杜处。然每遇友人称其似义山者，心辄不怡。”[③]杨圻则自我标榜：“云史诗如少陵。”[④]

但是，杜诗毕竟是奇峰巨壑，人多心向往之，而力非能及者。樊增祥在《秋夕与子修伯严石甫子琴诣菜香居共饭石甫招朱郎至自庚子后不相见者十三年矣既归作长句纪之》里写出了近代诗人对杜甫的推崇和力所不至：“称诗都学杜陵老，岂期全类元遗山。”[⑤]因此，大多数诗人并非直接模拟，而是另辟蹊径，差别就在于所取之“径”之不同。当时有诗人从“王孟而进规老杜”[⑥]，“同光体”取法山谷窥视老杜，而钱基博在《现代中国文学史》中认为，中晚唐诗派诗学途径是由温李上溯杜甫[⑦]。樊增祥的《题寿萱诗集》代表了他的诗学观：“能教绮丽复飞腾，上口依稀学杜陵。”[⑧]认为温李之“绮丽”进一步升华，可以达到杜甫的境界。张鸿给钱仲联的一首诗亦颇能代表他们的诗学理想：“愿君重振虞山派，含咀西昆入少陵。”[⑨]说出了近代西昆派的诗学追求，就是从师法李商隐的宋代西昆派入手，到达杜甫的境界——本质上还是缘李涉杜。

当然，李商隐与杜甫之间，确有一脉相承。宋代蔡居厚说“王荆公

---

① 易顺鼎：《闰八月二十六日由金陵赴行在》，王飚点校《琴志楼诗集》，上海古籍出版社2004年版，第715页。

② 易顺鼎：《十三叠韵再答赠芟舲》，《琴志楼诗集》，第987页。

③ 狄葆贤：《平等阁诗话》卷一，铅印本。

④ 杨圻：《江山万里楼诗钞自叙》，《江山万里楼诗词钞》，上海古籍出版社2003年版，第679页。

⑤ 樊增祥：《秋夕与子修伯严石甫子琴诣菜香居共饭石甫招朱郎至自庚子后不相见者十三年矣既归作长句纪之》，《樊樊山诗集》，第1780页。

⑥ 陈衍：《石遗室诗话》，《民国诗话丛编》，上海书店出版社2002年版，第201页。

⑦ 钱基博：《现代中国文学史》：“顺鼎既逝，增祥亦老，而用薰香摘艳之词，抒感时伤事之旨，由李商隐沿洄以溯白居易、杜甫，而诗史自命，誉满江左者，则有杨圻焉。”世界书局民国二十五年(1936)增订版，第203页。

⑧ 樊增祥：《题寿萱诗集》，樊增祥著，涂晓马、陈宇俊校点《樊樊山诗集》，上海古籍出版社2004年版，第1337页。

⑨ 张鸿：《题钱梦苕诗稿》《蛮巢诗词稿》，民国二十八年(1939)铅印本，第24页。

晚年亦喜称义山诗，以为唐人知学老杜而得其藩篱，唯义山一人而已"[①]；李重华就提出过"义山学杜最佳，法亦至细，善学人可借作梯级"的观点[②]。而近代诗坛，探讨这一问题的诗人更多，钱仲联先生就说："老杜而后，得其传者为昌黎、玉溪。昌黎得阳刚之美，玉溪得阴柔之美。"[③]吴观礼说"学杜当从玉溪入手"[④]；李希圣的《题山谷集》正是代表了这种时代思潮："一棹湘江去不还，杜陵高峻苦难攀。曾侯老眼分明在，解道涪翁学义山。"[⑤]直接点出了中晚唐诗人心目中杜甫和李商隐的关系，一方面表达对杜甫的推崇，另一方面又说杜诗过于崇高，难以到达，甚至宋代诗人黄庭坚也是以李商隐作为诗学门径。

中晚唐诗人的学杜，首先在题材上注重时事入诗，直接反映晚清政治、经济局面之飘摇，及重大军事外交事件之浇漓，力图追摹杜诗的"诗史"，逼似杜诗之沉郁顿挫、博大雄浑的风格。如易顺鼎的《魂东集》，以甲午战争后，自己的行踪为主线，记叙了台湾失陷，马关条约签订，台湾军民自发抗日等一系列史实；樊增祥作于光绪十一年的《感事二首》，写张佩纶经办福建海疆，与法军会战，最后战败，免职遣戍一事，《重有感》、《书愤》、《马关》等诗，都写甲午战争，痛斥李鸿章、吴大澂，都汲取了杜甫的"诗史"精神，以诗笔表现重大时事；李希圣的《哀王孙》、《故宫》、《对雪》等等，曾广钧的《读藏园诗有感并序》等，张鸿的《沈北山入狱》、《庚子五月出都感怀》等等，都以重大时事、重大题材为创作对象，以补察时阙、补察时政为创作原则。

但在具体的表现手法、艺术风格、结构布局上，则体现了明显的温李特色。如樊易都拟作老杜《秋兴》，但是气格较弱，色泽华艳，情调感

---

① 蔡宽夫：《蔡宽夫诗话》第44条，郭绍虞《宋诗话辑佚》（下册），中华书局1980年版，第399页。

② 李重华：《诗谈杂录》，《贞一斋诗说》，《续修四库全书》，集部第1701册，第178页。

③ 钱仲联：《梦苕庵诗话》，张寅彭主编《民国诗话丛编》（第六册），上海书店出版社2002年版，第227页。

④ 吴观礼语，汪辟疆《近代诗派与地域》记载，《汪辟疆文集》，上海古籍出版社1988年版，第305页。

⑤ 李希圣：《题山谷集》，《雁影斋诗》，民国七年仁和吴氏双照楼刊《松邻丛书》本。

伤，是典型地由温李上溯老杜，是李商隐式的学杜；曾广钧的《庚子落叶词》，以光绪珍妃事感叹兴亡，记叙掌故，亦具备诗史精神；张鸿的《游仙诗》，以浓艳之笔，写出日寇入侵、遍地干戈，而达官贵人不顾百姓死活的惨痛现实，将元白"长庆体"、李商隐含蓄特色与杜甫的诗史精神相结合；再如杨圻的《檀青引》、《天山曲》，樊增祥的前后《彩云曲》，曾广钧的《纥干山歌》、《天运篇》等，则以华艳之笔效元白长歌，又效仿李商隐，比兴手法，典故频出，悲欢离合之际，写了庚子事变、张勋复辟、咸丰朝一朝变迁等史实，典型地体现了熔铸元白温李又突向老杜的风貌。

第四节　不分唐宋与"无所不学"：[①] 中晚唐诗人之"多师"现象

陈衍说："宋唐区画非吾意，汉魏临摹是死灰。"[②]中晚唐诗人在强调学中晚唐的同时，也主张不分唐宋、博采众家。易顺鼎在《和大观园菊诗十二律用元韵有序》中，有云："世间臭男人最讨嫌的是强作解事，才作两句歪诗，一会儿便这一首是唐，那一首是宋。"[③]樊增祥《与左绍佐笏卿论诗长歌》表达了著名的"独共论"："诗家在以独胜共……百花酿作酒一瓻，百药炼成丹一丸。"[④]不仅仅不分唐宋，更重要的是"合千百古人之诗"。在《天放楼诗集》跋里，樊增祥指出了历代作诗者的弊端，在于"向来诗家率墨守一先生之集，其他皆束阁不观，如学杜、韩者，必轻长庆；学黄、陈者，即屏西昆；讲性灵者，则明以前之事不知；尊选体

① 陈衍语，原句为"（易顺鼎）无所不学，无所不似"，《石遗室诗话》卷一，张寅彭主编《民国诗话丛编》（第一册），上海书店出版社 2002 年版，第 25 页。

② 陈衍：《石遗室诗话》卷二九，张寅彭主编《民国诗话丛编》（第一册），上海书店出版社 2002 年版，第 397 页。

③ 易顺鼎：《和大观园菊诗十二律用元韵有序》《琴志楼丛书》十六种，清光绪刊本。

④ 樊增祥：《与左绍佐笏卿论诗长歌》。注：本诗《樊樊山诗集》未收，但民国年间各种诗话都曾收录，如王逸塘的《今传是楼诗话》，钱基博的《现代中国文学史》都曾收录。本诗选自王逸塘《今传是楼诗话》，张寅彭主编《民国诗话丛编》三，上海书店 2002 年版，第 345 页。

者，则唐以后之书不读。不知诗至能传，无论何家，必皆有独到之处。少陵所谓'转益多师是汝师'也"①。甚至不废黄庭坚。这也就是曹经沅的说法："纷纷唐宋拘门户，何似先生掉臂行。"②陈衍认为这是樊山"诗之真相"③。

近代西昆派，传统上认为专学温李，其实涉猎范围还是比较广泛的。张鸿在怀念曹君直的时候说："同嗜在乐府，志与骚雅壹。"④强调"读君诗者必有取于予言"的徐兆玮为张鸿所作序中，对其诗学路径概括为"初学昌谷，继由玉溪窥少陵之堂奥，后又研习王荆公"⑤。张鸿的七古《无恙属题岱顶观云图》，气魄纵横，与易顺鼎的七古颇为接近，很有韩愈的风味。从他的诗集中，可以看出他所模拟的对象有李贺、刘禹锡、陈后山、杨诚斋，范成大，还有效仿乐府的诗歌。虽然仍有西昆或玉溪的基调，但保持着出唐入宋的诗学风貌。从诗歌来说，唐诗主情，宋诗主理，强调谐趣，而张鸿的《无恙馈西湖莼菜》、《赠种菊庐山人辛圃》等，则有宋诗散淡而重理趣、重议论的特色。

他们复古一个途径是由温李向上，除杜甫外，还标榜李白、屈原，甚至老庄。易顺鼎说自己的诗歌"乃合屈原庄周而为之"⑥，甚至认为自己比李白强；杨圻以盛唐自我标榜，他的学生说："先师之诗，专事盛唐。……得力于王、孟、韦、柳者甚深。"⑦更多的时候，是向下突破。沈曾植说樊增

① 樊增祥：《天放楼诗续集书后》，金天羽《天放楼诗文集》，上海古籍出版社 2007 年版，第 1418 页。

② 曹经沅诗，陈衍《石遗室诗话续编》卷五收录，张寅彭《民国诗话丛编》（第一册），上海书店出版社 2002 年版，第 626 页。

③ 陈衍：《石遗室诗话续编》卷五，张寅彭《民国诗话丛编》（第一册），上海书店出版社 2002 年版，第 626 页。

④ 张鸿：《岁暮怀人诗》，《蛮巢诗词稿》，民国二十八年（1939）铅印本，第 6—7 页。

⑤ 徐兆玮：《蛮巢诗词稿》序，张鸿著：《蛮巢诗词稿》。民国二十八年（1939）铅印本。

⑥ 易顺鼎：《读樊山后数斗血歌作后歌》，王飚点校《琴志楼诗集》，上海古籍出版社 2004 年版，第 1283 页。

⑦ 李猷：《近代诗选介·先师杨云史先生之江山万里楼诗》，《江山万里楼诗词钞》，杨圻著，马卫中、潘虹校点：《江山万里楼诗词钞》，上海古籍出版社 2003 年版，第 733—734 页。

祥晚年转入宋调；汪荣宝的弟弟汪东说："其(汪荣宝)初不喜宋人，晚乃以荆公、东坡为不可及，自作亦转趣平淡。"①由此可见，这一批诗人普遍有初学玉溪，后入宋调的特色。而且，由于他们普遍有革新倾向，对黄遵宪、梁启超"诗界革命"派的熔铸新名词、新意境入诗，亦有尝试。

因为师法众多，中晚唐诗人所学对象和"同光体"诗人多有重叠；但着眼点不同，所学角度也不尽相似。"同光体"诗人独取宋调，中晚唐诗派唯重唐音。陈衍说："开天之少陵、摩诘，元和之香山、昌黎，又往往一人不一其声貌。故开、天、元和者，世所分唐、宋诗之枢斡也。"②指出杜甫、白居易、韩愈等诗人往往有多方面的风格，可谓既含唐音，亦蕴宋调。

因此，同样是元白，"同光体"重视其对宋调的开启，而樊易等人则着重其平实的风格、长庆体精神和华艳风貌；同样是韩孟，但着眼点亦不同。中晚唐诗人不以狠语、险语、硬语为主要追求目标，更注重联句的形式、赋法入诗。如易顺鼎的《黛海歌赋罗浮》，先总写山峰，再分写寺庙、道观、桥、水，条分缕析；《香港看灯兼看月歌》用"虚荒诞幻"的韩诗境界来咏叹上海、香港的都市奇景；《万杉寺五爪樟》有韩愈阔大雄奇的境界，这些诗都是典型的韩愈式的诗赋笔法，但都比韩诗平易。

当然，中晚唐诗派所标榜的宋人，往往都是经过缜密选择。刘克庄诗初学晚唐，故樊易都推崇刘克庄，并仿作其《十老诗》；陆游的诗平易流畅，善于对仗，所以樊增祥喜欢陆游；欧苏能接继唐调③，所以他们学欧苏，力求七律能够"圆美流转如弹丸"，古体能够奔腾挥洒，顿挫阔达，不同于黄庭坚"以文为诗"所带来的曲折用意和谨慎布局；樊增祥、易顺鼎等人模仿欧阳修，还有"炫技"的内在动机。他们效法欧苏作"白战"，写"禁体诗"，以此体现自己对格律、韵脚、典故的炉火纯青。

---

① 汪东：《金薤琳琅斋诗集后序》，沈云龙主编《近代中国史料丛刊》598，文海出版社 1966—1973 年版。

② 陈衍：《剑怀堂诗革叙》钱仲联编校：《陈衍诗论合集》，福建人民出版社 1999 年版，第 1059 页。

③ 近代诗人普遍认为欧苏能接继唐调，认为苏欧所接踵的，是李白和韩愈。陈衍在《石遗室诗话》中引用方回的原文"欧公出焉，一变为李太白、韩昌黎之诗……苏长公踵欧公而起"，证明自己的看法。陈衍：《石遗室诗话》(第一册)，张寅彭主编《民国诗话丛编》，上海书店出版社 2002 年版，第 114 页。

综上所述，中晚唐诗派因为转益多师，博采众家而偏重中晚，效法古人又摒弃一味泥古。另辟蹊径，而终能堂庑阔大，探源经籍，时时别有洞天——因而与唐诗派、“同光体”以及湖湘诗派等形形色色的诗派产生重要区别——所以时人称为“中晚唐诗派”。

第五节　中晚唐诗派的总体风格

杨万里论江西派时曾说：“高子勉不似二谢，二谢不似三洪，三洪不似徐师川，师川不似陈后山，而况似山谷乎？”但是“酸咸异和，山海异珍”同出一源，“出乎一手”[①]。中晚唐诗人的情形也与此类似，他们虽然各具特色，但渊源相近，风格绮丽，注重情韵，与“同光体”的理致风骨不同；其音为唐调，清新流畅；不是宋诗派的拗律；情感更加颓唐，不同于“同光体”的不俗峭劲。从而在汉魏六朝、宋体之外，自成一队。通过绮艳、感伤和时事抒写等艺术质素的汇聚，成为一个与其他复古流派完全不同的诗歌派系。

一、绮艳感伤

近代诗坛以变为主。这种变革，以对王士禛、沈德潜的批评而展开。陈衍从理论高度总结：“（王）文简标举神韵。神韵未足以尽《风》、《雅》之正变……文悫言诗，必曰温柔敦厚。温柔敦厚，孔子之言也。然孔子删诗……亦不尽温柔敦厚。”[②]通过批评王士禛的“神韵说”和沈德潜的“温柔敦厚”说，体现时代风气的转移，要求诗歌反映现实乱世，反映民生疾苦，正如陈衍《小草堂诗集叙》所说：“益复变本加厉，言情感

① 杨万里：《江西宗派诗序》，《杨万里集笺校》卷七九，中华书局 2007 年版，第 3231 页。

② 陈衍：《近代诗钞述评叙》，《陈衍诗论合集》（上册），福建人民出版社 1999 年版，第 875 页。

事，往往以突兀凌厉之笔，抒哀痛迫切之辞。”[①]中晚唐诗派绮艳感伤的诗风，正是近代诗坛新变的代表。

这一派诗人保留了中晚唐诗“外华”的特质。王森然说：“（樊增祥）辑裁巧密，情辞并茂，以虚运实，素以为绚，而尤工隶书……惊才绝艳，可驾冬郎而上之，王次回安足语哉？”[②]易顺鼎自称“余幼时颇慧，五岁能诗，年十二三，裒然成帙，每好为凄艳之语”[③]，宣称自己“溺于绮语，不能出”[④]，“而又犯绮语，自甘泥犁置”[⑤]；汪荣宝更是盛赞宋代西昆派“惟杨刘之作，是曰西昆。导玉溪之清波，服金茎之盛藻。雕纤费日，虽诒壮夫之嘲；主文谲谏，庶存风人之义。于是更相文莫，愿言则象。凡所造作，不涉异家，指事类情期于合辙”[⑥]。从这些表述中，我们可以看出他们以艳体自命，创作风格追求富丽典雅、华美精工。

在绮艳之外，他们注重情感寄托。易顺鼎这样表述：“余亦渐近中年，伤于哀乐。惟时时藉妇人醇酒、空山冷水以自写其抑郁无聊。”[⑦]樊增祥感叹：“几人真识玉溪心？”[⑧]但更多是借艳情咏叹国事，弥漫着浓郁的感伤情绪。钱仲联《近百年诗坛点将录》评价李希圣，“《雁影斋诗》，宗法玉溪，《西苑》、《望帝》、《湘君》，皆悼念光绪、珍妃而作，他篇亦

① 陈衍：《小草堂诗集叙》，《石遗室文集》四集，见钱仲联编《陈衍诗论合集》（下册），福建人民出版社 1999 年版，第 1074 页。

② 王森然：《樊增祥先生评传》，樊增祥著，涂晓马、陈宇俊校点《樊樊山诗集》附录二，上海古籍出版社 2004 年版，第 2040 页。

③ 易顺鼎：《自叙兼与友人》，《慕皋庐杂稿》卷一，《慕皋庐杂刻》，《哭庵丛书》，清光绪刊本，南京图书馆古籍部。

④ 钱基博：《现代中国文学史》，世界书局出版，1936 年增订本，第 193 页。

⑤ 易顺鼎：《鼓山之游琴姬侍焉，而诗不及，琴琴以为慊，因九叠示琴兼寄呈弢庵先生，求备山中故事》，《霭园诗事》，《琴志楼诗集》，上海古籍出版社 2004 年版，第 902 页。

⑥ 汪荣宝：《西砖酬唱集序》，《金薤琳琅斋文存》，沈云龙主编《近代中国史料丛刊》597，文海出版社 1966—1973 年版。

⑦ 易顺鼎：《故友蒋君词叙》，《慕皋庐杂稿》卷一，《哭庵丛书》，光绪刊本。

⑧ 樊增祥：《排闷》，《樊山续集》卷九，樊增祥著，涂晓马、陈宇俊校点《樊樊山诗集》，上海古籍出版社 2004 年版，第 839 页。

大都感怆国事，所谓‘楚雨含情皆有托’，非徒绣其鞶帨而已”①；其他如曾广钧的《庚子落叶词》，汪荣宝的《感事》、《不寐》，张鸿的《游仙诗》等，或哀悼光绪珍妃，或担忧国事，或讽刺权贵，充满了身世飘零，国运日衰的感伤。本质上是李商隐式的“蓝田日暖，良玉生烟”的意境之美，不同宋诗“大羹玄酒”的境界。

二、熔铸中晚唐

中晚唐诗派追求由温李上溯元白，一方面追求温李绮艳的风格，另一方面追求浅切的语言。力求用元白的平易流畅，冲淡温李的晦涩难解，同时将白体语言约束锻造，以期进而上溯到杜甫。其诗学杜却不似杜，学李亦非李，华美绮艳中见沉郁顿挫，为律体诗开拓了新的境界。如樊增祥的《闻都门消息五首》其一：

> 上林秋雁忽西翔，凝碧池头孰举觞？市有醉人称异端，巢无完卵亦奇殃。犬衔朱邸焚余骨，乌啄黄骢战后疮。满目蓬蒿人迹少，向来多是管弦场。②

这是樊增祥最为著名的一首诗，描摹庚子事变后，京城满目疮痍，一派凄凉的惨状。全诗用王维凝碧池典故，词藻华美，语言浅切，寓意深刻，“犬衔朱邸焚余骨，乌啄黄骢战后疮”一句，着色异常鲜明，情感尤为惨痛。易顺鼎的诗歌，也有这样的特点：

> 玉帐三千环虎旅，金壶十二选龙宾。③

---

① 钱仲联：《近百年诗坛点将录》，《梦苕庵论集》，中华书局 1993 年版，第 368 页。

② 樊增祥：《闻都门消息》其一，《西京酬唱集》，《樊山续集》卷十二，《樊樊山诗集》，第 911 页。

③ 易顺鼎：《和岘帅赠诗原韵二首》，《四魂集 · 魂北集》，《琴志楼诗集》卷十，第 580 页。

兵气遥通威海卫，边愁暗入倚虹堂。①
黑海船方沉绿海，红楼人竟住黄楼。②

这是他在甲午战争，墨绖从军时期的几句诗，这三句诗都以华丽的词藻吟咏国事，包含了温李的华美和元白的浅切，以感叹时事为主导性内容，以华美浅切为语言风格。他喜欢“熟色”，红与绿，金和玉，都是李商隐喜欢的搭配；“威海卫”和“倚虹堂”，是色彩感强的实词；“环虎旅”、“选龙宾”等典故的运用，造成含蓄的效果，但语句并不生涩奥衍。

他们还学过中晚唐众多诗人，如易顺鼎的《庐山诗》有韩愈险怪的一面，樊增祥推崇皮陆的尖锐等。总之，他们的风格，既不同于“同光体”的“生新奥衍”，也有别于湖湘诗派的古色斑斓，以平易绝艳为主体风格，又富于变化，最终独树一帜，与宋诗派和选体成鼎足之势。体现出中晚唐诗派之诗学中晚，不是简单割裂，分别模拟，而是将中晚唐诸家的主要特征加以整合，既能各有所似，又能够兼容并包，形成熔铸中晚唐的总体风貌。

三、追求技巧

中晚唐诗派的创作追求“因难见巧”③。他们注重对属和用典，喜欢七律，因为七律最能体现对字句的锻炼，适合他们追求格律工整、对仗精切的创作需求。樊增祥说：“天衣巧制须无缝，玉合精求必可

---

① 易顺鼎：《感事书怀八首》，《四魂集 · 魂北集》，《琴志楼诗集》卷十，第 573 页。

② 易顺鼎：《鲁髯和余移居山楼诗屡致劝迎琴楼之意明日携琴楼将发九江因取两韵各和一首先告鲁髯》，《蠹园诗事》，《琴志楼诗集》卷十三，第 909 页。

③ 樊增祥诗题，原题为《白菊四咏同人多次韵见答，双关题为韵所限，往往顾此失彼，古人勿尚也，尤而效之，亦因难见巧之意》，《樊山续集》卷二十三，《樊樊山诗集》，上海古籍出版社 2004 年版，第 1355 页。

逢。”[①]易顺鼎公开宣称：“无工巧浑成对仗，竟可不必作诗。”[②]汪荣宝称赞宋代西昆“雕纤费日”[③]的功夫。而近代诗话中，对此的评价更多，陈衍说易顺鼎“近体尤惟以裁对鲜新工整为主，则好奇之过，古人所谓君患才多也”[④]；王森然说樊增祥“辑裁巧密，情辞并茂”[⑤]。而用典是中国诗文的传统，典故的运用能体现丰富的思想，前人对典故的探讨，往往集中在写作技法上，如截用、合用、变用、衍用、对用、反用等等，易顺鼎和樊增祥强调隶事精切的同时，更注重才学层面，如易顺鼎强调要“熟典生用”，樊增祥强调要“生典熟用”，以此来突出自己读书之多，学问之博。所以，汪辟疆对樊增祥的评价其实可以代表中晚唐诗人的总体特征：“工于隶事，巧于裁对。”[⑥]

他们很多诗作接近文字技巧游戏，追求造语工巧，所谓“斫鼻无伤巧匠斤”[⑦]，创作禁体诗、无题禁体诗、集句、集词为诗、集诗为词等等。徐兆玮《北松庐诗话》卷一，收录《吴门画舫续录》所录的无题禁体诗[⑧]，卷七推崇翟灏的“八言”、“十言”诗，因为其能够“因难见巧，更足启人颖思”[⑨]；樊增祥曾经咏白菊，分别为雪狮子、玉笋长、白牡丹、白玉莲。本

① 樊增祥：《儿辈初学属对余出云墨竹换诗诗换蟹皆不能属戏赋一诗》，樊增祥著，涂晓马、陈宇俊校点《樊樊山诗集》附录二，上海古籍出版社 2004 年版，第 1059 页。

② 易顺鼎：《琴志楼摘句诗话》，《诗话评识》，《琴志楼诗集》附录三，上海古籍出版社 2004 年版，第 1512 页。

③ 汪荣宝《西砖酬唱集序》，《金薤琳琅斋文存》，沈云龙主编《近代中国史料丛刊》597，文海出版社 1966—1973 年版。

④ 陈衍撰：《石遗室诗话》卷一，张寅彭主编《民国诗话丛编》，上海书店出版社 2002 年版，第 25 页。

⑤ 王森然：《樊增祥先生评传》，樊增祥著，涂晓马、陈宇俊校点《樊樊山诗集》附录二，上海古籍出版社 2004 年版，第 2040 页。

⑥ 汪辟疆：《近代诗派与地域》，《汪辟疆文集》，上海古籍出版社 1988 年版，第 295 页。

⑦ 樊增祥：《与石甫笏卿论诗六叠前韵》，《樊山续集》卷十二，《樊樊山诗集》，上海古籍出版社 2004 年版，第 914 页。

⑧ 徐兆玮：《无题禁体诗》，《北松庐诗话》卷一，手写本。

⑨ 徐兆玮：《翟晴江八言十言诗》，《北松庐诗话》卷七，手写本。

来作诗，既要双关，又要次韵，不易做好，但樊增祥"尤而效之"，目的正是"因难见巧之意"[①]；他们掀起次韵、叠韵的风尚，陈衍记载："次韵、叠韵之诗，一盛于元白，再盛于皮陆，三盛于苏黄，四盛于乾嘉间王兰泉、吴白华、王凤喈、曹来殷、吴企晋诸人。……自樊山、沈观、实甫诸公至都，而楚风大盛，争奇斗巧之作，日有所闻。以左笏卿之攒眉苦吟、傅治乡之簿书鞅掌，亦复长篇巨制，赓唱迭和，所谓一人善射，则百夫决拾也。近如貂字韵雪诗，十刹海樊山韵、竹勿韵，皆叠次不已，亦一时之盛也。"[②]

四、诗史精神与曲笔吟咏

唐末文人孟棨称："杜逢禄山之难，流离陇蜀，毕陈于诗，推见至隐，殆无遗事，故当时号为'诗史'。"[③]而时至近代，诗人们经历了时代之奇局，感同身受，纷纷以模拟杜甫，标榜"诗史"自居，钱仲联《论近代诗四十家》就提及了姚燮、鲁一同、梁启超、杨圻诸家。徐兆玮说："君（指张鸿）自甲午登朝，亲见戊戌之变政，庚子之构乱，辛亥之让位，逮弃官归隐，又直齐卢内哄、淞沪抗战，耳目睹闻，有触即发，或微文刺讥，或长言咏叹，皆足企风人之逸旨，追变雅之余音。"[④]

对这样的诗人群，胡适否定说王闿运的诗歌"偶然发现一两首'岁月犹多难，干戈罢远游'一类不痛不痒的诗；但竟寻不出一些真正可以

---

① 樊增祥诗题，原题为《白菊四咏同人多次韵见答，双关题为韵所限，往往顾此失彼，古人勿尚也，尤而效之，亦因难见巧之意》，《樊樊山诗集》，上海古籍出版社2004年版，第1355页。

② 陈衍：《石遗室诗话》，张寅彭主编《民国诗话丛编》，上海书店出版社2002年版，第225页。

③ 孟棨：《本事诗》高逸第三，丁福保辑《历代诗话续编》，中华书局1983年版，第15页。

④ 徐兆玮：《蛮巢诗稿序》，张鸿著《蛮巢诗词稿》卷首，民国二十八年（1939）铅印本。

纪念这个惨痛时代的诗”[①]，代表了他对旧体诗派的整体看法。但旧体诗人以自己的所见所闻所感，描摹现实政治，悲情浓郁，诗具史笔，史蕴诗心，传达动荡时代给人们留下的心灵创伤，是一代史实和个人心灵的结合。其诗可以提供考证，可以甄别文献，重视的是诗史互参、诗补史阙、本末显然，其成就亦不可轻易抹杀。

他们描摹“乱世”见闻，创造自己认为的“历史”，借以寄托时代哀思。易顺鼎晚年曾自诩：“身是四朝诗史在，气收万古楚骚清。”[②]他们能够据事“直书”，秉持“写实”原则，甚至具有“年月、地理、本末”的历史叙事效用。但凡重大时事，都可以在他们的作品里找到痕迹。张鸿的《庚子五月出都感怀》等，记叙了义和团兴起，庚子事变；曾广钧《纥干山歌》记叙了张勋复辟一事，《天运篇》贯穿了家国兴亡之感；樊增祥的《庚子五月都门纪事》、《入雁门》、《中立》等诗是对庚子事变、日俄战争等一系列史实的描述；易顺鼎的《四魂集》，既是个人面对甲午战败的心灵史，激烈的情感也是整个民族情绪的反映。徐兆玮对曹元忠的称赞，可以作为对他们诗歌的总体评价：“论断平允，足当信史。”[③]

具体到写作手法，他们往往“曲笔”讽咏，纪一代掌故，叙一朝诗史。但用典多，替代词多，温柔敦厚，微婉其词。杨圻的《檀青引》，被称为可作咸丰外传看，但作者却避重就轻，从蒋檀青一生事迹说起，比兴手法，以轻代重，意味深长；樊增祥之《彩云曲》，以傅彩云一生的遭际，贯穿一代兴亡之事，《梦苕盦诗话》称为“樊增祥之《彩云曲》……皆誉满艺林，无愧诗史者”[④]；杨圻的《天山曲》，通过对香妃坚贞的赞美，讽刺变节之士，口绝臧否，心存泾渭，《长平公主曲》借清优待长平公主事，对清帝退位后的待遇表示不平。

---

① 胡适：《五十年来中国之文学》，《胡适文存二集》，《胡适文集》第 3 册，北京大学出版社 1998 年版，第 187 页。

② 易顺鼎：《和天琴与鄙人共话有述韵即赠》，《琴志楼诗集》，上海古籍出版社 2004 年版。

③ 徐兆玮：《曹云瓿诗》，《北松庐诗话》卷五，手稿。

④ 钱仲联：《梦苕盦诗话》，张寅彭主编《民国诗话丛编》（第六册），上海书店出版社 2002 年版，第 172 页。

总之,有清一代,晚清以降,中国历史进入“三千年未有之变局”[①],而中国的文学与诗歌创作同样面临“三千年未有之变局”。随着国势的倾颓和思想的激变,中国古典诗歌迅速进入最后的式微——“蜕分期”[②]。正是在此背景下,这一宗尚中晚唐诗风的诗歌流派,不期然地成为中国古典诗歌的殿军,诗史的结语,是近代诗“有面目可识”[③]的重要组成部分,无疑既具备特殊的美学价值,又具备很高的文化史价值。

① 李鸿章:《同治十一年五月复议制造轮船未可裁撤折》,转引自梁启超《李鸿章》(又名《中国四十年来大事记》),清光绪二十八年(1902)铅印本。

② 梁启超:《清代学术概论》一,中华书局 2001 年版,第 3 页。

③ 汪辟疆:《近代诗派与地域》,《汪辟疆文集》,上海古籍出版社 1988 年版,第 282 页。

第三章　中晚唐诗派魁杰：樊增祥、易顺鼎的诗学思想与诗歌创作研究

第一节　“樊山诗法”与樊增祥的诗歌创作

从《诗经》“关关雎鸠”一直到近代，中国旧体诗走过了千年历程。如何写？写什么？成了摆在近代诗人面前的一个重大课题。樊山诗论与诗歌是在近代立场上，对上述问题作出的回答。首先，他希望超越前人——“诗到古人不到处”①，其次，在具体方法上，他以高度的理论自觉，强调意、笔、才、学、法、事的结合②，认可李慈铭“八面受敌，而为大家”③

① 樊增祥：《冬日池上》，《紫薇三集》，《樊山续集》卷二十四，《樊樊山诗集》，上海古籍出版社 2004 年版，第 1377 页。

② 樊增祥：《与左绍佐笏卿论诗长歌》。本诗《樊樊山诗集》未收，但民国年间各种诗话都曾收录，如王逸塘的《今传是楼诗话》、钱基博的《现代中国文学史》都曾收录。本诗选自王逸塘《今传是楼诗话》，张寅彭主编《民国诗话丛编》三，上海书店出版社 2002 年版，第 345 页。

③ 李慈铭语，转引自《杏花香雪斋诗序》，李慈铭《杏花香雪斋诗》卷首，中华书局 1939 年铅印本。

的文学思想，追求“熟”①的境界，创作出有示范性的“樊山体”②风格，对文学史众多公案，都有了更高层面的回应。

樊增祥（1846—1931），湖北恩施人，字嘉父，号云门、樊山，别署天琴老人。同治六年（1867）中举，光绪三年（1877）进士。他仕途顺利，受到慈禧赏识，曾担任晚清军机大臣，身负国家重任。担任过陕西宜川、渭南等县知事，累官至陕西布政使、江宁布政使、护理两江总督等职务。辛亥革命爆发后，弃官逃至上海。袁世凯当权时，担任过参政院参政。他的判案文书，是当时人们推崇的经典。

樊增祥是著名的旧体诗人，在近代文坛上非常活跃，他一生诗歌创作量极大，被称为“以诗为茶饭”。他的全集里收录了《云门初集》、《北游集》、《东归集》、《涉江集》、《关中集》等多部诗集，此外还有词集《五十麝斋词赓》，另外还著有《樊山政书》、《樊山公牍》等。

一、“樊山诗法”③与樊增祥的诗学理想

樊增祥虽然没有系统的诗论，但散见于诗文中的论述，却充分说明了他的诗学思想。他诗论的核心是博、合与兼，重视“合”与“变”的统一，目的是将古人创作的精华、今人实践的成就与西学中学之优，统一在创作中，达到“以独胜共”的创作效果。

（一）“合千百古人之诗，以成吾一家之诗”④——樊增祥的复古与通变

刘勰《文心雕龙》的《通变篇》说：“练青濯绛，必归蓝蒨，矫讹翻浅，

---

① 樊增祥：《二家词钞》跋，《樊樊山诗集》，上海古籍出版社 2004 年版，第 1753 页。

② 樊增祥多次在诗歌中，称自己的诗歌为“樊山体”，如《爽翁赠于谏议诗，自言效“樊山体”，亦继作吴体一篇，殊不似浙西也》，樊增祥撰，涂晓马、陈宇俊点校《樊樊山诗集》，上海古籍出版社 2004 年版，第 851 页。

③ 樊增祥：《天放楼诗续集书后》，金天羽《天放楼诗文集》，上海古籍出版社 2007 年版，第 1418 页。

④ 樊增祥：《天放楼诗续集书后》，金天羽《天放楼诗文集》，上海古籍出版社 2007 年版，第 1419 页。

还宗经诰。”[①]认为创新的关键在于学古。樊增祥的诗论也是立足学古，他的弟子余诚格说：“（樊增祥）日夕肆力于古……自汉及今名篇俊句，手所甄录者，不下数十卷。”[②]他推崇中唐，关注其百代中枢的地位，他看重晚唐，重视其“唐中宋调”的特殊意义，着眼其能贯通古今诗坛。《与左绍佐笏卿论诗长歌》所谓“取之白陆户庭宽”[③]，通过立足白陆，可以实现“无所不学”的诗学理想。他尤其关注李商隐，甚至认为模仿李商隐的西昆开启了黄庭坚的门径，“君看涪叟江西派，早向西昆乞秘方”[④]，模仿李商隐，上接杜甫，下可联系宋诗。同理，他推崇韩愈、白居易、刘禹锡、元稹等众多的中唐诗人，亦是关注其能开后代诗歌无穷变化之门。

但刘勰强调“变”，认为博览、精阅、宗经的目的是为了“拓衢路，置关键，长辔远驭，从容按节，凭情以会通，负气以适变……乃脱颖之文矣”[⑤]。林学衡批评近代复古诗派：“同、光以来诗人，间亦不乏卓绝者，顾什七失之胶柱刻鹄，彼将求古人之残骸于墟墓中，而不顾其远于现实之生活，抑亦非善学古人者。”[⑥]樊增祥对复古的态度则不同：“老笏杂言咋挑战，意亦学韩通其变。”[⑦]学韩的目的是在韩愈基础上求“变”，追求的还是“今人之境”；他又说：“多合千百古人之诗，以成吾一家之诗。

① 刘勰：《通变第二十九》，《文心雕龙》，中华书局2005年版，第273页。

② 余诚格：《樊樊山集叙》，樊增祥撰，涂晓马、陈宇俊点校《樊樊山诗集》，上海古籍出版社2004年版，第2028页。

③ 樊增祥：《与左绍佐笏卿论诗长歌》。本诗《樊樊山诗集》未收，但民国年间各种诗话都曾收录，如王逸塘的《今传是楼诗话》，钱基博的《现代中国文学史》都曾收录。本诗选自王逸塘《今传是楼诗话》，张寅彭主编《民国诗话丛编》三，上海书店出版社2002年版，第345页。

④ 樊增祥：《论诗质石甫》，《七言律诗上》，《樊山集外卷三》，《樊樊山诗集》，第1830页。

⑤ 刘勰：《文心雕龙》通变第二十九，周振甫注《文心雕龙今译》，中华书局2005年版，第275页。

⑥ 林学衡：《孑楼诗词话》，张寅彭主编《民国诗话丛编》（第六册），上海书店出版社2002年版，第99页。

⑦ 樊增祥：《与左绍佐笏卿论诗长歌》。

此则樊山诗法也。”[①]打通古今中外,合千百人之诗的目的,是成一家之言,这才是樊增祥真正的复古态度。就这一点来说,樊增祥其实是复古诗派中的“别家”,追求更高形式的复古,“练青濯绛”,写出真正的好的诗章。

“变则可久,通则不乏”[②]。复古与通变,在樊增祥心目中是统一的。“诗盛于杜古意微,文盛于韩古法衰……我诗不称古画图,又下杜诗与韩笔”[③],宣称自己的诗是“今人之诗”,但下的是古人之笔。“孕”是其中的关键,创作主体的作用最为重要,他的《论诗二首限讲、绛二韵戏谏同座诸公》云:

> 收书入腹中,如钱投于缸。积书不能用,如舟胶于港。腹稿未落纸,如珠孕于蚌。尘牍不混人,如瘿脱于项。琢句求华妙,如田费锄耩。盍持绿茗杯,坐听樊生讲。[④]

古人的作品积累在胸中,关键在于能为己所用,否则则如钱投于缸,舟胶于港,读书复古只是方法,能够运用自如,创作出好的作品最为重要。实际上他认为博学是本,识变才能不囿不泥,两者兼具,在传统的基础上创新,开拓出新的诗境。

(二)“诗到天然始是佳”[⑤]——学问、性情与阅历的融合

近代诗人热衷探讨诗人之诗、学人之诗的融合,樊增祥也认为“有

---

① 樊增祥:《天放楼诗续集书后》,金天羽《天放楼诗文集》,上海古籍出版社2007年版,第1418页。

② 刘勰:《文心雕龙》通变第二十九,周振甫注《文心雕龙今译》,中华书局2005年版,第276页。

③ 樊增祥:《法黄石山水画卷》,《紫泥酬唱集》,《樊樊山诗集》,上海古籍出版社2004年版,第281页。

④ 樊增祥:《论诗二首限讲、绛二韵戏谏同座诸公》其一,《紫薇三集》,《樊山续集》卷二十四,第1406页。

⑤ 樊增祥:《与翰臣论诗用差字韵》,《紫薇集》,《樊樊山诗集》卷二十一,上海古籍出版社2004年版,第1264页。

性情则诗必真，有材力则诗必健”①，将才华和学问的并举。他赞美李慈铭，认为他是学问与天赋的融合："其实先生之学原本经术，而于三通廿四史致力尤□且深。又天姿高亮，记诵精博。"②他又超越当时学术风气，提出了崭新的创作态度，强调阅历、训练与见识的结合。他认为传统的中国人轻率动笔，是造成空疏的主要原因。他认为："世人皆袭西人之貌，吾则取其意也。"③西学的核心就是"阅历"，"行万里路，读万卷书"，"所蓄既富，加以虚衷求益，旬煅季炼，而又行路多，更事多，见名人长德多，经历世变多……此则樊山诗法也"④。

对于学问、性情和实践之间的关系，樊增祥认为性情是基础，学问只是一个部分，才、意、味这些属于"别才"的部分，是主要的。他的《与翰臣论诗用差字韵》，表达得非常清楚：

> 诗到天然始是佳，玉为底盖两无瑕。衣裁须取全身称，棋力难教半子差。水里着盐知有味，树头剪彩不为花。性灵即是良知说，要读奇书过五车。⑤

在这首诗里，樊增祥谈到了很多诗学观念，如韵味、格律、功力等等，也重点探讨了书本和学问之间的关系。首先从风格上来说，他推崇天然、无瑕的艺术境界，注重韵味，而不是学究气。其次从创作源头而言，一方面推崇"心"的作用，强调性灵；另一方面，延续王阳明的"良知说"，性灵是经过修正的性灵，要通过读"五车"的"奇书"修炼得到。这就是他不同于陈衍的地方，陈衍论诗以学问为本，至于性情，而樊增祥则统一性情和读书的关系，性情为本，读书为辅，最后达到

---

①④　樊增祥：《天放楼诗续集书后》，金天羽《天放楼诗文集》，上海古籍出版社 2007 年版，第 1418 页。

②　樊增祥：《杏花香雪斋诗序》，李慈铭：《杏花香雪斋诗》册上，中华书局民国二十八年(1939)版。

③　樊增祥：《二家词钞跋》，《樊樊山诗集》卷二十八，上海古籍出版社 2004 年版，第 1753 页。

⑤　樊增祥：《与翰臣论诗用差字韵》，《紫薇集》《樊山续集》卷二十一，上海古籍出版社 2004 年版，第 1264 页。

自然境界。

在《天放楼诗续集书后》中，樊增祥作了进一步的发挥，说："人所处之境有台阁，有山林，有愉乐，有忧愤；古人千百家之作，浓淡平奇，洪纤华朴，庄谐敛肆，夷险巧拙，一一兼收并蓄，以待天地人物形形色色之相需相感，吾即因以付之。此所谓八面受敌，人不足而我有余也。"①台阁、山林、愉乐和忧愤，是主观阅历；"古人千百家之作"是知识储备，"天地人物形形色色之相需相感"，接近于现代文论的"灵感说"。创作主体有了主观感悟和真实情感，有了真性情后，才能"凭情"、"负气"，将台阁、山林、愉乐和忧愤等"人所处之境"，以及浓淡、平奇、洪纤、华朴、庄谐、敛肆、夷险与巧拙等"古人千百家之作"加以融合。

（三）"万花颜色无一同"②——樊增祥的"八面受敌"观

樊增祥在不同场合谈到"八面受敌"的诗学理想，《与左绍佐笏卿论诗长歌》自诩说："一字不安众所议，八面受敌谁不能。"③李慈铭亦曾对樊增祥说："今作者虽多，……若夫精深华妙，八面受敌而为大家，则吾与子不敢多让。"④他在《天放楼诗续集书后》说："人所处之境有台阁，有山林，有愉乐，有忧愤；古人千百家之作，浓淡平奇，洪纤华朴，庄谐敛肆，夷险巧拙，一一兼收并蓄。……此所谓八面受敌，人不足而我有余也。"⑤这一理论的主要精神如下：

1. 转益多师

如前所述，樊增祥不仅诗法晚唐诸诗人的创作模式，而且学习不同时代不同流派的作品。《天放楼诗续集书后》反对固步自封的学古态度，推崇杜甫的学古精神："向来诗家率墨守一先生之集，其他皆束阁不观，如学杜、韩者，必轻长庆；学黄、陈者，即屏西昆；讲性灵者，则明以前

①⑤　樊增祥：《天放楼诗续集书后》，金天羽《天放楼诗文集》，上海古籍出版社2007年版，第1418页。

②③　樊增祥：《与左绍佐笏卿论诗长歌》。

④　樊增祥：《杏花香雪斋诗序》，李慈铭《杏花香雪斋诗》卷首，中华书局1939年铅印本。

之事不知；尊《选》体者，则唐以后之书不读。不知诗至能传，无论何家，必皆有独到之处。少陵所谓‘转益多师是汝师’也。”①

2. 诸体兼备

樊增祥称赞李慈铭的诗歌是“金昭玉粹，天高日晶之至文也”，因为李慈铭体裁上兼收并蓄，“于体无所不工”②。顾曾烜说：“（樊增祥）七律夥于五律，古诗俭于今诗。”③说明樊增祥的诗歌有古体、近体、七律和五律等多种体例。李慈铭亦激赏樊增祥：“今作者虽多，皆仅有其一体，倘杂试十题，鲜不缩手噤口者。若夫精深华妙，八面受敌而为大家，则吾与子不敢多让。”④

3. 题材丰富

樊增祥的创作追求题材的丰富性，风格的多样化。他认为李慈铭的作品有“朝廊诸作”、“山林诸作”、“忧愤诸作”、“闲适诸作”、“悼念”之作、“闲情”之作等等，不一而足，正代表了他的文学观。他盛赞李慈铭，“于词无所不有”，“无一语不鲜明，无一字不典核”⑤，这也正代表了他的风格论，即无所不涉，琳琅满目，辞藻丰富。

樊增祥的创作充分体现了他的求“博”主张。樊山判牍名闻天下，散文、词赋、小说尽皆擅长。诗歌创作尤其出色，内容上，上至家国恩怨，下至儿女私情，无所不包。体裁上，有七律、七古、五古、排律等等，风格上，则如沈其光所云，有“清绮”、“典雅”、“新颖”、“工巧”、“干支对

---

① 樊增祥：《天放楼诗续集书后》，金天羽《天放楼诗文集》，上海古籍出版社2007年版，第1418页。

②⑤ 樊增祥：《杏花香雪斋诗序》，李慈铭《杏花香雪斋诗》册上，中华书局民国二十八年（1939）版。

③ 顾曾烜：《樊樊山集叙》，樊增祥撰，涂晓马、陈宇俊点校《樊樊山诗集》，上海古籍出版社2004年版，第2033页。

④ 李慈铭语，转引自樊增祥《杏花香雪斋诗序》，李慈铭《杏花香雪斋诗》册上，中华书局民国二十八年（1939）版。

之工者”、“俳体”[①]等众多风格，此外如华美、激愤、尖锐等，也一一具备。甚至还有游戏诗，海纳川记载：“樊山先生喜为游戏诗，于正集外别编《游戏集》一帙。或传先生在江宁方伯任时，咏女学堂有‘标本室中花样巧，体操场上柳腰（原诗为枝）轻。宫腰可似诸夷细，天足才堪万里行。梅实改良将问鼎，莲花进步即倾城。……地球逐渐（原诗为渐逐）秋波转，天柱都将玉笋擎。治外法权操女手，自由婚嫁顺人情’等句，为言官所闻，几至列入弹章。”[②]

樊增祥自觉将“丰富”视为诗歌衡量的重要标准，曾记述：“癸未冬……（李慈铭）出别后日记示余曰：‘此中有《包英姑歌》、《题北齐校书图》二篇，乃晚年最经意之作，余读竟叹曰：‘《校书图诗》金风亭长容能为之，然考据略同，瞻丽必逊。至《英姑歌》则竹垞不能为，西河或能为之。然有此古音无此奇采。至《题校书图》则西河又不能为。国朝二百年诗家坛席，先生专之矣。”[③]指出李慈铭《题北齐校书图》是深厚学问和典丽风格的统一，《包英姑歌》是古调和奇采的统一，即使是朱彝尊、毛奇龄也不能创作出这样熔铸多种风格的诗歌。

4.“唐固可贵宋亦尊”[④]——樊增祥与唐宋诗之争

历史上的唐宋诗之争，往往以激烈的方式演绎——例如明人的意气之争。但到了晚清，情况则错综复杂，出现“门户”之见缓和、通融的倾向。陈衍提出的“不分唐宋”观，其实是对包括樊增祥、易顺鼎等众多诗人创作的总结，尽管对樊易作诗之速，颇有非议，但总体来说，对他们评价颇高。“同光体”首领陈三立祭奠易顺鼎时，高度评价了其创作成

① 沈其光：《瓶粟斋诗话续编》续编卷二，张寅彭主编《民国诗话丛编》（第五册），上海书店出版社2002年版，第597页。

② 海纳川：《樊增祥游戏诗》，《冷禅室诗话》，张寅彭主编《民国诗话丛编》（第二册），上海书店出版社2002年版，第707页。

③ 樊增祥：《杏花香雪斋诗序》，李慈铭《杏花香雪斋诗》册上，中华书局民国二十八年（1938）版。

④ 樊增祥：《冬夜过竹筼侍讲论诗有述》，《水浙集》，樊增祥撰，涂晓马、陈宇俊点校《樊山集》卷八，《樊樊山诗集》，上海古籍出版社2004年版，第139页。

就："繄余与子，异趣同本。"[①]认为易顺鼎虽然在处事方式、诗歌风格上与自己完全不同，但彼此之间同出一源。这也说明在近代诗坛，宗唐与宗宋派诗人之间并非势如水火，而是互相欣赏、互相兼容，其中之关键，在于两派诗人对待唐宋诗的态度更加开放，樊增祥诗论正是在这一背景下提出。其诗论力图总结中国历史上愈演愈烈的唐宋诗之争，既强调唐诗的风神兴象，又推崇宋诗的筋骨思理，以求在新的时空背景下，创造一个崭新的诗学范式。

首先，立足中晚。他大力为中晚唐诗人张目，《与左绍佐笏卿论诗长歌》主张："取之杜苏根底坚，取之白陆户庭宽，取之温李藻思繁，取之黄陈奥窔穿。"[②]将白陆、温李与杜苏、黄陈并举，是批评当时的诗坛风气，为元白的长庆体和西昆张目，正如他在《天放楼诗续集书后》中说："学杜、韩者，必轻长庆；学黄、陈者，即摒西昆。"[③]"同光体"的源头是杜韩，核心是黄陈，是以此抬高中晚唐诗派的地位，在当时宋诗派渐成气候的背景下，替自己争诗坛一席之地，其实价值倾向偏向唐诗。

其次，打通唐宋。樊增祥说："独厌耳食界唐宋，唐固可贵宋亦尊。"[④]从理论高度，强调唐宋兼采，体现清诗总结期恢弘的诗学气度和时代诗学观。前引他的《与翰臣论诗用差字韵》[⑤]从创作实践角度，既追求属于唐诗的情韵部分——"天然"，又强调属于宋诗重学问的特

---

① 陈三立：《祭易实甫文》，《散原精舍诗文集》，上海古籍出版社2003年版，第986页。

② 樊增祥：《与左绍佐笏卿论诗长歌》。注：本诗《樊樊山诗集》未收，但民国年间各种诗话都曾收录，如王逸塘的《今传是楼诗话》，钱基博的《现代中国文学史》都曾收录。本诗选自王逸塘《今传是楼诗话》，张寅彭主编《民国诗话丛编》三，上海书店出版社2002年版，第345页。

③ 樊增祥：《天放楼诗续集书后》，金天羽《天放楼诗文集》，上海古籍出版社2007年版，第1418页。

④ 樊增祥：《冬夜过竹篔侍讲论诗有述》，《水浙集》，《樊山集》卷八，《樊樊山诗集》，上海古籍出版社2004年版，第139页。

⑤ 樊增祥：《与翰臣论诗用差字韵》，《紫薇集》，《樊山续集》卷二十一，《樊樊山诗集》，上海古籍出版社2004年版，第1264页。

色——功力和读书，具备很强的操作性。所以，陈衍谈到樊增祥诗歌的真相是："纷纷唐宋拘门户，何似先生掉臂行。"[①]

其三，超越唐宋诗之争，强调博采众家，这就打破了诗歌历史上的"学宋"、"学唐"、"诗必盛唐"等单一标准。王逸塘有言："近代诗人，其隶事之精，致力之久，益以过人之天才，盖无逾于樊山者。或疑此老论诗，拘守宗派，与时流标举，各有不同，是皆未知其深者。"[②]樊增祥学古而不泥古，强调自己的特色，在各种诗歌风格上，强调要兼容并包。《天放楼诗续集书后》所提出的论点，体现了清代的诗学复古已经到了最后的阶段，趋向于理性、全面。

二、"白傅性情"[③]与樊增祥的诗歌创作

樊增祥是近代诗坛大家，作品号称三万首，在创作倾向、内容选择和性情表达等方面，受白居易影响甚大。陈衍说樊增祥有"白傅性情"[④]，所谓"白傅性情"，一方面指樊增祥才气与白居易接近，"樊山才调白同科"[⑤]；另一方面也指出樊增祥具有白居易闲适逍遥的"中隐"情结，"平生襟抱亦相似，到处安乐留行窝"[⑥]。

他的《效香山》、《艺风七十寿诗仿香山九老诗体七言六韵》等诗，标明效法白居易；《偶读白诗有八月三日夜作一首适当是夕因次其韵》次韵白居易；诗中化用白居易的作品，更是处处可见，如"泪下青衫知几

① 曹经沅诗，陈衍《石遗室诗话续编》卷五收录，张寅彭《民国诗话丛编》（第一册），上海书店出版社，2002年12月第一版，第626页。

② 王逸塘：《今传是楼诗话》，张寅彭主编《民国诗话丛编》（第三册），上海书店出版社2002年版，第345页。

③④ 陈衍：《石遗室诗话》卷一九，张寅彭主编《民国诗话丛编》（第一册），上海书店出版社2002年版，第264页。

⑤ 陈衍：《石遗室诗话》卷一九，张寅彭主编《民国诗话丛编》（第一册），上海书店出版社2002年版，第228页。

⑥ 陈衍：《石遗室诗话》卷一六，张寅彭主编《民国诗话丛编》（第一册），上海书店出版社2002年版，第228页。

许？尊前红烛不多时”[①]；更多的，是他的诗效法白居易随缘自乐的人生态度：“香山枕被亦吾师，厚薄高低取适宜。”[②]

（一）樊增祥的创作主题及对白居易的接受

樊增祥的诗集中，处处可见对白乐天的追摹。他的诗在复杂的时代思潮下写成，内容丰富，包含了三方面的内容，一是继承了白居易“为时为事”的功利性创作精神，抒发其家国情怀、人生际遇、时代变迁及对时局的忧虑，反映他对当时政治气氛、军国大事、新旧教育和学术研究等方面的见解。二是追求白居易闲适情调，记载他的交往游历，唱和应酬，努力学白居易知足保和、吟咏情性的一面。三是绮艳题材，学习白居易艳情主题，《彩云曲》有典型的白居易的痕迹。题材虽然接近，但樊增祥的诗歌，毕竟是在新的历史背景下创作的，仍然有自己的发展。

这一类诗歌，与杜甫歌行的“率皆即事名篇”[③]的“事”精神相通，也体现了白居易所强调的诗学精神，能够体现“闻见之间，有足悲者”[④]的时代精神。但不同之处在于，白居易强调的是刚直的精神，持身耿介，不佞顺取容的个性，《与元九书》中强调“直而切”、“核而实”、“顺而肆”，表达自己的政治见解，希望能够“忧黎元”、“活疲民”，语言“坦易”。中晚唐诗派的诗人则相对采取了相对柔惠的方式，希望通过用典、隐语，曲折地表达。

1. “切用”主题

清代经世致用文学思潮在嘉庆年间萌发，随着王朝危机的加重，同、光年间成为当时文坛的主流观念。该思潮标志着一个崭新文学时

---

① 樊增祥：《子珍将出都小伶桐仙弹琵琶为别怅然赋此》，《樊山集》卷三，樊增祥撰，涂晓马、陈宇俊点校《樊樊山诗集》，上海古籍出版社 2004 年版，第 57 页。

② 樊增祥：《枕上闻雨再赋》，《身云阁集》，《樊樊山诗集》，上海古籍出版社 2004 年版，第 650 页。

③ 元稹：《乐府古题序》，《元氏长庆集》卷二十三，《四部丛刊初编》，上海书店 1989 年据商务印书馆 1926 年版重印。

④ 白居易：《秦中吟序》，《白居易诗集校注》卷二，中华书局 2006 年版，第 154 页。

代的开始。即提倡学术的实用价值，解决现实问题，讲求实事和实效，克服大清王朝的社会危机，是崭新的致用观。丁丑年（1877）樊增祥通籍，随张之洞学经世致用，创作上深受这一思潮影响，主张关注现实问题，解决现实问题，重道兼重真性情，反对情感放荡之作。他认为创作的基本原则是“切用”，牢记着张之洞的教训，“诗非有事勿做”①，主张“行路多更事……多经历世变”②，诗歌以广博的见闻，开阔的诗学题材见长，笔触遍及清代末世的时政、世风、权豪、士子、文人、百姓、交游、山乡、都市、塘报等等，内容丰富。

他注重描写时事。《读邸报恭纪》取其大，记叙了己丑正月，光绪大婚，是年二月亲政等事，第一首纪归政，第二首纪大婚，风华典丽。大至甲午战争、马关条约、戊戌变法、庚子事变、辛亥事变等重大题材，都在他的笔下一一呈现。《缅甸贡象歌》则取其小，描述了中国和缅甸的交往，以及缅甸遣七匹大象进贡的史实，细节描写细致真切。总之，他的诗歌反映时事，春秋笔法，史笔深严，寓有褒贬之意。

他的诗题材开阔，描述了晚清一代的风土人情、科举制度、交往礼节、宫廷物态、节令宗教等，笔触客观，注重纪实，创作目的则如《春明杂说诗十首》序中所说，一方面是“以答问者”，一方面是“资后人引据”③，为后人留下了丰富的时代资料。

他善于描写风土人情，《潜江杂诗十六首》描写湖北潜江清新亮丽的水乡风情，伞盖轻轻，桂树飘香，竹笋遍地，到处种植着荷叶、莲藕、桑叶和秋菰等等，当地人以制伞、织布为业，地方风俗以紫苏、青螺、黄蚬为食；《采茶词二首》写了当地民间的采茶习俗；《湖上杂诗》描写了西湖的美景，画舫金樽，酒楼林立，荷花如锦的场景，其十一云：“画舫金樽对

① 樊增祥：《二家咏古诗》序，樊增祥撰，涂晓马、陈宇俊点校《樊樊山诗集》，上海古籍出版社 2004 年版，第 1568 页。

② 樊增祥：《天放楼诗续集书后》，金天羽《天放楼诗文集》，上海古籍出版社 2007 年版，第 1418 页。

③ 樊增祥：《春明杂事诗十首序》，《东归集》，樊增祥撰，涂晓马、陈宇俊点校《樊樊山诗集》，上海古籍出版社 2004 年版，第 78 页。

水开,万钱一掷定无回。清游只合瓜皮艇,更袖瓜犀豆子来。”①诗后有小注,描述了西湖当时“风气奢靡”,一掷千金的繁华景象,是当时底层民众的生活实录。

樊增祥饱历事变,宦游广阔,很多诗记叙了晚清仕人行迹,如《赠幼樵学士驻防闽海》、《将之秦中留别同人二首》等诗,描述了清代官员的仕途升沉,也勾勒出他自己的人生旅途;《五月一日同子珍竹笈两前辈等烟雨楼茶话》、《子珍以笋脯丝衣见惠各志以诗衣盖其姬人手制》等诗歌,描写当时的仕人交游,从中可以考察当时文人行迹,也可以看出当时茶话、馈赠、夜谈、看花、守岁、清话、泛舟等文人活动。

他作过考官,《春明杂事诗》记录了当时科举考试的全部过程,如写榜、赐饼、下跪、发榜、引见等等。《甲申元旦试笔》作为一首应制诗,写自己金殿面试的所见所闻。《秋闱杂咏十五首同寿丈赋》、《四所诗中丞丈命作》、《咏五色笔同寿丈作》,更是全方位大规模地记叙了当时秋闱从考帘、入闱到进卷、出闱的整个流程,描述了收卷所、弥封所、誊写所、对读所的种种情形。

2. 闲适精神

他的《春兴》、《四叠春兴韵》、《东园桃花盛开用东坡松风亭韵》、《初夏》等,自如散淡。“闲官”、“闲舒”、“闲俱遍”、“闲骑”、“闲生活”、“闲情”、“闲闷”是他的常用语,“独乐园”、“终是福”、“欣看”、“大好”、“欢喜”等词,闲适中充满对自身境遇的欣喜和满足。丁未年(1907)诗稿他定名为《闲乐集》,其中《守岁作》说:“十年颠倒朝衫客,才放今年今夜闲。”②认为为官是苦,闲居是福,对于解官、卸任非常通达。他早年的闲适诗能表现官居生活的散淡自如,品味生活细小的趣味。《晚出诣客

① 樊增祥:《湖上杂诗》,《淡吟集》,《樊樊山诗集》,上海古籍出版社 2004 年版,第 127 页。

② 樊增祥:《守岁作》,《闲乐集》,樊增祥撰,涂晓马、陈宇俊点校《樊樊山诗集》,上海古籍出版社 2004 年版,第 1559 页。

马上作》:“晴檐烟雪残犹在,远岫风霞淡欲无。”[①]景物细切,观察细致,情调淡远;《消夏八韵》,对身边事物精心描摹,燕是痴燕,动作是窥鱼,蜘蛛是灵蛛,动作是抱蝶。素馨、青子、生纸、花枝、梅醭等意象,境界虽小,但琐碎中体现了诗人的生活情趣和清净心态。

辛亥革命后樊增祥避居上海北京等地,闲适诗创作遂进入高峰期与争议期。以前樊增祥号称“一生不得志”之人,其实内心期望颇高,为名为利四处奔忙。辛亥革命后,“一朝兵事起,乃与国同休”[②],政治理想破灭,陷入闲居状态。遗老遗少们赠答应酬,此唱彼和,往来频繁。他宣称自己和白居易一样“一生为情累,如茧缚其身”,其实所谓“情”只是士大夫的闲情,“今我无官守,独于花鸟亲。朝莺及暮鸦,好语时相闻”[③]。

他在上海,生活悠闲,举办诗社,彼此唱和,诗歌集中描写园居、结社、移居、访碑、考石、唱和、观花、饮茶、看戏等生活,“超社十诗九言花”[④],“索句无如闲处乐”[⑤]。他醉心于佛道,饮酒和养生。在或睡或吟,或有事或无事的潇洒中安度晚年;在新旧交融中求得精神上的满足,“而来信西学,颇吸空气鲜”[⑥];他强调自己喜乐的情怀,“五色选绯绿,七情专爱喜……待汝回甘时,枣儿甜过矣”[⑦];他宣扬自己的“乐”、“闲”和“达”,强调自己闲居的时日是“欢喜日”,眼中所见是“九十日春光”,宣称自己的诗歌“平和”,情感为“喜乐”和“得所”。

---

① 樊增祥:《晚出诣客马上作》,《樊樊山诗集》,上海古籍出版社2004年版,第405页。

② 樊增祥:《夏日园居杂诗》之三,《樊山集外》卷一,《樊樊山诗集》,第1759页。

③ 樊增祥:《别故居二首》,《樊山集外》卷一,《樊樊山诗集》,第1764页。

④ 樊增祥:《四月既望,沈观、补松、乙庵、伯严及余宴健斋参政于樊园,止庵、涛园、节庵、旭庄诒书俱来,会园中芍药、玫瑰盛开,辅以西洋杂花,烂如云锦,酒罢作歌》,《樊山集外》卷二,《樊樊山诗集》,第1790页。

⑤ 樊增祥:《沈观枉和移居四律再叠前韵奉酬》,《樊山集外》卷四,《樊樊山诗集》,第1883页。

⑥ 樊增祥:《后园居诗九首》其八,《樊山集外》卷一,《樊樊山诗集》,第1767页。

⑦ 樊增祥:《后园居诗九首》其一,《樊山集外》卷一,《樊樊山诗集》,第1765页。

3. 绮艳题材

樊增祥以绮艳题材著称,他的诗歌,皆似宫体,秾丽发露,格律精工,但又“丽而不淫,新而不纤”①,兼有白李两家的特点。如前后《彩云曲》、《无题》、《玉娘曲》等等。从樊增祥的自述中,我们可以看出,他是颇以自己的艳诗自负、自豪的,他说“仆性耽绮语”②;“少年浮艳隋宫体”③;“少小娴昆体”④,把创作艳诗作为自己的一个重要风格来强调。他的《十忆集》,描摹女性一举一动,“屈曲要眇”⑤,号称学李商隐,但香奁体特征更加明显。陈衍说:“(樊增祥)自喜其诗,终身不改途易辙。尤自负其艳体之作,谓可方驾东郎,《疑雨集》不足道也。”⑥但樊增祥显然自负更高:“少工侧艳,老尚童心。往往撰叙丽情,微之、义山,勉焉可至。”⑦正他这种刻意为之的状态,使得他的艳体诗创作,追求新,追求多,追求巧。

白居易的艳诗,某种角度看,已出现穷形尽相的特点。《长恨歌》,对李杨行乐场景的描摹,精工密丽,颇有香艳气息。樊增祥也继承了这一特点。他的艳诗写作,负载了炫耀技巧的主体心态。描摹精细,多用实词。如“出浴休倾苏合水,梳鬟薄蘸桂花油”⑧,“苏合水”和“桂花油”两个细节点染了人物的美貌。再如“剪缯花簇泥金蝶,隔叶莺窥绣幌

---

① 樊增祥:《和明人绣鞋诗有序》,《樊山集外》卷三,《樊樊山诗集》,第 1832 页。

②⑤ 樊增祥:《戏和宋人李元膺十忆诗并序》,《十忆集》,《樊樊山诗集》,第 1465 页。

③ 樊增祥:《余少作鲜惬心者惟方顺桥一联暖帘不卷灯熏画,破壁重泥粉盖诗,以为得唐人佳境,然腹联以罗袖对少年则律仍未细也,再叠前韵》,《近光集》,《樊樊山诗集》,第 1110 页。

④ 樊增祥:《爱伯师赠诗賸以小札云并示瑶眷四五叠韵示内二首》,《京辇题襟集下》《樊樊山诗集》,第 350 页。

⑥ 陈衍:《石遗室诗话》卷一,张寅彭主编《民国诗话丛编》(第一册),上海书店出版社 2002 年版,第 29 页。

⑦ 樊增祥:《再和李元膺十忆诗并序》,《十忆集》,《樊樊山诗集》,第 1476 页。

⑧ 樊增祥:《广李元膺十忆诗并序》之《忆香》,《十忆集》,《樊樊山诗集》,第 1490 页。

人”[1]，以“剪缯”形容花，“隔叶”形容莺，“泥金”形容蝶，“绣幰”形容人，造成一派花团锦簇的气象。

而樊增祥前后《彩云曲》，全面继承了白居易感伤传统，以平易通俗、“风情宛然”为特征，总体风格“浮靡艳丽”。“沈增植读之，以为的是香山，不只梅村也。”[2]该诗以赋法入诗，细腻翔实，反映了广阔现实，涉及市井生活，宫廷生活，包括重大历史事件，又隐隐带有香艳的色彩。前后《彩云曲》和白居易的《长恨歌》一样，包含了复杂的主题意蕴。通过家国危难，君主的无计可施，只好依赖一介女流，两相对比，让人感慨万端。以傅彩云面对强敌时的谈笑自若，重现了中华历史上“安危托妇人”的民族耻辱。诗中的咏叹，又隐寓了褒贬讽喻，暗含“经世资鉴”之旨。

（二）樊增祥的创作个性及对白居易诗歌风格的超越

樊增祥博览群书而能深入，接受白居易的同时，能吸收其他风格，并融入自己的个性气质与时代特征，最终形成自己的诗歌特质。具体表现，就是对白居易的提升、解构、寄托和背离。

1. 提升

樊增祥强调见识，所谓“才多识寡未能超”[3]，这是他不同于白居易、杜甫的地方，不仅仅是记录史实、描述掌故和摹写民间疾苦，更不是个人情感的强烈抒发——他甚至反对过度抒情，“若为骚除闲字句，选楼油素一时空”[4]。他注重的是抒发议论，阐述自己的政治见解。要求站在士大夫立场，纵论国事、品评人物、指点江山，表现了高超的史才史

---

① 樊增祥：《上元携阿频阿瑞阿云阅厂甸十七叠韵》，《京辇题襟集下》，《樊樊山诗集》，第 357 页。

② 蔡冠洛：《樊增祥传》，樊增祥撰，涂晓马、陈宇俊点校《樊樊山诗集》，上海古籍出版社 2004 年版，第 2055 页。

③ 樊增祥：《答受轩论诗》，《紫薇二集》，《樊山续集》卷二十三，《樊樊山诗集》，第 1351 页。

④ 樊增祥：《排闷》之六，《北台集》，《樊山续集》卷九，《樊樊山诗集》，第 839 页。

识。他善用讽刺，"老将大都能忍辱，不差巾帼是英雄。"[①]通过委婉用笔，讥讽慈禧当政和权贵无能；他能紧密联系时政，如戊戌变法失败后，他以"醉中语"、"放言"、典故为掩饰，表达了对戊戌变法的惋惜；他识见超拔，一针见血："家国伊谁念五寒"[②]，巧妙用典，指出国家积弊，写出了当时盲目用兵、女主当政、滥杀士人等积弊流祸。

他强调教化。《春暮至近郊劝农三首》，其一写自己没有架子，不带随从，强调不要扰民；其二是谆谆教导，希望百姓努力农事，"莫负中丞"之意；其三说："使君出郭寻常事"[③]，俨然以道德楷模自居。他的《感事》："青苗已算民钱尽，墨牒徒令士气伤。社稷有灵终窜杞，皇天不语愿烹桑。"勾勒了关中大旱、民生凋敝的现实图景，末句"九重若遣论新法，臣是当时唐子方"[④]，更是一副为民请命，劝导统治者的姿态。在《三月初二日送需次诸君入课吏馆赋呈严廉访及分教程戟太守杨和甫刺史李少愚陈焕阶两大令》中，樊增祥感慨："今何以乏才？古何以饶士？"原因就在于吏制。他教导手下官吏要读有用之文，不要写官样文章、不要雷同，要通晓中西之学，会文武之法。他提出了自己的看法："文章作官样，奉行岂得久？课吏各有程，雷同如一手……万事求其备，日程卯至酉。是皆务门面，实意了无取。"[⑤]

正因乎此，他的诗歌终究难免道德说教，哪怕是绮艳题材。《叠韵嘲石甫》谆谆告诫："莫以情波汨性灵。"[⑥]前《彩云曲》描摹了一代名妓赛金花和洪钧的风流韵事，也不忘加上议论："吁嗟乎，情天从古多缘

---

① 樊增祥：《放言六首》，《东园后集》，《樊山集》卷二十七，《樊樊山诗集》，第 612 页。

② 樊增祥：《次韵酬伯熙见赠》，《朝天集》，《樊山续集》卷四，《樊樊山诗集》，上海古籍出版社 2004 年版，第 701 页。

③ 樊增祥：《春暮至近郊劝农三首》，《关中集》，《樊山集》卷十，《樊樊山诗集》，第 171 页。

④ 樊增祥：《感事》，《关中集》，《樊山集》卷十，《樊樊山诗集》，第 178 页。

⑤ 樊增祥：《三月初二日，送需次诸君入课吏馆，赋呈严廉访及分教程戟太守杨和甫刺史李少愚陈焕阶两大令》，《两艖艗斋集》，《樊山续集》卷二十，《樊樊山诗集》，第 1202 页。

⑥ 樊增祥：《叠韵嘲石甫》其二，《樊山集外》卷四，《樊樊山诗集》，第 1858 页。

业，旧事烟台那可说。微时营蒯得恩怜，贵后萱芳成弃掷。怨曲争传紫玉钗，春游未遇黄衫客。君既负人人负君，散灰扃户知何益。歌曲休歌金缕衣，买花休买马塍枝。彩云易散琉璃脆，此是香山悟道诗。"[①]以营蒯、萱芳作比喻，感叹情海易变，人情冷暖，饱含着乐极生悲的人生无常之感。他的《后数斗血歌》，本是看易顺鼎的《数斗血歌》后所作，但一句"此番发愤呕血何所营，只为北京舞台诸女伶"，将易顺鼎的飞扬跋扈之气完全消磨，变成价值判断，否定易顺鼎所推崇的当代名伶，否定易顺鼎的创作方式，完全不理会易顺鼎的创作用意，变成"回头是岸好泊船"的劝导，以及"女伶一字不曾识，可惜轻抛数斗血"[②]的惋惜。

2. 背离

表面看来，樊增祥的闲适诗类似白居易，以不知有汉、无论魏晋、超尘脱俗的假想出现，但究其内在情感则远非如此。以往的闲适诗歌是在政务繁忙之际，对田园的遐想。但在真正身与心俱闲后，吟咏闲适则成为无奈的选择。组诗《后园居诗九首》，大量的喜乐描写中突然夹杂了一句"昨为吴宫妃，今入鸥夷舸"[③]，隐隐地表达了不满和不安定感；《四月十四夜月下》"今年今夜寒，海涛万重雪。天高碧海深，月姊难为心"[④]，把繁华的都市写成了孤寂的荒岛，表达了困居海上的伤痛忧愤。《次韵答苏龛见赠三首》，简洁直白，对时代变迁不满："阑入新世界，转为后辈轻。百司失其职，海上多孤惸。"[⑤]

他不断用松树、菊花意象，表现传统士大夫的气节，《晚菊一首索伯严午诒和》，盛赞菊花的"孤贞"，称为："正色立中央，百卉失其名"[⑥]，强

① 樊增祥：《彩云曲》，《北台集》，《樊山续集》卷九，《樊樊山诗集》，第 820 页。

② 樊增祥：《后数斗血歌》，《樊山集外》卷二，《樊樊山诗集》，第 1789 页。

③ 樊增祥：《后园居诗九首》之六，《樊山集外》卷一，《樊樊山诗集》，第 1766 页。

④ 樊增祥：《四月十四夜月下》之六，《樊山集外》卷一，《樊樊山诗集》，第 1755 页。

⑤ 樊增祥：《次韵答苏龛见赠三首》之一，《樊山集外》卷一，《樊樊山诗集》，第 1756 页。

⑥ 樊增祥：《晚菊一首索伯严午诒和》，《樊山集外》卷一，《樊樊山诗集》，第 1762 页。

调“能贵不能贫，岂是士大夫”①；《止庵见和移居四律语特名隽叠韵奉酬》表达了对时代变迁的情感：“一从旧国山河改，忧乐真难与世同。”②《郑兰倪柏歌》有深深的悔恨：“不忠不孝深自责，心史之心白日照。”③《四月八日超社第五集伯严假樊园治具即席送健斋参政为岱岳之游》中，他表达了自己的彷徨：“君臣之伦今已无，出门踽踽复跦跦。”④

清末民初之际，樊增祥此类闲适诗颇具代表性，是文化遗民群体的一个重要特征。因为清末民初易代的特殊性——“以华易夷”。不仅眷恋故国、忧思故主缺少根基，晚明士人所具有的强烈的道德感和互相砥砺坚守气节的时代精神，此时亦已经完全消失。气节、传统等都成了人们笑骂和嘲弄的对象，同为中晚唐诗人的易顺鼎表达得更加明白：“今日非同前代崇祯之甲申，今日岂同前代顺治之乙酉。”⑤

樊增祥是智者，自然深悉时代的特殊性。因此，他的这种真实情感，只能在白体的闲适情感中隐隐流露。貌似避世，但咏唱中却不断表现出与表面的逍遥完全不同的情绪，实际上并不能真正忘怀复杂的社会现实。从樊增祥的诗歌中可以看出，他能够以逍遥心态接受贬官、被参，因为他有东山再起的希望。但时代的巨大变革他无力承受，在巨大的痛苦难以自拔。他写的这些诗貌似恬淡、故作豁达，其实并没有使激荡的心潮宁静，安于达观知命的无为。

他与一批志同道合的前清遗老，饮酒赏花，题诗品茶，狎妓听乐，游戏嘲谑，无所不可，力图表达士大夫的闲适情怀，其实是通过传统诗文创作这一形式，表达了一种对于文化传统的固守——这也是唯一能够固守的东西。在《超然吟社第一集致同人启》中，樊增祥自称“惟废我啸

① 樊增祥：《夏日园居杂诗》之五，《樊山集外》卷一，《樊樊山诗集》，第1760页。

② 樊增祥：《止庵见和移居四律语特名隽叠韵奉酬》之三，《樊山集外卷四》，《樊樊山诗集》，第1882页。

③ 樊增祥：《郑兰倪柏歌》，《樊山集外》卷二，《樊樊山诗集》，第1793页。

④ 樊增祥：《四月八日超社第五集伯严假樊园治具即席送健斋参政为岱岳之游》，《樊山集外》卷二，《樊樊山诗集》，第1791页。

⑤ 易顺鼎：《癸丑三月三日修禊万生园作歌》，《癸丑诗存》，《琴志楼诗集》卷十八，《樊樊山诗集》，第1265页。

歌是惧”[①]。樊增祥晚年的闲适诗就是一面菱花镜子，可以借以通观当时一批转向闲适诗创作的遗老心态。

3. 泛滥与寄托

1916年，上海广益书局石印出版《樊山集七言艳诗钞》十卷，芳馨悱恻，无限华艳，可见其艳诗数量极多。他的艳诗有三个特点。首先，是旁观的视角，客观繁琐的笔法，呈现出以人力补天巧的特色。视角新颖，选题尖新，如《晓妆》、《午绣》、《晚食》、《夜香》等等；或别出新意，如咏虞姬“身在能无人戆嗟”[②]，或能够关合咏物体裁，新鲜尖巧，如廉波、绣鞋、酒花、烛泪、香字等。用典博赡洽切，经史子集、道书佛藏、志怪小说、类书笔记，几乎无不涉及，十分可观。其次，是数量呈现泛滥化倾向。除了艳诗以外，写景、咏物、日常生活、咏史的描写，也带有明显的香艳感和脂粉气。第三，是各种题材绮艳化，绮艳又融入各种题材。如“倚栏近俯罗裙水”[③]，把山水当作女性来进行创作；“门迎带水盈盈处，人坐垂杨袅袅中”[④]，把水、杨柳等自然意象亦当作女性描摹；“能言鹦鹉如娇女”[⑤]，咏物题材亦充满女性气质。大量制作，无所不艳，以人力补天巧，无论是何身材，总要尝试穿上艳情这件华丽的外袍。

樊增祥其实不好女色，也没有艳遇，甚至妻子死后很长时间也不续弦。陈衍记载：“余缉有《师友诗录》，以君诗美且多，难于选择，拟于往来赠答诸作外，专选艳体诗，使后人见之，疑为若何翩翩年少，岂知其清

---

① 樊增祥：《超然吟社第一集致同人启》，《樊山集外》卷七（文），樊增祥撰，涂晓马、陈宇俊点校《樊樊山诗集》，上海古籍出版社2004年版，第1982页。

② 樊增祥：《虞姬》，《二家咏古诗》，《樊樊山诗集》，第1570页。

③ 樊增祥：《商州逆旅中，有楼五楹，风景如画，家人辈以为官署中无此萧旷也，为赋一诗》，《还山集》，《樊山集》卷十二，《樊樊山诗集》，第232页。

④ 樊增祥：《沪上楼居一首》，《转蓬集》，《樊山集》卷十三，《樊樊山诗集》，第239页。

⑤ 樊增祥：《送王大令还秦州》，《关中集》，《樊山集》卷十，樊增祥撰，涂晓马、陈宇俊点校《樊樊山诗集》，上海古籍出版社2004年版，第181页。

癯一叟，旁无姬侍，且素不作狎斜游者耶。”[①]把艳体写作当成任务，纯粹为写而写。陈衍说：“樊山诗真所谓作诗矣，生平少山水登临之乐，而闭门索句，能成诗数千首；无歌舞酒色之娱，能成艳体诗千百首，亦奇矣。”[②]从以上特征来看，樊增祥虽然号称学李商隐，但真正内在的深情因素却非常稀薄，诗歌也就失却义山深情绵邈的特质。

那么既无艳遇，他为什么还要故意为之？他说：“诗家百宝流苏派，常恐人间索解难。”[③]说明他的诗歌创作是有目的有寄托的。他的《排闷》组诗之一云：“令狐书记谢朝簪，锦瑟萋迷托意深。百宝流苏随处挂，几人真识玉溪心。”[④]他认为李商隐的诗是别有所托，只是世人并不真正理解。从中可见，对于艳诗创作，他是持功利目的的。他的艳体诗，意图已不本于缠绵悱恻之情，而是别有寄托，表达对社会人生的看法。在《无题八首》序中说：“因思前人宫闺体，因寄所托，不必皆缘丽情。”[⑤]如他的《玉娘曲》，写宋代末年张玉娘自未婚夫死后，从一而终，最后与两个丫鬟一只鹦鹉，一同死去的故事，他写得非常华美，借女德以讽士，但并非李商隐、王次回因为确有其事，而能够一往情深。他是表达了对于旧时代的眷恋，是对当时社会专营投机的群小的讽刺，是“香草美人”式的最为传统的寄托。

三、“诗到古人不到处”[⑥]——樊增祥的诗歌创新

樊增祥的诗学创新，是在旧体诗总结分化的背景下展开的，体现了

① 陈衍：《石遗室诗话》卷一，张寅彭主编《民国诗话丛编》（第一册），上海书店出版社2002年版，第30页。

② 陈衍口述，黄曾樾辑：《陈石遗先生谈艺录》，张寅彭主编《民国诗话丛编》（第一册），上海书店出版社2002年版，第705页。

③ 樊增祥：《叠消夏诗韵》，《两艖舺斋集》，《樊山续集》卷二十，《樊樊山诗集》第1209页。

④ 樊增祥：《排闷》，《北台集》，《樊山续集》卷九，《樊樊山诗集》，第839页。

⑤ 樊增祥：《无题八首序》，《樊山集外》卷四，《樊樊山诗集》，第1853页。

⑥ 樊增祥：《冬日池上》，《紫薇三集》，《樊山续集》卷二十四，《樊樊山诗集》，第1377页。

清代诗歌“集大成”的倾向与“师古而胜于古”的文学理想。前辈诗人对他寄予厚望，在同时代读者中亦享有极高的声誉。具体的方法就是“深思力学”[①]，“学问”、“工夫”、“思考”并重，通过“熟搥”——反复锤炼，既“玉为底盖两无瑕”，又“诗到天然始是佳”[②]，“能言”与“能圆”并重，人工美和自然美交织，多种风格融合，自然天成。本质上，樊增祥是急于寻找一条近代背景下的写作出路，他说：“诗到古人不到处，愁生春水未生时。”[③]其内涵有二，一是主题比同时代的诗人早，二是前人没有写过，这种追求可以从主题和风格两方面探讨。

（一）主题选择

内容创新是樊增祥诗学思想的一个重要特点，《余论诗专取清新，以为古作者虽多，于诗道固未尽也，赋此示戟传午诒》云：“今当万事求新日，故纸陈言要扫空。”[④]作为重要的创新主题，樊增祥善写欢愉之情，善于表达今人之境，善于表现新的时代思想。

1. 欢愉主题

他以善写喜事、美景、艳色为主要内容，其诗由一连串小小的人生乐事构成，如喜雨、品茶、纳妾、泛舟、购书、早朝、观灯、纳凉等等，他善写平生幸事，“儒臣荣遇古今难”[⑤]，对自身的境遇，沾沾自喜。他的组诗《六十自述》是对自身幸运的描述。其二写自己多蒙君相提拔，得以参与政务：“七品何来獬豸冠？多缘君相奖孤寒”；其三写庚子之变，自己蒙君王赏识：“西幸金舆入建章，紫薇今始用君房。房乔果以能谋进，陆贽偏于典诰长”；其四写天子对自己的恩宠：“玉携天子私人印，个是

① 樊增祥：《二家祠钞跋》，《二家词赓下》，《樊樊山诗集》，第1752页。

② 樊增祥：《与翰臣论诗用差字韵》，《紫薇集》，《樊山续集》卷二十一，《樊樊山诗集》，上海古籍出版社2004年版，第1264页。

③ 樊增祥：《冬日池上》，《紫薇集》，《樊山续集》卷二十四，《樊樊山诗集》，第1377页。

④ 樊增祥：《三叠前韵》，《紫薇三集》，《樊樊山诗集》卷二十四，第1378页。

⑤ 樊增祥：《午桥中丞监临湖北乡试远寄三场程序及戒谕士子条规再叠前韵奉寄》，《樊山续集》卷十七，《樊樊山诗集》，第1053页。

儒臣意外荣。”[①]

欢愉是其主要风格。陈衍说：“樊山诗才华富有，欢娱能工，不为愁苦之易好。”[②]即使是哀愁，也能转化成喜事。《吴移香观察挽词》写丧事，却以“荣途”、“华屋”、“花散雨”、“华要”、“丹诏”来形容逝者。该诗开篇就写得很华美：“觥船昨夜泛金波”；接着力赞死者：“满门清气鹊华秋，官职声名第一流。父子有文魁辇毂，弟兄接武上瀛洲”，称其有才；“青云取势故斜飞，行部关中玉有辉。判牍屡劝南史笔，迎銮遥识侍中衣”，写其仕途顺利；最后写友情：“同声同气亦同年，东省西台笑拍肩。知我寸心如水镜，以君高论当韦弦”[③]，尤其是“笑拍肩”一句，用来作为悼词，非常突兀，但樊增祥写来，却亲切自然。

欢愉之情，并非樊增祥的发明创造。吉川幸次郎认为“过去的诗人由于感到人生充满悲哀，自然把悲哀当作诗歌的重要主题。只有到了宋朝，才算脱离了这样久以来的习惯，而开创了一个新局面。”[④]而南京师范大学程杰老师也认为，“和平之音”和“乐易”之词在北宋得到了重视和发展。[⑤] 樊增祥则承北宋之风，并进一步拓展如下：

首先，北宋诗人写欢愉之情，是在承平环境中，而樊增祥则在国家动荡的时期。他的欢愉有一个大的背景，即“贾傅悲深庚子后，庾郎哀甚戊辰年”[⑥]的家国感慨，是在这一背景上，点缀了小小的欢乐之情。他有时直接将两者合写，如《春后屡感寒疾气体益衰矣感赋》，自己生病能治是小小的喜悦，而“天下疮痍”无法调理，则是深沉的慨叹：“直怜国

---

① 樊增祥：《六十自述》，《紫薇三集》，《樊山续集》卷十七，《樊樊山诗集》卷二十四，第 1384 页。

② 陈衍：《石遗室诗话》卷一，张寅彭主编《民国诗话丛编》（第一册），上海书店出版社 2002 年版，第 29 页。

③ 樊增祥：《吴移香观察挽词》，《紫薇三集》，《樊山续集》卷二十四，《樊樊山诗集》，第 1403 页。

④ [日]吉川幸次郎：《宋诗概说・序章》，联经出版事业公司，1977 年。

⑤ 参看程杰《诗可以乐——北宋诗文革新中“乐”主题的发展》，《中国社会科学》，1995 年第 4 期。

⑥ 樊增祥：《检庚子出都后所作诗词漫题一首》，《音声树集》，《樊山续集》卷十六，《樊樊山诗集》，第 1021 页。

病如身病，我亦当年范景仁。”[1]其效果，则如王夫之所说：“以乐景写哀，以哀景写乐，一倍增其哀乐。”[2]

其二，欢愉成为樊增祥的主要风格。苏东坡诗中颇有以苦为乐的倾向，但风格以飘逸著称。黄庭坚也有洒脱的文人情怀，但以锤炼拗律著称，樊增祥自称“平生文字幽忧少”[3]，是看到了宋诗这一特点，拿来不断强化。

其三，宋人或者公安三袁的乐，体现了得道之后解脱之乐，痛苦后的超越，樊增祥则表现为世俗之乐，眼之所及，目之所触，无不赏心悦目，是具体的饮酒观景，一花一木所带来的愉悦，是每一个人生境遇所带来的人生荣耀。

2. 今人之境

我们今天将樊增祥称为复古诗人，他自己一定是不认可的。首先，他善于描摹现实生活，如前所述，他善写时事，反映民间疾苦，解决现实问题，考镜得失，表达时代感受。他写当代掌故，如《代诸姬上袁夫人》，诗后有小注：“慈圣万寿，川督以夫人画进御。”[4]其次，他能写出近代社会所出现的新事物和新现象，如跳舞、测量、标本、演讲、运动、卫生、报纸、飞艇等等，他的《咏女学堂》：“标本室中花样巧，体操场上柳枝轻。宫腰可似诸夷细，天足才堪万里行。梅实改良将问鼎，莲花进步即倾城。……地球逐渐秋波转，天柱都将玉笋擎。治外法权操女手，自由婚嫁顺人情。”[5]写出新的时代观念，如自由婚嫁、地球自转、女学兴盛、体

① 樊增祥：《春后屡感寒疾气体益衰矣感赋》，《音声树集》，《樊山续集》卷十六，《樊樊山诗集》，第1022页。

② 王夫之：《薑斋诗话》卷上，丁福保辑《清诗话》，上海古籍出版社1963年版，第4页。

③ 樊增祥：《检庚子出都后所作诗词漫题一首》，《音声树集》，《樊山续集》卷十六，《樊樊山诗集》，第1021页。

④ 樊增祥：《代诸姬上袁夫人》，《青门消夏集》，《樊山续集》卷二，《樊樊山诗集》，第677页。

⑤ 樊增祥：《赋得女学堂十四韵》，《紫薇三集》，《樊山续集》卷二十四，《樊樊山诗集》，第1399页。

育运动等。其三,他注重描摹眼前实景:“镜容写我犹年少,诗景无他只眼前。”[①]强调“眼前大有佳人在”[②],注重从身边写起,从日常生活写起。如《伏日凉甚偶书》,一般人印象中,夏天都是比较炎热的,但樊增祥能够写自己的亲眼所见和亲身经历,所以能够写出“凉夏”的特色。他的诗有较强的现实感,如《雨花台泉》,就不仅仅是普通的游览诗,而是亲眼所见的金陵缺水的实情:“去江且十里,民苦汲爨艰。茗粥入泥滓。”[③]他的《燕子矶》,由洪亮吉和王士禛遗迹入手,感叹:“承平名士习,今无所用之。”[④]他的《银鱼》:“昨日冰鲜新进御,海东残照几渔庄。”诗后有小注:“时德寇胶州。”[⑤]写出了山河破碎,夕阳西下的感慨,景物描写富于当代特色。

樊增祥的表述非常明确:“或又谓诗为古人说尽,不必复作,此又无知妄论也。世代递嬗,光景日新而日奇,诗境即因之而生。今吾所读之书,多古人所未读;所见之事,皆古人所未见,但有古人之才之笔,而以彼未读未见之书与事,一一撷其英而纪其实,吾未见今不逮于古所云也。”[⑥]这段话有两层意思,思想观上他反对厚古薄今,方法论上一个是寻找古人未读之书,一个是寻找古人未见之事,具体写法上则延续了“文心古无,文体寄于古”[⑦],用古体的形式写当今之事。我们可以从中看出,他虽然保持了近代诗家的传统立场,强调寄今于古,但借鉴了“今胜于古”的进化论思想,突破了传统的“崇古观”,这是他不同于传统诗

① 樊增祥:《日来阴曀多风九叠前韵》,《紫薇三集》,《樊山续集》卷二十四,《樊樊山诗集》,第1382页。

② 樊增祥:《叠前韵论诗,呈涛园、子封、晦若、亦元》,《沂光集》,《樊山续集》卷十九,《樊樊山诗集》,第1183页。

③ 樊增祥:《雨花台泉》,《沆瀣集》,《樊山续集》卷二十五,《樊樊山诗集》,第1440页。

④ 樊增祥:《燕子矶》,《沆瀣集》,《樊山续集》卷二十五,《樊樊山诗集》,第1444页。

⑤ 樊增祥:《银鱼》,《朝天集中》,《樊山续集》卷四,樊增祥撰,涂晓马、陈宇俊点校《樊樊山诗集》卷二十五,上海古籍出版社2004年版,第697页。

⑥ 樊增祥:《天放楼诗续集书后》,金天羽《天放楼诗文集》上海古籍出版社2007年版,第1418页。

⑦ 龚自珍:《文体箴》,《龚自珍全集》,中华书局1959年版,第418页。

家的地方。

3. 西学新理

樊增祥跟随张之洞学习经世致用，形成了比较理性的对待西学的态度，他经常说："世皆谓予不信西学，不知西人哲理，久契吾心。"①总体来说，樊山诗论中与西学契合处有三点，首先，他追求广博的见闻，强调行路和见识，尤其强调要通达西方之学："见闻不逾阈，何足称英豪。环游不超海，何自达夷情"②；其次，他追求"有用"原则，"文章有用始称工，虚牝黄金那得同"③，体现了西方讲求实学的态度，"读书取致用，所尚非色丝"④；其三是理性精神。既反对束书不观、空谈心性的宋学，又反对"饾饤琐碎"的汉学。他认为做出好诗的关键在于："多读多做多商量，庐陵诗法尽于此。"⑤他反对《离骚》的过度抒情："若为骚除闲字句，选楼油素一时空"⑥，其实是反对空谈性理，他的"明珠出海将三鼓，钿尺量天减四分"⑦，不再注重传统诗学的妙悟玄虚，而是以写实的手法，对景物进行精确描摹。西方思想影响了他的创作内容：

其一，分析事理。如他的《栗园来游关中流连逾月以八百字为赠》："盲晦塞两仪，羹螗沸八埌。岂曰乏异才，士气须提振。"⑧传统的爱国诗往往注重家国情怀的宣泄，表达的是对山河破碎的感伤，樊增祥的诗

① 樊增祥：《苏门游记》，《樊山集外》卷八，《樊樊山诗集》，第2010页。
② 樊增祥：《鸡鸣寺》，《沆瀣集》，《樊山续集》卷二十五，《樊樊山诗集》，第1443页。
③ 樊增祥：《排闷》之六，《北台集》，《樊山续集》卷九，《樊樊山诗集》，第839页。
④ 樊增祥：《三月初二日送需次诸君入课吏馆赋呈严廉访及分教程戟传太守杨和甫刺史李少愚陈焕阶两大令》，《两艖艀斋集》，《樊山续集》卷二十，《樊樊山诗集》，第1202页。
⑤ 樊增祥：《再与石甫论诗并呈伯严》，《樊山集外》卷二，《樊樊山诗集》，第1772页。
⑥ 樊增祥：《排闷》之六，《北台集》，《樊山续集》卷九，《樊樊山诗集》，第838页。
⑦ 樊增祥：《十九夜月》，《闲乐集》，《樊山续集》卷二十八，《樊樊山诗集》，第1564页。
⑧ 樊增祥：《栗园来游关中流连逾月以八百字为赠》，《音声树集》，《樊山续集》卷十六，《樊樊山诗集》，第1009页。

则能切中肯綮地分析中国衰落的原因,在于闭塞因循和大小官吏的愚昧无知,只知道个人荣辱,并提出具体的解决办法,那就是首先要提振士气。从中可见,他重视的是诗歌有补于时,救世劝俗,有益世道;对于为官之道,他也有切实分析,他反对废弃民间演戏风俗:“何须删郑卫,歌舞是升平。”下面有小注:“秦俗好演剧,余弗禁也。”[①]他提出了为官的要诀:“好官无过近人情。”[②]《伯熙游小五台归以纪游诗见示感赋长句奉赠》:“相国真多旰食忧,我曹方草游山檄。还君诗卷三叹息,电音昨报胶州失。”[③]既称赞盛伯熙早年的敢于直谏,也批评当代仕人名士风气,反对盛伯熙的沉迷山水、承平宴游、写诗作赋。

其二,尚武主题。梁启超感叹“中国人无尚武精神”,“于发扬蹈厉之气尤缺”[④],樊增祥的诗歌追求华美,但也受时代精神影响,描摹了一批英雄人物,甚至认为好文是韩国衰败的原因,如《途次见高丽人诗碣有感于三韩近事漫赋一诗》:“韩人积弱缘风雅,冷笑皇华刻石诗。”[⑤]所以,他咏叹千古英雄岳飞、韩信等:“生无田宅同骠骑,死有祠堂媲解州。”[⑥]酝酿着呼唤英雄的时代情结:“欲取鲸鲵筑京观,亟思猛士挽天戈。”[⑦]他从日常景物联想到战争场景,如他的《三月廿三日立夏始闻雷声》,从日常生活中常见的雷声,联想到玉帝敲鼓,召唤大将。

他的诗歌描述当时重大时事,歌颂了一批英雄豪杰,《书台南事》歌颂甲午战争后,台湾军民的奋起抗争;《记客谈四首》,描写了当时百姓

---

① 樊增祥:《冬日即事》其八,《身云阁后集》,《樊山续集》卷一,樊增祥撰,《樊樊山诗集》,上海古籍出版社 2004 年版,第 661 页。

② 樊增祥:《答刘明府见寄即用留别》,《身云阁集》,《樊山续集》卷二丨八,《樊樊山诗集》,第 665 页。

③ 樊增祥:《伯熙游小五台归以纪游诗见示感赋长句奉赠》,《朝天集》,《樊山续集》卷四,《樊樊山诗集》,第 699 页。

④ 梁启超:《饮冰室诗话》之五十四,人民文学出版社 1959 年版,第 42—43 页。

⑤ 樊增祥:《途次见高丽人诗碣有感于三韩近事漫赋一诗》,《樊山续集》卷五,《樊樊山诗集》,第 739 页。

⑥ 樊增祥:《汤阴谒岳庙》,《朝天集》,《樊山续集》卷三,第 690 页。

⑦ 樊增祥:《叠前韵索风孙并柬伯熙廉生》之二,《朝天集》,《樊山续集》卷四,《樊樊山诗集》,第 709 页。

全力抗击侵略的场景："海内耕夫尽荷戈，诸屯月偃复星罗。后军云扰狼儿淀，前敌冰销貔子窝。"[①]对湘军被遣的勇士，他也诸多咏叹："铁衣力战古河州。"[②]对自己的后辈，他也以英雄劝勉："眼中犀角健于龙，上到西岑第几峰。老我自惭孙讨虏，江东儿女尽英雄。"[③]

其三，洋务主题。对于西方思想，樊增祥早年颇为排斥，但随着时代的变迁，他转变了观念，大量阅读了西方著作，"老阅西书添腹笥"[④]是他晚年生活的真实写照。通过阅读西书，经理世务，他的诗歌也开始热衷表现新的时代主题。他强调新旧并存，反对泥古："今药安能泥古方。"[⑤]他的《喜晴》从天气放晴写起，一派喜气，结尾一转，融入了现实内容，竟然呼唤民主、民权，反对专制："闻到朝廷改专制，凰皇衔得紫书来。"[⑥]对当时一系列洋务派的主张，他赞扬张之洞在通商方面的成就："互市经今五十年，马人鲛客费周旋。深宫教订新条例，不道桑羊卜式贤。"[⑦]他的《火器》一诗，描述了当时先进的军事装备，感叹现代战争的惨烈。他谈自己的办学事宜："手营寒素千间屋，胸有阳和一种天。"[⑧]他的《赋得女学堂十四韵》，"成就国民四百兆，中分一半是娥英"，盛赞

---

① 樊增祥：《记客谈四首》，《身云阁后集》，《樊山集》卷二十八，《樊樊山诗集》，第648页。

② 樊增祥：《赠湘勇被遣者》，《身云阁后集》，《樊山续集》卷三，《樊樊山诗集》，第683页。

③ 樊增祥：《十一月十九日同内兄携阿频阿咸阿瑞及蕊练两女侄入翠微山假榻灵光寺七宿而返杂记以诗》，《朝天集》，《樊山续集》卷四，樊增祥撰，涂晓马、陈宇俊点校《樊樊山诗集》，上海古籍出版社2004年版，第705页。

④ 樊增祥：《消夏四首》之四，《两艖艄斋集》，《樊山续集》卷二十，《樊樊山诗集》，第1209页。

⑤ 樊增祥：《叠入闱韵呈四星使》，《樊山续集》卷十七，《樊樊山诗集》，第1044页。

⑥ 樊增祥：《喜晴》，《樊山续集》卷二十四，《樊樊山诗集》，第1425页。

⑦ 樊增祥：《今年少保师入觐恩赐稠叠……》，《樊山续集》卷十九，《樊樊山诗集》，第1153页。

⑧ 樊增祥：《晓起寒甚六叠韵》，《紫薇三集》，《樊山续集》卷二十四，《樊樊山诗集》，第1381页。

女学，强调女权与婚嫁自由："治外法权操女手，自由婚嫁顺人情。"①

（二）艺术风格

樊增祥提出超越古人的创作理想："诗家在以独胜共。能言人所不能言，如山出灵无不宣；能圆人所不能圆，如月三五悬在天。"②所谓"能圆"，指多种风格的交融，生辣与婉转，清新与博丽，这些对立的风格，都能完美交织。只有做到了这一步，才是"独胜共"，"能言人所不能言"。

1. "生辣"与"微婉"

樊增祥针砭时弊，一针见血，真切辛辣，华美之中，别有清隽气骨。在《次韵答苏龛见赠三首》一诗中他总结自己的诗歌风格："诗法拟春秋，微婉而深切。"③意思是诗歌一方面要尖锐，"略取蜀姜生辣意"④；一方面重视含蓄，将深沉的情感，尖锐的讽刺，婉转含蓄地表达。

他的诗不是横眉立目的斥责，而是委婉的表达。《陆沉》："君家世世修降表，始自南唐直到今。"⑤讽刺李鸿章，是巧妙关联，暗藏锋芒；《过函关为薛君解嘲》："君看马关今日事，鸡鸣狗盗亦无人。"⑥是妙用典故，皮里阳秋。《癸卯除夕》："昨读两宫中立诏，九州犹是太平年。"⑦是正话

① 樊增祥：《赋得女学堂十四韵》，《紫薇三集》，《樊山续集》卷二十四，《樊樊山诗集》，第1399页。

② 樊增祥：《与左绍佐笏卿论诗长歌》。注：本诗《樊樊山诗集》未收，但民国年间各种诗话都曾收录，如王逸塘的《今传是楼诗话》，钱基博的《现代中国文学史》都曾收录。本诗选自王逸塘《今传是楼诗话》，张寅彭主编《民国诗话丛编》三，上海书店出版社2002年版，第345页。

③ 樊增祥：《次韵答苏龛见赠三首》，《樊山集外卷一》，樊增祥撰，《樊樊山诗集》，上海古籍出版社2004年版，第1756页。

④ 樊增祥：《余论诗专取清新，以为古作者虽多，于诗道固未尽也，赋此示戟传午诒》，《紫薇三集》，《樊山续集》卷二十四，《樊樊山诗集》，第1378页。

⑤ 樊增祥：《陆沉》，《东溪草堂词下》，《樊山集》卷二十二，第558页。

⑥ 樊增祥：《过函关为薛君解嘲》，《樊山续集》卷三，《樊樊山诗集》，第685页。

⑦ 樊增祥：《癸卯除夕》，《樊山续集》卷二十，《樊樊山诗集》，第1194页。

反说，感慨深重。《书台北事》："岂谓解元唐伯虎，不如残寇郑芝龙。"①用郑成功的父亲郑芝龙讽刺唐景崧、刘永福，是对比手法，尖锐深刻。

2. 清新与华美

中国诗歌史上，"清"与"绮丽"是对立存在的。清的关键是脱俗，丽则富于世俗的气息。盛唐李白强调"清水出芙蓉，天然去雕饰"的美学风格，借以摆脱齐梁绮艳诗风："大雅久不作，吾衰竟谁陈？……自从建安来，绮丽不足珍。圣代复元古，垂衣贵清真。"②

樊增祥却反其道而行之，既强调清新，又重视华丽，将清、新、博、丽等美学因素综合，"文词蔚丽不称意，返诸素裦常哀然"③，强调以素裹绚；"瘦似长江难作佛，艳如疑雨亦为妖"④，既反对一味的艳，也反对一味的清瘦。这就是樊增祥所宣称的"浓作淡看"、"以素为绚"、"虚以运实"等，包含着深刻的辩证统一，最终企图实现"能圆人所不能圆"的艺术境界。所以汪辟疆说："樊山胸有智珠，工于隶事，巧于裁对，清新博丽，至老弗衰。"⑤樊诗之所以是"清新博丽"，也有三个方面：

首先，他的诗歌尽管错彩镂金，但底色却是素色或暗色。如《庚辰花朝同李爱伯师鲍敦夫临前辈寻歌》，虽然诗歌中有鼓笛、珠勒、香尘、霓裳、花散曲、银烛、金玉等意象，背景却是"天为游人洗月轮"⑥这样一幅明月高悬、青天浩渺的图景。

其次，强调精神气质的超尘脱俗。《同钦笙阅城东花市》，前面是一派花团锦簇的描摹："淡白嫣红各有情，瓦盆高下列繁英。衣从百和香

① 樊增祥：《台北书事》，《东园集》，《樊山集》卷二十六，《樊樊山诗集》，第 575 页。

② 李白：《古风五十九首》之一，《李白集校注》卷二，上海古籍出版社 1980 年版，第 91 页。

③ 樊增祥：《樊老诗》，附于丁传靖《阇公文存》，民国二十四年(1935)刻本。

④ 樊增祥：《答受轩论诗》，《紫薇二集》，《樊山续集》卷二十三，《樊樊山诗集》，上海古籍出版社 2004 年版，第 1351 页。

⑤ 汪辟疆：《近代诗派与地域》，《汪辟疆文集》，上海古籍出版社 1988 年版，第 295 页。

⑥ 樊增祥：《庚辰花朝同李爱伯师鲍敦夫临前辈寻歌……》，《金台集》，《樊山集》卷六，第 100 页。

中染，人在回文锦上行。”结尾突然一转，“自怜寂寞书堂里，独有长松荫石枰”[①]，展示了诗人不同流俗的人生追求和高洁的情怀。

其三，这种清丽也表现为他的修饰词汇的运用。诸如水晶盐、飞虹桥、星桥、冰雪人、玉女砂等，水晶、飞虹、星等修饰词，赋予了意象本身晶莹剔透的美感，兼具了清与丽两方面特质。

3. 精工博瞻与浅切明快

樊增祥的诗歌是“才子之诗”，词多意丰，仅一个“水”，就有无数修饰词，如菖蒲水、琉璃水、潇湘水、杨枝水、昆仑水等等。所以陈衍说“樊山自作富才思”[②]，而汪辟疆则说“樊山胸有智珠，工于隶事，巧于裁对”[③]，都说明樊诗善于用典和深于技巧。樊增祥诗富于才华，意境明晰，流转畅达，这就是他精心锤炼的“功夫”——“聪明清切”的同时，注重学问、对仗和格律。

樊增祥非常博学，能随意化用前人的诗句，大量用典，而且用僻典，“惟喜撏僻书，旁及稗史”[④]。但这种渊博却能天然凑合，并不妨碍其语言的清新流转，这就是他强调的“生典熟用”。

他能化用前人诗句，信手拈来，天然成妙，不着痕迹。“南山种豆悲歌里，东海看桑泪眼中”一句，化用陶渊明的“种豆南山下”；“澄江如练带通阛”[⑤]一诗，化用谢灵运的“澄江静如练”。他善于用生典，如唐衢、春蚓、常仪、五鹿、七下关等，如果没有注释，常常不知其意，但用在他的诗中却文不害意。如《奉酬器之外舅赠别四首》：“新诗更赠将雏引，谁道人间宅相难。”[⑥]“宅相”指富贵的外甥，是生僻的典故，但人们即使不

---

① 樊增祥：《同铁笙阅城东花市》，《淡吟集》，《樊山集》卷三，第123页。

② 陈衍：《石遗室诗话》卷一六，张寅彭主编《民国诗话丛编》（第一册），上海书店出版社2002年版，第228页。

③ 汪辟疆：《近代诗派与地域》，《汪辟疆文集》，上海古籍出版社，1988年版，第295页。

④⑥ 汪辟疆：《近代诗派与地域》，《汪辟疆文集》，上海古籍出版社，1988年版，第296页。

⑤ 樊增祥：《爽秋观察寄示近作适岁晏稍暇辄复次和凡两夕得诗七首》其一，《紫兰堂集》，《樊山集》卷十九，《樊樊山诗集》，上海古籍出版社2004年版，第429页。

明白其意，也能看出是樊增祥对其外甥的鼓励。再如他的《书台北事》：“岂谓解元唐伯虎，不如残寇郑芝龙。”①郑芝龙的典故属于僻典，他是郑成功的父亲，当海盗时，曾与荷兰军队交战，最后大败荷军。樊增祥借郑芝龙的典故，是嘲笑刘永福拥有精兵，却不能守护台湾。粗看能大概明白其意，仔细品味则别有深意。

四、“能圆人所不能圆”②

——樊增祥的求新途径与清诗的时代特色

中唐的韩孟元白，面对盛唐高峰，劈山开道，发展了平易和奇险两大流派，宋代诗人面对唐诗的成就，发展了诗歌理趣和学问的一面。近代诗人处在旧体诗的尾声，既面对唐宋元明清丰硕的诗学成果，又面对新的时代风尚。因此既需要总结融通，又需要不断开拓。樊增祥的艺术实践和创作主题，就是在此背景下，本着“合”的立场，沿着踵事增华、填空补白、融合兼宗三个方向不断发展。

（一）诗学理想的实现途径

樊增祥的选择是一条险路，既推敲字句，又不雕琢太甚，既查漏补缺，又融会贯通，最终达到“熟”的境界。而他的贡献，恰恰也在这里。他的创作成就，主要有以下三点：

1. 踵事增华

中国旧体诗注重形式、讲究技巧，“越是要戴着脚镣跳舞才跳得痛快，跳得好”③。樊增祥则沿此路径，踵事增华，探索实验，追求形式的完善和丰富。譬如回文诗，历代都有作者，苏蕙、李清照是其中之佼佼

① 樊增祥：《台北书事》，《东园集》，《樊山集》卷二十六，上海古籍出版社 2004 年版，第 575 页。

② 樊增祥：《与左绍佐笏卿论诗长歌》。

③ 闻一多：《诗的格律》，《诗与批评》，《闻一多全集》，三联书店 1982 年版，第 413 页。

者,但他们仅是偶一为之。樊增祥却是尽情炫技,大量创作。陈作霖在《可园诗话》中说:"前人回文诗不过绝句而已,至律体则罕矣。"[①]樊增祥的《西京酬唱集》则专以回文诗为能事,而且大多是律诗;用典是中国古诗传统,但如樊增祥之每诗必典、每句必典则不多见。而用僻典,却正是樊诗的重要特色。故汪辟疆云:"樊山……惟喜僻书,旁及稗史,刻画工而性情少,采藻富而真意漓,千章一律,为世诟病。斯又贤智之过也。晚年与易实甫并角两雄。"[②]沈其光《瓶粟斋诗话》云:"樊山喜用摭僻典,自云'诗家百宝流苏派,常恐人间索解难'。"[③]他重视次韵叠韵,陈衍记载,黄秋岳有《喜石遗师北来,即次赠散原韵奉呈,兼呈天琴、泊园二老》一诗,同人多有唱和,为一时之"唱和盛事",一般人只是数叠,只有樊增祥"至六七叠"[④]。他的金危危诗叠至十一叠,《庚寅腊月廿四日立辛卯春次爱伯师韵》一诗,先次李慈铭的原韵,又如《再答爱师叠韵见赠之作》、《新岁三日可庄》等,用春、人、新、贫等韵脚,不断唱和,反复叠韵,共二十四叠,最多达二十六叠,毫无生涩牵强之感,沈其光故而称之"酌奇玩华"[⑤]。

古人彼此唱和,往往通过限定韵脚,或者双声叠韵等形式,加大成诗难度;但是,樊增祥则意犹未尽,把种种规则综合起来,达到严苛的程度。他的《绣漪极爱余回文诗三四叠前韵》,回文加叠韵,《读松陵集〈晓起〉回文二首词多未惬固知此事如历算棋弈后胜于前也因次其韵》,既是回文,又是用皮陆的原题与和皮陆原韵的叠加。他在诗题中谈到创作目的,是为了"后胜于前"。樊增祥好用僻字、险韵,进行反复叠唱,《池上》一诗,用"肝"字韵写景,属险韵,韵脚是"瘢"、"鞶"、"澜"、"鳗"等

① 陈作霖:《可园诗话》卷六,民国八年排印本。

② 汪辟疆:《近代诗派与地域》,《汪辟疆文集》,上海古籍出版社 1988 年版,第 296 页。

③ 沈其光:《瓶粟斋诗话》续编卷二,张寅彭主编《民国诗话丛编》(第五册),上海书店出版社 2002 年版,第 597 页。

④ 陈衍:《石遗室诗话续编》卷二,张寅彭主编《民国诗话丛编》(第一册),上海书店出版社 2002 年版,第 529 页。

⑤ 沈其光:《瓶粟斋诗话》,张寅彭主编《民国诗话丛编》(第五册),上海书店出版社 2002 年版,第 597 页。

僻字，鳌牙佶屈，僻涩不畅，造成特别的陌生化效果。“肝”字韵一共押至五叠，如《戏叠前韵遣兴》、《再叠肝字韵》、《三叠前韵》等等，与前人斗智斗巧，力图超越，有意要强。

2. 兼容并包

面对传统美学观念，樊增祥强调超越和见识——“才多识寡未能超”①，超越的途径是“合”——即包容。《与左绍佐笏卿论诗长歌》中提到“以虚运实”、“素以为絇”，他的理想就是要把诸多对立因素统一起来，清与丽，博与浅，深与婉、新与旧等，是唐与宋的融合、性情与学问的融合与多种风格体裁的兼备。

面对时代性的问题——新与旧，他持调停、综合和接继立场。他在新与旧之间持中间态度，如他的《六十自述》自诩“调停新旧范纯仁”②；他认为新旧不是截然不同，而是综合统一在一个整体之中，《二月朔艾卿学使枉过煮茶看画清言竟晷》云“东省春融接使星，养新商旧互忘形”③；他认为新和旧之间是接继的，“新意需从故实求”④，对当时维新与守旧之争，他的诗歌，反映了他的政治立场：“诸公莫复争钩党，新旧都同爱国心。”⑤他既强调自己中国文化的本位，又强调西方的做事风格。《三月初二日送需次诸君入课吏馆赋呈严廉访及分教程戟太守杨和甫刺史李少愚陈焕阶两大令》云：“舍经而攻史，用夏亦用夷。必通中西驿，而兼文武资。”⑥强调兼学中西，文武兼备。

---

① 樊增祥：《答受轩论诗》，《紫薇二集》，《樊山续集》卷二十三，《樊樊山诗集》，上海古籍出版社 2004 年版，第 1351 页。

② 樊增祥：《六十自述》，《紫薇三集》，《樊山续集》卷二十四，第 1384 页。

③ 樊增祥：《二月朔艾卿学使枉过煮茶看画清言竟晷》，《紫薇三集》，《樊山续集》卷二十四，第 1396 页。

④ 樊增祥：《再示儿辈》，《鲽舫集》，《樊山续集》卷十八，第 1059 页。

⑤ 樊增祥：《乙巳除夕写怀》，《紫薇三集》，《樊山续集》卷二十四，第 1388 页。

⑥ 樊增祥：《三月初二日送需次诸君入课吏馆赋呈严廉访及分教程戟传太守杨和甫刺史李少愚陈焕阶两大令》，《两艖艄斋集》，《樊山续集》卷二十，《樊樊山诗集》，第 1202 页。

3. 填空补白

樊增祥寻求独创："诗到古人不到处，愁生春水未生时。"①他喜爱消夏诗，如《同人和消夏诗篇篇佳也四叠韵答谢》、《消夏三题》、《消暑十六韵》、《消夏绝句》等，喜爱的原因在于"夏诗难工"②。他的咏物题材，努力寻找前人不曾注意的细碎主题，如雪狮、雪麟、雪豸、雪犀、汤婆等等，他喜欢叠加、对立的方式建筑诗题，以此显示构思的新巧，如咏闺房僧鞋菊、汉宫虞美人、屠肆观音柳等。

更为重要的，虽然宋人也有写欢愉之情的倾向，但文学史历来有"文穷而后工"的说法，抒发个人不得志的感慨，仍然是文学史的主流，所以才有"国家不幸诗家幸，赋到沧桑句便工"的说法。司马迁《报任安书》说："盖西伯拘而演《周易》；仲尼厄而作《春秋》；屈原放逐，乃赋《离骚》；左丘失明，厥有《国语》；孙子膑脚，《兵法》修列；不韦迁蜀，世传《吕览》；韩非囚秦，《说难》、《孤愤》。"③人们普遍认为，欢愉之情往往"淡薄"，"淡薄"则"一发而无余"，"思致不能深入"，不如愁苦之言"要妙"，能够"辗转而不尽"。韩愈的《荆潭唱和诗序》中说："夫和平之音淡薄，而愁思之声要妙；欢愉之辞难工，而穷苦之言易好也。"④但是樊增祥的诗歌"欢愉能工"，以达者之诗，欢愉之情，突破了文学创作的一般性规律，艺术水平则达到相当的境界。

（二）樊增祥的诗学主张与清诗的时代特征

在对待诗歌传统的基本态度方面，明代诗人热衷于党派门户之争，其为人处世与论艺写诗都是如此。明末清初时，钱谦益认识到诗坛弊端，主张兼宗，肯定宋诗，为清诗的发展扫除了门户之争。清代诗人往往主张不以朝代论诗之优劣，放弃门户偏见。有清一代，熔铸唐宋，诗学百

---

① 樊增祥：《冬日池上》，《樊山续集》卷二十四，同上，第 1377 页。

② 樊增祥：《同人和消夏诗篇篇佳也四叠韵答谢》，《樊山续集》卷二十，第 1213 页。

③ 司马迁：《报任安书》，《司马迁传》第三十二，《汉书》卷六十二，中华书局 1962 年版，第 2735 页。

④ 韩愈著，马茂元整理：《韩昌黎文集校注》卷 4，上海古籍出版社 1986 年版，第 262—263 页。

家的风气渐趋主流。樊增祥的诗学主张，正是在这样的背景下提出的。

1. 丰富了清诗融通汇总的时代内涵

清代诗歌，是古典诗歌总结期和结穴期。王飚先生从风格上着眼，认为清中叶的诗派，如“神韵”、“格调”、“性灵”、“肌理”等等，往往标举某种诗学理论，“这个特点，正是在融会传统基础上进一步总结、升华的表现”[①]。近代诗人关注师承，陈衍提出了“三元”说，沈曾植的“三关”说，强调打破唐宋界限，博采古今众家，又各有偏重。樊增祥更是自出机杼：

首先，从艺术风格着眼，把几种对立的美学理想总和在一起，体现了清诗“集大成”的特色。他说“艳诗每步皆陶韵”[②]，又说“新诗二百言，淡远出明靓”[③]，把中国诗歌史上彼此对立的诗学观进行统一，以此来创造一种新的诗歌风格。

其次，他重视艺术技巧，不仅出现了大规模的次韵叠韵，长篇的组诗，而且能够把回文、次韵叠韵、双声等技巧反复叠加，在“因难见巧”的高度，重演旧体诗歌创作中的种种技巧。这种叠加，并不生硬。《余论诗专取清新，以为古作者虽多，于诗道固未尽也，赋此示戟传午诒》中，他说“定须越纸熟槌功”，“句律原参造化工”[④]，造语精工，强调锤炼，力求天然浑成的艺术效果。所以陶在铭说：“昔刘后村有言：‘古人好对偶，被放翁用尽。今人不能道语，被诚斋道尽。’若云门者，其殆兼之欤！”[⑤]

---

① 王飚：《清诗历史地位再评议》，《苏州大学学报》（哲学社会科学版），2006 年 1 月第 1 期。

② 樊增祥：《前题三赋》，《紫薇二集》，《樊山续集》卷二十三，《樊樊山诗集》，第 1362 页。

③ 樊增祥：《以龙井叶馈云生有诗报谢次来韵》，《紫薇三集》，《樊山续集》卷二十四，第 1386 页。

④ 樊增祥：《余论诗专取清新，以为古作者虽多，于诗道固未尽也，赋此示戟传午诒》，《紫薇三集》，《樊山续集》卷二十四，第 1378 页。

⑤ 陶在铭：《樊山续集序》，樊增祥撰，涂晓马、陈宇俊点校《樊樊山诗集》，上海古籍出版社 2004 年版，第 2035 页。

2. 丰富了诗学创新的内涵

道光以后,大清王朝盛世不再,社会逐渐转型,整个清诗都发生了不同以往的转变,所以陈衍说嘉、道之际为"道光以来一大关捩"[1]。这种"关捩",不仅包含宋诗派强调的走"荒寒之路"[2],陈三立的"恶熟、恶俗"[3],力求生新,也包含李慈铭强调"学诗之道,必不能专一家,限一代"[4],王闿运的"不失古格而出新意"[5],等等,代表了近代的旧体诗人,为突破困境、适应潮流、延续发展所做的种种努力。而樊增祥则提出了"古人不到处"[6],不仅填空补白,而且融合兼宗;相对于王闿运,他能从内容和形式两方面出新;相对于李慈铭,他不仅强调继承,而且注重发展;相对于江西诗派的冷僻险怪,他则形成聪明清切的艺术风格。

3. 提供了清诗发展的另一种可能——兼容新旧

在新文化运动发生之前,文坛上活动的各个诗派,"同光体"以保守著称,黄遵宪以"新派诗"著称。而樊增祥不以保守著称,但也不喜欢新文学,在《天放楼诗续集书后》中,他批评新文学:"诚以彼所言者,皆非吾意中语。"[7]他反对时人一味崇洋媚外:

---

① 陈衍:《石遗室诗话》卷三,张寅彭主编《民国诗话丛编》(第一册),上海书店出版社 2002 年版,第 47 页。

② 陈衍:《何心与诗叙》,《石遗室文集》卷九,《石遗室诗文集》,清光绪三十一年(1905)刻本。

③ 陈三立的诗风见陈衍的评价。陈衍云:"伯严论诗最恶俗、恶熟。尝评某也'纱帽气',某也'馆阁气'。"《石遗室诗话》卷一,张寅彭《民国诗话丛编》(第一册),上海书店出版社 2002 年版,第 27 页。

④ 蒋瑞藻辑、李慈铭著:《越缦堂诗话》,商务印书馆 1925 年铅印本,第 33 页。

⑤ 王闿运:《论作诗之法》,《湘绮楼说诗》,民国二十三年(1934)铅印本。

⑥ 樊增祥:《冬日池上》,樊增祥撰,涂晓马、陈宇俊点校《樊樊山诗集》,上海古籍出版社 2004 年版,第 1377 页。

⑦ 樊增祥:《天放楼诗续集书后》,金天羽:《天放楼诗文集》,上海古籍出版社 2007 年版,第 1418 页。

今之所谓新学者，学人之美，并其丑者而亦学之；去己之短，并其长者而亦去之。不分事势之缓急，不揣程度之高下，人人自命为识时之俊杰，而其无识与八股诸公同，而祸且益烈焉。

他希望陕西的学子留洋日本后：

文物、实业总期各有一得，而终身不忘为大清国人，则善矣。①

此论希望留日学生"终身不忘为大清国人"，并非着眼于朝代兴亡成败，重视的是"大清国人"所代表的文化内涵。

他提出比较理想化的诗学模式："每存新理废名词。"既复古又求变，既强调文学反映今人之境，又反对废弃传统语言形式；既重视西学，又立足中国传统文化，是兼容新旧的诗学观。

这一文学观念，梁启超在《饮冰室诗话》也有表述：

过渡时代，必有革命。然革命者，当革其精神，非革其形式。吾党近好言诗界革命。虽然，若以堆砌满纸新名词为革命，是又满洲政府变法维新之类也。能以旧风格含新意境，斯可以举革命之实矣。苟能尔尔，则虽间杂一二新名词，亦不为病。不尔，则徒示人以俭而已。②

当代学者钱理群先生评价"诗界革命"时也说：

应该说这是一个相当理想的设想：既吸引了西方诗歌的新思想、新内容、新境界，以适应表达新时代现代人的思想、感情的要求，又不改变传统诗歌的格律、韵味与风格，于内容与形式两方面

① 樊增祥：《批潼关厅举人陈同熙蒲城县增生王其昌禀词》，《樊山政书》卷十五，中华书局 2007 年版，第 420 页。

② 梁启超：《饮冰室诗话》之六十三，人民文学出版社 1959 年版，第 51 页。

都既有革新,又有保留。[1]

樊增祥的诗论,体现了当时一代旧式文人,"诗有恒裁"的文学理想。所不同的,是黄遵宪在诗界革命的旗号下,步子迈得更大,樊增祥从汉魏、晚唐、两宋诗歌经验中寻找出路,属于传统诗教范围内的调整。他的这种追求,可以通过他一首著名的论诗诗表达出来:"巧手能虚以运实,开凿浑沌皆玲珑。……匠心能以素为绚,坐使枯寂回春风。兵家在以少克众,权家在以轻起重。道家在以静制动,诗家在以独胜共。"[2]

第二节　易顺鼎"自开一派"的复古思想与诗歌创作

一、生长三闾香草地　故应哀怨祖离骚[3]

——易顺鼎山水诗中的楚文化特色

号称"十顶游踪"的易顺鼎"生平好游山水",并视之为"奇福"或"清福",自称"生平所为诗不下数千首,盖行役游览之作居其大半,而山水诗尤多"[4]。有《琴志楼游山诗》、《蜀船诗录》、《林屋诗录》、《岭南集补遗》、《甬东集》等山水诗集;在《丁戊之间行卷》、《吴蓬诗录》、《樊山沌水

---

① 钱理群:《论现代新诗与现代旧体诗的关系》,《诗探索》,1999年第2期,第97—98页。

② 樊增祥:《与左绍佐笏卿论诗长歌》。注:本诗《樊樊山诗集》未收,但民国年间各种诗话都曾收录,如王逸塘的《今传是楼诗话》,钱基博的《现代中国文学史》都曾收录。本诗选自王逸塘《今传是楼诗话》,张寅彭主编《民国诗话丛编》三,上海书店出版社2002年版,第345页。

③ 易顺鼎:《隆竹卿统带自肇庆军中寄诗二律和原韵答之》,《高州集》,《琴志楼诗集》卷十六,上海古籍出版社2004年版,第1164页。

④ 易顺鼎:《庐山诗录自记》,《琴志楼诗集》附录二,第1482页。

诗录》、《巴山集》、《广州集》等集中，也有大量山水诗。马卫中先生在《光宣诗坛流派发展史论》中，称为"以写《庐山诗》著名者"[①]。

他所到之处，往往情深一往，随物赋形，主观情感极为浓郁，譬如庐山诗的"雄伟恣肆"[②]；洞庭诗的气势纵横；燕赵途中的英雄气概；寓居上海的哈园、愚园时艳丽狂放。他来到太湖，"一见吴波便有情"[③]；他和僧人寄禅游天童山，就说："夙世骨埋吴下土，一生心爱越中山。"[④]在西湖，他表达了这样的愿望："我生愿作西湖游，画船十里如画楼。"[⑤]而在庐山，他又自比陶渊明："恰似渊明返敝庐，多时三径已荒芜。"[⑥]

法国史学家丹纳认为自然环境和风俗习惯对艺术创造会产生巨大的影响，他的论著《艺术哲学》"艺术品的产生"一章中，通过经验证据和推理证据，论证"作品的产生取决于时代精神和周围的风俗"[⑦]。用普列汉诺夫的话说："每一个民族的气质之中，都保存着某些为自然环境的影响所引起的特色，这些特色，可以由于适应社会环境而有几分改变，但是绝不因此完全消灭。"[⑧]地域文化和生存环境，会以"集体无意识"的方式，规范着人们的生活习惯和思维程序，进而形成了特定的自然环境内特点的文化心理结构。而这其中，具有地域特色的民族文化背景、审美风貌和天性禀赋，更容易对作家艺术家产生更直接、更深刻的影响。

易顺鼎正是如此。近代湘人有尚武的传统，所以易顺鼎曾墨经从军，冒死入台；楚地巫风盛行，所以易顺鼎一生相信扶乩；楚地有淫祀的

---

① 马卫中：《光宣诗坛流派发展史论》，苏州大学出版社2002年版。

② 张之洞：《庐山诗录评识》，《琴志楼诗集》附录三，第1520页。

③ 易顺鼎：《偕诺瞿上人访太湖熨斗柄还宿圣恩寺得诗二十二首》之二十二，《包山集》，《琴志楼诗集》卷九，第445页。

④ 易顺鼎：《书感又示寄师一首》，《甬东集》，《琴志楼诗集》卷十四，第1074页。

⑤ 易顺鼎：《渡溶江作歌》，《摩围阁诗》，《琴志楼诗集》卷三，第156页。

⑥ 易顺鼎：《壬辰初春由沪至浔入庐山绝句二十二首壬辰》之九，《庐山诗录》，《琴志楼诗集》卷九，第401页。

⑦ 傅雷译，丹纳：《艺术哲学》，安徽文艺出版社1991年版，第76页。

⑧ 普列汉诺夫：《论唯物主义的历史观》，《普列汉诺夫哲学著作选集》第二卷，生活·读书·新知三联书店1961年版，第274页。

传统,所以他在男女关系上一直比较开放。他的山水诗能够因物赋形,清奇恢宏,但作为湖湘籍诗人,楚文化、楚骚底蕴却是最本质的,尤其是楚文化中离经叛道的一面,给了他很大的影响。相应地,他的诗歌也浸润着屈原《离骚》、《天问》的审美精神,承传着荆楚作家自由浪漫、新奇恢诡、个性张扬的艺术特色。他自己也认可楚骚对他的影响,在《隆竹卿统带自肇庆军中寄诗二律和原韵答之》一诗中,他有这样的自述:“生长三闾香草地,故应哀怨祖离骚。”[①]《订近年诗卷自癸酉至丁丑竟感赋六章》云:“生小三闾祠下住,拾来香草未嫌贫”。[②]

在他的山水诗创作中,楚辞的影响无法抹去。“嘉树生南国”[③],化用《橘颂》“秋峥泓兮萧瑟,春窈窕兮融怡”[④],是楚辞特有的“兮”字句式;在美丽的自然山水中,他以楚客自居:“四明风物到如今,楚客还来作越吟。”[⑤]他时常眺望楚地:“眺来平楚苍然色。”[⑥]他是用楚客异域的眼光来看自然山水:“谁知具区八百里,还似潇湘三六湾。”[⑦]吴楚对比中发现了吴地山水的特色:“老子平生腰脚顽,笑他吴地太清孱。”[⑧]自然界的秋风秋雨,都被他想象成离骚:“夜半云君约山鬼,来听二十五离骚。”[⑨]他作楚声、书楚语,如香草、薜荔等等。湘楚文化浓烈的神巫色

---

① 易顺鼎:《隆竹卿统带自肇庆军中寄诗二律和原韵答之》,《琴志楼诗集》卷十六,第 1164 页。

② 易顺鼎:《订近年诗卷自癸酉至丁丑竟感赋六章》,《丁戊之间行卷》,《琴志楼诗集》卷二,上海古籍出版社 2004 年版,第 79 页。

③ 易顺鼎:《天井道中梅树花已盛开一首》,《林屋诗录》,《琴志楼诗集》卷七,第 335 页。

④ 易顺鼎:《将重游包山适遇秦散之少尉于杭州因赋赠》,《包山集》,《琴志楼诗集》卷九,第 441 页。

⑤ 易顺鼎:《甬江漫感》,《甬东集》,《琴志楼诗集》卷十四,第 1074 页。

⑥ 易顺鼎:《平望》,《吴篷诗录》,《琴志楼诗集》卷五,第 250 页。

⑦ 易顺鼎:《题唐子畏黄茅渚图即用唐原韵》,《编年诗录》,《琴志楼诗集》卷七,上海古籍出版社 2004 年版,第 333 页。

⑧ 易顺鼎:《十二月二十四日雪中独游邓尉元墓宿圣恩寺还元阁》之三十,《编年诗录》,《琴志楼诗集》卷七,同上,第 331 页。

⑨ 易顺鼎:《壬辰初春由沪至浔入庐山绝句二十二首》之十六,《庐山诗录》,《琴志楼诗集》卷九,第 401 页。

彩,也使得他的山水诗出现了大量山灵鬼怪的描述。体现了对楚文化精神的感悟和认同,使得他的诗歌虽然“屡变其体”,但一以贯之的,是这种颇具楚文化内质的创作个性和创作心理。

(一) 浪漫主义的表现手法

浪漫精神是湘楚文化长期以来的传统。复杂多样的楚地环境,错落起伏的山原坡谷,波光盈盈的江河湖泊,生机勃勃的山野丛林,丰富多样的自然物产,酝酿了人们浪漫自由的个性气质。鲁迅《中国小说史略》说,黄河流域的华夏民族为严酷的地理环境所迫,长期勤于农耕,形成重人事而轻鬼神的社会传统,注重实际而不喜欢玄想,文学创造倾向于反应现实社会。而长江流域的楚人则认为“天与地之间,神鬼与人之间,山川与人之间,乃至禽兽与人之间,都有某种奇特的联系”①。日本学者青木正儿在《中国文学思想史》中谈南方地理环境与文艺思潮时说:“南方气候温暖,土地低湿,草木繁茂,山水明媚而得天独厚。……故南人生活逸乐,得沉湎于空想或冥想之中,是以民性浮华,热情而富有诗意。其文艺思想则流于浪漫主义,而有逸乐的、华美的、游荡的倾向。”②

易顺鼎在自然山水之间,融入了楚文化的浪漫传统,把千百年来楚地重视巫鬼的传统③和《离骚》的飘风云霓、神奇幻美、浪漫诡异注入了传统的山水写实描写,虚实相间、色彩瑰丽,开拓了山水描写幽深奇丽的一面。他采纳了发源于楚辞或楚地的神怪意象,如山鬼、鬼、鬼歌、鬼唱、鬼气、鬼萝衣、蛟龙、龙、东皇等等,此外还有山灵、六龙、精灵、灵踪、艳魄、夔罔、山精、鬼伯、雨师、风伯、雷公、电母、白龙等,这些意象“诡奇恢丽”,形成与现实相对抗的浪漫景观。他诗中鬼的形象特别多,人与

---

① 张正明:《楚文化史》,上海人民出版社,1987 年版,第 112 页。

② [日]青木正儿著,郑樑生、张仁青译,《中国文学思想史》,台湾开明书店 1977 年版,第 1—2 页。

③ 《汉书·地理志》记载:“楚有江汉川泽山林之饶;江南地广,或火耕水耨,民食鱼稻,以渔猎山伐为业。……信巫鬼,重淫祀。”班固:《地理志》第八下,中华书局 1962 年版。清代顾炎武在《天下郡国利病书》中言:“湘楚之俗尚鬼,自古以然。”

鬼神处于亲密无间的状态，能够交流对话，如“阴风吹冷碧芙蓉，石径无人山鬼语”①。他驰骋幻想：“欲化苍龙天不许，免向人间受斤斧。”②“回身吹灭红烛花，恐被蛟龙梦中见。”③他的诗奇言浩荡：“太白天童作书报与阿育王，稚川先生作书报与鬼谷子，为言哭庵先生将莅位。太白既传餐，阿育王复置醴。稚川先生甫倾盖，鬼谷又倒屣。”④他的想象境界开阔，他的诗歌汪洋恣肆，熔铸万古，气派非凡，他的诗更有楚辞中上天入地的精神：“天吴海若山精鬼伯见我不敢摄，雨师风伯雷公电母报我亦无庸。”⑤

他的语言继承了楚辞“芬芳恻艳”的特色，是楚文化“以丽为美”、“词采华茂”的审美传统的再现。他的诗色彩浓郁：“赵家销尽金多少，糁得西湖似酒黄。”⑥对比强烈：“水叶秋红黏越网，土华春绿葬吴钩。”⑦绚烂幽深：“记取僧楼听雪夜，万山如墨一灯红。”⑧在手法上，他善用夸张：“尚有梅花三万树，东南天地未萧条。”⑨他想象丰富：“除却升天无别法，茫茫银海不能归。”⑩他擅长比喻：“好与王维添画本，万山风雪一

① 易顺鼎：《武溪深》，《编年诗录》，《琴志楼诗集》卷一，上海古籍出版社 2004 年版，第 9 页。

② 易顺鼎：《鼋山松影石歌》，《编年诗录》，《琴志楼诗集》卷七，同上，第 345 页。

③ 易顺鼎：《雪夜望江中风涛感而作歌》，《编年诗录》，《琴志楼诗集》卷三，同上，第 192 页。

④ 易顺鼎：《鬼谷子祠》，《甬东集》，《琴志楼诗集》卷十四，同上，第 1063 页。

⑤ 易顺鼎：《雨中发小白岭宿天童寺作歌》，《甬东集》，《琴志楼诗集》卷十四，第 1059 页。

⑥ 易顺鼎：《西湖柳枝词八首》，《吴篷诗录》，《琴志楼诗集》卷五，第 256 页。

⑦ 易顺鼎：《钱唐杂感》，《吴篷诗录》，《琴志楼诗集》卷五，上海古籍出版社 2004 年版，第 257 页。

⑧ 易顺鼎：《十二月二十四日雪中独游邓尉元墓宿圣恩寺还原阁》之二十三，《编年诗录》，《琴志楼诗集》卷七，第 332 页。

⑨ 易顺鼎：《十二月二十四日雪中独游邓尉元墓宿圣恩寺还元阁》之十四，《编年诗录》，《琴志楼诗集》卷七，第 332 页。

⑩ 易顺鼎：《十二月二十四日雪中独游邓尉元墓宿圣恩寺还元阁》之二十五，《编年诗录》，《琴志楼诗集》卷七，第 332 页。

僧归。”①等等。

他的诗歌传承了楚文学“以大为美”的总体特征，汪洋宏肆，境界开阔。“昔年盛夏登五老，顷刻大雨寒如冬。空山忽变为海水，不愁虎豹愁蛟龙。一身直与雷电斗，行二十里无人踪。又尝乘筏出台岛，海水起立三千重。连珠三叠忽复变九叠，但见银山十二从天倒下压顶真奇凶。海化为山昔已见，山化为海今重逢。”②生动瑰丽，亦庄亦骚。即使对于苏州地区的景物，也采取柔景壮写，柔中带壮的手法。如在《由上海至苏州绝句》中，他咏叹道：“旧盟与我同生死，十万梅花一太湖。”③梅花与太湖合写，今生与前生并提，笔法兼具柔媚与开阔，在《由齐门放舟至常熟泊尚湖荷花中作》中，他更说：“东南秋色何人画，五万蜻蜓四百红。”④秋色是背景，是虚写，五万蜻蜓是近景，是实写，虚实交融中，构成独特的艺术境界。

（二）悲剧性的情感表达

楚人性格中兼有激烈与忧郁两方面的特质，易顺鼎也兼具这两方面特色。他母亲去世，他就说：“恨我不孝，我誓与我不两立。恨造物不仁，我誓与造物不两立。又觉天地古今种种成就一伤心之局，我不幸遭之而亦实不欲见之。”⑤他的山水诗，也激烈而忧郁，发挥楚骚缘情的传统，诗学《离骚》，以情感为核心展开，表达了眷恋山水、感慨兴亡、自伤身世与惋叹国运的复杂内涵。他和寄禅漫游天童山，“也似苏州城外样，赏心步步又伤心”⑥，青山绿水中寄托着无限哀愁；他化用李贺诗句，枯、干、老、死表达了比李贺更为复杂的末世悲情：“银河水枯流云

① 易顺鼎：《十二月二十四日雪中独游邓尉元墓宿圣恩寺还元阁》之二十八，《编年诗录》，《琴志楼诗集》卷七，第333页。

② 易顺鼎：《雨中发小白岭宿天童寺作歌》，《甬东集》，《琴志楼诗集》卷十四，第1059页。

③ 易顺鼎：《由上海至苏州绝句》，《林屋诗录》，《琴志楼诗集》卷七，第510页。

④ 易顺鼎：《由齐门放舟至常熟泊尚湖荷花中作》，《琴志楼诗集》卷七，第346页。

⑤ 易顺鼎：《与弟书》三，《慕皋庐杂稿》卷一，《琴志楼丛书》，光绪刊本。

⑥ 易顺鼎：《甬江漫感》，《甬东集》，《琴志楼诗集》卷十四，第1074页。

干，劫灰堆作蓬莱山。张骞老死织女嫁，空槎何日来人间。”①易顺鼎自号哭庵，他的诗歌也赋予万物伤心痛哭的情态：“我佛本情种，伤心念众生……海水皆悲泪，天风似哭声。”②他的观点激烈而偏激：“垂杨自是多情种，莫化才人化帝王。”③

尤其值得一提的，是他对于山水的特殊情感，包含着前身今世，是屈原式“虽九死其犹未悔”执着精神的转化。“吴山越水泪痕深”④、“前生地主今生客”⑤等，将屈原对故国的深情和沉江而亡的悲剧，转化为“他日必埋骨于此”⑥的心愿。以“憎”、“爱”、“嗟”、“饱听”等词汇，惊心动魄地表达了作者绝望的眷恋，情感浓烈而执着。在《十二月二十四日雪中独游邓尉元墓宿圣恩寺还原阁》中，他反复咏叹，“我亦从天乞活埋”，“指点前生埋骨处”，“愧我犹为有发僧”⑦等，甚至在多年以后，生命的末期，他仍然说：“我有墓在邓尉中。”⑧

作者这种悲剧性的情感方式，是与他的家国感慨与身世之感紧密相联的，秉承近代湖湘经世致用学风中的政治视野，他未尝没有救世之心：“抚剑望神州，誓扫海氛恶。”⑨但更多的还是熔铸古今的沉郁的悲

---

① 易顺鼎：《明州寿昌寺浮槎歌》，《甬东集》，《琴志楼诗集》卷十四，第1075页。

② 易顺鼎：《偕寄上人游普陀山题壁五首》，《甬东集》，《琴志楼诗集》卷十四，上海古籍出版社2004年版，第1075页。

③ 易顺鼎：《西湖柳枝词八首》之七，《吴篷诗录》，《琴志楼诗集》卷五，上海古籍出版社2004年版，第256页。

④ 易顺鼎：《三生石》，《吴篷诗录》，《琴志楼诗集》卷五，第255页。

⑤ 易顺鼎：《过苏州吊曾季硕女士因访前生张灵墓兼省亡儿墓作》，《编年诗录》，《琴志楼诗集》卷九，第511页。

⑥ 易顺鼎：《题张梦晋画折枝长卷寄宗室伯羲祭酒绝句八首》，《游梁诗剩》，《琴志楼诗集》卷八，第390页。

⑦ 易顺鼎：《十二月二十四日雪中独游邓尉元墓宿圣恩寺还元阁》，《编年诗录》，《琴志楼诗集》卷七，第331页。

⑧ 易顺鼎：《雪后徐园探梅作》，《壬子诗存》，《琴志楼诗集》卷十七，上海古籍出版社2004年版，第1200页。

⑨ 易顺鼎：《侍大人登岱敬和元韵八首》，《编年诗录》，《琴志楼诗集》卷四，第215页。

伤："输与杨枝管哀乐，送完南渡又南巡"①，"枯树伤心赋几行，替他南渡写沧桑"②，在《登岱歌》中，他极目远眺："琉球朝鲜旧并列，今失其一伤心怀。……东海不可望，望之使人哀。"③国运不济，身世飘零，感慨兴亡，只有寄情山水，发愤以抒情。所谓"余亦渐近中年，伤于哀乐。惟时时藉妇人醇酒空山冷水以自写其抑郁无聊"④，也正如汪辟疆说："故同为山水游宴之诗，在前则极摹山范水之能，在此则有美非吾土之感。"⑤这种绝望的眷恋，与离骚有着同样的悲剧本源，家国沦丧与怀才不遇的交织："廿年战胜乾坤败，五十平头尚黑头。"⑥只不过他的表达，没有屈原的刚烈，变得更加委婉含蓄。我们处处可以看到的是"鲁连心"、"鄂王香"等词汇，在这样的情绪下，他对夕阳情有独钟："我来看塔已销魂，更看青山夕阳色"⑦，这里的夕阳不仅仅是夕阳，更是世事变迁，故国不在的感伤；在《由天童下院登小舟往天童道中作五首》中，他这种复杂的情感表达为"江南处处断人肠，访过秋娘访泰娘"⑧，感伤和断肠自然不是因为秋娘和泰娘，而是深沉的家国沦落的情怀："当时只叹吴为沼，岂识神州有陆沉。"⑨

(三)"非汤武、薄孔丘"的狂人气质

自古史称"楚风佚"，楚人往往生性狂放。从春秋的"楚狂"接舆，到近代的王闿运、严咸，狂人特质几乎代代相传。再加上楚国是道家思想

---

① 易顺鼎：《西湖柳枝词八首》之八，《吴篷诗录》，《琴志楼诗集》卷五，第 256 页。

② 易顺鼎：《西湖柳枝词八首》之七，《吴篷诗录》，《琴志楼诗集》卷五，第 256 页。

③ 易顺鼎：《登岱歌》，《编年诗集》，《琴志楼诗集》卷四，第 213 页。

④ 易顺鼎：《故友蒋君词叙》，《慕皋庐杂稿》卷一，《琴志楼丛书》，光绪刊本。

⑤ 汪辟疆：《近代诗派与地域》，《汪辟疆文集》，上海古籍出版社 1988 年版，第 283 页。

⑥ 易顺鼎：《明州天童下院赋示寄公六首》，《甬东集》，《琴志楼诗集》卷十四，上海古籍出版社 2004 年版，第 1058 页。

⑦ 易顺鼎：《阿育王寺观舍利塔歌》，《甬东集》，《琴志楼诗集》卷十四，第 1062 页。

⑧ 易顺鼎：《由天童下院登小舟往天童道中作五首》之二《琴志楼诗集》卷十七，第 1059 页。

⑨ 易顺鼎：《登北塔寺和韵》，《编年诗录》，《琴志楼诗集》卷七，第 328 页。

的发源地，老庄蔑视礼法、笑傲王侯的精神气韵，为易的"视苍昊帝如仇敌，对素王师若路人"①的思想，提供了精神源泉。所以，他有离经叛道的一面："三十功名尘与土，五千道德粕兼糟。"②这种具有前现代色彩的反抗精神，体现了他对于儒家传统的否定，正所谓"民初狂士，然亦近代杰才"③。他狂傲偏激："我则不然，以灭为主，以为一身灭则无一身之苦，一家灭则无一家之苦，世界灭则无世界之苦。"④诚如荣格所言："在天才与疯狂之间，的确存在着某种关系。极富于创造性的人，他天性中的某些东西随时可能压倒自我，从而不时地显得疯狂。"⑤

自然山水的灵气，激发了易顺鼎与生俱来的狂气。他以狂客自命："东南无数闲鸥鸟，比我疏狂恐未如。"⑥王侯将相，诗圣谪仙，不过如此："秦皇汉武昔曾至，山灵笑彼非仙才。"⑦他看破红尘，藐视富贵，游戏人生，往往以接舆式不合作的隐者形象出现："玉箫吹破东南秋，酒人无暇求封侯。"⑧这种形象包含着他与生俱来的傲兀不平之气，《鼋山松影石歌》将一块寻常的石头，转化为怀才不遇的自我形象："谁言此物终无用，与娲补天尧作栋。"⑨他正是有意识地以兀傲不屈的形象、刚烈奇崛的楚狂气质，来对抗主流意识形态。

他的追求也背离了儒家传统的立身标准，傲岸不群、放纵不羁。他流连青楼楚馆，津津乐道："词人末路似夫差，销尽雄心付馆娃。"⑩在《吴门仲秋月夕被酒与诸友狂走市上作歌》中，作者有意识地作接舆式

---

① 易顺鼎：《今日》，《癸丑诗存》，《琴志楼诗集》卷十八，第1321页。

② 易顺鼎：《上海感怀今昔示申报馆诸人六首》之五，《四魂集·魂北集》，《琴志楼诗集》卷十，第574页。

③ 王森然：《易顺鼎先生评传》，易顺鼎著，王飚点校《琴志楼诗集》卷尾，第1474页。

④ 易顺鼎：《自叙兼与友人》，《慕皋庐杂稿》卷一，《琴志楼丛书》，光绪刊本。

⑤ 高友德主编，陈仙梅、杨心德著：《性格心理论》，湖南人民出版社1988年版，第59页阐述荣格的观点。

⑥ 易顺鼎：《重入包山用前游韵》，《包山集》，《琴志楼诗集》卷九，第442页。

⑦ 易顺鼎：《登匡庐绝顶歌》，《编年诗录》，《琴志楼诗集》卷七，第357页。

⑧ 易顺鼎：《赠内》，《吴篷诗录》，《琴志楼诗集》卷五，第244页。

⑨ 易顺鼎：《鼋山松影石歌》，《编年诗录》，《琴志楼诗集》卷七，第345页。

⑩ 易顺鼎：《山塘冶春词六首》之五，《编年诗录》，《琴志楼诗集》卷七，第344页。

的佯狂而歌，疏狂放诞，既对李白式的“不脱宫袍市上眠”、杜牧式的“十年一觉扬州梦”形象大加赞叹，又在“今人空胜古人狂，古月何如今月好”①中否定了儒家厚古薄今的传统。

易顺鼎的思想和观点，颠覆了儒家的正统标准：“君不见，庐家湖，天子生前不如妓。”②《山塘冶春词》中，甚至以夫差自诩，他后期诗歌中，对于亡国之君的正面肯定，在此初露端倪；对郑康成，这位儒学大师，他说：“幅巾不学郑康成。”③完全摆脱了成王败寇的历史逻辑：“笑他秦汉雄才主，两代桃花让与人。”④对于西施，他既不着眼于她的历史功绩，也不看重她的自我牺牲，而是独辟蹊径，关心她灭吴后的命运。尤其值得一提的，是他对于佛家的看法，是典型的异端思想，如“我佛本情种，伤心念众生。……海水皆悲泪，天风似哭声”⑤等等。这些诗歌，打破了传统的道德评价标准，尤其是儒家的评判标准，是典型的末世历史观。总之，在诗歌中，作者的狂人作风与异端思想，都是“十二万年”未见的。既是楚地影响下的特殊产物，也是他自庄骚而来的“真性情”的发露。

（四）结语

易顺鼎把绚丽刚烈的楚地特色融合于山水，既是传统文人士大夫对于山水的想象，又包含着清山丽水所难以容纳的救世情结，既是复，又是变，其中楚文化、楚骚底蕴却是最本质的，尤其是楚文化中离经叛道的一面，给了他很大的影响，使得他的诗歌呈现出清奇恢宏、文中有我、感慨兴亡的风格。他的山水诗，包含对末世的思考，对自我处境的思考，蕴含着强烈的写实精神，是虚与实并存的方式，气势豪纵，眼界开阔，文人气息更浓。

---

①③　易顺鼎：《吴门仲秋月夕被酒与诸友狂走市上作歌》，《编年诗录》，《琴志楼诗集》卷七，第 346 页。

②　易顺鼎：《独饮秦淮桥上酒楼作歌》，《编年诗录》，《琴志楼诗集》卷三，第 195 页。

④　易顺鼎：《别题六首》之二，《编年诗录》，《琴志楼诗集》卷四，第 210 页。

⑤　易顺鼎：《偕寄上人游普陀山题壁五首》之三，《甬东集》，《琴志楼诗集》卷十四，第 1075 页。

楚文化宏大的格局,使得他的山水诗能够充分尽于“求变”。“缘情而绮靡”的写作特色,“文中有我”的抒情风格,“发愤以抒情”的文学传统,给山水诗注入了奇气,形成了他诗歌强烈的反抗精神,是其核心精神,也是其气骨所在。既不同于“海日生残夜,江春入旧年”[①]式的歌颂盛世的传统,亦迥异于陶渊明以来冲融闲淡的山水定势,打破了以王维为代表的正统山水文学空灵寂静的文学传统。这种楚文化与山水精神的整合与出新,恰恰体现了他的“真新要从真旧出”[②]的创作主张。是近代革新精神在传统题材上的反映,为山水描写另备一格。

当然,尽管易顺鼎自称为“视苍昊帝如仇敌,对素王师若路人”[③],但在近代多狂人的情况下,易顺鼎之“狂”,本质上还是属于儒家“狷”者的范畴——不得志中的不合作,不是革命党,甚至不是改革派。这也是他尽管否定儒家教条,却不能跳出老庄的范畴。尽管他也求“真新”,但却仍然被视为传统士大夫、面对近代文明挑战的保守派角色——当然,他个人的痛苦也正在于此。这也体现了近代旧体诗的变革方式,仍然是从传统中寻找突破的源泉,宗教和自然,仍然是他化解悲剧意识的法宝。虽然是变,在当时疾风暴雨的历史格局之下,仍然被当作守旧的“古董”(胡适语)诗歌。就本质而言,他的浪漫主义,尽管也是境界开阔,但缺少屈原式的宏大气魄;尽管也瑰丽幽深,但却不如屈原的瑰艳奇谲、飞扬跋扈;在情感上,易顺鼎也融入末世诗人强烈的归隐情结,忘情山水,却不期然冲淡了楚骚文化中强烈的悲壮激烈的情怀,甚至是消解和改变。

---

① 王湾:《次北固山下》,《全唐诗》二函七册,上海古籍出版社 1986 年版。

② 易顺鼎:《再用苏文忠公百步洪韵呈宫保师》,《魂南续集》,《琴志楼诗集》卷十三,第 919 页。

③ 易顺鼎:《今日》,《癸丑诗存》,《琴志楼诗集》卷十八,上海古籍出版社 2004 年版,第 1321 页。

二、易顺鼎的李商隐接受方式研究

晚清诗人普遍有“学李”倾向。汪辟疆认为李商隐是“初学不二法门”①,吴县之张鸿、汪荣宝、曹元忠等辈;湖南之曾广钧、李希圣诸君,或“得其神髓,非唯词采似之,即比词属事,亦几于具体”②,或“至重伯则所造尤邃”③等。

在近世学李风气中,易顺鼎亦是不容忽视的魁杰之士。但他的接受,是在“真唐真宋复何用”④,强烈的怀疑精神引导之下的,其结果便是“借径古人,而成就各不相犯”⑤。易顺鼎自幼追步义山,仿效李商隐作《无题》。之后,相似的人生经历,使他时作感叹“才命能兼自古难”⑥,“似玉溪生所历官”⑦,“义山锦瑟中年感”⑧等等。《二月二日是义山江上闻吹笙日也感赋》对玉溪和樊川,浓墨重彩予以褒扬:“嫩暖妍晴已渐酣,却从渭北忆江南。客魂销到九分九,春事催成三月三。燕土软红初恋马,秦桑低绿未胜蚕。樊川杜曲分明在,可得他时共一龛。”⑨此外,他的诗集中还四处散落着“玉珰缄札怀商隐,金缕衣裳惜杜

①② 汪辟疆:《光宣诗坛点将录》,张寅彭主编《民国诗话丛编》(第五册),上海书店出版社2002年版,第356页。

③ 汪辟疆:《光宣诗坛点将录》,张寅彭主编《民国诗话丛编》(第五册),上海书店出版社2002年版,第349页。

④ 易顺鼎:《读樊山后数斗血歌作后歌》,《癸丑诗存》,《琴志楼诗集》卷十八,上海古籍出版社2004年版,第1283页。

⑤ 汪辟疆:《近代诗派与地域》,《汪辟疆文集》,上海古籍出版社1988年版,第286页。

⑥ 易顺鼎:《即席赠凤生校书》,《庐余集》,《琴志楼诗集》卷十四,第991页。

⑦ 易顺鼎:《和樊山韵寄晦若》,《魂西集》,《琴志楼诗集》卷十二,第801页。

⑧ 易顺鼎:《再叠前韵奉答樊山》,《燕榻集》,《琴志楼诗集》卷十一,第708页。

⑨ 易顺鼎:《二月二日是义山江上闻吹笙日也感赋》,《魂西集》,《琴志楼诗集》卷十二,第778页。

秋”[①]、“还把玉溪诗句写,三生同听一楼钟”[②]等句。易的文字骨肉之交樊增祥说:“赖有玉溪传彩笔,开成人物未萧条。”[③]以李商隐比易顺鼎。《书广州诗后》云:“天生石甫奇才也。五岁而知书,十七八而刻行稿,诗词骈散文皆于三十六体为近。”[④]肯定了其诗宗尚温、李等人的“三十六”体风格。

易顺鼎作为晚清诗坛的大家,一名有着强烈“自开一派”意识的诗人,他对李商隐的接受注定是不平凡的,并非简单地袭用清初虞山派冯班及其后嗣所倡导的宗尚李商隐的主流思路,以隐秘含蓄传达隐衷的方式,而是在“文禁渐开”的晚清背景之下,独创性地选择了李商隐的部分特征,并融合自己性情,既凌乱放恣又真气拂拂。他的捧角诗,“楚雨含情皆有托”,借艳情抒发身世之慨、家国之恨,虽然被时人笑骂,其实恰恰是李商隐精髓所在。

(一) 对李商隐的创作风貌的深入开掘

“真新要从真旧出”[⑤],易顺鼎确实汲取李诗艺术的渊深影响,结合时代风貌,开拓变化,写深写透,以求淋漓尽致、无以复加。

共同的末世情结,使易发展了义山的感伤诗风。由李商隐的感叹国运、自伤身世,发展为看破红尘,万红一哭。他既“伤春”:“伤春销尽平生骨,我避东皇似避秦。”[⑥]复“伤别”:“戊寅上巳兼清明,愁似一江春

① 易顺鼎:《叠韵再答寇君见赠》,《高州集》,《琴志楼诗集》卷十六,第1180页。

② 易顺鼎:《樊山先生宠赋四律题余五十三岁所画珠帘争看图依韵自题兼以答谢》,《高州集》,《琴志楼诗集》卷十六,第1162页。

③ 樊增祥:《题实甫魂西集》,转引自易顺鼎著,王飚点校《琴志楼诗集》,上海古籍出版社2004年版,第1506页。

④ 樊增祥:《书广州诗后》,转引自钱仲联主编《清诗纪事》,江苏古籍出版社1989年版。

⑤ 易顺鼎:《再用苏文忠百步洪韵呈宫保师》,《魂南续集》,《琴志楼诗集》卷十三,第918页。

⑥ 易顺鼎:《由上海至苏州绝句》之三,《编年诗录》,《琴志楼诗集》卷九,第510页。

水生。”[①]《悼红词五首》“一嫁东风都薄命，桃花昨夜问天来”[②]，沦落中寄寓了整体人生的悲凉；《绝句五十五首》之二十二“惆怅山塘好流水，送春更送送春人”[③]，感叹人生如梦；“大化无常足叹嘘，半生辛苦误虫鱼”[④]，将人生的荒凉感上升到哲学高度。《湘芸曲一首为六衫太守作》，感叹“佳人埋没才人困，万古伤心总一般”[⑤]，揭示了古往今来才子佳人的命运悲剧。他的诗有典型的末世悲凉：“百年易尽如风灯，聚散死生皆偶尔。”[⑥]“人间兴废空尘土，掩泪荒祠落日斜。”[⑦]“百年身世真皆幻，万古乾坤乐亦哀。”[⑧]在《赠郑叔问文焯》中，他的“吴王昔日三千剑，虎去崖空住僧遍”[⑨]，充满了巨大的历史虚无感。《杂诗六首》其四叹息雄绝一世的秦始皇，最终的命运是“岂知骊山戍徒揭竿起，能亡人国胜匈奴”[⑩]；其五感叹曹操“鞭锤群雄定河朔，却为魏国定宗社”。浓郁的人生如梦之感，在从宋玉到李商隐再到易顺鼎的一脉相承中，中国感伤诗风可以引出一线曲径通幽的发展脉络。

易诗发展了李诗的艳丽，词彩华茂而典故密实。数量众多的夕阳意象和落花意象，反复再现了义山凄美的特色。在咏物主题上，他偏爱芍药、牡丹及荷花等鲜艳的花朵。他的牡丹诗如“拥被越人逢鄂渚，卷

① 易顺鼎：《三月三日我如世丈招同诸君往游龙冈，余以疾未赴，口号十章志闷即呈》之一，《丁戊之间行卷》，《琴志楼诗集》卷二，上海古籍出版社2004年版，第64页。

② 易顺鼎：《悼红词五首》之二，《丁戊之间行卷》，《琴志楼诗集》卷二，第61页。

③ 易顺鼎：《绝句五十五首》之二十二，《游梁诗剩》，《琴志楼诗集》卷八，第385页。

④ 易顺鼎：《过全谢山先生祠》，《庐余集》，《琴志楼诗集》卷十四，第1075页。

⑤ 易顺鼎：《湘芸曲一首为六衫太守作》，《游梁诗剩》，《琴志楼诗集》卷八，第366页。

⑥ 易顺鼎：《归宗寺看月》，《庐山诗录》，《琴志楼诗集》卷九，第422页。

⑦ 易顺鼎：《羊流店有羊叔子祠余已三过此》，《四魂集·魂北集》，《琴志楼诗集》卷十，第585页。

⑧ 易顺鼎：《为敬摹家慈遗像寓居上海萧寺中感事书怀成长句十首》之九《琴志楼诗集》卷十，第576页。

⑨ 易顺鼎：《赠郑叔问文焯》，《编年诗录》，《琴志楼诗集》卷七，第343页。

⑩ 易顺鼎：《杂诗六首》之四，《庐山诗录》，《琴志楼诗集》卷九，第498页。

衣秦后在咸阳。思凭彩笔书花叶，寄与琅邪大道王”[1]等，和李商隐诗一样堆金砌玉，富丽堂皇，“越人”和“彩笔”典故，是李商隐的《牡丹》诗歌的常见典故。最重要的是，他的诗数量庞大，《咏牡丹和真一子韵》共五叠韵，再加上紧接着的一首《牡丹将谢用前韵悼之》，共八首，接着又有《题含苞牡丹六首》、《侍家大人上林寺看牡丹柬首座素公及诸道俗》、《牡丹诗五十首》等，分别咏黄牡丹、红牡丹、紫牡丹、绿牡丹、白牡丹，大量的牡丹诗，形成了富丽堂皇的艺术效果。

李商隐注重典故华美而凄艳的艺术效果，所以善用南北朝时期的典故，如冯小怜、陈后主等，易顺鼎“烂熟南朝史”[2]，却不仅仅喜爱南朝典故，而是大量运用先秦和明末典故，着眼其香艳的内涵，如褒姒、妲己、妺喜等。他的《数斗血歌为诸女伶作》，秦淮八艳的典故层出不穷，比李商隐更加密集。如：

> 与其拜孙夏峰，不如拜陈圆圆；与其拜傅青主，不如拜马守真；与其拜黄梨洲，不如拜柳如是；与其拜顾亭林，不如拜李香君；与其拜王船山，不如拜董小宛；与其拜李二曲，不如拜卞玉京；与其拜陆桴亭，不如拜顾横波；与其拜张杨园，不如拜寇白门。拜夏峰、梨洲、亭林、船山、二曲、桴亭、杨园兮，徒使天下秋。拜圆圆、守真、如是、香君、小宛、玉京、横波、白门兮，能使天下春。[3]

易顺鼎比李商隐更加离经叛道。在李商隐的时代，与富家姬妾偷情，与女道士相恋是离经叛道、骇人听闻的。而到了清末，同类题材已经写得太多。易就以艺人作为自己的爱慕对象，同样惊世骇俗，且富于时代气息。对于女性，李商隐在《樊南文集详注》卷八的《别令狐拾遗书》中有过惊人之论，他的诗歌集中表达了对于女性的爱慕，以及较为

---

① 易顺鼎：《再叠韵》，《巴山诗录》，《琴志楼诗集》卷六，上海古籍出版社 2004 年版，第 305 页。

② 尘僧、金成生未定稿：《近世文人吟评》，1940 年油印本。

③ 易顺鼎：《数斗血歌为诸女伶作》，《癸丑诗存》，《琴志楼诗集》卷十八，第 1277 页。

平等的爱情观。而易顺鼎更是公开赞美女艺人：

> 既拜前明亡国之女妓，又拜前清亡国之女伶……吁嗟乎！孰言亡国无人才，此辈皆自先朝来。孰言天地少灵气，造物钟灵在此辈。孰言璀璨庄严之世界不复存，璀璨庄严世界乃在此辈之色身。孰言倾城倾国、胡帝胡天之人不可见，此辈能返万古春花魂五万。孰言慷慨悲歌、幽抑怨断之音响不可求，可歌可泣、惊天动地乃在此辈之珠喉。请君勿谈开国伟人之勋位，吾恐建设璀璨庄严之新国者，不在彼类在此类。请君勿谈先朝遗老之国粹，吾恐保存清淑灵秀之留遗者，不在彼社会、在此社会。嗟吾此言质诸天地而无疑，质诸鬼神而不悖。①

李商隐有著名的《上崔华州书》，体现了蔑视孔孟正统的异端思想。易顺鼎的《今日》诗更是明确地说："视苍昊帝如仇敌，对素王师若路人。"②在《次韵江俶戏成一首》、《上海感怀今昔示申报馆诸人六首》中，他反复吟叹："三十功名尘与土，五千道德粕兼糟。"③

（二）李商隐形式下的"我之歌哭"

易顺鼎承继了义山诗以风格凄艳、属对精工，善于用典著称的外在特征，事实表明易顺鼎承继了这些外在特征。他自叙说："余幼时颇慧，五岁能诗。年十二三，裒然成帙，每好为凄艳之语。"④他的七律，"工者致多"⑤。《琴志楼摘句诗话》中有"无工巧浑成对仗，竟可以不必作诗"

---

① 易顺鼎：《数斗血歌为诸女伶作》，《癸丑诗存》，《琴志楼诗集》卷十八，上海古籍出版社2004年版，第1277页。

② 易顺鼎：《今日》，《癸丑诗存》，《琴志楼诗集》卷十八，第1321页。

③ 易顺鼎：《次韵江俶戏成一首》，《游梁诗剩》，《琴志楼诗集》卷八，第378页，《上海感怀今昔示申报馆诸人六首》，《四魂集·魂北集》，《琴志楼诗集》卷十，第574页。

④ 易顺鼎：《自叙兼与友人》，《慕皋庐杂稿》卷一，《琴志楼丛书》，光绪刊本。

⑤ 陈衍撰，张寅彭、戴建国校点：《石遗室诗话》卷一，张寅彭主编《民国诗话丛编》，上海书店出版社2002年版，第30页。

之论,认为“诗之正宗”,就是“对属为工”,甚至认为“凡开国盛时之诗,无不讲对属者”。他注重用典,强调要“无一字无来历,又无一字用僻典,又无一字稍杂凑而不浑成。必如此,方可讲对仗也”①。在《琴志楼摘句诗话》中,他举自己诗歌为证:“鸾肩火色宾王相,鹤唳风声太傅兵”、“李怨牛恩朋党论,桃生羊死贱交贫”,不仅华艳精工、对仗工整,句句用典,而且当句对。因此王飚先生称赞说:“其七律,追求对仗工巧、用典精切、设色富丽、造语新鲜。前期名作如《金陵杂诗》等,而最有代表性的还是《四魂集》,这种风格虽承李商隐而来,但也因此被后人归入‘中晚唐诗派’。”②

易顺鼎的集李、次韵、和诗也多。其中次韵1首,集李9首,和诗9首,无题15首,还有比较奇特的诗歌中集句2首,其他集句诗中还杂有李商隐的句子。他袭用了众多义山常用意象,如青鸟、蝴蝶、彩凤、灰、春心、珠箔、锦瑟、碧海青天、凤尾萝、蜡烛等神话意象,以及麻姑、织女、神女、望帝、蓬山、杜兰香、萼华绿、宓妃、文君、裴航、铜驼、穆王、王母、彩笔、蓝田、韩碑、杜司勋等典故。他集中还有大量引用、化用、反用李商隐的情况,成句的引用,如“海外徒闻更九洲”③等;化用的则有“玉体横陈思小怜”④、“罢横玉体小怜怜”⑤、“才命能兼自古难”⑥、“伤春伤别杜樊川”⑦、“缠绵风义多师友”⑧等;反用的更有“本无彩凤双栖分,翻恨

① 易顺鼎:《琴志楼摘句诗话》,《琴志楼诗集》附录三,上海古籍出版社2004年版,第1512页。

② 易顺鼎著:《琴志楼诗集前言》,易顺鼎著,王飚点校《琴志楼诗集》,第15页。

③ 易顺鼎:《海客游罗浮歌》,《庐馀集》,《琴志楼诗集》卷十四,上海古籍出版社,2004年版,第1039页。

④ 易顺鼎:《中和三庆两园女伶歌》,《癸丑诗存》,《琴志楼诗集》卷十八,第1272页。

⑤ 易顺鼎:《题秋幢证佛图十六韵禁重字》,《癸丑诗存》,第1279页。

⑥ 易顺鼎:《即席赠凤生校书》,《庐馀集》,《琴志楼诗集》卷十四,第991页。

⑦ 易顺鼎:《和樊山韵寄晦若》,《魂西集》,《琴志楼诗集》卷十二,第801页。

⑧ 易顺鼎:《己酉送春后五日出都将之官岭南感怀留别四首》,《己酉诗砖集》,《琴志楼诗集》卷十五,第1085页。

灵犀一点多"[①]、"神女生涯非似梦"[②]、"九死春蚕尚有丝"[③]、"横玉空教负小怜"[④]、"销魂小杜赋春风，转眼刘郎隔万重。昨日兰台悲走马，当时药店感飞龙"[⑤]等等。

易顺鼎善用虚字："岂无山林慕朝市，亦有将相为舆台。"[⑥]他注重回环往复的艺术效果："灯落尽时花落尽，蝶飞来后燕飞来。"[⑦]格律细密："飞鸟啼猿争绝巘，卧龙跃马共寒沙。"[⑧]李商隐有当句对的方式，易顺鼎也有"闲花细雨暮淹留，水国春寒尚似秋"[⑨]、"前生地主今生客，新鬼天人故鬼儿"[⑩]。

但接受史中经常发生的"突过"与"不及"，同样出现在易顺鼎身上。他的诗并没有包含李商隐深沉含蓄的意脉、悲凉的情韵，而是以明白晓畅或狂放张扬的面貌出之。"五色花兼五朵云，诗才吏术本无分"[⑪]，用浓艳之笔赞美樊增祥，语言华美平易，意思明确。"残照西风真满目，不堪凭吊镐池君"[⑫]，残照西风中，国家的衰落，个人的不遇，虽然用了镐池君的典故，但内容仍然一目了然。他的《和樊山》"一捻腰肢入楚宫，

① 易顺鼎：《午听中和园秦腔晚听聚美园吴语赋诗纪事》，《癸丑诗存》，《琴志楼诗集》卷十八，第1330页。

② 易顺鼎：《江南雪十首》之八，《甲寅诗存》，《琴志楼诗集》卷十九，第1350页。

③ 易顺鼎：《贵阳督部宠赐和章再叠前韵答谢》，《己酉诗砖集》，《琴志楼诗集》卷十五，第1087页。

④ 易顺鼎：《和樊山玄字韵》，《癸丑诗存》，《琴志楼诗集》卷十八，第1259页。

⑤ 易顺鼎：《樊山先生宠赋四律题余五十三岁所画珠帘争看图依韵自题兼以答谢》，《高州集》，《琴志楼诗集》卷十六，第1162页。

⑥ 易顺鼎：《五月二十一日偕执盦佛青游八仙庵倒用前韵》，《魂西集》，《琴志楼诗集》卷十二，第837页。

⑦ 易顺鼎：《和盛芰舲看桃花原韵》，《高州集》，《琴志楼诗集》卷十六，第1121页。

⑧ 易顺鼎：《白帝城怀古》，《吴篷诗录》，《琴志楼诗集》卷五，第283页。

⑨ 易顺鼎：《石公山微雨一首》，《编年诗录》，《琴志楼诗集》卷七，上海古籍出版社2004年版，第340页。

⑩ 易顺鼎：《过苏州吊曾季硕女士因访前生张灵墓兼省亡儿墓作》，《编年诗录》，《琴志楼诗集》卷九，第511页。

⑪ 易顺鼎：《赠樊山再叠韵》，《魂西集》，《琴志楼诗集》卷十二，第732页。

⑫ 易顺鼎：《独行长安坊肆间七叠韵》，《魂西集》，《琴志楼诗集》卷十二，第733页。

装成堕马髻盘龙。承恩不及朝云女，博得君王忆梦中"[①]，以入宫美女寄托了自己怀才不遇之感；他的《八叠韵感怀》"欲向邯郸借枕头，功名麟阁此中收。月明鄂国八千里，霜冷钱王十四州"[②]，有李商隐的用典精工、含蓄哀婉，又以月明、霜冷勾勒了凄清的色泽。但其二却没有沿着李诗的哀婉走下去，而是奔放自恣："不封侯是天怜我，免得红尘插脚深。"[③]冲淡了其含蓄顿挫之味。

易顺鼎很自负："我诗皆我之面目，我诗皆我之歌哭。"[④]他的《数斗血歌为诸女伶作》、《万古愁曲为歌郎梅兰芳作》、《梅郎歌为余置酒冯幼薇宅中赏芍药留连竟日因赋国花行赠之并索同坐瘿公秋岳和》等诗歌，有李商隐华艳的外表，善于用典的特色，但个性张扬，胸胆开张，落笔之际早拼了为人笑骂之胆识，是龚自珍"尊情"思潮的延续。他的《数斗血歌为诸女伶作》一开篇，作者就说："与其有娥英周后妃，不如有妹喜与褒妲。我昔曾叹尧舜汤武皆伪儒，我今益知桀纣幽厉乃俊物。"[⑤]真是直率放恣、痛快淋漓、惊世骇俗。李商隐的艳丽是内敛而严谨，易顺鼎的艳丽则张扬而狂放。少有李商隐式的隐曲含蓄，而是易顺鼎式的慷慨激昂。不是李商隐式执着于理想的悲哀，而是饱含末世情结的嬉笑怒骂。这也就是汪辟疆在《近代诗派与地域》中所强调的"不失古法而确能自立者"[⑥]，是"超明越元、抗衡唐宋的新局面"[⑦]的清诗重要的组成部分。

---

① 易顺鼎：《和樊山韵》，《魂西集》，《琴志楼诗集》卷十二，上海古籍出版社 2004 年版，第 846 页。

② 易顺鼎：《八叠韵感怀》其一，《魂西集》，《琴志楼诗集》卷十二，第 748 页。

③ 易顺鼎：《八叠韵感怀》其二，《魂西集》，《琴志楼诗集》卷十二，第 748 页。

④ 易顺鼎：《读樊山后数斗血歌作后歌》，《癸丑诗存》，《琴志楼诗集》卷十八，第 1283 页。

⑤ 易顺鼎：《数斗血歌为诸女伶作》，《癸丑诗存》，《琴志楼诗集》卷十八，第 1274 页。

⑥ 汪辟疆：《近代诗派与地域》，《汪辟疆文集》，上海古籍出版社 1988 年版，第 1 页。

⑦ 钱仲联：《清诗简论》，《梦苕盦论集》，中华书局 1993 年版，第 176 页。

(三)“捧角诗”中的寄托及义山之核心精神

“一生崇拜只佳人,不必佳人于我厚”①,这样的表达,李商隐是没有的。李诗忧郁内敛,含蓄精工,与易的捧角诗杂乱、狂放、气势纵横不同。但“异貌同妍”,在文学接受中同样值得关注。“掇其哀愁”、“猎其华艳”、“别有寄托”、“深情绵邈”、“绚中有素”的风格,所谓“纤侬肥瘦虽异态,骨相要是倾城姿”②。尤其是易诗绮艳之中别有寄托一端,“义大于言”,这在易的“捧角诗”中最为明显,值得单独拎出一章。

正如李商隐的《无题》在很长一段时间不被理解一样,易的捧角诗一出,亦批评不断。他的《数斗血歌为诸女伶作》一经问世,“有笑者,有唾者”③,被他的好友陈三立、樊增祥、沈曾植等人斥为“凌乱放恣”、“拉杂弊俚”,甚至有人认为“实甫既畏弹,又畏枪,更畏椎,故借耽癖女乐以避之”④。他包含捧角诗在内的晚年诗歌,和李诗一样,被称为诗之“一厄”⑤。

他的捧角诗承接了李诗华艳的风格,不仅物象华艳,既有梅花、牡丹、芍药、秋菊等色泽炫目的草木,如姚黄、魏紫、红墙、碧汉等;也有李香君、柳如是、妲己、妹喜、褒姒等充满情爱暗示的历史人物;更有洛妃留枕、韩寿偷香、嫦娥奔月等等,“百宝流苏”,交织着李商隐式哀艳的典故。他确实最能仿效义山,用华美的形式,编织了时代奇局中之大迷茫与大悲哀。

---

① 易顺鼎:《数斗血歌为诸女伶作》,《癸丑诗存》,《琴志楼诗集》卷十八,上海古籍出版社 2004 年版,第 1274 页。

② 杨维屏:《素爱玉溪生近体诗读山谷古风觉与玉溪“异貌同妍”因书所见》,《云悦山房偶存稿》,清宣统二年(1910)刻本。

③ 樊增祥:《后数斗血歌序》,樊增祥撰,涂晓马、陈宇俊点校《樊樊山诗集》,上海古籍出版社 2004 年版,第 1787 页。

④ 王森然:《易顺鼎先生评传》,易顺鼎著,王飚点校《琴志楼诗集》,上海古籍出版社 2004 年版,第 1473 页。

⑤ 钱仲联:《论近代诗四十家》,《梦苕庵清代文学论集》说樊增祥“鼎革以后所为益庸滥……诗道至此,可谓一厄”,并说易顺鼎“鼎革后作,率多游戏,与樊山同讥”。齐鲁书社 1983 年版,第 149 页。

早年，易曾这样表述："余亦渐近中年，伤于哀乐。惟时时藉妇人醇酒空山冷水以自写其抑郁无聊。"[①]晚年，他在对艺人仰慕的总主题下，曲折地寄托了末世的人生感慨。诚然，他的很多捧角诗是纯粹的"捧角"——对其才艺的赞叹，甚至是赤裸裸的爱慕，但更多的，则寄托了复杂的感慨。他的《和樊山天仙三女伶诗原韵》中，对女伶林黛玉（晚清名妓）的感叹，包含了自身怀才不遇的情结。《小香水小菊芬去都后余始见男伶女妓数人就所见者以诗记之得绝句十首》，交织着岁月流逝，英雄难觅，美人迟暮的感伤。尽管易诗率直，但他所要表达的情绪，仍然是复杂的、含蓄的，不乏比兴寄托的意味。《中和三庆两园女伶歌》充满了伤春伤别的情绪，既是对花的感伤，也可以理解为伤人、伤时代、伤身世。他的《天桥曲十首》，内涵更加丰富。在"哭庵老去黄金尽，凤喜秋来翠袖寒"的绮艳色彩中，反复出现斜阳意象，重现了《乐游原》夕阳西下，国运日衰的主题。"两种人才三种泪"，是金狄铜驼之悲，英雄沦落之叹。"满眼哀鸿自歌舞，听歌人亦是哀鸿"[②]，分明就是李商隐式的生于末世，命运不济的人生悲剧之感。

（四）李商隐接受史上的"易顺鼎现象"

陈声聪谈到近代得李商隐精华的有四人，分别为曾广钧、汪荣宝、李希圣和孙景贤，并没有把易顺鼎列入其中[③]。但礼崩乐坏，鲁殿灵光。易顺鼎的时代，已不仅仅是李商隐式的个人不遇和家国衰世，是文化的衰落，精神的无可皈依，万千悲愁集一身。所以，他于清代李商隐接受主流思路之外，以善于写情，善写身世之感、末世之感为标榜。这一理解，理论上，有姜炳章"以锦瑟自况也……用情而不知情之何以如此深，作诗而不知思之何以如此苦"，以及"有惘然相忘于语言文字之外

① 易顺鼎：《故友蒋君词叙》，《慕皋庐杂稿》卷一，《哭庵丛书》，光绪刊本。

② 易顺鼎：《天桥曲十首有序》其九、其十、其四，《癸丑诗存》，《琴志楼诗集》卷十八，上海古籍出版社 2004 年版，第 1316 页。

③ 陈声聪：《玉溪体》，《兼于阁诗话》卷一，上海古籍出版社 1985 年版，第 57—59 页。

者”①为撑柱。这种“语言文字之外者”，正是易顺鼎所要表达的复杂的情感。相比之下，近世其他诗人的诗虽然朦胧含蓄，但政治寄托明确。正如钱仲联《近百年诗坛点将录》评价李希圣，“《雁影斋诗》宗法玉溪，《西苑》、《望帝》、《湘君》，皆悼念光绪、珍妃而作，而他篇亦大都感怆国事，所谓‘楚雨含情皆有托’，非徒绣其鞶帨而已”②。其他如曾广钧的《庚子落叶词》、《湘君》、《西苑》，汪荣宝的《感事》、《不寐》，张鸿的《游仙》等诗，或哀悼光绪珍妃，或担忧国事，或讽刺权贵，其实内容比较确定，仍然只是后世李商隐理解的一种思路。

传统上人们对于李商隐的学习，追求“似”，尤其追求含蓄隐晦、思绪迷离、意境朦胧。无论是吴下西昆一派，还是李希圣、曾广钧，都以义山面貌出现。曾广钧的《游仙诗和璧园艳体》，融化李诗之故实，充分体现了李商隐诗歌沉博绝丽的艺术风貌，又隐约含蓄地讽刺了当时的权贵瞿鸿机、岑春煊以及袁世凯等人，是古雅之典范。易则不同，他虽然号称学李，其诗“不似”李商隐。所谓“寓慷慨悲歌、嬉笑怒骂于工巧浑成之中”③，但学古而能自创，方为大家之表现。通过对其诗风之考察，可以关注到近代诗歌艰难的突围之路，不是“李商隐”的形式里包含时代感受，而是以更为杂沓的形式，包含了李商隐的部分特征，比龚自珍“文心古无，文体寄于古”更进一步。所以他的朋友陈三立称赞说：“（易顺鼎）不愧其不若古人。”④而樊增祥也有“诗学温李藻思繁”的观点，也并没有说要全部地得李商隐之体。由此，我们可以得出结论，在西学东渐的背景下，即使最为严密的旧体诗人，也出现了古典的偏离。

总之，“一代有一代之文学”。如果再以“猜灯谜”式的方式，重复以恋情写政治，是东施效颦，这也就是近代众多诗人，虽然学李，得其面目，却流传不广的本质原因所在。尤其是鸦片战争之后，“三千年未有

① 姜炳章：《选玉溪生诗补说》，南开大学出版社 1985 年版。

② 钱仲联：《近百年诗坛点将录》，《梦苕庵论集》，中华书局 1993 年版，第 368 页。

③ 易顺鼎：《琴志楼摘句诗话》，《琴志楼诗集》附录三，上海古籍出版社 2004 年版，第 1512 页。

④ 陈三立：《庐山诗录序》，易顺鼎：《庐山诗录》，清光绪刻本。

之变局”[1]，形成家家谈西学的社会热潮，给以易顺鼎为代表的士大夫阶层巨大的精神压力——他们所引以为傲的诗歌恰恰被世人弃如敝屣。所以，越是将李商隐特色发挥到极致，越是失去其内在意蕴之美——他已经无法甚至无力保持其优雅的状态——这才是他的伤心人之怀抱。“时至今日世界已无界，一切界说皆破坏。岂复尚有诗界能存在?”[2]他的痛苦就在于他已经意识到传统书写方式的没落，他的发挥铺写，也就比李商隐更加的急迫、狂放、混乱——甚至是游戏的方式——而即使李商隐复生，也不可能保持其旧有的诗歌状态，而必然有所变形。

三、论易顺鼎“自开一派”[3]的复古诗学

光宣诗坛之“有面目可识”[4]，无非是“宗派”二字；而宋诗派、“同光体”、湖湘派选体、诗界革命派等宗派争胜，“你方唱罢我登场”，无非复古、革新二途。而在复古、革新之间，以易顺鼎所代表的中晚唐诗派，在当时“流传颇盛”[5]，则因提供复古方式上的特别，因而自然地构成晚清诗坛不可忽视的一派。

易顺鼎《自叙兼与友人》中自称：“五岁能诗，年十二三，裒然成帙，每好为凄艳之语。”[6]其诗风，“寓慷慨悲歌、嬉笑怒骂于工巧浑成之

① 李鸿章语，出自梁启超《李鸿章》(又名《中国四十年来大事记》)，清光绪二十八年(1902)铅印本。

② 易顺鼎：《读樊山后数斗血歌作后歌》，《癸丑诗存》，《琴志楼诗集》卷十八，上海古籍出版社 2004 年版，第 1283 页。

③ 易顺鼎：《琴志楼摘句诗话》，《诗话评识》，《琴志楼诗集》附录三，第 1512 页。

④ 汪辟疆：《近代诗派与地域》，《汪辟疆文集》，上海古籍出版社 1988 年版，第 282 页。

⑤ 徐珂：《姚鹓雏评近来诗派》，《清稗类钞》，文学类，第二十九册，商务印书馆印行，第 142—143 页。

⑥ 易顺鼎：《慕皋庐杂稿》卷一，《琴志楼丛书》，清光绪刊本。

中”，有意识地“开宗立派”：“自有诗家以来，要自余始独开此一派矣。”①而事实上，易顺鼎在诗学渊源、诗歌形式、美学风格等方面，一直是有意识地寻求能够自我创新的表达方式，从而形成一整套戛戛独造、特立独行的艺术主张；而在诗歌创作中，在内容风格等方面整合出新，形成工整之外有放恣，艳丽奇崛，又平易恢诡的独特风格。

（一）“真新要从真旧出”②——易顺鼎的复古与求变

如前所述，易顺鼎追求独创，“要不肯为宋派”③，于宗唐宗宋之外，另辟蹊径，标举中晚唐，体现了与宋诗派、湖湘诗派等主流诗派完全不同的诗学主张。在诸家的取法对象之外，独具慧眼，更深层次地体现了中晚唐诗求变的精神，以求和唐诗派、“同光体”以及湖湘派等形形色色的诗派产生重要区别——所以时人称易顺鼎、樊增祥等为“中晚唐诗派”。陈衍说他能够“无所不学，无所不似”④，道出易顺鼎博采众家的特色，他以元稹和白居易为诗学根基的同时，也推崇风格奇崛险怪的韩愈和孟郊：“追逐韩龙与孟云，敢将鼎足说中分。”⑤不仅推崇温李，而且兼及晚唐诸位诗人，如《樊山先生宠赋四律题余五十三岁所画珠帘争看图依韵自题兼以答谢》，推崇李商隐的同时，兼及杜牧：“销魂小杜赋春风，转眼刘郎隔万重。昨日兰台悲走马，当时药店感飞龙。眼波弱水三千里，眉黛巫山十二峰。还把玉溪诗句写，三生同听一楼钟。”⑥从他的全集中看，他所模拟的对象从屈原开始，还有陶渊明、庾信、李贺、贾岛、苏东

① 易顺鼎：《琴志楼摘句诗话》，《琴志楼诗集》附录三，上海古籍出版社 2004 年版，第 1512 页。

② 易顺鼎：《再用苏文忠公百步洪韵呈宫保师》，《魂南续集》，《琴志楼诗集》卷十三，第 918 页。

③ 汪辟疆：《近代诗派与地域》，《汪辟疆文集》，上海古籍出版社 1988 年版，第 295 页。

④ 陈衍：《石遗室诗话》，《民国诗话丛编》，上海书店出版社 2002 年版，第 25 页。

⑤ 易顺鼎：《樊山有与左笏卿及余论诗之作和之》，《魂西集》，《琴志楼诗集》卷十二，第 731 页。

⑥ 易顺鼎：《樊山先生宠赋四律题余五十三岁所画珠帘争看图依韵自题兼以答谢》，《高州集》，《琴志楼诗集》卷十六，第 1162 页。

坡、陆游、姜夔、吴梅村、韩偓、李煜、辛弃疾、宝廷等等。

但他反对简单地复古："文章之道，与时推移，或十年而变焉，或百年而变焉。生今之世，而鳃鳃然必求其诣于清庙生民以前，是犹弃本朝之冠裳，缝掖其躬，章甫其首，而自命曰'古之儒！古之儒！'吾不信也。"[①]他坚定地认为自己有不同于古人的地方，《庐山诗录》提到说"陈君伯严以魏默深山水诗比之，谓能独开一派"，但他并不领情，而是认为"魏诗皆在山水内，而余诗尚有在山水外者"[②]。他甚至看不起李白："我诗不及君诗工，我诗亦不君诗同。怜君富贵犹热中，晚节欲以神仙终。而我掉头曰否否，富贵神仙莫须有。"[③]

他学古的目的在于寻求超越。首先，他能够不断变化，而不拘泥于一家一派。汪辟疆评说他的"平生所为诗，屡变其体"[④]，陈衍又说他"屡变其面目"：

> 于学无所不窥，为考据，为经济，为骈体文，为诗词，生平诗将万首，与樊樊山布政称两雄……为大小谢，为长庆体，为皮、陆，为李贺，为卢仝，而风流自赏，近于温、李者居多。[⑤]

其次，他学古而能化。正如樊增祥说"积书不能用，如舟胶于港"[⑥]，易在《读樊山后数斗血歌作后歌》中强调："嗟我作诗未下笔以前胸中本有无数古人之精魂，及其下笔时无数古人早为我所吞。"[⑦]"所吞"的意思，

---

① 易顺鼎：《丁戊之间行卷自叙》，《序跋题辞》，《琴志楼诗集》附录二，上海古籍出版社2004年版，第1480页。

② 易顺鼎：《庐山诗录自记》，《序跋题辞》，《琴志楼诗集》附录二，第1482页。

③ 易顺鼎：《采石、太白楼放歌》，《摩围阁诗》，《琴志楼诗集》卷三，第190页。

④ 汪辟疆：《光宣诗坛点将录》，张寅彭主编《民国诗话丛编》（第五册），上海书店出版社2002年版，第348页。

⑤ 陈衍主编：《近代诗钞》（第十册），民国十二年（1923）刊本。

⑥ 樊增祥：《论诗二首限讲、绛二韵戏柬同座诸公》其一，《紫薇三集》，《樊山续集》卷二十四，第1406页。

⑦ 易顺鼎：《读樊山后数斗血歌作后歌》，《癸丑诗存》，《琴志楼诗集》卷十八，上海古籍出版社2004年版，第1283页。

正是将古人的"精魂"化为己有。其三，他追求自出新意。学古的目的在于为己所用，求新求变，最终达到"我诗皆我之面目，我诗皆我之歌哭"[①]的目的。他提出了"师古而胜于古"的办法："胜于古者以其能兼，不及于古者，殆以其不能专乎？"[⑤]这里的"能兼"就是能"熔铸"，能兼收并蓄，就能胜古；而不及古则是因为泥古，不能化为己有（专）。这就是陈衍推崇的"至"与"不至"，"至"则百炼钢化为绕指柔，有"变化之能事焉"，"不至"则"声音笑貌之为尔耳"[⑥]。

他在学古的基础上能够形成自己的风格。正如"同光体"把宋诗的追求学问、生新硬瘦的语言特色发展到极致一样，易顺鼎将温李的华美处一眼看定，大力发挥，辅之以元白的平易，韩孟的奇险。追求劈山开道，自成一家。他宣称自己好艳语，"溺于绮语不能出"[⑦]，"而又犯绮语，自甘泥犁置"[⑧]。他善作艳诗，"捧角诗"词采华茂，学温李之寄托，公然说："学诗心法吾能授，先向妆台拜美人。"[⑨]樊增祥也有诗《石甫诗专用巧对文襄师屡戒不悛今觅工对赠之勿耳捋撦义山也》，嘲笑他大量摘抄李商隐。他从元白中发现的平易的表达方式，发展为"拉杂鄙俚"，阐释了近代诗歌浅近化的趋向。他的创作实践，他直白的表达，以文句入诗的方式，和黄遵宪的"我手写我口"的主张异曲同工。对此，他是非常骄傲的，"元轻白俗任人嘲"[⑩]，"任嘲白俗与元轻"[⑪]。虽然是学古，但

---

① 易顺鼎：《读樊山后数斗血歌作后歌》，《癸丑诗存》，《琴志楼诗集》卷十八，上海古籍出版社 2004 年版，第 1283 页。

⑤ 易顺鼎：《国朝文苑传赞》，《慕皋庐杂稿》卷一，《琴志楼丛书》，光绪刊本。

⑥ 陈衍著，钱仲联编校：《陈衍诗论合集》，福建人民出版社 1999 年版，第 1059—1060 页。

⑦ 钱基博：《现代中国文学史》，世界书局出版 1936 年增订本，第 193 页。

⑧ 易顺鼎：《鼓山之游琴姬侍焉而诗不及琴琴以为慊因九叠示琴兼寄呈弢庵先生求备山中故事》，《魂南续集》，《琴志楼诗集》卷十三，第 902 页。

⑨ 易顺鼎：《梁溪曲四首》之四，《癸丑诗存》，《琴志楼诗集》卷十八，上海古籍出版社 2004 年版，第 1309 页。

⑩ 易顺鼎：《叔海任河道与客游伊洛嵩少于龙门修香山墓属赋诗时余在高州已得代因赋一诗寄之》，《高州集》，《琴志楼诗集》卷十六，第 1183 页。

⑪ 易顺鼎：《云门以朱宗丞韵见赠四首和韵答之》，《集外诗存》，《琴志楼诗集》卷二十，上海古籍出版社 2004 年版，第 1384 页。

自成面目,并不淹没于古人之中,最终达到"无数古人早为我所吞",自成面目的最终目标。他在绮艳平易中辅之以韩愈的奇险。他的《香港看灯兼看月歌》:"从来南荒火维足妖怪,况复南海水府藏神奸。惜哉神皋奥区不知何年,鹑首剪兮左股割。妖鼍怪蜃磨牙吮血而流涎。"①其中神奸、鹑首、妖鼍、怪蜃等意象使用,"磨"、"吮"、"流"、"剪"、"割"等硬语和狠语的出现,在华艳中又包含了韩愈的"以丑为美"、"以怪为美"的艺术宗尚。

他甚至在复古的基础上,隐含了新的时代特质。《告剪发诗》的心理独白方式,非常有现代意味;他对于华美的文辞的追求,其实也体现在徐志摩、李金发等人,包括小说家张爱玲身上;他以凤凰、共工、女娲、月食等奇幻意象,与郭沫若一样,创造了瑰丽的诗歌境界;他的都市诗歌"虚荒诞幻"的境界,与现当代文学中对都市的描摹异曲同工;"此时下界人看我,亦似我看天上云"②,令人联想到卞之琳的《断章》;甚至包括黄遵宪梁启超"诗界革命"派的熔铸新名词、新意境入诗,他皆有尝试,因而堂庑阔大;当然,温李的华艳、元白的浅近,依然为易氏诗歌之主体特征。所以,汪辟疆称赞说:"樊易二家,在湖湘为别派,顾诗名反在湘派诸家之上。"③

(二)从工巧浑成到拉杂鄙俚,至以诗为戏,由诗而非诗

易顺鼎诗歌的主要成绩在于诗歌形式。诗律在易顺鼎手中几乎是"百炼精钢化为绕指柔",达到极度的熟稔工巧,某种程度代表了中国传统诗歌的形式创新在晚清已经走到了尽头。

在《琴志楼摘句诗话》中,易提到"自成一派"的重点就是极度追求工巧浑成:"无工巧浑成对仗,竟可以不必作诗。"他认为"诗之正宗",就是"对属为工",甚至说:"凡开国盛时之诗,无不讲对属者。"在《琴志楼

---

① 易顺鼎:《香港看灯兼看月歌》,《庐余集·宣南集》,《琴志楼诗集》卷十四,上海古籍出版社2004年版,第1053页。

② 易顺鼎:《登岳》,《衡岳集》,《琴志楼诗集》卷十一,第664页。

③ 汪辟疆:《近代诗派与地域》,《汪辟疆文集》,上海古籍出版社1988年版,第295页。

摘句诗话》中，他列举自己认为对得极其工整的句子，如“鸢肩火色宾王相，鹤唳风声太傅兵”，不仅属对工整，而且当句对。他又强调要“……无一字无来历，又无一字用僻典，又无一字稍杂凑而不浑成。必如此，方可讲对仗也”①。他的“李怨牛恩朋党论，桃生羊死贱交贫”，字字有来历。李怨牛恩、朋党论，一句中连用两典，裁对工整，造语新鲜，而“灯落尽时花落尽，蝶飞来后燕飞来”②，“前生地主今生客，新鬼天人故鬼儿”③，前生今生，新鬼故鬼，内容对仗，语言回环，诗歌因为高度的技巧几乎成为文字游戏。如此“属对工巧，隶事精切”之作，易顺鼎无怪自诩为“古今诗家所无，而虽以剑南遗山之佳句最多者，恐亦无此之富有也”④。今人王飚也在《琴志楼诗集前言》中曾评价其七律说：“追求对仗工巧、用典精切、设色富丽、造语新鲜。前期名作如《金陵杂诗》等，而最有代表性的还是《四魂集》。”⑤

易顺鼎的“以诗为戏”并没有结束，在极端骈俪工巧之后，诗风一变而为极端散杂化，既有李白的古风，又似屈原的骚体诗，或又像汉唐的赋体散文，实际上就是易的“能兼”（熔铸）百家之体，著名的《数斗血歌为诸女伶作》可为此中典范。全诗主体是大段的长短散句，既有文言（实际上已是浅近文言），又极度口语化，充斥语气词，句式或长或短，或超长或极短，一句最短 3 个字，多则超过 30 字，接近白话诗，甚至介于诗、文之间，介于诗与非诗：如：

> 小翠喜，我曾见其演《托兆碰碑》，其音悲壮而淋漓。直欲追步谭鑫培，使我涕泪纷交颐。孙一清，我曾见其演《汾河湾》。张秀

---

① 易顺鼎：《琴志楼摘句诗话》，《诗话评识》，《琴志楼诗集》附录三，上海古籍出版社 2004 年版，第 1512 页。

② 易顺鼎：《和盛芰舲看桃花原韵》，《高州集》，《琴志楼诗集》卷十六，第 1121 页。

③ 易顺鼎：《过苏州吊曾季硕女士因访前生张灵墓兼省亡儿墓作》，《编年诗录》，《琴志楼诗集》卷九，第 511 页。

④ 易顺鼎：《琴志楼摘句诗话》，梁启超主编：《庸言》杂志第一卷第十九号，民国二年（1913）七月。

⑤ 王彪：《琴志楼诗集前言》，易顺鼎著《琴志楼诗集》，上海古籍出版社 2004 年版，第 15 页。

> 卿,我曾见其演《十万金》。[①]

樊增祥《后数斗血歌序》记载,此诗一经问世就恶评如潮,听取骂声一片,"有笑者,有唾者",甚至连好友陈三立等人也斥为"凌乱放恣"、"拉杂鄙俚",樊增祥甚至视此诗为邪魔外道;当然,他们也不得不承认这样的作品"举世恐无人能作"[②]。

他甚至将散体和对仗融为一体。民国初之癸丑年(1913),他应梁启超之邀,为京师万生园作《癸丑三月三日休禊万生园作歌》,全诗在散体之中融有对仗,或三言,四言,五言,六言,七言,古风,骚体皆有属对;甚至直接引古人语而皆对仗,即无处不工:

> 所以候人之歌曰猗,梁鸿之歌曰噫,丁令威之歌曰:城郭犹是人民非,何不学仙冢累累。楚接舆之歌曰:凤兮凤兮,何德之衰!往者不可谏,来者犹可追,古儒家之歌曰:青青之麦,生于陵陂。生不布施,死何用含珠为,汉田家之歌曰:种一顷豆,落而为萁。生不行乐,死何以虚谥为。元亮曰:时运而往矣,逸少云:死生亦大矣。[③]

他将这种风格称为"拉杂鄙俚",这使得作者获得极大的创作自由,最适合排空议论——当然可以描摹抒情,但主要却是言事议论。而且凌厉无匹,无所不用其极,几乎是兴之所至,手挥目送,皆可生发议论。汪辟疆语称易氏的晚年诗风受益于唐朝之任华,但任华诗句的长短,议论的尺度均不如易那样充分、恣肆。一般认为以文法、赋法入诗的中唐韩愈诗与之差相仿佛,但即使其被视为"奇崛纵肆"之极致的《南山诗》,也还

---

① 易顺鼎:《数斗血歌为诸女伶作》,《癸丑诗存》,《琴志楼诗集》卷十八,上海古籍出版社2004年版第1275页。

② 樊增祥:《后数斗血歌序》,《樊樊山诗集》,上海古籍出版社2004年版,第1787页。

③ 易顺鼎:《癸丑三月三日修禊万生园作歌》,《癸丑诗存》,《琴志楼诗集》卷十八,第1267页。

是保持着五古的整齐形态；而且，韩诗常求险韵，不避生字，实际上突破的是熟韵。而易对诗歌的节奏、韵律践踏破坏更甚，常常押险韵一韵到底，或者句句换韵，或者隔句押韵，加上句法长短不一，加上语气词穿插其中，参差不齐，犬牙交错，诗似看山喜不平，造语竟无平直，合韵而如无韵、非韵，汪辟疆《光宣诗坛点将录》比之为“天杀星”黑旋风李逵，“快人快语，大刀阔斧”，杀诗无数，因而为“万人敌”①。

易曾自诩“我诗本来又非诗”②。这种“非诗之诗”，这种“拉杂鄙俚”、极度口语化的议论之诗，从形式上看，诗句反如散文，形散而神不散，实际上正如近代白话诗，诗韵内存；貌似文法非诗，其实还是诗法，是得诗意于其中，抛却的是诗歌的部分古典形骸。这种不古不今，不新不旧，用中国诗歌的古典主义形式无法解释的易氏晚年诗歌，无意中反映出他实际上开始超越古诗传统，而趋于近代化的开始。

（三）标举真性情，一味捧角狎妓，好绮语而别有寄托

在《读樊山后数斗血歌后作》（以下简称《数斗血》）中，易顺鼎提出了“真性情”③说，实为易氏诗学之目的论与本体论合一，是“师古而胜于古”的必由之路。

一方面，易顺鼎以此强调作诗之目的是“抒写已意”，抒写今人之诗，古为今用。反对“依附汉、魏、六朝、唐、宋之格调以为格调”，“牵合三百篇之性情以为性情”④；另一方面，真性情也是诗的本体性因素。中国诗学之“性情说”由来已久，但易氏之“性情说”有学问之基础。典

---

① 汪辟疆：《光宣诗坛点将录》，张寅彭主编《民国诗话丛编》（第五册），上海书店出版社 2002 年版，第 348 页。

② 易顺鼎：《读樊山后数斗血歌作后歌》，《癸丑诗存》，《琴志楼诗集》卷十八，上海古籍出版社 2004 年版，第 1283 页。

③ 易顺鼎原句为：“无真性情者不能读我诗，我诗得失我非不自知。”《读樊山后数斗血歌作后歌》，《癸丑诗存》，《琴志楼诗集》卷十八，上海古籍出版社 2004 年版，第 1283 页。

④ 易顺鼎：《丁戊之间行卷自叙》，《序跋题辞》，《琴志楼诗集》附录二，第 1480—1481 页。

故层出不穷，人名反复叠加，但并不妨碍“真气犹拂拂从十指出”①。

更重要的是，易氏“真性情”与传统“真性情”是不同的两个概念。王国维《人间词话》是中国古典诗学的一个巅峰性总结，其中提出的“真性情”实际上是“克制”的情感，讲究“一切景语皆情语”，情景交融，这种情感其实是“雅正中和”、含蓄蕴藉，是传统诗教的范畴；而易氏之“真性情”实为“我之眼观物，我之舌言情”，是任情率性，甚至是极度的放纵、宣泄。最典型的就是“哭”：“……天下无不可哭……无一日不哭，誓以哭终其身，死而后已，自号曰哭庵。”②这样，其诗论就一方面根本突破了儒家诗教的藩篱，另一方面，又迥别于晚清近代盛行的社会功利性诗学观，强调“我手写我心”，强调一个“我”字，诗法以破为主，以奇为尚，不伪善，不矫情，寄托深切，逼显出一个极端真切的“我”，一个极端的“真性情”。

而其“真性情”之流露或宣泄之结果，就是晚期的主要抒情诗作呈现这样的特征：一是往往多见于“独白诗”，大段抒情，句中有“我”，排比反诘，常常一口气十几个问号，如长空坠石，气势雄浑。二是篇幅巨大，一首诗动辄千字，无所不用其极。《读樊山后数斗血歌后作》1095 字；《数斗血歌为诸女伶作》更达到 1855 字。三是所抒之情往往是极端“情绪”，反叛非圣。《山塘冶春词》里说：“词人末路似夫差，销尽雄心付馆娃”③；《今日》：“视苍昊帝如仇敌，对素王师若路人”④；《上海感怀今昔示申报馆诸人六首之五》：“三十功名尘与土，五千道德粕兼糟。”⑤这些，几乎有点类乎反封建的呐喊了。

这类“真性情”诗在题材上最怪异、也最有影响的是易氏“捧角艳诗”，名伶鲜灵芝，芳龄十九，鲜嫩欲滴，易顺鼎就歌颂说：“牡丹嫩蕊开

---

① 汪辟疆：《光宣以来诗坛旁记》，张寅彭主编《民国诗话丛编》（第五册），上海书店出版社 2002 年版，第 448 页。

② 易顺鼎：《哭庵传》，《传记史料》，《琴志楼诗集》附录一，第 1436 页。

③ 易顺鼎：《山塘冶春词六首》之五，《编年诗录》，《琴志楼诗集》卷七，第 344 页。

④ 易顺鼎：《今日》，《癸丑诗存》，《琴志楼诗集》卷十八，第 1321 页。

⑤ 易顺鼎：《上海感怀今昔示申报馆诸人六首》之五，《四魂集 · 魂北集》，《琴志楼诗集》卷十，第 574 页。

春暮，螺碧新茶摘雨前”，喝彩也异于他人：“我来喝采殊他法，但道丁灵芝（鲜灵芝丈夫）可杀。”[①]女伶金玉兰死了，易顺鼎竟上门抚尸痛哭：“伤心痛苦休嗤我，试问何人不断肠?”[②]他追捧梅兰芳，一首《万古愁曲》，令梅郎名动天下。他颂扬艺人，甚至把他们拔高到保存国粹，建立新国的高度。《数斗血歌为诸女伶作》中写道：

> 请君勿谈开国伟人之勋位，吾恐建设璀璨庄严之新国者，不在彼类在此类。请君勿谈先朝遗老之国粹，吾恐保存清淑灵秀之留遗者，不在彼社会、在此社会。[③]

该诗一出，天下笑骂，诸如“色中饿鬼”、“花间老蝶”、“文人无行”、“不知人间羞耻为何物”等等，不一而足。易顺鼎在后代的坏名声，很大程度上从这类诗而来。

当然，文人狎妓捧角，自古有之，为什么易顺鼎独声名狼藉？原因很简单，中国诗歌中“美人香草”的寄托本由来已久，实为君臣关系之隐喻。却被易顺鼎发挥“真性情”，将一班名伶歌妓作为绝对主角，顶礼膜拜，“非汤武而薄周孔”，因而成为离经叛道、大逆不道的代名词。他从风尘女子的情色角度出发，娥、英、周后妃那些有德有貌的女子，自然远远不如妹喜与褒姒了，当然也会说“我昔曾叹尧舜汤武皆伪儒，我今益知桀纣幽厉乃俊物”[④]。

“用熏香摘艳之词，抒感时伤事之旨”[⑤]——这是易诗的别有深意处。惟其性情之真，越是好于绮语，感世伤怀，眠花攀柳，越是一味往烟花路上走；而惟其真为绮语，越是寄托真切，越是敢发惊世骇俗的议论。

---

① 易顺鼎：《鲜灵芝曲》，《集外诗存》，《琴志楼诗集》卷二十，上海古籍出版社 2004 年版，第 1425、1426 页。

② 易顺鼎：《哭金伶》，《集外诗存》，《琴志楼诗集》卷二十，第 1430 页。

③ 易顺鼎：《数斗血歌为诸女伶作》，《癸丑诗存》，《琴志楼诗集》卷十八，第 1277—1278 页。

④ 易顺鼎：《数斗血歌为诸女伶作》，《癸丑诗存》，《琴志楼诗集》卷十八，第 1274 页。

⑤ 钱基博：《现代中国文学史》，世界书局民国二十五年(1936)增订本，第 203 页。

清亡后他作《告剪发诗》,说是:“恐人疑我忠一姓,我忠一姓殊呆狂”,直言“众人待我众人报,虽事二姓谁雌黄。何为区区数茎发,欲剪未剪心彷徨”①。磊落撒达,与晚清遗民之抱残守缺、如丧考妣相距不可以道里计。

设若不用易顺鼎之“真性情”,用他人之“真景物真感情”,如何和盘托得出一个文化遗民,在战乱频仍、风雨飘摇之中的绝望之感?所以,程淯在《程伯葭观察编年诗集序》里说:“其才,其行,其文、诗,皆奇,而皆为至性至情之所流露。”②

(四)易顺鼎的复古诗学之评价

易顺鼎说:“……谁为才人、谁为学人、谁为遗臣、谁为遗民,谁为旧,谁为新?”③他的答案是“真新要从真旧出”④,新旧不是截然的不同,而是一种绵延接续关系。这句话特别的诠释了他的诗与人与新旧之关系。

在新旧之间,易顺鼎是复古诗派中的“别家”,他标榜中晚唐、反对强分唐宋的背后,并非反对复古,而是提倡一种更高形式的复古:他以元白温李为核心的熔铸百家,而达到工巧浑成,又复“拉杂鄙俚”(他的拉杂鄙俚的“非诗”之诗,几乎找到一个古诗与近代诗新旧完全接续的门径)。在诗歌形式的成就上取得了不惟晚清诸家难有的高度,是真正师古而胜于古者,也是中国古典诗歌形式的集大成者。“自有诗家以来,要自余始独开此一派矣”⑤,说明易之志不在当世,而在千古——但他的诗学成就一直被低估了。

他的“真性情”论,强调性情不可复古,反而是师古而胜于古的途

① 易顺鼎:《告剪发诗》,《壬子诗存》,《琴志楼诗集》卷十七,上海古籍出版社2004年版,第1204页。

② 程淯:《琴志楼编年诗集》,民国九年(1920)刻本二册。

③ 易顺鼎:《数斗血歌为诸女伶作》,《癸丑诗存》,《琴志楼诗集》卷十八,第1277页。

④ 易顺鼎:《再用苏文忠公百步洪韵呈宫保师》,《魂南续集》,《琴志楼诗集》卷十三,第918页。

⑤ 易顺鼎:《琴志楼摘句诗话》,《诗话评识》,《琴志楼诗集》附录三,第1512页。

径;他晚年曾说"真唐真宋复何用"①,实是强调"今人之诗",不但暗合了王国维"文体代变"的思想,而且肯定本朝诗歌有"胜于古者"②,隐含了可贵的"今胜于昔"的文学观。

关于易顺鼎诗歌的种种恶评非议总有两种原因,一方面是基于批评者传统的以人品论诗品的成见;另一方面,根本上还是囿于"雅正中和、含蓄蕴藉"的儒家诗教立场,自毛诗正义以来的诗教,从来是儒家封建道统的诗学体现。在"同治中兴"之后兴起的晚清诸诗派,实际上是洋务运动兴起后儒家诗教的自我振拔,是中国近代社会的一次"礼失而求诸野"③;但是诚如梁启超在《李鸿章传》里所言,这场源于湘人的洋务运动有思想缺陷,"以为吾中国之政教文物风俗,无一不优于他国,所不及者惟枪耳炮耳船耳铁路耳机器耳"④;因而这场同样为源于湘人的诗界复古之风,自王闿运的湖湘诗派始,实为"礼失而求诸己","求诸内",向汉唐诗教求诗教。但在晚清"数千年未有之变局"的语境下,封建道统摇摇欲坠,皮之不存,毛将焉附?维持"温良恭俭让"的诗教不过是诗人的徒然。诚如易顺鼎所言,"时至今日世界已无界,一切界说皆破坏,岂复尚有诗界能存在?……此名诗界之诗械……诸君此时犹复斤斤分唐与分宋,真唐真宋复何用?真所谓痴人前说不得梦"⑤,这是易顺鼎较之当时的晚清诸诗家看得更彻底之处。

---

① 易顺鼎:《读樊山后数斗血歌作后歌》,《癸丑诗存》,《琴志楼诗集》卷十八,第1284页。

② 易顺鼎:《国朝文苑传赞》,《慕皋庐杂稿》卷一,《琴志楼丛书》,光绪刊本。

③ 孔子语,收录于汉代班固所著《汉书·艺文志·诸子略序》,原文曰:"《易》曰:'天下同归而殊涂,一致而百虑。'今异家者各推所长,穷知究虑;以明其指,虽有蔽短,合其要归,亦六经之支与流裔。使其人遭明王圣主,得其所折中,皆股肱之材已。仲尼有言:'礼失而求诸野',方今去圣久远,道术缺废,无所更索,彼九家者,不犹愈于野乎,若能修六艺之术,而观此九家之言,舍短取长,则可以通万方之略矣。"

④ 梁启超:《李鸿章》(又名《中国四十年来大事记》),清光绪二十八年(1902)铅印本。

⑤ 易顺鼎:《读樊山后数斗血歌后作》,《癸丑诗存》,《琴志楼诗集》卷十八,上海古籍出版社2004年版,第1283页。

当然，从本质上来说，易氏强调的“真新要从真旧出”，表面是杜诗“不薄今人爱古人”①主张的再现，实际上反映了易氏诗学主张的两难，既无法复古，一味守“旧”；又无法决然一追“新”，像“诗界革命派”大将梁启超那样“以旧风格含新意境”②——当然后者也被后人讥为“有新材料而无新理致”（钱钟书语），而易顺鼎则既无新材料又无新理致。只能在狂狷、怪诞、虚无的路上渐行渐远，在捧角玩票的绮情绯事中寄托时事讽劝。

易顺鼎的诗学主张，实际上是对于这种诗教复古，从观望到失望到绝望的复杂演变过程。易氏晚年的诗歌创作滑向颓废，诗学主张开始转向虚无，他在《鬘天影事谱自序》中引用项莲生的话：“不为无益之事，何以遣有涯之生？”③尔后大加发挥，又在《故友蒋君词叙》中更进一步发挥说：“呜呼！天下不祥之物孰有过于词哉！惟不祥之人好不祥之物。”甚至还更深一步，说：“……今而知非徒无益，损莫大焉。非徒遣有涯之生，乃以促有涯之生也。”④这种“不祥”、“无益”之诗学观，是晚清诗教颓废的表现。

总之，樊增祥、易顺鼎是中晚唐诗派的领军人物，他们早年四处宦游，晚年定居北京、上海，与不同流派交流折冲、开拓创新，扩大了中晚唐诗风的影响。其诗歌创作与诗学理论，对诗派的形成、发展和壮大，亦起了决定性作用。易顺鼎强调：“真新要从真旧出”⑤，樊增祥说“每存新理废名词”⑥，都反映了他们的文学求变观，其实是反对废除旧文学的体式，是旧体诗框架内的调整，秉持着向传统求发展的思维方式，倾向以传统文化为根柢的诗歌求变之路，希望在旧体诗的内部寻找到新的发展方向，并试图与时代思想接继。这就是典型的传统的求变方式，看到了旧体诗的局限，但他们的变革仍然是传统的，在某种意义上来说，这使得他们的创作更加艰难，也更具有悲剧色彩和文化保守意味。

---

① 杜甫：《戏为六绝句》，仇兆鳌注《杜诗详注》，中华书局 1997 年版，第 898 页。

② 梁启超：《饮冰室诗话》之六十三，人民文学出版社 1959 年版，第 51 页。

③ 易顺鼎：《鬘天影事谱》，清光绪二十二年刊本。

④ 易顺鼎：《故友蒋君词叙》，《慕皋庐杂稿》卷一，《琴志楼丛书》，光绪刊本。

⑤ 易顺鼎：《再用苏文忠百步洪韵呈宫保师》，《魂南续集》，《琴志楼诗集》卷十三，第 918 页。

⑥ 樊增祥：《广示吏诗意》，《紫薇三集》，《樊山续集》卷二十四，第 1392 页。

第四章　中晚唐诗派羽翼：湖湘、泗州等地“学李”诗人群的诗学渊源与绮艳诗风

湖湘地区受屈原楚辞影响，诗风凄艳感伤。近代以来，这一传统，与李商隐唯美诗风相结合，代相沿递，产生一批效仿温李的诗人。曾广钧、李希圣是其中的翘楚，寄禅亦是其中佼佼者。流风所及，泗州杨氏家族，也以推崇李商隐为主，他们在清末动荡时局中互相唱和，以义山体诗风抨击朝政、感叹身世，使得绮艳之风在晚清诗坛，重新焕发生机。其中杨毓瓒虽然属于后辈诗人，但又隶属于泗州杨氏诗人群，为了行文方便，将他归入本章。

第一节　“摹玉溪之妍辞，继谢家之哀诔”①
——曾广钧的诗学变迁

曾广钧（1866—1929），曾国藩之孙，字重伯，号觙庵，别号旧民。光绪十五年进士。官至广西知府。胸怀大志，参与过戊戌变法，庚子事变中曾率一支精兵北上勤王，功名不遂，专心作诗。黄遵宪所谓：“诗笔韩黄万丈光，湘乡相国故堂堂。谁知东鲁传家学，竟异南丰一瓣香。上接孟荀驺论纵，旁通骚赋楚歌狂。澧兰沅芷无穷竟，况复哀时重自伤。”②

① 狄葆贤：《平等阁诗话》卷一，铅印本。

② 黄遵宪：《酬曾重伯编修》，《人境庐诗草》卷八，《黄遵宪全集》，中华书局 2005 年版，第 149 页。

首联说曾国藩写诗以韩愈、黄庭坚为宗尚，接下来说曾广钧不同于祖父的诗风，接继楚辞传统，芬芳悱恻，哀艳感伤。

一、“混合体”①诗人曾广钧的诗学归属

钱基博《现代中国文学史》认为曾广钧是中晚唐诗派的代表作家，但目前比较多的观点是将其列为湖湘诗派，主要原因在于一般学者认为他是王闿运的学生，自然宗尚王氏所推崇的“《骚》心《选》旨”，杨钧曾记载：

> 曾重伯谓余诗为独辟蹊径，能挽纤靡之习。其言曰：“中兴以来，诗家皆以湘绮为宗，余亦不能出其范围者也。非人人学王，以其才大，不许他人自立，而诗有习矣。”②

但是弟子诗风不同于老师，历来有之。而王闿运诸弟子，则大多不是死守其师的教条，呈现出新变特色。汪辟疆说：“（王闿运）门生遍湘蜀，而传其诗者甚寡。迄同光体兴，风斯微矣。”③章士钊曾有诗评价湖湘诗派：“湘绮宁为蜀秀楼，故山箘桂及身休。平生却善帝王学，亲见门人作故侯。”④“湘绮宁为蜀秀楼，故山箘桂及身休”一句，暗示了湖湘弟子辈诗人，已经不是正统的湖湘派诗风。王闿运主张汉魏六朝下及三唐，曾广钧的诗歌当然不脱这样的范围。但是，以晚唐为主以汉魏为辅，与王闿运的以汉魏为主三唐为辅当然不是一回事，何况这段话不过是杨钧的记载，曾广钧在自己的诗集里曾强调说“余固不似湘绮”⑤。

---

① 杨钧：《说混合》，《草堂之灵》，岳麓书社 1985 年版，第 150 页。

② 杨钧：《记夸》，《草堂之灵》，岳麓书社 1985 年版，第 32 页。

③ 汪辟疆：《光宣诗坛点将录》，张寅彭主编《民国诗话丛编》（第五册），上海书店出版社 2002 年版，第 320 页。

④ 章士钊：《光宣诗坛点将录》附章士钊绝句第一条，张寅彭主编《民国诗话丛编》（第五册），上海书店出版社 2002 年版，第 320 页。

⑤ 曾广钧：《游仙诗和璧园艳体》后记，《环天室诗后集》，《环天室诗集》，民国铅印本。

从汪辟疆对曾广钧的记载中，可以看出人们对曾广钧归属问题的矛盾。一方面汪氏称："其派以湘潭王闿运为领袖，而杨度、杨叔姬、谭延闿、曾广钧、程颂万、饶智元、陈锐、李希圣、敬安羽翼之。樊增祥、易顺鼎则别子也。"[①]认为曾广钧、李希圣是湖湘诗派成员，樊增祥、易顺鼎是"别子"，似乎并没有把樊易和曾李列为一派。另一方面又说："奥缓光莹称此词，涪翁原本玉溪诗。君家自有连城璧，后起应怜圣小儿。"[②]汪辟疆认为，袭风义山是曾氏家族的"连城璧"，曾广钧承续了曾国藩、曾纪泽"致力玉溪"的诗学宗旨。汪辟疆还进一步指出，曾广钧诗学义山是传承家风，是虞山派宗李商隐的余响，将清初与晚清诗坛上大帜的义山风作了一个承传分析，他认为"比拟之工，使事之博，虞山而后，此其嗣音。太傅、惠敏，并致力玉溪，至重伯则所造尤邃，可谓克绍家风矣"[③]，所以"环天室诗多沉博绝丽之作"[④]。他认为其"始终为义山，沉博绝丽，又出入于牧斋、梅村之间"[⑤]。

二、曾广钧的诗学渊源

前人对于曾广钧的取径有比较多的评价，王闿运宣统元年《曾重伯〈环天室诗集〉序》说："天才绝伦，非关学也，今观诗集，酝酿六朝三唐兼博采典籍，如蜂酿蜜，非沉浸精专者不能，异哉！其学养之深乎。"[⑥]强调其酝酿六朝的同时，也称之为诗学三唐，同时指出了其注重典籍，注重学养。瞿鸿禨也有同样的说法："重伯之才旁薄万有，实自天授，然其博学强记，覃精研思，……其于书自古先载籍，六艺九流百家之学，无所不赅贯，论说风生，……包涵沉浸源八代而委三唐，藻丽温雅，超然有逸

① 汪辟疆：《近代诗派与地域》，《汪辟疆文集》，上海古籍出版社 1988 年版，第 294 页。

②③④ 汪辟疆：《光宣诗坛点将录》，张寅彭主编《民国诗话丛编》（第五册），上海书店出版社 2002 年版，第 349 页。

⑤ 汪辟疆：《近代诗派与地域》，《汪辟疆文集》，上海古籍出版社 1988 年版，第 295 页。

⑥ 王闿运：《环天室诗集序》，曾广钧《环天室诗集》，宣统刻本。

气，信乎！天才独绝，而学养以相深者也。”[1]吴宓《空轩诗话》说：“《环天室》诗学六朝及晚唐，以典丽华赡、温柔旖旎胜，用典甚丰，典多出魏晋书、南北史，或出耶教《圣经》。”[2]指出曾诗偏重晚唐，取径较广而重视用典的特色，与樊易的唐宋兼采，有异曲同工之妙。

曾广钧的诗歌已经一变湖湘诗派唐以后诗不观的特点，有唐宋兼采的意味。陈衍在《近代诗钞·石遗室诗话》中说：“重伯阅书多，取材富，近体时溢出为排比铺张，不徒高言复古。句如‘酒入愁肠惟化泪，诗多讥刺不须删’、‘已悲落拓闲清昼，更著思量移夕晖’、‘宅临巴水怜才子，村赴荆门产美人’，又作宋人语矣。”[3]对宋诗派诸人，他也是非常赞赏。他在光绪十一年（1885），赠文廷式的诗中云：“义宁陈兄有奇策。”[4]以后怀念陈三立，又说：“相逢日下陈公子，来读鲛绡帕上诗。”[5]《次韵冒鹤庭赠陈叔伊，因题陈着〈元诗纪事〉》一诗中，他还表达了对陈衍的推崇：“论诗常恨无周谱，喜得因君获导师。”[6]

曾氏之诗早已不是正统的湖湘风格，杨钧言：“重伯诗为混合体，惟湘绮知之。”[7]综上所述，我们可以得出结论，曾广钧早年师从王闿运，当然是学习选体的，他早年所作的五古，显然受到湖湘诗派的影响。杨钧也有记载：

> 湘绮自谓壮年喜学刘希夷体，以明艳响亮为宗，于“暮宿南洲草，晨行北岸林”与“艳唱潮初落，江花露未晞”诸篇必求神似。曾

① 瞿鸿禨：《环天室诗集序》，曾广钧《环天室诗集》卷首，宣统刻本。

② 吴宓：《空轩诗话》，张寅彭主编《民国诗话丛编》（六），上海书店出版社2002年版，第44页。

③ 陈衍主编：《近代诗钞》十七册，民国十二年（1923）铅印本。

④ 曾广钧：《乙酉十月赠文道希孝廉将由江南入畿辅》，《环天室诗集》七古卷二，宣统刻本。

⑤ 曾广钧：《由上海赴威海，乘坐北洋经远兵轮……并怀京师萧希鲁、陈伯严》之十，《环天室诗集》七绝卷五。

⑥ 曾广钧：《次韵冒鹤庭赠陈叔伊，因题陈著〈元诗纪事〉后》，《环天室诗后集》，《环天室诗集》。

⑦ 杨钧：《草堂之灵》，岳麓书社1985年版，第150页。

重伯从而效之，是以彼时风气皆成艳唱。[①]

但因为家学渊源以及沉沦不遇的人生经历，逐渐转入以晚唐为主体的兼采百家，成为中晚唐诗派中的一员。他早年学王闿运时还无意为诗人，后来才以诗名世，而这时已经有温李的面目了。他早年就称赞易顺鼎："复此聚长沙，晤言得清妙。芳襟恒枉结，灵珠莹可曜。"[②]又谈两人的友情："瑶华承藻被，泛爱比周亲。"[③]晚年对樊增祥评价更高："大年大智每相因，楚国仙蓂古大椿。"[④]他是湘人，和樊、易都有交往，有梅村体，有熔铸元白温李的诗句，因此归于中晚唐诗派更为合理。

三、曾广钧诗歌的艺术风格

曾广钧的诗歌，受李商隐影响很大，汪辟疆称为沉博绝丽，这种"绝丽"，不同于王闿运的"古艳绮靡"，而是来自义山的典雅精工。米彦青在《清代李商隐接受史》中评价他的《庚子落叶词》说："在这十二首诗中，曾广钧广征史事，融情入景，所汲取的典故和词汇，既有助于形成绮情艳景的诗歌氛围，同时也显示了他丰厚的家学修养……而从曾广钧的'沉博绝丽'溯源朱鹤龄所说的李商隐诗的'沉博绝丽'，其中曾广钧源出义山风调所形成的隶事用典之华赡、遣辞布景之婉丽，还是一目了然的。"[⑤]但作为曾国藩的孙子，曾广钧对清末的政坛亦有独特的见解，他敏锐的政治眼光，强烈的参政意识，使得他不可能做一位纯粹的诗人，必然包含着广阔的社会生活和强烈的现实精神，因此，他的诗，风华绝代，词采华茂的同时，又颇具自我特色，是玉溪风调和阳刚之美的结合。

---

① 杨钧：《正宗》，《草堂之灵》，岳麓书社 1985 年版，第 293 页。

② 曾广钧：《癸未莫秋答易孝廉顺鼎》之二，《环天室诗集》五古卷一，宣统刻本。

③ 曾广钧：《癸未莫秋答易孝廉顺鼎》之三，《环天室诗集》五古卷一，宣统刻本。

④ 曾广钧：《樊山七十寿颂》，《环天室诗支集》，《环天室续刊诗集》，民国铅印本。

⑤ 米彦青：《清代李商隐接受史稿》，中华书局 2007 年版，第 172—173 页。

1. 沉博绝丽、寄托遥深的玉溪风貌

曾广钧的诗,追求华美的艺术效果,题材上以闺怨、恋情、相思和宫怨为主,景物描绘充满了脂粉气息,“绮情艳采”、典故密实,整体基调哀怨婉转,以此来寓托诗人美人香草之感,表达着马上将领壮志难酬的英雄之叹。

在语言层面看,他的诗色泽秾丽、用词华茂。他的语言中有大量“金”、“赤”、“翠”、“碧”、“银”、“白”等富有色彩美的形容词,给人强烈的感官刺激,配合全诗的艳情抒写。凤尾、龙香、银床、佩环、冰绡、桂旗、凤閛、銮舆、新香、琼树、玉娘、璇台名词,使得诗歌充满富贵气和华艳感。代词的运用,也是曾广钧诗歌的特色,如《和郑蕉龙无题》以“翠袖”、“钗光”代指情人,《庚子落叶词》之八,以“荷露”喻珍妃的眼泪,以“菱波”比喻珍妃的娇媚,这种比拟和借代手法,描绘了楼台庭宇的绮丽、闺房绣阁的华美,烘托了女主人公的绝世容颜,寄托了自己难以言传的惆怅。

从情感层面看,他的诗歌,表达了感伤忧郁的时代氛围。他或者直接抒情,用“伤”、“湿”、“怜”、“咽”等词汇来表达情感,如“蕙兰悼影伤琼树,河汉回心湿绛纱”①等;或者用富于象征性的景物来渲染氛围,如水殿凄凉、秦苑夕照、寒鸦冷苔之类的描写,形成了绮艳哀凉,富艳幽怨的特色。

在创作手法上,他注重比兴寄托,他的诗大都是忧郁愤懑的内心世界的外化。钱仲联评价他的词“刻黛量颦,裁琼界恨,有人寄托遥深”②,称为“自我写照”③,这样的评价也同样可以评价其诗歌。《无题》曰:“一字偶然拈佛号,须当漱口一千年。非关世道人情薄,自是生辰命运偏,赠尔镂金重叠钏,荐之约指一双莲。从今莫问崔罗什,海雁江鳞

① 曾广钧:《庚子落叶词》之六,《环天室诗后集》,《环天室诗集》。

② 曾广钧:《一萼红·题无爱填词图》,转引自《近百年词坛点将录》,《梦苕庵论集》,中华书局1993年版,第397页。

③ 钱仲联:《近百年词坛点将录》,《梦苕庵论集》,中华书局1993年版,第397页。

各有天。”[①]包含着浓重的世情感慨。“来是空言去不得，鹊桥中路起红墙”[②]，言情之中，包含着难言的时事感叹。最著名的是他的《庚子落叶词》，义脉深沉，通过隐约含蓄的笔墨，描写珍妃与光绪的生死离别，包含了李商隐式的绝望而执着的情感。“赤阑回合翠沦漪，帝子精诚化鸟归”，暗示了两人情感的执着；“汉家法度天难问，敌国文明佛不知”，批评得委婉含蓄；“身名只合埋青史，何水何山认墓田”[③]，感伤情绪比义山更重。所以，狄葆贤评价为“摹玉溪之妍辞，继谢家之哀诔”[④]。

2. 悲凉雄浑、风骨犹存的将门本色

在缠绵委婉的玉溪风貌之外，曾广钧也不时流露出英雄豪气。他有大量从军题材的诗歌，或是亲身经历，或是勉励友人，或描写了战争的惨烈，或写出了将军出征的豪迈气概，或反映社会的动乱。情辞慷慨，格调刚健，描写了晚清末年的社会动乱，民众的颠沛流离，既有个人对建功立业的深深渴求，又有个人面对黑暗现实的深深无奈，格调悲凉，语言清刚，洋溢着悲壮的艺术情调。

他的诗歌，写出了战争生活的各个侧面，《铜柱行赋送潘琴轩中丞督防广西》云：“将台夜上妖星暗，绝戍云中羽檄迟。”[⑤]营造了边关告急的紧张气氛，烘托老将出征的悲壮慷慨，充满了必胜的豪情；他描写战后农村的荒凉：“但添战伐新残垒，无复人家近水楼。”[⑥]充满无限悲悯和同情；他的《谭提督桂林有格林炮四尊从余假炮兵百人牛庄之败谭君殉焉百人者生还二十六人其中伤重仍死者七人伤轻残废者四人惨极哀之》云：“马陵道上死庞涓，六陌山头丧周处。小雅群材脑沙漠，残兵廿

---

① 曾广钧：《无题》，《环天室诗集》七律卷四。
② 曾广钧：《有感》之二，《环天室诗支集》，《环天室续刊诗集》，民国铅印本。
③ 曾广钧：《庚子落叶词》，《环天室诗后集》，《环天室诗集》。
④ 狄葆贤：《平等阁诗话》卷一，铅印本。
⑤ 曾广钧：《铜柱行赋送潘琴轩中丞督防广西》，《环天室诗集》七古卷二，宣统刻本。
⑥ 曾广钧：《九日到通州过王铁珊芝祥故宅无片瓦》，《环天室诗后集》，《环天室诗集》。

六血杵橹。”[①]写了战争的惨烈，将士的舍身保国，惊心动魄；残酷的现实唤醒了诗人对民众命运的深切关怀，《督队抵双台子是日见湘豫溃兵四五万人焚劫为食余策马弹压诸军始能收队》写自己军旅生活的所见所闻：“妇人负色组垂颈，孺子何辜血殷窍？”在诗中，他也展示了自己的一身正气和对乱兵的遏制：“横刀怒揕倒潮兵，且免流波洗燕赵。”[②]

庚子事变中，他心忧国事，作《闻各国已合军趋京师忧武卫军未必能守因上缓急六策于黄植廷中丞槐森李勉林方伯兴锐》一文，上缓急二策，展现了他的雄才大略。《发桂林作》写他率一支精兵北上勤王的豪情壮志，国家的危难反而激荡他起建功济难的慷慨情怀：“风云助我飘姚气，戎马从兹汗漫游。”[③]《逾兴安抵唐桥》写了他的军旅生活：“今宵已宿湘源地，不是题桥是枕戈。”[④]《于湘源得赤马绝驶命曰胭脂，快策以渡湘陵波，径过障泥尽湿既不畏怖仍作细步》写出了勤王必胜的决心和自己宏大的志向：“要跨金埒横门道，待我勤王赐宴回。”[⑤]

从风格而言，他大量地运用了军事典故。《次韵题李介人篁即送其之西征幕》一诗，对于他的朋友西征入幕，他以李蔡雪夜平淮的功绩相勉励：“能于雪夜入淮蔡，似有间道行阴平”[⑥]，表达了建功立业的豪情；《鲍春霆提军挈长沙忠裔兵赴辽东防俄兵官多余旧识其眷属持酒食登船饯之皆勉以忠义无牵衣顿足之泣有车辚驷铁之风》，反用杜甫《兵车行》和王薄《无向辽东浪死歌》诗意，表达了慷慨出征的豪情：“祝君飞上

① 曾广钧：《谭提督桂林有格林炮四尊从余假炮兵百人牛庄之败谭君殉焉百人者生还二十六人其中伤重仍死者七人伤轻残废者四人惨极哀之》，《环天室诗集》七古卷二，宣统刻本。

② 曾广钧：《督队抵双台子是日见湘豫溃兵四五万人焚劫为食余策马弹压诸军始能收队》，《环天室诗集》七古卷二，宣统刻本。

③ 曾广钧：《发桂林作》，《环天室诗后集》，《环天室诗集》。

④ 曾广钧：《逾兴安抵达唐桥》，《环天室诗后集》，《环天室诗集》。

⑤ 曾广钧：《于湘源得赤马绝驶命曰胭脂，快策以渡湘陵波，径过障泥尽湿既不畏怖仍作细步》，《环天室诗后集》，《环天室诗集》。

⑥ 曾广钧：《次韵题李介人篁即送其之西征幕》，《环天室诗集》七律卷四。

凌烟阁，不是辽东浪死人。”①

曾广钧的军旅诗忧愤深广，有强烈的悲剧意识，形成慷慨悲凉的艺术风格。他用词颇有力度，如鸣、冻、压、驻、降、溃等，有粗犷刚健之美；他善于使用杀气、铁衣、边檄、风雨、妖星、饿鸱、神灵雨、鼙鼓等战争意象，渲染了阴郁紧张的战争氛围。他的诗歌，情感悲愤激越，《读藏园诗有感并序》一诗表达了对清廷不断地割地求和的不满，展示了痛彻肝肠的时代感愤，情感激越，忧愤深广：“渤海承羞犹解啸，医闾蒙耻自然颦……胶州赠客成豪举，旅顺连威皆缟纻。遂史黄农括地图，竟为白种围棋谱。”②《督队抵双台子是日见湘豫溃兵四五万人焚劫为食余策马弹压诸军始能收队》一诗，他表现了士兵作乱，将帅无能的悲愤，有振聋发聩的力度：“见此令人悲战场，不教而诛岂天道？将军不守爱民歌，何堪谬应勤王诏？”③

3. 绮艳与悲壮的结合

刘勰的《文心雕龙·定势》篇，从风格的角度谈到了刚柔相济这一命题，他认为壮言慷慨与婉丽柔和各有其美，要随时适用，不可偏废。曾广钧也能将这两者结合起来。他的军旅诗，描写激烈战争场景的同时，不忘华美的点缀，如“苍兕渡河开幕府，紫骝迎路跃金羁”④，一个“紫”字，一个“金”字，色泽绚烂，烘托了将军出征的气势。有时候，他不一定用颜色字，但也起到了彩绘设色的效果，如前引的“妇人负色组垂颈，孺子何辜血殷窍”一句，“负色”和“血”两词，形成浓烈凄美的艺术效果。

他的绮艳诗，以健笔写柔情，含婀娜于刚健，境界高华，没有丝毫软

---

① 曾广钧：《鲍春霆提军挈长沙忠裔兵赴辽东防俄兵官多余旧识其眷属持酒食登船饯之皆勉以忠义无牵衣顿足之泣有车辚驷铁之风》，《环天室诗集》七古卷二，宣统刻本。

② 曾广钧：《读藏园诗有感并序》，《环天室诗集》七古卷二，宣统刻本。

③ 曾广钧：《督队抵双台子是日见湘豫溃兵四五万人焚劫为食余策马弹压诸军始能收队》，《环天室诗集》七古卷二，宣统刻本。

④ 曾广钧：《铜柱行赋送潘琴轩中丞督防广西》，《环天室诗集》七古卷二，宣统刻本。

媚之态。如他的《赠内诗》之一，在“茶罢香温见落晖，骄人燕子任双飞”的婉约柔美中，突然荡开一笔：“凤城从古伤离地，归兴浓于看翠微。”①插入了翠微、凤城两个意象，在相思别离之情中融入了凤城的典故和连绵的远山，形成了高远的意境；《赠内诗》之三：“碧海盈盈人万里，钟山眉黛助相思。”②以碧海、钟山两个意象作背景，扩大了相思的空间之感，增加了清刚之气。

他的山水诗，是峭奇与秾丽之美的结合，他的《观音岩》：“宝山珠殿插青天，万朵红莲礼白莲。一片空岚罩云海，全家罗袜踏苍烟。”③以“插”、“踏”字撑起全诗，在“青天”、“万朵”、“空岚”、“苍烟”、“云海”等词所构成的开阔的视野中，插入宝山、朱殿、红莲、白莲、罗袜等华美意象，奠定了全诗清旷绮艳的特色。此外如“晴日胭脂悬绝峤，惊波空碧散余霞”④，也有同样的艺术效果。

他的诗歌，表现了广阔的社会生活和深沉的社会人生命运的思考。他善于描写时事和国事，感慨兴亡。在《辛亥九月十一日登天心阁》中说：“倏忽陵风朱点鲤，须臾失势白符鸠。”⑤在《哀江南》中又说：“黄天当立三千载，青盖重来六十年。”⑥视野宏大，切实厚重，富于阳刚之美，但“朱点鲤”、“白符鹤”、“黄天”、“青盖”等意象，又平添了几分艳美。

曾诗不断向着华美婉约的道路发展。他前期的诗歌，多用“姑恶”、“苦竹”、“子规”、“苍梧”等意象，带有湘中诗歌“澧兰沅芷”的风味，或者“香草美人”以喻君王的传统，但越往后期，越倾向于典丽精工。如他的《纥干山歌》以“梅村体”的形式，华美炫目的词藻，隐约含蓄的笔调，记叙了张勋复辟的整个过程，表达了对国事的关注和时局的思考。作者以美人比张勋：“别殿仙人号丽华，连天姓氏出兵家。”以美人阵形容张勋起兵：“大教艳极还招妒，地为恩殊每自夸。｜二

① 曾广钧：《赠内诗》之一，《环天室诗集》七绝卷五。

② 曾广钧：《赠内诗》之三，《环天室诗集》七绝卷五。

③ 曾广钧：《观音岩》，《环天室诗集》七律卷四。

④ 曾广钧：《逾成山望之罘》，《环天室诗集》七律卷四。

⑤ 曾广钧：《辛亥九月十一日登天心阁》，《环天室诗支集》，《环天室续刊诗集》，民国铅印本。

⑥ 曾广钧：《哀江南》，《环天室诗支集》，《环天室续刊诗集》。

玉书逢内召，三千犀甲拥如花。”情调以感伤惋叹为主：“浊径姐妹参商恶，清渭君臣去住悲。还君昨夜香罗带，着妾来时黑蝶衣。珠帘甲帐成焦炬，永巷长门泪如雨。”①

第二节 李希圣的诗学渊源及诗歌风貌

李希圣（1864—1905），字亦元，又字亦园，号卧公，湖南湘乡人。光绪十七年（1891）举人，第二年考取进士，授职刑部主事。《清史稿》对李希圣评价很高，称其博学多才，“初治训诂，通周官、春秋、谷梁，史习新旧唐书”，认为他通新旧之学，有经世安邦的才干：“好读书，通古今治法，慨然有经世之志。尝纂《光绪会计录》以总综财赋。又草《律例损益议》，张百熙等皆极重之。”②二十八年（1902）京师大学堂设立后，任提调。李希圣对清末时局不满，多言事，得罪权贵，郁郁不得志，呕血而亡。

韩朴在《雁影斋诗存序》中介绍了李希圣的为人和才华：“君天资殊绝，凡诗古文辞，为之无不工。然以非志业所在，常若不屑然。庚子后稍稍为诗，逮其亡，裒然成一卷。”③从中可以看出李希圣素怀经世之志，虽然少有才名，能诗，但因为志不在此，年轻时代的作品没有保存。通籍入仕，他希望一展抱负。但晚清政局动荡不安，先是甲午战争失利，戊戌变法流产；紧接着八国联军攻占北京，慈禧光绪出逃，《辛丑条约》签订；继而又是日俄战争、推行新政等。面对这一切，他忧愤不已。虽然他只是一介小京官，人微言轻，可他不能忘怀国事，只好发愤为诗，以此纾解满腔忧愤。所以，傅增湘《雁影斋题跋序》说他“高才闳识，博学工文，官京曹时有名于公卿间。中经戊戌、庚子之变，心怀孤愤，发为危言耸论以摩切当世”④。

---

① 曾广钧：《纥干山歌》，《环天室诗支集》，《环天室续刊诗集》，民国铅印本。
② 赵尔巽等：《清史稿》列传二百七十三，《文苑三》，中华书局 1977 年版。
③ 韩朴：《雁影斋诗存序》，李希圣：《雁影斋诗存》，光绪乙巳京师刊本。
④ 傅增湘：《雁影斋题跋序》卷首，民国二十四年湘乡李氏铅印本。

一、李希圣的诗学渊源与流派归属

李希圣的诗歌,体现了绮丽深艳、寄慨遥深的晚唐风格。他的诗学渊源,普遍认为是学李商隐。陈衍将之称为:"眇眇愁余有所思,玉溪寄托楚人词",又说李是"专学玉溪生、苦追义山"①。钱仲联先生说:"若一生专宗玉溪成家者,无过雁影斋。"②汪辟疆从诗史的角度评价他和李商隐:"李诗与玉溪生为近,《庚子纪事》诸篇,皆诗史也。"③诗学李商隐,是李希圣的主要特征,但他本人并不认可。王式通《雁影斋诗序》称:"见者称为玉溪,或方诸虞山,君雅不喜"④;狄葆贤《平等阁诗话》说:"《雁影斋集》皆庚子以后之作,大致神似玉溪,亦颇多近杜处。然每遇友人称其似义山者,心辄不怡。"⑤

在他看来,他是苦追杜甫的。他的《题山谷集》诗中说:"一棹湘江去不还,杜陵高峻苦难攀。曾侯老眼分明在,解道涪翁学义山。"⑥强调黄庭坚和李商隐继承关系的同时,意识到杜甫的高峻难攀,表达了对杜诗的推崇。他有很多诗极力表明他是推崇杜甫的,如《除夕忆杜诗有作》云:"朝野欢娱烂醉宜,卷中天宝盛年诗。题书玉垒兵戈满,记否椒盘守岁时?"⑦但尽管如此,我们有理由将他归入中晚唐诗派:

首先,他诗史精神来源于杜甫,对现实的关怀也接近杜甫,但情调与杜甫不同。如他的《与张小浦别后情绪甚恶,作此寄之》:"关河冷落

---

① 陈衍:《石遗室诗话》卷七,张寅彭主编《民国诗话丛编》,上海书店出版社 2002 年版,第 100 页。

② 钱仲联:《论近代诗四十家》,《梦苕盦论集》,中华书局 1993 年版,第 349 页。

③ 汪辟疆:《近代诗派与地域》,《汪辟疆文集》,上海古籍出版社 1988 年版,第 295 页。

④ 王式通:《雁影斋诗序》,李希圣《雁影斋诗》卷首,民国七年仁和吴氏双照楼刊《松邻丛书》本。

⑤ 狄葆贤:《平等阁诗话》卷一,铅印本。

⑥ 李希圣:《题山谷集》,《雁影斋诗》,民国七年仁和吴氏双照楼刊《松邻丛书》本。

⑦ 李希圣:《除夕忆杜诗有作》,《雁影斋诗》,民国七年仁和吴氏双照楼刊《松邻丛书》本。

不禁秋，飘泊风尘且未休。海内知君惟我独，山丘同尽更何求？百年扰扰供多病，万事茫茫始欲愁。苦意玉田词句好，有斜阳处怕登楼。"[①]全诗风神意韵，都可以和杜甫的《登高》相比，都是登高远望，但境界却比杜甫衰飒。杜诗是悲中有壮，有阔大的气势和振拔的精神，而李希圣则表达了"关河冷落"、"飘泊风尘"、"百年多病"、"万事茫茫"的无奈和疲惫，不仅没有杜诗的凝练，"不禁"、"未休"、"同尽"、"欲愁"、"怕登楼"等词，还透露出深深的哀愁和不知所措。究其原因，因为杜甫虽遭遇安史之乱，但毕竟经历过开元盛世，有着对未来的希望和对昔日的憧憬。而李希圣身处末世，虽然有巨大的抱负，但无力实现，只能眼睁睁看着国家一天天没落，走向衰亡和崩溃。

其次，他的诗论体现出兼学百家的诗学精神。作为湖湘诗人，他受王闿运的影响，标榜汉魏、推崇离骚，肖晓阳博士甚至认为"李希圣之精神即在《骚》心《选》旨"[②]。他心目中的好诗，是以汉魏古诗作为标准的。在《题辛丑年诗后》中，他写道："惨怛张衡志，芳华宋玉词。四愁初有作，三赋故应悲。"[③]他认为自己的诗歌华美如宋玉，悲痛如张衡，并把自己的诗歌比作《四愁诗》和江淹三赋[④]。他也推崇陶渊明和谢灵运："面目都随贵贱迁，陶公枯淡谢公妍。"[⑤]他《论诗绝句四十首》，推崇苏、李五言诗的工整，认为他们的诗歌"论文已较长卿工"[⑥]，他认为古诗《十九首》气象浑成，有曹丕的精思逸韵和阮籍的寄托深沉。但同时，他能不侑于王闿运，博采众家。王闿运是唐以后诗不读，李希圣对宋以来诗人，虽不乏贬词，但还是客观公允。他品评诗人，尤为关注其风格。

① 李希圣：《与张小浦别后情绪甚恶，作此寄之》，《雁影斋诗》，民国七年仁和吴氏双照楼刊《松邻丛书》本。

② 肖晓阳：《湖湘诗派研究》，人民文学出版社2008年版，第356页。

③ 李希圣：《题辛丑年诗后》，《雁影斋诗》，民国七年仁和吴氏双照楼刊《松邻丛书》本。

④ 三赋有多种说法，本文暂以江淹代指。

⑤ 李希圣：《元遗山论诗有贵贱之见作此正之》，《雁影斋诗》，民国七年仁和吴氏双照楼刊《松邻丛书》本。

⑥ 李希圣：《论诗绝句四十首》其一，《雁影斋诗》，民国七年仁和吴氏双照楼刊《松邻丛书》本。

历代的诗人对他都有影响。他认为黄庭坚诗取法于王安石，他也推崇陆游“慷慨论恢复，升平记乱离”[①]，体现出对陆游精神的认同。他关注高启、何景明等人的命运，对他们的代表作大加赞叹，盛赞王渔洋的《秋柳诗》。

其三，从交往来看，李希圣与中晚唐诗人联系显然更多。他和樊增祥交往频繁，彼此之间有诗歌赠答。从樊增祥的诗歌中看，他们曾经以张之洞为中心，分韵唱和，诗酒留连[②]，从中可以看出樊增祥和李希圣之间的互相推崇：“可能无意求晨夜，独恨相逢是晚年。”[③]李希圣去世后，樊增祥感叹：“无复商量新旧学，更谁沟合墨儒家？”[④]足见相互之间情谊深重。

二、“自许玉溪”与李希圣的主导性风格

钱仲联先生《论近代诗四十家》有云：“雁影宗玉溪，颦笑皆绝代。岂知鞶帨词，中有谲喻在。世间盐嫫流，且莫嘲粉黛。”说明亦元学义山诗为“绝代”，并不赞同陈衍认为李希圣的诗歌仅可比肩萨都剌的评论。又说：“若一生专宗玉溪成家者，无过雁影斋。”[⑤]李希圣诗以李商隐为楷模，追求辞采的华茂，典故的密实和“感慨遥深”的情韵风调。从李希圣的诗歌来看，首先，温李是李希圣诗歌中出现频率最高的词汇；其次，他的诗论中一直有温李的标准；其三，他曾多方面为温李和西昆作回护。其《论诗》云：“吴下方回有别肠，力排昆体媚陈黄。岂知同出河阳

---

① 李希圣：《题陆放翁集后》，《雁影斋诗》，民国七年仁和吴氏双照楼刊《松邻丛书》本。

② 樊增祥诗题中记载说：“九月十三日少保师为增祥设饯招同朱桂卿、沈子封两编修，宝子年祭酒、于晦若京卿、李亦元比部，夜集不朽堂……”，樊增祥撰，涂晓马、陈宇俊点校《樊樊山诗集》，上海古籍出版社2004年版，第1176页。

③ 樊增祥：《寄亦元》，樊增祥撰，涂晓马、陈宇俊点校《樊樊山诗集》，上海古籍出版社2004年版，第1237页。

④ 樊增祥：《追悼李亦元比部》，《樊樊山诗集》，上海古籍出版社2004年版，第1402页。

⑤ 钱仲联：《论近代诗四十家》，《梦苕盦论集》，中华书局1993年版，第349页。

李，笑杀谈诗朱少章。”[①]为西昆辩驳，进一步反映出李希圣诗作溯源西昆而至李商隐的一面。

他的诗歌保留着晚唐绮艳诗的外在形态。首先是李商隐“绝丽”的风格特征，他认为自己的诗歌是艳体：“浪费才情工艳体，不嫌消瘦到琼枝。”[②]他的诗歌往往用字华美，典故繁多，色彩繁艳，如《天遣》：“天遣多情有别离，绿杨枝外抵天涯。粉蛾点滴牵丝出，金雁零丁怨柱移。锦字无多裁恨远，重帘不卷放愁迟。高唐梦雨相逢道，赋就春寒已后期。”[③]绿杨、粉蛾、金雁、重帘、怨柱、锦字等意象，造成全诗色彩缤纷，华美感伤的特色。他的诗歌，典故极多，如《咏史》之三：“江左长城只自摧，咸阳一炬总成灰。噬脐事业无生气，尝胆君臣愧霸才。西极未闻天马至，故宫先唱野鹰来。边愁不到芙蓉苑，过锦新闻寿宴间。”[④]典丽清雅，一句一典。

他的诗作不似宋初杨亿、刘筠辈以挦撦为工，颇能得李商隐隐约含蓄之神髓。钱仲联《近百年诗坛点将录》在“天牢星病关索扬雄李希圣”一条中称：“《雁影斋诗》，宗法玉溪，《西苑》、《望帝》、《湘君》皆悼念光绪、珍妃而作，他篇亦大都感怆国事，所谓‘楚雨含情皆有托’，非徒绣其鞶帨而已。”[⑤]如《湘君》：“青枫江上古今情，锦瑟微闻呜咽声。辽海鹤归应有恨，鼎湖龙去总无名。珠帘隔雨香犹在，铜辇经秋梦已成。天宝旧人零落尽，陇鹦辛苦说华清。”[⑥]该诗作于庚子年八国联军攻占北京后，写光绪被慈禧胁迫出京，珍妃被投于井中的一段往事。陈衍认为是“为珍妃死于井中作也”[⑦]。但乍看起来很像一般的爱情诗，仔细品味才能明白诗人隐晦的深意。例如首联“青枫江上古今情，锦瑟微闻呜咽声”，第一句本自张若虚《春江花月夜》的“青枫浦上不胜愁”，第二句本

① 李希圣：《论诗》之二，《雁影斋诗》，民国七年仁和吴氏双照楼刊《松邻丛书》本。
② 李希圣：《暮忆》，《雁影斋诗》，民国七年仁和吴氏双照楼刊《松邻丛书》本。
③ 李希圣：《天遣》，《雁影斋诗》，民国七年仁和吴氏双照楼刊《松邻丛书》本。
④ 李希圣：《咏史》，《雁影斋诗》，民国七年仁和吴氏双照楼刊《松邻丛书》本。
⑤ 钱仲联：《近百年诗坛点将录》，《梦苕庵论集》，中华书局 1993 年版，第 368 页。
⑥ 李希圣：《湘君》，《雁影斋诗》，民国七年仁和吴氏双照楼刊《松邻丛书》本。
⑦ 陈衍撰，张寅彭、戴建国校点：《石遗室诗话》卷七，张寅彭主编《民国诗话丛编》（第一册），上海书店出版社 2002 年版，第 100 页。

自李商隐《锦瑟》“锦瑟无端五十弦，一弦一柱思华年”，代指佳人已去，青枫浦上不胜哀愁；第二联“辽海鹤归应有恨，鼎湖龙去总无名”，指的是物是人非，佳人已逝，“鼎湖龙去”本指帝王去世，这里代指光绪西行；第三联“珠帘隔雨香犹在，铜辇经秋梦已成”用李商隐“红楼隔雨相望冷，珠箔飘灯独自归”诗意，强调相思别离。一般人不仔细，会忽略其中的深意。只有仔细考虑其中典故，才知道作者有意暗含了天子后妃。“铜辇”指太子，这里指光绪；尾联“天宝旧人零落尽，陇鹦辛苦说华清”，用唐玄宗代指光绪归来，贴切自然。此外，如他的《望帝》，乍看很像普通士大夫感慨国运变迁，仔细品味，才发现是“为清景帝作”①。

他的诗歌，有浓郁的感伤情绪，《西苑》云：“宝帐尚留琼岛药，金缸空照玉阶苔。”②在国家衰败，列强入侵的大背景下，感叹光绪珍妃的生离死别，写出荒凉的禁苑，秋扇的成灰，塑造了悲伤的氛围，更写出国运消歇的感叹；他的《寄怀郑苏堪》：“伤春杜牧多才思，写遍吴娘十番绫。”③以杜牧自比，强调自己多才但不得重用，只好写诗自遣；他的情诗婉曲缠绵：“盈怀楚浪还应入，点鬓吴霜渐欲凋。十二珠帘浑卷尽，依然人更比天遥。”④全诗以楚浪和吴霜两个意象，烘托了无可奈何的哀愁，而“十二珠帘”一句，写出了诗人既饱含希望又充斥着绝望的无奈情感；《哀王孙》感叹战后的荒凉，诗云：“金鞭宝玦走天涯，紫塞黄尘日又斜。北去铜驼惟有泪，西来玉马已无家。愁闻虏骑随秋草，怕遣宫莺问落花。闻道青门多白骨，更无人种故侯瓜。”⑤哀叹光绪帝先遭软禁，后又被迫出逃西安，京都已落入联军之手，皇帝亦无家可归。八国联军的虎狼之师，正调兵遣将，虎视眈眈，追赶銮驾，所到之处烧杀抢掠，使得北京郊外赤地千里，白骨皑皑，战后的荒凉让作者感叹不已。

这种感伤情绪，发展为深邃沉郁。他后几年的诗歌，色彩不如前期

---

① 陈衍著：《石遗室诗话》卷七，张寅彭主编《民国诗话丛编》，上海书店出版社 2002 年版，第 100 页。

② 李希圣：《西苑》，《雁影斋诗》，民国七年仁和吴氏双照楼刊《松邻丛书》本。

③ 李希圣：《寄怀郑苏堪》，《雁影斋诗》，民国七年仁和吴氏双照楼刊《松邻丛书》本。

④ 李希圣：《题手帕》，《雁影斋诗》，民国七年仁和吴氏双照楼刊《松邻丛书》本。

⑤ 李希圣：《哀王孙》，《雁影斋诗》，民国七年仁和吴氏双照楼刊《松邻丛书》本。

华美，情调也由感伤转为沉痛。如他的《后春寒》：

> 迟暮伤春怀百忧，隔年消息苦淹留。东劳西燕空相见，万草千花尽欲愁。何日箧中求故扇，有人天际望归舟。乱离王粲今头白，懒上层楼赋远游。[①]

从诗中可以看出，他的诗歌失去了早年青春的气息，情绪低沉、意态萧瑟，无限惆怅。四处宦游，求取功名的乐趣被思乡之情所替代，忧国忧民的感慨被乱离感伤之痛所替代。再如他的《孤雁》诗，首联："洞庭春花已堪把，并门雪飞仍没马"，写出了惨痛悲伤的时代氛围；颔联："将寻天路访重华，南北驰驱汗流赭"，以孤雁作比，写了自己的上下求索，但结果是徒劳的，只不过是"南北驰驱汗流赭"而已；颈联和尾联，"孤雁哀鸣始欲翔，岂知罾缴背人张。白凫朱凤皆饥死，莫向江湖觅稻粱。"[②]则通过孤雁之眼，写出了黑暗时代，天灾人祸层出不穷的惨状和中华大地哀鸿遍野的现实。作者所描写的现实是惨痛的，情感也是绝望和看不到出路的，基调也因此显得深沉忧郁。

三、诗史精神与李希圣诗歌的主要特色

《雁影斋诗存》反映了庚子前后动荡的政局，抒写其忧国忧民的情怀，汪辟疆盛赞说："李诗与玉溪生为近，《庚子纪事》诸篇，皆诗史也。"[③]与同时代的诗人相比，他的诗歌有以下两个特点：

1. 以诗证史，描述翔实

李希圣有很多诗歌描述庚子之变。八国联军攻入北京时，诗人正在上海，他的《海上晤葛侍郎宝华连日谈西安事，临别有赠》从自我角

---

① 李希圣：《后春寒》，《雁影斋诗》，民国七年仁和吴氏双照楼刊《松邻丛书》本。
② 李希圣：《孤雁》，《雁影斋诗》，民国七年仁和吴氏双照楼刊《松邻丛书》本。
③ 汪辟疆：《近代诗派与地域》，《汪辟疆文集》，上海古籍出版社 1988 年版，第 295 页。

度，记叙这段往事，诗云：“去住无消息，传闻有是非。艰难天险在，予夺圣心违。驿路梅花发，官筵苜蓿肥。孤臣中夜泪，沾洒向征衣。”[①]既写了自己担忧，又写了当时传言纷纭，众口不一的情形，从中，我们也可以看出八国联军入侵，给全国上下所造成的震动。李希圣是在葛宝华口中听到了当时事件发展的始末的，不禁感慨万分，涕泪横流。他的《十二月二十日诏》，则写出了晚清政局的风云变幻和慈禧等人的反复无常：“世论多翻覆，天心有废兴。仓皇诛管蔡，羽翼失疑丞。国狗应难噬，城狐未可凭。夜来看北斗，佳气满昭陵。”[②]这里的“国狗”指列强，“城狐”指义和团，作者反对无故诛杀大臣，换取列强的欢心，又认为仅仅依靠义和团来抵御列强是行不通的。他忧心忡忡，仰望北斗，想起一代明君唐太宗，又联想慈禧的祸国殃民。他的《乱后同重伯还京师有赠》等诗，则换了一个视角，描写战乱过后，京城的残破，诗曰：“落尽庭槐独掩门，贞元朝士已无存。空城草木秋霜早，故国江湖夜雨翻。梦里觚棱非往日，愁中鼓角易黄昏。青衫走马章台路，珍重当时旧酒痕。”[③]庭槐落尽，草木凋零，夕阳鼓角，无限凄凉。繁华的都城，如今秋霜遍地，昔日的文武大臣，此时或走或亡，早已四散零星。诗人走马章台，百感交集，不免满腹忧伤和感慨。他的《故宫》诗云：“故宫双阙倚斜晖，雉扇凄凉事已非。城草渐随乌尾长，陌花留送翠翘归。黄金海舶倾车出，赤羽梁园夹道飞。搜括岂知民力尽，年来江左已无衣。”[④]写的是战乱后重游故宫，城草陌花，满眼凄凉，昔日繁华一去不归。大量的黄金白银运往津沽，漂向域外，达官贵人重新醉生梦死，疯狂敛财，岂知举国上下民力已尽，江左百姓早已无衣可穿。

---

① 李希圣：《海上晤葛侍郎宝华连日谈西安事，临别有赠》，《雁影斋诗》，民国七年仁和吴氏双照楼刊《松邻丛书》本。

② 李希圣：《十月二十日诏》，《雁影斋诗》，民国七年仁和吴氏双照楼刊《松邻丛书》本。

③ 李希圣：《乱后同曾重伯还京师有赠》，《雁影斋诗》，民国七年仁和吴氏双照楼刊《松邻丛书》本。

④ 李希圣：《故宫》，《雁影斋诗》，民国七年仁和吴氏双照楼刊《松邻丛书》本。

2. 感情深沉，忧时伤世

李希圣是“主观之诗人”，所以梁启超《饮冰室诗话》认为他是“真诗人之诗”[①]。浓郁的悲情是他诗歌最打动人心地方，不是樊增祥的冷嘲热讽，不是易顺鼎的张扬艳丽，而是深深的压抑、痛心和无奈。他的诗歌情感也因此显得更加正统，跟李商隐的基调更为接近。

《辛丑条约》签订后，俄国人霸占了旅顺大连湾，德国人强占了山东，英国人租占长江，日不肯归还威海卫，西方列强开始疯狂瓜分中国。面对此种局面，李希圣忧心忡忡，感叹不已，他的诗歌，是这种悲痛情感的表露：“惨淡乾坤火厝薪，銮舆无地可蒙尘。”[②]“明月只今怀故国，夕阳何处是中原。”[③]他的《感事》：“割取长陵土一坏，相公鼻息尚如雷。主臣白马随黄马，门户金杯代玉杯。中使传符求薏苡，大官置驿贡杨梅。阿房艮岳君休仿，第一先宜起债台。”[④]诗人以悲愤的笔调，表达了对朝政的不满和忧心。晚清的政局内忧外患，但达官贵人却热衷于建宫观、修园林、进杨梅和享口福。诗人用了秦始皇和宋徽宗两个历史人物，即讽刺了达官贵人们的奢侈的生活，又暗示了他们不会有好的下场。

在表现手法上，他的诗歌里较多出现的词汇是幽愤、痛哭、泪痕、沧桑、劫后等等，强烈表达了他忧愤伤痛的情感。如上引的《东事急》：“从来死病走神医，衔索枯鱼悔已迟。六里有心欺楚使，二陵无泪哭秦师。前途税驾真焉极，政府非才恐不支。今日人间是何世？西风雨急雁来时。”[⑤]虽然大量用典，但悲愤的情感，通过“悔已迟”、“哭秦师”、“西风雨急”等词，仍然表露无遗；他意象、典故和景物的描摹，创造出压抑沉痛的氛围。如他的《题画》：“六曲云屏倚暮寒，落花飞絮易阑珊。酒醒春尽无凭据，始信君从梦里看。”[⑥]酒醒春残，诗人所看见的只是曲曲折

---

① 梁启超：《饮冰室诗话》九十三，人民文学出版社 1959 年版，第 75 页。

② 李希圣：《哀时》，《雁影斋诗》，民国七年仁和吴氏双照楼刊《松邻丛书》本。

③ 李希圣：《幽愤》，《雁影斋诗》，民国七年仁和吴氏双照楼刊《松邻丛书》本。

④ 李希圣：《感事》，《雁影斋诗》，民国七年仁和吴氏双照楼刊《松邻丛书》本。

⑤ 李希圣：《东事急》，《雁影斋诗》，民国七年仁和吴氏双照楼刊《松邻丛书》本。

⑥ 李希圣：《题画》，《雁影斋诗》，民国七年仁和吴氏双照楼刊《松邻丛书》本。

折的屏风,暮寒的天气,满地的落花,一片衰落残败的景象;再如他的《置酒天宁寺展重九兼饯别樊按察作》:“一角燕云局已阑,琼楼人去太高寒。江山尽在残阳里,南渡君臣着眼看。”[①]用“南渡君臣”这一典故,使人想起了历史上的东晋和南宋小朝廷,也让人们对现实更多了一份沉痛的认识。

第三节　寄禅、杨士琦等羽翼诗人

释敬安(1851—1912),字寄禅,湖南湘潭人。据说为其母梦兰而生,寄禅少小即有向佛的征兆。七岁丧母,十二岁丧父,家贫无以为继,辍学牧牛,依然勤奋苦学。同治七年,“见篱落间白桃花为风雨摧败,不觉大哭”[②]。投法华寺出家。十八岁时,正式削法入了空门。光绪元年(1875)起,游江南,为供佛,在宁波阿育王寺前烧去两指,自号“八指头陀”,后从诗僧笠云学佛学诗。光绪十年回湖南,在衡阳罗汉、衡山上封、大善等寺庙任住持,光绪二十八年(1902)远赴宁波天童寺,任住持。民国元年,各地佛教徒代表集于上海留云寺,筹组中华佛教总会,公推为首任会长。战乱年代,湖南安庆发生攘夺寺产销毁佛像事件,寄禅进京请愿,受到一些官员的侮辱,因过度悲愤而辞世。

寄禅一生交游广阔,参与创办“碧湖诗社”,与当时的很多著名诗人,如王闿运、彭玉麟、邓辅纶等都有唱和,他标举魏晋,主张诗分唐宋,诗歌创作独具特色。

近人在论述寄禅的派别归属时说法不一。钱基博先生将他收在中晚唐诗人中,而汪辟疆一方面肯定“寄禅诗在湘贤中为别派”[③],另一方面却认为他是湖湘派羽翼:“湖湘派……以湘潭王闿运为领袖,而杨度、

① 李希圣:《置酒天宁寺展重九兼饯别樊按察作》,《雁影斋诗》,民国七年仁和吴氏双照楼刊《松邻丛书》本。

② 易宗夔:《文学》,《新世说》卷二,上海古籍出版社 1982 年版。

③ 汪辟疆:《光宣诗坛点将录》,张寅彭主编《民国诗话丛编》(第五册),上海书店出版社 2002 年版,第 376 页。

杨叔姬、谭延闿……敬安羽翼之。”[①]但我们认为，易顺鼎对他的诗风还是以同类看待的，《明州天童下院赋示寄公六首》之六：“绮语枯禅两不妨，莫将世法作商量。与公未要捐文字，铁石心兼锦绣肠。”[②]诗中，易顺鼎劝寄禅不要放弃诗歌，不要理会世俗的议论，并肯定其诗歌是绮语，俨然引他为同道。寄禅的名句“袖底白生知海气，眉端青压是天痕”[③]，从中也能看出中晚唐诗人的痕迹，只不过他作为僧人，不注重绮艳，而追求淡雅。

湖湘地区的中晚唐诗人尚有：

叶德辉（1864—1927），字奂彬，号郎园，又号直山。祖籍吴县，太平天国时，全家迁居湖南，后经人介绍，捐得湘潭县籍。光绪十一年（1885）中举人，光绪十八年（1892）考中二甲第九十五名进士，在吏部供职两年，告假归里，不再出仕，是湖南著名乡绅。湖南维新运动中保守派人物，民国初年在当地组织筹安分会，拥护袁世凯复辟，1927 年被当地农会组成的特别法庭处决。

叶德辉是近代著名学者，一生在文献学、经学、小学方面颇有建树，其中以目录版本学成就最高，是藏书家、出版家和版本目录学家。他的诗歌宗尚李商隐，有湘中绮艳的风气，并与易顺鼎互相推崇。

华金婉女士，字秀芬，曾广钧侧室，曾广钧《庚子落叶词》就托名于她所写。

帅曼真女士，曾广钧姬妾，狄葆贤《平等阁诗话》称：“词句清丽，亦《落叶》之俦。”又说：“或曰：‘以上诸篇，颇类旧民杰作’，余亦默然无异辞。”[④]

陈士廉，原名士芑，字翼牟，湖南湘乡人。光绪癸卯举人，官邮传部

---

① 汪辟疆：《近代诗派与地域》，《汪辟疆文集》，上海古籍出版社 1988 年版，第 294 页。

② 易顺鼎：《明州天童下院赋示寄公六首》之六，《甬东集》，《琴志楼诗集》卷十四，第 1059 页。

③ 八指头陀著，梅季点辑：《八指头陀诗文集》，岳麓书社 1984 年版，第 248 页。

④ 狄葆贤：《平等阁诗话》卷一，铅印本。

主事。《今传是楼诗话》称其：“余事为诗，殆与玉溪、冬郎为近。”[①]陈士廉曾入北京寒山诗钟社，他的《诗钟九友歌》描绘了易顺鼎、王式通、罗瘿公争奇斗胜、攒眉苦吟的情景。

泗州地区有杨氏家族诗人群：

杨士琦（1862—1918），字杏城，泗州招贤乡人。光绪八年（1882）中举，捐道员，后至直隶总管铁路事项。光绪二十五年（1899）随两广总督李鸿章入京，光绪二十六年，任李鸿章与八国联军议和联络员。辛亥后，与袁世凯一起，策划了清帝退位，与革命党议和等一系列重大事件。民国四年，袁世凯称帝，杨士琦大力支持，并以立法院的名义，发表变更国体宣言，遭到举国上下一致痛骂。袁死，避居上海，民国七年九月中毒身亡。

杨士琦与樊、易交往密切，多次参与樊、易集会，如樊增祥的《十月初三日柬招杏城、节庵、伯严、石甫……集茶仙亭为诗钟之戏，客散有作》一诗，诗题中记载了杨杏城与樊易等人的文学聚会。他与樊、易都有交情，《今传是楼》记载：“易哭庵之于国变后入都也，杏城实左右之。樊山有《次实父均寄杏城》云：‘依然癸丑永和年，催起嘉宾幕里眠。天定犹当与天竞，人才难得有人怜。从他瓦缶雷音沸，还我金瓯国势坚。春夜新宫无梦到，苍龙溪上忆山玄。’自注：‘公遇实甫极厚。’”[②]他们彼此之间赠答很多，易顺鼎有《和杨杏城侍郎南洋纪事诗二首原韵》，樊增祥有《杏城侍郎以次韵樊山秋柳诗见示仍次原韵奉和》等诗。

杨士琦在历史上名声不佳，但诗却写得好。他诗宗玉溪，《新语林》记载：“杨杏城与樊樊山交甚挚，尝问樊曰：‘余诗于古人奚似？’樊曰：‘自具一种绰约之态，殊肖玉溪。此意外人那得知，则亦以为似某某也。’”[②]《今传是楼诗话》也说他“诗宗玉溪”，并称他的《新居铁狮子胡

---

①② 王逸塘：《今传是楼诗话》，张寅彭主编《民国诗话丛编》（第三册），上海书店出版社2002年版，第392页。

② 陈灨一：《文学》，《新语林》卷三，上海书店1997年版，第46页。

同李侯宅》和《园居》为“诗中隽品”①。

《今传是楼诗话》还记载杨家满门诗人：“侍郎为文敬公莲甫之弟，一门鼎盛，甲于淮北。兄味春，弟芰青，犹子瑟君，并皆能诗工画。芰青甲子暮春游杭，有《湖庄》诗：‘太息故庐好杨柳，左邻苏老右林逋。’其时湖庄已易主矣。瑟君有《赠众异》诗：‘愁满山川不暇梦，怜君罗网翼差池。一灯人梦重城隔，万泪当前细字知。未必世人皆欲杀，可能圆盖便无私。浮生亦说闲非易，他日朱颜好护持。’当系庚申后作。石遗谓瑟君年少才美，诗学玉溪，固宜与众异、岳秋并驾。”②

其中，杨毓瓒颇有才气。杨毓瓒，字瑟君，泗县人。曾任民国北京政府印铸局副局长，与易顺鼎唱和很多。《近代诗派与地域》记载：“杨瑟君与闽人梁鸿志倡和，气体清隽，略近玉溪。”③易顺鼎说：“今吾侪多暇，遂结寒山之社。……公子与其伯父味春、杏城两先生，同时入社。”并称赞杨毓瓒：“公才公望有谁知，教育家庭效岂虚。”④

第四节　散落各地的学李诗人群

还有很多诗人，如王甲荣和丁惠康，都师学李商隐，王甲荣渊源更广泛一些，但和中晚唐大部分诗人都没有太多联系，在此附录。

王甲荣(1850—1930)，原名工厚培，字步云，又字部畇，号次逸，晚年又号冰镜老人，嘉兴人。诗宗玉溪。钱仲联说：“部畇先生诗，佳构绝夥，大抵情深志远，陶冶乎唐之玉溪，宋之剑南，而不为噍杀之音。”⑤光

① 王逸塘：《今传是楼诗话》，张寅彭主编《民国诗话丛编》(第三册)，上海书店出版社2002年版，第391页。

② 王逸塘：《今传是楼诗话》，张寅彭主编《民国诗话丛编》(第三册)，上海书店出版社2002年版，第391—392页。

③ 汪辟疆：《近代诗派与地域》，《汪辟疆文集》，上海古籍出版社1988年版，第303页。

④ 易顺鼎：《杨瑟君公子续娶高女士催妆诗十二章并序》，《癸丑诗存》，《琴志楼诗集》卷十八，第1328—1330页。

⑤ 钱仲联：《梦苕庵诗话》，张寅彭主编《民国诗话丛编》(第六册)，上海书店出版社2002年版，第158页。

绪十五年举人,光绪十九年在海防出力,受赏五品顶戴,任广西永淳、富川等县知县,被《永淳县志》列入循吏传。晚年参与嘉兴地方自治,讲诗授文。民国二年到上海参与徐园小兰亭修禊,效仿梅村补禊古事赋诗,民国九年(1920)六月二十八日,与众士绅致电浙江督军,反对军阀扰乱嘉兴。后赴平湖葛稚威尊古讲会讲学,任山长。

王甲荣著作等身,"生平所为诗古文辞及其他丛稿无虑数百十万言,皆手自抄录"①,有《庚子京畿闻见录》2 卷、《瑶侗壮苗述略》1 卷、《行政纪略》2 卷、《二欣室随笔》若干卷、《二欣室诗集》8 卷(已佚)、《二欣室文集》2 卷、《二欣室诗余》1 卷、《二欣室楹联偶存》1 卷、《古今医术最录》4 卷、《二欣室记事珠》1 卷。尤工诗词。

他的诗以写朝政时事为主,古朴深沉。"以雅正为归,不以时贤之吊诡幽涩为然"②。《台湾秋兴八首》、《台湾感事》等,自认为"近杜老苍凉之作"③,描写甲午战争,斥责唐景崧,反对割让台湾,深沉苍凉。《老革谣》云:"噫嘻乎悲哉!生民贱如草,日暮莫能保。白白不肯明,山精敢肆扰。青磷闪闪大道边,独足起舞惊风旋。眼瞪鼻掀耸两肩,撩牙皑皑口流涎。被发搏膺叫呼天,挨门逐户搜金钱。曰我当年老革命,今日之事我为政。汝若不应要汝命,即不要命亦成病。短枪炸弹惟汝认。金钱满囊颜色喜,疾躄归来媚妻子。喜犹未了梦魂惊,官兵已入吴江城。噫嘻乎悲哉!矛头淅米剑头炊,还汝泥中曳尾龟。"④讽刺袁世凯复辟是一场空梦,最终仍然打回原形,如泥中摇动尾巴的乌龟。《九江夜泊》云:"夜泊古得阳,东南旧战场。临江犹戍鼓,断岸独危樯。野老余烽镐。将军几国殇?偶来一凭吊,烟月剧苍凉。"⑤吊古伤今,情感沉

① 王迈常、王蘧常编:《部畇府君年谱》,《北京图书馆藏珍本年谱丛刊》。
② 钱仲联:《梦苕庵诗话》,《民国诗话》,张寅彭主编《民国诗话丛编》(第六册),上海书店出版社 2002 年版,第 157 页。
③ 王迈常、王蘧常编:《部畇府君年谱》,《北京图书馆藏珍本年谱丛刊》(第 181 册),北京图书馆出版社 1998 年版,第 465 页。
④ 王甲荣:《老革谣》,《梦苕庵诗话》附,张寅彭主编《民国诗话丛编》(第六册),上海书店出版社 2002 年版,第 159 页。
⑤ 王甲荣:《九江夜泊》,《梦苕庵诗话》附,张寅彭主编《民国诗话丛编》(第六册),上海书店出版社 2002 年版,第 158 页。

痛,“得唐人三昧”[①]。

《彩云曲》写出了庚子事变的惨痛历史,为近代名篇,获得时人的广泛赞扬。效法《长恨歌》,写赛金花事。开宗明义,说自己效法元白“长庆体”:“非但征尤物,间纬以时事。”全诗白描手法,句句用典,“爱唱云中赤凤来,悄谐花底秦宫偶”,用赵飞燕、赵合德典故;“燕子不栖关盼盼,鸮儿重迓李师师”[②],用关盼盼和李师师典故。全诗大量化用《长恨歌》诗句,如“晨梳螗上玉搔头”、“天生佳丽住横塘”、“轻歌缓舞依然乐”、“鼙鼓联邦动地来”等等。

丁惠康(1868—1909),字叔雅,号惺庵,广东丰顺县汤坑镇人,父亲是福建巡抚丁日昌。与湖北巡抚之子谭嗣同、湖南巡抚之子陈三立、广东水师提督安徽庐江吴长庆之子吴保初一起,号称“清末四公子”。他少年时代跟随父居住于广东揭阳,受父亲教诲。后闭门读书,“尽发所藏书读之”,“自诸经外周秦以下百家九流训诂词章金石之学悉泛其涯,间或落笔为文,辄高异趣”[③]。广东总督岑春煊曾赏识丁惠康,派他去日本考察,归国在广州总理学堂事务。庚子事变后,李鸿章到上海与洋人议和,丁惠康召集了南北志士仁人,拜见李鸿章,欲陈天下大计,但李鸿章没有采纳。以后,丁惠康在京沪之间奔走,最终没能达成志向。“每隆冬块坐斗室,不裘不炭,冥然抱千载之忧”[④],落职后郁郁寡欢,逝于北京。有《丁征君遗集》。

他的诗极尽哀婉之能事,如《病中偶成》之一:“生生翠绿影如潮,啼鸩伤春惨不骄。别有曼声荡孤绪,邻家幽咽卖饧箫。”再如之二:“寒恋鸳衾睡起迟,暗将幽怨度芳时。无言悄立西窗下,宛转春愁燕子知。”[⑤]所以,汪辟疆说:“余谓清末京朝,颇多哀楚绵邈之音,皆从玉溪、冬郎而

① 蒋师辙评语,转引自钱仲联《梦苕庵诗话》,张寅彭主编《民国诗话丛编》(第六册),上海书店出版社2002年版,第158页。

② 王甲荣:《彩云曲》,《梦苕庵诗话》附,张寅彭主编《民国诗话丛编》(第六册),上海书店出版社2002年版,第154页。

③④ 姚梓芳:《丁惠康传》,《丁叔雅遗集》卷首,《古今文艺丛书》第三集,刻本。

⑤ 丁惠康:《病中偶成》,《丁叔雅遗集》,《古今文艺丛书》第三集,刻本。

出。如李亦元、曾蛰庵、丁叔雅皆工此体。"[1]

吕学沅，陈衍收录了他的一首诗，《奉题日本松平康国先生诗草》云："宝瑟遥弹颤急声，老怀尊酒怕啼莺。扬州误会樊川恨，一卷《阴符》寡姓名。"[2]又点评说："吕生诗学玉溪也。"[3]

钱默存，陈衍记载："钱默存近作，余已略话一二，兹得其所印今年初刊诗一小册，有甚工者数首。……才思在玉溪、冬郎之间。"[4]

江南徐祖武，《石遗室诗话》记载："年少惊才绝艳，自言为诗好仲则、定庵，自编六百余首，分三卷印行之，皆七言绝句也。中除论诗、论文等数十首外，皆无题诗，不必琐碎标题，统称为无题可也。即《读辽史》、《金史》及各代宫词，亦皆艳体。实则仲则无题诗并不多，定庵稍多矣，尚不如易实甫、樊樊山之多。此集极似实甫少作，而实甫多古体，樊山多用僻典，为不同耳。集中大同小异，美不胜采，自可如王次回之《疑雨集》、黄莘田之《香草笺》，单行传世。兹采《无题》云：'天涯地角情长短，瑟网箫灰认去留。自有蘼香白太傅，楼中孀燕也千秋。''孀燕'二字，铸词鲜新，特表出之。《读辽史》云：'锡库名称作女巫，也同方士逞虚诬。延年药要男儿胆，割得南人大胆无。'用事鲜新，特表出之。"[5]

总体而言，光宣诗坛并非宋诗派一统天下的局面，以湖湘、泗州诗人为核心的宗李阵营中，曾广钧、李希圣、杨士琦等人在与樊易的诗文互动中，不仅丰富了中晚唐诗派的创作内涵，也促进了中晚唐诗风的流播。

---

① 汪辟疆：《光宣以来诗坛旁记》，张寅彭主编《民国诗话丛编》（第五册），上海书店出版社2002年版，第419页。

② 吕学沅诗，《石遗室诗话》卷二三收录，张寅彭主编《民国诗话丛编》（第一册），上海书店出版社2002年版，第311页。

③ 陈衍：《石遗室诗话》卷二二，张寅彭主编《民国诗话丛编》（第一册），上海书店出版社2002年版，第311页。

④ 陈衍：《石遗室诗话续编》卷四，张寅彭主编《民国诗话丛编》（第一册），上海书店出版社2002年版，第608页。

⑤ 陈衍：《石遗室诗话续编》卷二，张寅彭主编《民国诗话丛编》（第一册），上海书店出版社2002年版，第538页。

第五章　中晚唐诗派后劲：后辈弟子诗人群的诗学主题与诗学风格

陈衍在《石遗室诗话》中说："近来诗派，海藏以伉爽，散原以奥衍，学诗者不此则彼矣。若樊山之工整，祈向者百不一二，六桥、阍公其最也。"[①]认为樊增祥弟子是三多和丁传靖。其实，从近现代资料和樊增祥诗集中，可以找到的还有余诚格、祝蕊、侯毅等人。

第一节　蒙古诗人三多及其诗歌创作

三多，字六桥，蒙古族，善于骑射，樊增祥的诗弟子。陈衍说："六桥歌行似樊山，尤似实甫；七律似实甫，尤似樊山。"[②]后人或以纳兰容若相比，或以姜夔作比，如章士钊就说："诗才不减大林牙，旧憾频提小妇髽。犹胜姜夔箫韵咽，小红非在别人家。"[③]著有《可园诗钞》、《柳营谣》、《粉云盦词》等。本文所选三多诗歌主要出自《可园诗钞外四卷》、《粉云盦词可园诗钞》合本，虽然与其师樊增祥相比，数量不多，但清新

---

① 陈衍：《石遗室诗话》卷三一，张寅彭主编《民国诗话丛编》（第一册），上海书店出版社2002年版，第445页。

② 陈衍：《石遗室诗话》卷九，张寅彭主编《民国诗话丛编》（第一册），上海书店出版社2002年版，第131页。

③ 章士钊《论近代诗家绝句》，汪辟疆《光宣诗坛点将录》三多条附，张寅彭主编《民国诗话丛编》（第五册），上海书店出版社2002年版，第343页。

隽逸,珠玑满目,堪称佳作。

(一) 三多创作的主要内容

1. 追想盛世

追怀盛世风物典故,感叹繁华消歇,是三多创作的一个重要主题。如他的《船山诗画册》、《春水山水册》与《和曲园太夫子西湖诗六首,即步元韵兼用挂貂体庚寅》等诗。而他的《柳营谣》,七绝百首,感叹二百多年来"功名之隆盛,人物之丰昌,流风遗俗之敦厚,故家世族之久长"①,王廷鼎认为作者其中寄托深意:"若讽若规,隐隐寓劝惩之思,寄今昔之概,正不徒夸显荣存典则已也。"②

他的《柳营谣》追想柳营旧事,记载了"上纪乾隆中高庙南巡之盛,下逮咸丰间杰果毅瑞忠壮两公死事之烈",其间更多"杜仙之坟"、"凤氏皇氏之井"、"勾曲外史之庐"③等掌故旧事,以及江南等民间风俗,事无巨细,皆经点染,一一记载。被当时人们誉为"诗史"——"诗史应推杜少陵"④。

《柳营谣》充满作者深沉的历史变迁之感:"百年文物半销沉,谁复鸿泥健笔标"⑤;全集描摹昔日的盛况:如"风流犹话半闲堂,闸斗秋开蟋蟀场。一幅红绸新赐采,将军争识大头黄"⑥;但更多是记往昔之盛,叹今日之衰,如他《柳营谣》其一,一方面记叙了当年乾隆御词之盛事,"灯词宠赐上皇时,会典房曾好护持",一方面记叙了兵灾之中,会典房的毁于一旦,"何日清寮重起废,碧纱笼护御题诗"⑦,使得读者无限今昔之感;再如《和曲园太夫子西湖诗六首即步元韵兼用挂貂体庚寅》组诗,分别以"爱西湖又畏西湖"、"畏西湖又笑西湖"和"笑西湖又哭西

---

① 俞樾:《柳营谣》序,三多:《可园诗钞外四卷》外二,清光绪刻本。
② 王廷鼎:《柳营谣序》,三多:《可园诗钞外四卷》外二,清光绪刻本。
③ 俞樾:《柳营谣》序,三多:《可园诗钞外四卷》外二,清光绪刻本。
④ 宝熙:《柳营谣题词》,三多:《可园诗钞外四卷》外二,清光绪刻本。
⑤ 三多:《柳营谣》之九十九,《可园诗钞外四卷》外二,清光绪刻本。
⑥ 三多:《柳营谣》之八十九,《可园诗钞外四卷》外二,清光绪刻本。
⑦ 三多:《柳营谣》之一,《可园诗钞外四卷》外二,清光绪刻本。

湖”①等句作结，反复咏叹，既追想西湖往日美景的同时，又表现出对西湖黄金销尽、冷落凄清的感叹。

2. 故国之悲

三多是满洲世家子弟，家有世勋，任都尉。清王朝的渐趋覆灭对他而言，是家与国的双重幻灭，因此所谓“身世之感，黍离之痛”②更胜于旁人。辛亥革命后，三多从塞外重回故都，感慨颇深。故国之思，使得他发出“何处不新亭”③的感叹。

《福陵》、《昭陵》两诗，浓缩着由从清朝开基至清帝让位几百年间盛衰变幻。《福陵》云：“白山三百载，王气忽销沉。辛苦先皇业，艰难太后心”④；《昭陵云》：“应顺公天下，遥承祖德馨。一家轻社稷，五族重生灵。”希望能够“旧京多俊杰，同护树青青。”⑤诗人在这里感慨先皇开基不易，惋叹后世守业艰难，通贯着家国一体的主观感受，这种独特的视角，世族的身份感得以凸现，使得其自认的故国之思、亡国之恨的情感意绪更趋于沉痛。

他以沉痛之语，表达清亡的悲伤。辛亥之后的诗作充斥着独嗟欷、万事非、共悲辛等字眼，表达着沉痛感伤的情感。他的《重至京师》：“草木深深又一旬，入城聊作看花人。夭桃历乱开无主，依旧东风不是春。”⑥全诗塑造了一个袖手人的形象，但这种逍遥自适掩不住内心的感伤。“以我观物”，在伤心人的眼中，鲜艳的桃花依然无主，满目的春色不过倍添凄凉。其间隐含的，是诗人辗转飘零之恨，家国不复之痛。他往往用白描的笔法，直抒胸臆，以此传达自己表彰节义，留恋故国的

---

① 三多：《缀玉集》，《可园诗钞外四卷》外三，清光绪刻本。

② 汪辟疆：《光宣诗坛点将录》，张寅彭主编《民国诗话丛编》（第五册），上海书店出版社 2002 年版，第 343 页。

③ 三多：《大连湾》，《可园诗钞》，《粉云盦词可园诗钞》合本卷七，第 116 页。

④ 三多：《福陵》，《可园诗钞》，《粉云盦词可园诗钞》合本卷七，第 100 页。

⑤ 三多：《昭陵》，《可园诗钞》，《粉云盦词可园诗钞》合本卷七，第 100 页。

⑥ 三多：《重至京师》，《可园诗钞》，《粉云盦词可园诗钞》合本卷七，第 95 页。

情感:“赵家无复旧山河,天地长留正气歌”[①];悲慨之情如滔滔江水,一发难收。

3. 隐逸情结

三多生逢乱世,虽然四海为家,在塞外为官十几年,却始终抱着“拔宅浮家偕隐去,逍遥十二万春秋”[②]的隐逸之愿。早年的三多将归家看作是逃避世事的最好方法,向往着“散发归来堪理钓,一湖风月万株花”[③]的生活,将家看作是安顿心灵的乐土,“绿酒红灯君且醉,琼楼玉宇我思家。此间未必桃源土,满地干戈处处笳。”[④]

后期,他则渴慕神仙及释老境界,《听太清宫葛月潭炼师谈医巫闾山欲往游焉》中,他表达了对道家境界的向往:“醉心富瑶草,明日跨飞鹤。”[⑤]在《海滨拾石》中,他表达了“行厨煮石食,一去三千年”[⑥]的愿望,希望远离人世。他的《白仲理》、《张三丰》、《黄花老人》、《马真一》等诗,表达了对于神仙境界的向往:“试问医巫闾绝顶,斯人尚隐此山无?”[⑦]

从他的《白仲理》、《大雪作歌》等诗中,我们可以看出,他假托神仙世界的虚无,表达对现实人生的感悟,如《白仲理》:“于今上下方交困,那得神丹救世人?”[⑧]再如《大雪作歌》借奇想,说出了当时军阀混战、争

---

① 三多:《日本河西健次博士以文信国野鹤舞风尘谁怜自在身重来襄阳阁旧雨是何人诗幅征题书法刚健因识一绝》,《可园诗钞》,《粉云盦词可园诗钞》合本卷七,第112页。

② 三多:《春水山水册》之二,《可园诗钞》,《粉云盦词可园诗钞》合本卷七,第98页。

③ 三多:《咨送京师大学堂肄业赋呈师友》之二,《倦游集》,《可园诗钞外四卷》外四,清光绪刻本。

④ 三多:《中秋前一夕汪穰卿康年进士招同陆勉斋懋勋庶常汪建斋立元大令酒叙归车作》,《倦游集》,《可园诗钞外四卷》外四,清光绪刻本。

⑤ 三多:《听太清宫葛月潭炼师谈医巫闾山欲往游焉》,《可园诗钞》,《粉云盦词可园诗钞》合本卷七,第106—107页。

⑥ 三多:《海滨拾石》,《可园诗钞》,《粉云盦词可园诗钞》合本卷七,第116页。

⑦ 三多:《马真一》,《可园诗钞》,《粉云盦词可园诗钞》合本卷七,第108页。

⑧ 三多:《白仲理》,《粉云盦词可园诗钞》合本卷七,第109页。

权夺利的现实，“神仙恨事管不了，那得解衣推食更为尘世谋博施?”①以及对于现实的基本认识：“西竺国今无土净。”②

这种隐逸之愿，主要原因在于对现实的不满和无所适从：“时事若棋局，吾侪安适从。”③人在乱世的飘摇无定：“明朝欲乘长风别，奕局如斯杳后期。”④对于现实的无奈：“大事无端不可为，此曹毕竟是庸儿。商量且买青山隐，收拾才锋入小诗。”⑤对于仕途的厌倦，《之官书感》云：“解脱名缰岁普周，挥鞭又作出关游。一肩行李惟书画，卅口生涯仗马牛。恶客岂能寻痛饮，虞卿何以遣穷愁。升天傥遇辽东鹤，鸡犬同仙我欲求。”⑥

（二）三多诗歌创作的主要风格

三多是樊增祥的学生，与樊增祥有深厚的师生情谊。樊增祥曾有“夜夜秋衾梦六桥”⑦的诗句，陈衍有“六桥歌行似樊山，尤似实甫；七律似实甫，尤似樊山”⑧的说法。总体而言，三多创作以律诗为主，色泽清艳、格对精工、造语新鲜，与樊增祥一脉相承。如：“万人如海笑相迎，月扇云衫隐此生。我惜贾郎仍不幸，倘逢刘季亦良平。”⑨陈衍说：“谓张良貌似妇人女子，陈平美如冠玉也。二人皆子都、宋朝之美，非西施、郑旦之美，可谓拟于其伦矣”，盛赞三多比喻精妙新颖。再如他的“人品如

① 三多：《大雪作歌》，《粉云盦词可园诗钞》合本卷七，第103页。
② 三多：《闻狄平子葆贤好释典久不通讯寄之以诗》，《粉云盦词可园诗钞》合本卷七，第105页。
③ 三多：《书感》，《倦游集》，《可园诗钞外四卷》外四，清光绪刻本。
④ 三多：《赠吴仓硕俊大令》，《倦游集》，《可园诗钞外四卷》外四，清光绪刻本。
⑤ 三多：《寄沈师徐惟贤孝廉》，《倦游集》，《可园诗钞外四卷》外四，清光绪刻本。
⑥ 三多：《之官书感》，《粉云盦词可园诗钞》合本卷七，第99页。
⑦ 樊增祥：《与绣漪兄妹夜话有赠》，《近光集》，《樊山续集》卷十九，《樊樊山集》，上海古籍出版社，第1139页。
⑧ 陈衍：《石遗室诗话》卷九，张寅彭主编《民国诗话丛编》（第一册），上海书店出版社2002年版，第131页。
⑨ 三多：《赠贾郎》，《可园诗钞》，《粉云盦词可园诗钞》合本卷七，第95页。

西晋，家居爱北平”①，陈衍评价为“甚雅切”②。他的诗，属对精工，如：“倦游莫对王维竹，好学曾尝郑灼瓜”③、“十分热血乌拉草，一片冰心哈密瓜”④等。

1. 沉郁与婉约并存

俞樾在《倦游集》中说：“围棋变局中，诗格亦为一变。婉约之才趋于沉郁。情因境易，言为心声。作者不自知不能禁也。”⑤三多早年的诗歌，以表现韶华易逝、盛世不再、世事变迁为主题，如“红颜命薄本寻常，剩得芸编说《断肠》。欲觅调朱施粉地，绿杨城角旧门墙。”⑥悼念朱淑真，风格清艳，一唱三叹；很多诗歌以女性为创作对象，如咏名妓苏小小：“坟寻苏小费诗人，何处埋香瘗玉真？且步史君新径去，钱塘重与吊乡亲。”⑦虽然以歌姬为描写对象，但并不流于浮艳，而是色泽清淡，风格秀雅。所以汪辟疆称他的诗歌“自然驯雅”。但清末的陵谷巨变、昆明劫灰，使得他的诗歌平添了沉郁的风格。如《旅顺口》，全诗以深沉的情感，回顾了日俄战争中的旅顺往事，在苍茫、悲慨和广阔的背景中，透出对家国前途深深的关怀和苦心的思索，沉郁悲痛类似杜诗风味。

他的很多诗歌，保持着清丽婉转与沉郁感伤的双重特性，如《大连湾》：“宁海几曾宁，南关久莫扃。春从墙外望，潮在枕边听。宧海沉人黑，他山夺主青。且寻游宴乐，何处不新亭？”⑧全诗明白如话，一气流

① 三多：《赠罗瘿公惇曧郎中壬子》，《可园诗钞》，《粉云盦词可园诗钞》合本卷七，第95页。

② 陈衍：《石遗室诗话》卷九，张寅彭主编《民国诗话丛编》（第一册），上海书店出版社2002年版，第131页。

③ 三多：《四叠前韵答孝先》，《可园诗钞》，《粉云盦词可园诗钞》合本卷七，第101页。

④ 三多：《六叠前韵赠孝先》，《可园诗钞》，《粉云盦词可园诗钞》合本卷七，第102页。

⑤ 谭献：《倦游集》序，《可园诗钞外四卷》外四，清光绪刻本。

⑥ 三多：《柳营谣》之十五，《可园诗钞外四卷》外二，清光绪刻本。

⑦ 三多：《柳营谣》之十二，《可园诗钞外四卷》外二，清光绪刻本。

⑧ 三多：《大连湾》，《可园诗钞》，《粉云盦词可园诗钞》合本卷七，第116页。

转，但“宦海沉人黑，他山夺主青”又泄露了作者沉痛的情感。他的《无题》诗，一方面有李商隐婉转缠绵：“飘茵坠溷各东风，落尽深红与浅红。”另一方面则描述了战乱的荒凉：“三窟能成惟狡兔，万家皆毁奈哀鸿。”[①]巧妙地集哀感和婉转于一体。

2. 善于用少数民族典故入诗

作为满族诗人，三多熟悉少数民族历史文物，“伯愚、六桥，并熟于满蒙地理方言，喜以韵语出之，自然驯雅”[②]。他擅长咏少数民族历史人物，如《吊耶律倍》云：“天子能为薄不为，此心千古有谁知？联唐未必全无力，立木甘吟去国诗。让国名如太伯贤，乘槎计比范蠡全。美人书卷同浮海，胜作辽皇廿一年。”[③]诗歌有满蒙地域色彩，如“十分热血乌拉草，一片冰心哈密瓜”[④]，“焙之石炭千金寨，漱以锅陂五色霞”[⑤]等，作者自注说“千金寨”是辽金元沈阳地，“锅陂”是瀚海西北地区。

更多的时候，他是把满蒙典故，融入诗歌当中。如“兀良北伐思阿术，耶律南来盼秃花”[⑥]、“身复在官殊善果（唐郑善果），脅能擒将让奴瓜（辽耶律奴瓜）”[⑦]。再如《十叠牙字韵和夔盦主人》，则多处用典：“兼并文武大林牙，天锡能诗敢比夸。泼墨如倾饶乐水，运筹当赛沈阳瓜。人才《金史》师安石，王位元朝脱不花。莫笑梁园旧宾客，春风不坐坐东

① 三多：《无题》，《可园诗钞》，《粉云盦词可园诗钞》合本卷七，第96页。

② 汪辟疆：《光宣诗坛点将录》，张寅彭主编《民国诗话丛编》（第五册），上海书店出版社2002年版，第343页。

③ 三多：《吊耶律倍》，《可园诗钞》，《粉云盦词可园诗钞》合本卷七，第109页。

④ 三多：《六叠前韵赠孝先》，《可园诗钞》，《粉云盦词可园诗钞》合本卷七，第102页。

⑤ 三多：《水仙盛开对花成咏》，《可园诗钞》，《粉云盦词可园诗钞》合本卷七，第106页。

⑥ 三多：《锡聘之钧先生次韵见赠七叠前韵奉酬》，《可园诗钞》，《粉云盦词可园诗钞》合本卷七，第102页。

⑦ 三多：《旧日僚友过谈十二叠前韵示之》，《可园诗钞》，《粉云盦词可园诗钞》合本卷七，第111页。

衙。"[①]全诗多处用典，诗中附有小注，如沈阳瓜，诗人说："近人《沈阳百咏》诗云：'批红判白知何事？尽有输赢说赛瓜。'"大林牙，指辽代官职，作者有自注："大林牙，翰林学士也。又行枢密有左右林牙。"饶乐水，作者自注："喀喇沁为古鲜卑地，饶乐水出焉。"此外还有脱不花、师安石和东衙门等典故。

3. 浅切雅致

作为世勋的蒙古诗人，三多能够将率直的民族个性融入诗歌，形成清浅直白的艺术风格。主要表现为诗歌语言通俗易懂，少用深奥偏僻词汇，无繁杂深奥的意象，虽然情思婉转，但不隐晦曲折。如《题海棠画箑赠建斋》："东风袅袅自红芳，燕子归来亦断肠。不道此花开未了，卷帘人去忽空廊。"[②]海棠花开，东风袅袅，春景如画。淡淡的情思，轻轻的哀愁，在清浅的语句中，一览无遗，毫无晦涩之意。他的诗歌用典浅白，如《赠罗瘿公惇曧郎中壬子》云："人品如西晋，家居爱北平。"[③]以魏晋风度来比喻罗瘿公的人品风度，并不深奥，但却非常雅致贴切。即使有僻典，也能做到像他的老师那样文不害意。如"万派堂前海，千秋殿上禾"[④]，读者即使不了解万派堂和千秋殿的典故，也能知道全诗的大意，知道作者是在描写闾山的风貌。

这种浅切还表现在他能够真实直率地袒露胸襟。他向往功名富贵，就说："富贵未央须将相，风云际会再神仙。"[⑤]毫无顾忌地表达了对建功立业，封侯拜相、功名富贵的向往之情；他感慨民生多艰，就说："我

① 三多：《十叠牙字韵和夔盦主人》，《可园诗钞》，《粉云盦词可园诗钞》合本卷七，第110页。

② 三多：《题海棠画箑赠建斋》，《可园诗钞》，《粉云盦词可园诗钞》合本卷七，第96页。

③ 三多：《赠罗瘿公惇曧郎中壬子》，《可园诗钞》，《粉云盦词可园诗钞》合本卷七，第95页。

④ 三多：《听太清宫葛月潭錬师谈医巫闾山欲往游焉》，《可园诗钞》，《粉云盦词可园诗钞》合本卷七，第106—107页。

⑤ 三多：《抵都书感》，《北行诗录》，《可园诗钞外四卷》外一，清光绪刻本。

忽念流民，无衣食无宅。”①“不遇之叹”是很多诗人经常表现的主题，但相比于其他诗人，他往往表达得更加直率和明晰。如《倦游集》云：“两宫神圣，皤然决疑。献芹贡豕，无所用之，慷慨以去，侘际而归。”②在《寄方芸孙光斗明经》中，作者羡慕能够袖手看国事，甘心隐居的方芸孙，而他自己则：“报国心空热，悲秋眼不晴。”③

当然作为一位生长在江南水乡，自幼受到很好的文化熏陶的诗人，他的诗歌语言清新，诗意浅近明白，但并不流于通俗，平添了典雅的文人风味。所以陈衍称他的诗歌“雅切”，汪辟疆说他“雅驯”。其主要表现则在于他善于用典，诗歌写作往往是规范的书面语，很少口语和俗语。他善于比兴寄托，如《西施咏》最后几句：“苏州女儿嫩如水，善颦未必无斯美。其奈当今不见求，更比如花越女愁。”④借吟咏西施，使得自己的不遇之悲和身世之感，更趋于委婉曲折；再如《睡起》：“八尺桃笙午梦长，微嫌睡起已斜阳。安危天下诸公在，闲看残棋打劫忙。”⑤借棋局比喻国事。他追求的是清丽的山水之景，流露的是文人雅趣以及高洁的情怀。如《赠贾郎》之二：“相逢正是落花时，彩笔红牙一手持。难得东山丝竹外，与君读画复填词。”⑥以听歌填词，表现了自己的文人情趣；再如《题画呈严范孙修先生》：“生长吴山越水边，梅花修竹各婵娟。全家何日得归隐，琴鹤半船人半船。”⑦全诗色彩清淡，语言平易，精心选择的梅花、修竹意象，在清新明媚、生动如画的景物中，透露出作者不凡的境界。

第二节　中晚唐弟子诗人群及其诗歌创作

樊易弟子除三多外，丁传靖亦当时名士。丁传靖，字秀甫，号闇公，

① 三多：《又雪纵笔》，《可园诗钞》，《粉云盦词可园诗钞》合本卷七，第 107 页。
② 三多：《倦游集》序，《可园诗钞外四卷》外四，清光绪刻本。
③ 三多：《寄方芸孙光斗明经》，《倦游集》，《可园诗钞外四卷》外四，清光绪刻本。
④ 三多：《西施咏》，《倦游集》，《可园诗钞外四卷》外四，清光绪刻本。
⑤⑥⑦ 三多：《可园诗钞》，《粉云盦词可园诗钞》合本卷七，第 96 页，第 95—96 页，第 96 页。

镇江人，现存世《訚公诗存》六卷，陈声聪记载："（丁传靖）生平著述甚丰，有《四库全书人名韵编》……《宋人轶事汇钞》《福慧双修庵小记》。"[①]其诗数量甚巨，和陆游一样，作诗很下功夫，陈宝琛盛赞说："君……学诵渊茂……尤精贯乙部之学，纂述至老不倦。所为诗文，赡华典切，于剥复之交，辞义能持体要，长庆古风、四六文最为世所称诵。"[②]

侯毅（1885—1951），字雪农，号疑始，江苏无锡人。因为他的老师，近代启蒙思想家严复，喜欢哲学家笛卡儿"哲学自疑始"的名言，所以自号"疑始"，著有《疑始诗词》四卷。

侯毅是孤儿，依靠姑丈王盖承为生，后姑丈到河北宦游，把他带到官署中亲自督课，并请盐山贾佩青授以经史文学。庚子之乱，避祸南归，两年后时局稍定，才重返京城。侯毅年轻时曾留学东瀛，归国后任海军部秘书。诗文师事严复、樊增祥，一度主编《舆论报》之《瀚海》。

《石遗室诗话》说："疑始诗颇学义山"[③]，并与易顺鼎一起探究过《疑雨集》中的阿锁故居。他的诗歌有传诵一时名篇，《石遗室诗话》收录了他的《日本樱枝词》，陈声聪先生《兼于阁诗话》，选录他的《岫云山人营小万柳堂于沪上曹家渡，将谋遁隐，近以新作见寄，赋此酬答》等诗，都倍加推许。

樊增祥弟子众多，难以数计，从《樊樊山诗集》中搜索，可以找到以下诗人：

祝蕊，字绣漪，樊增祥女弟子。樊增祥在《五十麝斋词赓叙》中说："长女阿频，女弟子祝蕊，并耽风雅，瞑写晨书，逸兴遄飞，老怀弥慰。"[④]《樊樊山诗集》中收录了一首祝蕊的诗："横琴待鹤几时还，石上秋泉玉溜潺。一片秦台旧时月，为依移在绣帘间。"[⑤]

---

① 陈声聪：《丁訚公》，《兼于阁诗话》，上海古籍出版社 1985 年版，第 76 页。

② 陈宝琛：《丁君訚公墓志铭》，《沧趣楼诗文集》，上海古籍出版社 2006 年版，第 441 页。

③ 陈衍：《石遗室诗话》卷一七，张寅彭主编《民国诗话丛编》（第一册），上海书店出版社 2002 年版，第 245 页。

④ 樊增祥：《五十麝斋词赓叙》，《樊樊山诗集》，上海古籍出版社 2004 年版，第 1630 页。

⑤ 祝蕊诗，樊增祥：《樊樊山诗集》附，上海古籍出版社 2004 年版，第 1171 页。

除祝蕊外，还有祝竹延、余诚格、秋江、依竹等，樊增祥女儿阿频亦工诗。

《兼于阁诗话》记载有谢林风，她“绮岁能诗，初受业于樊山翁”①。此外还有杨寿楠、杨令茀兄妹，也曾随樊增祥学诗。

齐白石也曾随樊增祥学诗。他诗歌推崇樊增祥和王闿运，作品有数百首，质朴平实，趣味盎然，没有当时文人风花雪月、卖弄词藻的弊端。

陆更存，字玄同，容县人。陈衍说：“大略近实甫、樊山一路。”②

这一批诗人中，三多和丁传靖得樊增祥衣钵，已得公认，其他很多诗人的创作与生平都已湮没无考。但他们无疑对中晚唐诗派的形成与壮大起到一定的作用，对诗派中主要诗人的创作产生影响。如祝蕊自幼年起，长期师从樊增祥，彼此大量唱和，樊增祥很多艳诗，都是写给祝蕊的，如《酬绣漪秋江两女侄赠别之作》、《秋夜待竹延不归与绣漪庭际看月》等。她甚至影响了《樊樊山诗集》的排定，如《樊樊山诗集》记载，樊增祥《苏门日记》写完后，绣漪建议题作《苏门集》，附在《闲乐》、《荥阳》两集后。其兄反对说没有先例，绣漪说新法不依旧例，日记也可以附在诗集后③。

第三节 杨圻等人的诗学风格与诗学渊源

杨圻（1875—1941），常熟人，字云史，号野王，是中晚唐诗派的重要成员和殿军，陈衍称其为“当代名诗人”④。父亲杨崇伊，曾上疏讦告谭嗣同，是戊戌党人的死敌。杨圻十八岁娶李鸿章孙女李国香，二十一岁为詹事府主簿，后担任户部郎中。光绪二十八年（1902），顺天乡试，杨

① 陈声聪：《江南诗媛》，《兼于阁诗话》，上海古籍出版社 1985 年版，第 250 页。

② 陈衍：《石遗室续编》卷六，张寅彭主编《民国诗话丛编》（第一册），上海书店出版社 2002 年版，第 669 页。

③ 樊增祥：《苏门游记》，《樊樊山诗集》，上海古籍出版社 2004 年版，第 2018 页。

④ 陈衍：《石遗室诗话续编》卷三，张寅彭主编《民国诗话丛编》（第一册），上海书店出版社 2002 年版，第 577 页。

圻中了南元,名盛一时。曾担任邮传部郎中一职,又担任南洋领事。又曾任吴佩孚秘书长。杨圻也曾经经商,在南洋经营橡胶种植园,失败后返回中国,抗日战争爆发,避居香港,同时力阻吴佩孚亲日,后病卒。

一、诗学渊源

杨圻的流派归属,近代学者莫衷一是,很多人称之为学唐,如陈衍说:"知力振唐音,不落宋人哑涩之体。"①而钱基博在中国文学史则将他看作中晚唐诗派的后劲,说:"顺鼎既逝,增祥亦老。而用熏香摘艳之词,抒感时伤事之旨,由李商隐沿洄以溯白居易、杜甫,而诗史自命,誉满江左者,则有杨圻焉。"②

我们认为,杨圻应该属于中晚唐诗派,首先,他早年诗学温庭筠、李商隐和西昆。杨士骧留下这样的记载:"(杨圻)清仪秀骨,年始十八也。出其诗,惊才绝艳,出入温李家数。"③他早年诗歌散佚颇多,有自己删掉的,也有丢失的,所以他早年创作的全貌,至今难以见到,这很可能是他被认为是唐诗派的重要原因。其次,杨圻宣称自己学杜甫和李白。但这种学是以温李、西昆为根基的,他的学生谈他的诗学渊源时,虽然时而说他"专事盛唐",时而说他学老杜,时而说他"得力于王、孟、韦、柳者甚深",但又说"且先师少年时,从西昆入手,细腻熨帖和色泽音调方面早已不成问题"④。看似复杂,其实恰恰证明了杨圻的诗学途径和中晚唐诗派一致,即早年学温李,打下基础后突向老杜。至于他学王、孟、韦、柳,更证明他能立足西昆,博采众家。所以,钱仲联先生说:"杨云史

---

① 陈衍:《石遗室诗话续编》卷三,张寅彭主编《民国诗话丛编》(第一册),上海书店出版社 2002 年版,第 577 页。

② 钱基博:《现代中国文学史》,世界书局出版,民国二十五年(1936)增订本,第 203 页。

③ 杨士骧:《江山万里楼诗钞》跋言,杨圻著,马卫中、潘虹校点:《江山万里楼诗词钞》,上海古籍出版社 2003 年版,第 682 页。

④ 李猷:《近代诗选介·先师杨云史先生之江山万里楼诗》,转引自杨圻著,马卫中、潘虹校点:《江山万里楼诗词钞》,上海古籍出版社 2003 年版,第 733 页。

好谈唐人，近梅村而不近牧斋，要其哀感顽艳，仍是虞山诗人本色。”[①]其三，杨圻是以“梅村体”体长诗《檀青引》成名的，全诗借檀青的遭遇，写文宗一朝的变迁，哀感顽艳。陈声聪也说：“其古体如《檀青引》、《天山曲》、《神女曲》等篇，皆近元白长庆之体。近体则在樊川、玉溪之间。固多唐音也。”[②]其四，樊增祥、易顺鼎都推崇杨圻。樊增祥诗云：“天下读书真种子，玉关吹笛小秦王。绮年曾试拿云手，夺得南元冠举场。”[③]易顺鼎评价杨圻的《檀青引》是“清圆妩媚，绝代风华，梅村再世”，又说：“婉而多讽，与香山有同志焉。”[④]以白居易与之相比，俨然引杨圻为同调。杨圻也推崇易顺鼎，在《哭庵赏菊诗诗序》中，他回忆往日两人的交游，感叹“旧谊”，并作诗说：“红颜自古慕才名，二十年前载酒情。今日城南觅歌舞，寒鸦流水不分明。绝妙甘为幼妇辞，罗痴易哭我同时。亦知身后难收拾，顿尽风流几首诗。”[⑤]诗中“罗痴易哭我同时”一句，俨然与易顺鼎以同调相称。

二、诗歌风格

1. 绮艳精工

杨圻早年诗歌学习温庭筠、李商隐，诗歌始终保持着设色融色的技巧和对仗的功力。绮艳是他诗歌的总体风格，与中晚唐基本一致，一个表现是他的长庆体，《檀青引》、《长平公主曲》、《天山曲》等，都是名篇，钱仲联先生说：“《天山曲》洋洋千言，为长庆体第一首长篇。即论藻采，亦已突过《秦妇吟》矣。弱冠时所作《檀青引》，借檀青遭遇，写文宗荒

---

① 钱仲联：《梦苕庵诗话》，张寅彭主编《民国诗话丛编》（第六册），上海书店出版社2002年版，第288页。

② 陈声聪：“杨圻”条，《兼于阁诗话》卷三，上海古籍出版社1985年版，第146页。

③ 樊增祥：《寄云史世兄沈阳》，钱育仁，陆宝树辑《虞社菁华录》卷二（诗），民国二十六年（1937），开文社代印。

④ 杨圻：《江山万里楼诗词钞》，《檀青引》诗后附录，上海古籍出版社2003年版。

⑤ 杨圻：《哭庵赏菊诗诗序》，易顺鼎著《哭庵赏菊诗》，张江裁辑，《清代燕都梨园史料》，民国二十三年（1934）铅印本。

政,音节哀怨。”[①]杨圻写《天山曲》,通过对香妃坚贞的赞美,讽刺当时的变节之士,口绝臧否,心存泾渭。而《长平公主曲》,则明显对清帝退位后所受的待遇表示不平,被认为是梅村体。

他的七律,格律精工,设色艳丽,很多诗呈现出熔铸元白温李的特色。如“白骨如山诸将贵,黄金满地五丁愁”[②],全诗用“白”和“黄”两个颜色字,塑造了绮艳的色彩,但又用“诸将贵”和“五丁愁”相对举,写出了战争的惨烈、百姓的痛苦和诸将的矜骄,又有强烈的现实感;“云迷江树黄州近,日落山田赤壁寒。愿共英雄同患难,不须妻子问平安”[③]一诗,作者选择了“黄州”和“赤壁”两个词,构成全句色彩基调,又用“愿共英雄同患难,不须妻子问平安”一句,体现出战争的豪情。他的《柏林怨》、《巴黎怨》,以浓艳感伤的温李笔法,记叙实事,写德法战后的荒凉。《巴黎怨》其一,写法国战后的荒凉,自由铜像的毁坏:“铜街金谷隔云端,闻道巴黎似广寒。草里铜仙铅泪冷,洛阳宫阙似长安。”[④]《柏林怨》其一,写当年德皇席卷欧亚的志向:“宫嫔早识君王意,二十年前绣战袍。”其二,写战争的后果和留下的五百三十三万的寡妇、四百三十四万孤儿:“茶花不解封侯怨,犹傍春庭对月开。”[⑤]

2. 推崇杜甫,深沉悲凉

“文学史是一个漫长的过程,前代传统的凝固性往往积淀在后代作家的作品中,使之产生某种程度或某些层次上的循环重复”[⑥]。杜诗精

---

① 钱仲联:《论近代诗四十家》,江苏古籍出版社,《梦苕庵论集》,中华书局 1993 年版,第 353 页。

② 杨圻:《南昌军幕感怀》,《庚申讫辛酉曰中年集》,《江山万里楼诗词钞》卷十二,上海古籍出版社 2003 年版,第 297 页。

③ 杨圻:《初至黄州呈吴将军》,《甲子讫乙丑曰强年集》,《江山万里楼诗词钞》卷十二,上海古籍出版社 2003 年版,第 417 页。

④ 杨圻:《巴黎怨》,《辛亥讫癸丑曰壮年集》,《江山万里楼诗词钞》卷四,上海古籍出版社 2003 年版,第 139 页。

⑤ 杨圻:《柏林怨》,《辛亥讫癸丑曰壮年集》,《江山万里楼诗词钞》卷四,上海古籍出版社 2003 年版,第 139 页。

⑥ 程千帆、张宏生等著:《被开拓的诗世界》,上海古籍出版社 1990 年版,第 73 页。

神以其典范意义，成为一代又一代作家“道德判断与审美判断”①的楷模。

杨圻学习杜甫心忧天下的精神。他们都是面对时代的激越动荡，忧国忧民，心存天下，悲愤伤还，感叹身世，思索个人、社会和历史的变迁。《书杜工部集》云：“此老盖忠孝，神交宁在诗。哀歌答君国，异代不同时。宇宙何多难，风流我所师。晚年下三峡，怀古动余悲。”②他自觉学习杜甫的忠孝情怀和人格精神，在国家多难、万方多难的时代，杜甫更是诗学绝诣和人品高标。

他把杜诗的现实精神和诗史精神融入自己的诗歌创作，其《江山万里楼诗词稿》展现了清末民初风云变幻的历史图卷。《鸡公山感怀诗一百韵》写出了动荡的时代悲歌，及这一大时代背景下，作者沉郁的忧思和复杂的感受，其序云：“慨自禅让迄今，干戈未息……往往日落登台……，暮云无尽，乱石万千，短歌鸟鹊……怅家国之多难，念乱萌之有自，俯仰今昔，哀而作诗。”③作者诗学杜甫，描摹现实及时代剧变，其中贯穿了作者独特的身世之悲，浸透着诗人的忧患之感和责任之心。

当然，他没有达到他所追求的老杜境界。毕竟两人所处时代不同，个人的才情、禀赋和人生际遇又有区别，陈灨一说：“诗宗唐宋人，要与遗山近。盖当衰乱之世，其声之哀楚激越，不期而然也。”④杨圻的家国之悲与杜甫诗歌的沉郁顿挫显然是不同的。杜甫虽然饱经战乱，失去盛唐的浪漫和乐观，但他亲眼见过开元盛世，仍然怀有重振家园的信心和热情。其诗亦表现出博大的境界和忧国忧民的情怀，风格上以“悲壮”为主；杨圻则生活在清末民初的动荡中，对外积贫积弱，对内战火绵延，国势颓败，完全看不到任何希望，使其诗歌始终笼罩着末世的悲凉，

① 莫砺锋：《杜甫评传》，南京大学出版社 1993 年版，第 384 页。

② 杨圻：《书杜工部集》，《戊午己巳曰中年集》，《江山万里楼诗词钞》卷八，上海古籍出版社 2003 年版，第 271 页。

③ 杨圻：《鸡公山感怀诗一百韵并序》，《甲子迄乙丑曰强年集》，《江山万里楼诗词钞》卷十二，上海古籍出版社 2003 年版，第 411 页。

④ 陈灨一：《杨云史先生家传》，转引自杨圻著，马卫中、潘虹校点：《江山万里楼诗词钞》，上海古籍出版社 2003 年版，第 696 页。

更多展示的是绮艳的风格和感伤的情调。流离之象,乱世之悲,已经接近晚唐。

杨圻以外,虞山周围诗人诗宗中晚或者李商隐的,还有孙雄。孙雄,常熟人,近现代诗人、学者。字师郑,号郑斋,翁同龢门人,李慈铭弟子,光绪二十九年(1903)改名孙雄,晚号味辛老人、诗史阁主人等。

孙雄(1866—1935)是孙原湘之裔孙,孙原湘挂名袁枚弟子,所以,章士钊《论近代诗家绝句》其一云:"故是随园一派孙,解从朴学讨文源。渊如一例经生笔,又识诗中有我存。"[①]光绪十八年到十九年(1892—1893),曾寓居翁同龢宅第,帮助翁办理文案,光绪二十年(1894)中进士,二十八年(1902)担任吏部主事,二十九年(1903)在京师大学堂任职,三十四年(1908)入裙吟社,辛亥革命后,以遗老自居,后定居北京,1919年发起瓶社,诗酒唱酬。

他和西昆派诗人交往颇多,但不能说他是西昆派,因为他较少集李诗,诗集有不少古体诗,《临城七歌效杜少陵同谷七歌》[②]一诗还效仿黄庭坚。他和樊增祥、易顺鼎等人有来往,可以归入中晚唐诗派。

他的诗歌颇有依丽的一面,如《相逢行》、《春秋宫词》等,《夹竹桃五言十六韵》,颇以浓艳而"心贞"的夹竹桃自比,他的《庚子秋日感事四十六韵》,描述了慈禧出逃、列强入侵的混乱局面,史实描述中颇有设色融色的功夫,全诗一开篇就是:"世局淆朱碧,京尘混素辎",以"朱"和"碧"两个字奠定了全诗绮艳的氛围,接下来又说:"欧墨张威武,黎黄胜子遗",以"黎黄"点缀于"朱碧"之间,接着又说:"丹忱徒固结,黄种被屠劙"[③],用"丹忱"和"黄种"加以对举,构成全诗感伤绮艳的氛围。

再次,他的诗以七律和五律为主,讲求用典,对仗精工,情感低沉,如他的《大梦二首呈陆检讨师懋宗》之二:"天时人事两难知,朝局纷更幻似棋。陶侃知兵闻尽瘁,杜陵驱疟枉工诗。闲钞方药聊防疾,贫恋家

① 章士钊:《论近代诗家绝句》,张寅彭主编《民国诗话丛编》(第五册),上海书店出版社2002年版,第375页。

② 孙雄诗,俞钟銮辑:《萍缘诗选》,《虞社丛书》,民国十二年(1923)铅印本。

③ 孙雄:《眉韵楼诗》卷一,清光绪三十年(1904)刻本。

山自笑痴。不作公卿由福命，平生傲骨也难医。”[①]全诗用陶侃、杜甫典故，最后一句化用袁枚楹联。

他平生治经学，许慎、郑玄、惠栋和戴震对其影响较大，是文化保守者，强调保存国粹，习经尊孔，诗歌主张温柔敦厚，推崇骈文。诗集有《眉韵楼诗》、《旧京诗存》、《诗史阁壬癸诗存》等。

很多人对孙雄评价不高，认为其《诗史阁诗话》专收达官贵人的诗，据传孙曾吞没翁同龢门生救济翁同龢的银两。汪先生点他为“地健星险道神郁保四”，评语为“莫莫莫，错错错，诗史阁”[②]，自有褒贬。

诗人费仲深，字树蔚，叶德辉说他的渊源“大抵由玉溪进窥老杜，骎骎乎上掩初唐”[③]。

虞山诗人宗威，诗歌也有绮艳的一面，如《和郑斋落叶诗用少陵秋兴韵》：“金井银床凉彻骨，那堪回首绿荫肥。”[④]

综上所述，在近代诗坛风气的演进过程中，“中晚唐诗派”是引人注目的文学团体，一方面因为他们交游广阔，另一方面也是因为他们提出了比较独特的宗古方向。他们的创作实践和文学理论互相印证，形成了有近代特色的文学范本，围绕在他们周围的弟子诗人群，此唱彼和，蔚为声势，真正推动了中晚唐诗风的发展壮大与绵延接续，最终构成近代三派鼎立的诗坛格局。

---

① 孙雄：《眉韵楼诗》卷二，清光绪三十年（1904）刻本。

② 汪辟疆：《光宣诗坛点将录》，张寅彭主编《民国诗话丛编》（第五册），上海书店出版社2002年版，第375页。

③ 叶德辉：《天放楼诗集叶序》，金天羽《天放楼诗文集》，第1408页。

④ 宗威：《和郑斋落叶诗用少陵秋兴韵》，钱育仁，陆宝树辑《虞社菁华录》卷二（诗），民国二十六年（1937），开文社代印。

第六章 中晚唐诗派分支：西昆派的风格、理论等相关问题研究

清末民初，在“樊、易之派，盛于北方”[①]之际，以常熟、北京为中心，张鸿、徐兆玮等一批宗尚李商隐的诗人，蔚成声势，远承虞山传统，近开一代诗风。以其惊才绝艳的风貌崛起于清末诗坛。钱仲联先生将他们定义为“西昆派”，在多个场合谈论这一诗派，“近代诗派，此四者外，尚有西昆一派。此派极盛于光绪季年，尔时湘乡李亦元希圣、曾重伯广钧、吴县曹君直元忠、汪衮甫荣宝、我乡张璚隐鸿、徐少逵兆玮诸公，同官京曹，皆从事昆体，结社酬唱，相戒不作西江语。稍有出入，辄用诟病，一以隐约缛丽为工……曹君直、汪衮甫、徐少逵致力玉溪最深，善集玉溪句，天衣无缝，不啻若自其口出。”[②]汪辟疆也说他们“诗学玉溪，得其神髓，非惟词采似之，即比词属事，亦几于具体”[③]。他们延续二冯以晚唐温、李为范式诗学传统，关注现实，表达伤时之痛。

将西昆派认定为中晚唐的分支，因为他们都推崇李商隐，在否认江西诗派这一点上保持着高度的一致。徐兆玮说张鸿“时贤以模拟西江为职志，视之蔑如也”[④]。樊增祥则带嘲笑口吻说：“似从黄九得句法，

① 李详：《近代诗人四家》，《药裹慵谈》卷六，《李审言文集》，江苏古籍出版社 1989 年版，第 721 页。

② 钱仲联：《张璚隐传》，《广清碑传集》，苏州大学出版社 1999 年版。

③ 汪辟疆：《光宣诗坛点将录》，张寅彭主编《民国诗话丛编》（第五册），上海书店出版社 2002 年版，第 343 页。

④ 徐兆玮：《蛮巢诗词稿序》，张鸿著《蛮巢诗词稿》卷首，1939 年铅印本。

一字半字争安危。”①

他们之间以曾广钧、孙雄、李希圣和宗威等人为枢纽，暗通声息。徐兆玮《北松庐诗话》收录曾广钧《落叶词》十二首，记曰“曾重伯同年广钧《环天室诗》后集有《庚子落叶词同李亦元王聘三作》”，并且考订说：“《平等阁诗话》谓系重伯侧室华金婉所作，盖当时有所隐讳，托金婉以传耳。”②汪荣宝与曾广钧有交游，他的《十月十一日将自长沙还京，组庵、星槎、俟园三谘议设饯天心阁，重伯在座，赋诗三章见赠，依韵奉答兼呈三咨议》③记叙了当时场景。孙雄亦是关键人物，他既是常熟人，和西昆诗人交游，又是李慈铭的弟子，与樊易有唱和，他的《诗史阁诗话》，得到樊易、西昆诗人的普遍唱和；虞山诗人宗威得到樊增祥的推崇：“樊山极赞赏之，唱酬无间。”④曾广钧、李希圣和樊易互相推崇，也和西昆诗人有交游；曹元忠是张之洞的学生，自然会与樊易有交往。所以，钱仲联先生总结说：“清末吴中诗派，宗尚玉溪，与湘人桴鼓相应。”⑤

樊增祥曾为《虞社丛书》题词，《萍缘文选》收集了樊增祥的《稊园诗钟社二百次大会招客启》，说明樊增祥对虞山诗人是重视的；《虞社菁华录》收录了樊增祥的《赠笏卿》、《三月三日鹤亭、剑秋招饮广和酒肆即席有作》等，说明他曾与虞社诗人有来往；徐兆玮编《北松庐诗话》，收录樊增祥前后《彩云曲》，说明对樊增祥的成就并不否定；钱仲联先生更是为樊增祥翻案，他的《梦苕庵诗话》说：“至于樊增祥之《彩云曲》，王国维之《颐和园词》，皆誉满艺林，无愧诗史者，岂得以‘长庆体’之故，遂屏

① 樊增祥：《赵九用东坡江上值雪韵赋诗索和，于是雪晴久矣。仆适新葺舫斋排比书画因次其韵，时岁除前三日》，《樊樊山诗集》，上海古籍出版社2004年版，第211页。

② 徐兆玮：《曾重伯庚子落叶词》，《北松庐诗话》卷九，手抄本。

③ 汪荣宝：《思玄堂诗》，沈云龙主编《近代中国史料丛刊》598，文海出版社印行。

④ 钱育仁、陆宝树：《诗前小传》，《虞社菁华录》卷一（文），民国二十六年（1937），开文社代印。

⑤ 钱仲联：《近百年诗坛点将录》，《梦苕庵论集》，中华书局1993年版，第369页。

不录?”①

综上所述,我们把西昆定义为中晚唐的一个旁系或者分支。

第一节 西昆派的命名、成员、交游杂考

一、西昆派命名的由来

虞山派自钱谦益与二冯开始,就形成推崇温李的传统。有些学者认为近代西昆派是学习西昆而上入李商隐,故定名为西昆,但汪荣宝在《西砖酬唱集》中,还有另一层意思,即自比效法义山的西昆体刘、杨诸人。所谓“既义附窃比,兼地从主人,无所取之,取诸实也。”指自己像西昆一样,模仿李商隐。他们能够看到自己和西昆的不同,这就是“今情”与“古制”的不同,刘杨身处太平盛世,所以“气足音宏……实惟欢愉之作”,“万古江河,非所希于囊轨”②。同样的表达,孙景贤诗中也有:“元和汪公衮父叙其集,义同窃比名西砖蛮师旧居地名。”③

二、徐兆玮与“西砖酬唱”

《西砖酬唱集》已佚,故西砖酬唱的参与人数,目前待考。其中,徐兆玮是否参加,争论很多。但徐兆玮从未说自己参与过西砖酬唱。他在《〈蛮朝诗词稿〉序》中云:“(张鸿)尝与曹君直、汪衮父倡和,仿西昆

① 钱仲联:《梦苕庵诗话》,张寅彭主编《民国诗话丛编》(第六册),上海书店出版社2002年版,第172页。

② 汪荣宝:《西砖酬唱集序》,《金薤琳琅斋文存》,沈云龙主编《近代中国史料丛刊》597,文海出版社1966—1973年版。

③ 孙景贤:《校写〈西昆酬唱集〉成诗以纪之》,《龙吟草甲》,《龙尾集》,民国九年(1920)铅印本,第17页。

体，成《西砖酬唱集》。”①在《北松庐诗话》中他又云：“汪衮父诗初摹西昆，与琼隐唱和，有西砖酬唱集。”②俨然置身事外。

从年代看，西砖酬唱主要在己亥年(1899)，从徐兆玮日记看，戊戌(1898)和己亥(1899)两年，徐兆玮都在家乡，不在北京③。其间虽然也和张鸿见面，却是张鸿回乡④，而且时间不长。

三、杨圻与西昆派诸人的离合

虞山诗人中，杨圻一直受到西昆派诸人的排斥，他的弟子认为是诗学渊源的原因。但笔者认为西昆诗人排斥杨圻，主要还是因为杨圻的父亲杨崇伊，杨崇伊在戊戌政变中是立了头功的，慈禧太后甚至认为杨对国家有功，但西昆派依附翁同龢，彼此之间是死敌。从张鸿的诗集来看，他早年有和杨圻赠答的诗歌，如《送杨云史南试》、《画墨桂自题赠云史》等，据钱仲联的《张璚隐传》记载，张鸿早年曾和杨圻、曹君直、翁泽之刊《题襟集》。但戊戌变法以后就没有更多来往了。如果仅仅因为流派不同就进行排斥，钱仲联曾经说：“杨云史好谈唐人，近梅村而不近牧斋，要其哀感顽艳，仍是虞山诗人本色。”⑤可见，杨圻的风格还是属于虞山派系的。而同为虞山诗人的沈汝瑾差异更大，西昆诗人为什么对他普遍评价不错呢？

---

① 徐兆玮：《蛮巢诗词稿序》，《蛮巢诗词稿》卷首，民国二十八年铅印本。

② 徐兆玮：《汪衮夫有感诗》，《北松庐诗话》卷五，手写本。

③ 参见徐兆玮《棣秋馆戊戌日记》，光绪二十四年(1898)；《己亥日记》，光绪二十五年(1899)。

④ 徐兆玮日记光绪二十五年(1899)初八日壬午(11月10日)记载：“美叔函：‘映南于昨日归。’”；二十日甲午(11月22日)又记载：“映南迫欲至沪，因解维送之胥门，登大东公司船。”可见张鸿在家也不过逗留十三四天，从日记看，他们主要是谈朝政，访旧友，并没有诗歌赠答之事。

⑤ 钱仲联：《梦苕庵诗话》，张寅彭主编《民国诗话丛编》(第六册)，上海书店出版社2002年版，第288页。

四、汪荣宝《有感》诗与“西砖酬唱”

《西砖酬唱集》已佚，故集中的内容已无法得知。但从徐兆玮的一段记叙，还是可以看出西砖酬唱的部分情况。徐兆玮云：“汪衮夫诗初摹西昆，与琼隐唱和，有《西砖酬唱集》，时琼隐寓西砖胡同也。戊戌八月在都，赋有《有感》十首。”[①]从该段记叙中可见，西砖酬唱从戊戌八月开始，汪荣宝的这十首《有感》应该属于酬唱的一部分。诗云：“兰陵祭酒口谈贤，结客名都半少年。刘向校经次百两，年长著录过三千。”[②]从中可推测，“西砖酬唱”的参与者应该人数众多。

五、西昆派的主要构成诗人

西昆派的诗人目前比较公认的有张鸿、徐兆玮、汪荣宝、孙景贤等，在此基础上，本文对西昆派的成员进行了部分考证：

1. 黄炳元是西昆的成员。孙景贤的《校写〈西昆酬唱集〉成诗以纪之》中，以张鸿为西昆首领，又说：“香孙、虹隐两诗伯，枇杷新咏酬涛笺。”[③]可以知道还有香孙。香孙应该是黄炳元的号。张鸿的诗集中多次提到黄香孙，可知其姓黄。《甲午九月出都》其二有注说：“小贸笤阁在总布胡同，予与倚虹、香孙同寓之所也。”[④]可知甲午年，他和香孙同住小贸笤胡同。后来又在《八月二日偕胡君修拿舟至徐市，访黄谦斋，既至，风潮大作，平地水骤至三四尺，舟航不通，宿三日始归，每夜与谦斋衔杯话旧，不异三十年前光景，致足乐也。惟檐溜声不绝，棉稻恐成灾，心悬悬耳》中回忆说：“甲午余与徐倚虹、胡君修、黄谦斋、孙筱川五

---

① 徐兆玮：《汪衮夫有感诗》，《北松庐诗话》卷五，手写本。

② 汪荣宝：《有感十首》，收于徐兆玮《汪衮夫有感诗》，《北松庐诗话》卷五。

③ 孙景贤：《校写〈西昆酬唱集〉成诗以纪之》，《龙吟草甲》，民国九年（1920）铅印本，第 17 页。

④ 张鸿：《甲午九月出都》其二，《蛮巢诗词稿》，民国二十八年铅印本，第 3 页。

人同寓北京总布胡同。”[①]可以知道香孙是黄谦斋。

2. 曾朴是小说家，但徐兆玮的《北松庐诗话》记录了他的诗歌，评价为“天才”[②]。他的《无题》，哀感顽艳，诗云：“紫虚楼阁隔虬钟，天宇微闻月浪冲。镜殿夜深来赤凤，锦裍春稳卧乌龙。万方仪态华灯耀，百戏宛延别馆容，早暮阳台作云雨，年来谁道谢娘慵。”[③]笔者认为还应该加上姚古凤，徐兆玮在《北松庐诗话》中提到说：“（姚古凤诗）沉郁哀艳，追踪虞山。”[④]风格承虞山传统，属于西昆一派。

3. 钱仲联先生，曾经在自己的诗话中提到，“虞山诗派，自牧斋、二冯以来，宗法西昆，摘艳熏香，末流之弊，太尚涂泽，文胜于质。近时如张丈璚隐、徐少逵、黄摩西、孙希孟诸家，皆学玉溪，无恙与余，亦未能免此。”[⑤]应该将他视为西昆派在当代的延续。

现将西昆诗人整体情况列表如下：

姓　名	籍贯	字	号	诗文集
张　鸿	常熟	映南	璚隐，晚号蛮公	《蛮巢诗词稿》
徐兆玮	常熟	少逵	虹隐	《虹隐楼诗集》
汪荣宝	吴县	衮父	太玄	《思玄堂诗集》
曹元忠	常熟	夔一	君直 凌波居士	《笺经室遗集》
曾　朴	常熟	孟朴	铭珊 笔名东亚病夫	
沈　鹏	常熟	诵棠	北山	

① 张鸿：《八月二日偕胡君修拿舟至徐市，访黄谦斋，既至，风潮大作，平地水骤至三四尺，舟航不通，宿三日始归，每夜与谦斋衔杯话旧，不异三十年前光景，致足乐也。惟檐溜声不绝，棉稻恐成灾，心悬悬耳》，《蛮巢诗词稿》，民国二十八年铅印本，第17页。

② 徐兆玮：《曾孟朴诗》，《北松庐诗话》卷七，手写本。

③ 曾朴：《无题》其一，徐兆玮《曾孟朴诗》，《北松庐诗话》卷七收录，手写本。

④ 徐兆玮：《姚古凤诗》，《北松庐诗话》卷三，手写本。

⑤ 钱仲联：《梦苕盦诗话》，张寅彭主编《民国诗话丛编》（第六册），上海书店出版社2002年版，第288页。

续表

姓　名	籍贯	字	号	诗文集
黄炳元	常熟	谦斋	香孙	
杨无恙	常熟	冠南	让渔	《无恙初稿》、《无恙续稿》、《无恙三稿》
孙景贤	常熟	希孟	龙尾	《龙吟草》
钱仲联（原名萼孙）	常熟	仲联	梦苕	《梦苕庵诗词》
姚鹏图	太仓	柳坪	古凤	

第二节　《北松庐诗话》与西昆派诗论

西昆派诗论，人们一般会想到《西砖酬唱集序》、孙景贤的《校写〈西昆酬唱集〉成诗以纪之》、汪荣宝的《题广雅堂诗》和徐兆玮的《蛮巢诗词稿序》，往往忽略《北松庐诗话》（以下简称《诗话》），其实这一部《诗话》中蕴含了丰富的诗学思想。

常熟图书馆所藏徐兆玮《北松庐诗话》为手写本，共两部分，北松庐诗话共十二卷，作于壬寅（1902）、癸卯（1903）、甲辰（1904）、乙巳（1905）、丙午（1906）、丁未（1907）、戊申（1908）、己酉（1909）、庚戌（1910）、辛亥（1911）、壬子（1912）、癸丑（1913），一年一卷，丙午年（1906）5 月作了修改。另有"体制"单独成章，共分上中下三部分。创作时间不详，从徐兆玮自叙来看，应该是写于《诗话》十二卷创作过程中。

这是一部与近代西昆关系密切的诗学稿本，但是在当代各重要的诗话中均未见收藏。很多学者认为其缺乏理论深度，但本书作为一部评点式诗话，确认了近代西昆以"崇李"（李商隐）为核心的诗学体系，在实证基础上，通过材料引述表述观点，是虞山诗派重学问、重考据学术态度的体现。诗话探讨学李、学黄、新学等近代诗坛主要话题，和汪荣宝的《西砖酬唱集序》一起，提出了较全面的西昆派诗论，理应视为西昆派纲领性文论。

一、“学李”与“诗史”相结合的创作方向

一代诗风的形成，与诗学典范的遴选相伴随，在近代的特殊背景和虞山诗学传统的双重影响下，李商隐诗脱颖而出，成为西昆诗人至高无上的典范。《诗话》通过大量的“集李”诗的点评，这种“有意味的形式”，鲜明地打出了推崇李商隐的旗号。他对黄庭坚颇有贬斥[①]，其门墙、宗派意识是显而易见的。

西昆诗人所受的义山影响显而易见，他们通过大量的集李诗表达对义山的推崇。除徐兆玮的《集义山诗稿》一卷外，汪荣宝《思玄堂诗集・楚雨集》中，亦集有义山诗句，如《朱门》、《岁暮》、《雪和君直》、《玄圃和君直》、《红楼和君直》八首、《拟意》、《华清》十八首、《秋兴》二十首、《楚宫》六首、《畹华三十生朝》四首、《无题集义山》一首、《拙政园》等等，这些集李诗，内容丰富，有言情、感伤身世、怀才不遇、交友应酬等等；体制不一，有七律、五言排律、五律等。从诗风、人生态度、诗学风貌等不同的方面，可见李商隐对他们的影响。

徐兆玮在《北松庐诗话》中体现了这一倾向。在《诗话》中，他不仅搜集西昆诗人集李诗，如《曹云瓿集义山诗》[②]、《曹云瓿集义山五律》[③]、《汪衮夫集义山诗》[④]、《曹云瓿、汪衮夫集义山五言排律》[⑤]等等，也搜集

---

① 徐兆玮《北松庐诗话》卷六，有《黄山谷诗创格本于欧阳文忠》一条，云：《苕溪渔隐丛话》“永叔《送原甫出守永兴》诗云：‘酌君以荆州鱼枕之蕉，赠君以宣城鼠须之管，酒如长虹饮沧海，笔若骏马驰平坡。’黄鲁直《送王郎诗》云：‘酌君以蒲城桑落之酒，泛君以湘累秋菊之英，赠君以黟漆之墨，送君以阳关堕泪之声；酒浇胃中之磊落，菊制短世之颓龄，墨以传千古文章之印，歌以写从来兄弟之情。’近时学者，以谓此格独鲁直为之，殊不知永叔已先有也”。

② 曹元忠诗，徐兆玮：《北松庐诗话》卷六。

③ 曹元忠诗，徐兆玮：《北松庐诗话》卷七。

④ 汪荣宝诗，徐兆玮：《汪衮夫集义山诗》，《北松庐诗话》卷五收，手稿。

⑤ 徐兆玮《北松庐诗话》卷五收，手稿。

前辈诗人集李诗,如《车研集玉溪生诗》①等。

因为推崇李商隐,他的《诗话》提供了"集李"的标准,总结和深化了西昆派诗人及前代诗人的"集李"现象,不仅记叙了作者的集李、集温之举,如"丙午长夏,与汪衮甫、曹云瓿同集义山句为咏史诗"②,"予集义山毕,复从事于飞卿"③等等,他还提出了集李诗的原则,如"天然凑合"④、"天衣无缝"⑤、"工整绝伦"⑥等等,并以此警戒"挦摭玉溪生者"⑦。他又专门搜集了何绰诗论,表达对李商隐的推崇:"熟观义山诗兼悟西昆之失,西昆只是雕琢字句无义山之高情远识,即文从字顺,犹有间也。"⑧

在学李的方向上,以往诗人学李,以言情为旨规,而徐兆玮则在"史可榕集李义山诗"一条中认为,史氏所集义山五律"近艳体","故不录"⑨。否定以艳情为方向的学李传统,提出了比较明确的义山学习方向,即关注现实,关注天下大事,关心民生疾苦,用李商隐式的曲笔,表达现实人生感慨。

他学李与诗史并称,推崇其"诗史"精神,明确了西昆派诗人学李的内涵,使得以诗存史,以诗抒怀成为自觉,力求"超越古人"。张鸿的《岁暮杂感》,本着"以诗存史"的精神,记叙戊戌政变一代历史,说:"玉溪不作无诗史,甘露当年论不同。"⑩徐兆玮对此大加赞叹:"丽而能沉,逼近义山……议论平允,亦信史也。"⑪所以他才会称赞汪荣宝的集李诗《近世史杂咏》为"工整绝伦"⑫。并引用《耐冷谭》诗话一条:"又云立言与

① 车研诗,徐兆玮:《北松庐诗话》卷八,手稿。

②⑨ 徐兆玮:《史久榕集李义山诗》,《北松庐诗话》卷五,手稿。

③ 徐兆玮:《庞檗子、孙龙尾集温诗》,《北松庐诗话》卷十一,手稿。

④⑦ 徐兆玮:《石赞清集义山诗》,《北松庐诗话》卷四,手稿。

⑤ 徐兆玮:《集玉溪生诗》,《北松庐诗话》卷一,手稿。

⑥ 徐兆玮:《汪衮夫集义山诗》,《北松庐诗话》卷五,手稿。

⑧ 何绰诗论并为袁枚《随园诗话》记录,徐兆玮收录。徐兆玮:《袁简斋诗话》,《北松庐诗话》卷五,手稿。

⑩ 张鸿:《岁暮杂感》,徐兆玮:《北松庐诗话》卷二收录,手稿。

⑪ 徐兆玮:《张璚隐岁暮杂感》,《北松庐诗话》卷二,手稿。

⑫ 徐兆玮:《汪衮夫集义山诗》,《北松庐诗话》卷五收,手稿。

立德、立功并重，诗亦立言之一也。昔人谓诗不苟作，斯集不虚传，盖诗与史相表里，一集之中必须有可兴可法之作。”①

二、《北松庐诗话》的求新思想

昆体诗人普遍有留洋经历，赞成变法，能够接受新思想，很多的西昆派诗人都在其诗歌里描绘了带有新的时代色彩的诗歌。张鸿在日本任领事时，与流亡日本的梁启超诗歌酬唱，《神户简任公》、《秋心和任公》、《病起简任公》等诗，对梁启超充满敬佩："至意谁欣赏，微吟聊破闲。"②他们写了很多诗摹写海外风情，汪荣宝有《埃及残碑》、《瓦得路吊拿破仑》、《欧洲战事杂感八首》、《网球》等；张鸿的《长崎观朝颜会即牵牛花也》、《神户咏怀》；孙景贤有《长崎理事府书怀》、《向岛看花》、《岁晚之东京离席》、《国府津车中望见富士山赋》、《靖国招魂社观祭》。

《诗话》的选诗原则体现了西昆派诗人的求新倾向。《诗话》所选诗歌，有的表现了新的思想感情；有的描写新式事物，如望远镜、阿芙蓉；有的展示了科学技术发展带来的新事物，如咏轮船、电报、火车等；有的表达了科技精神，如《诗话》卷一收录了《秋夜观星》等诗；有的描写了崭新的异国图景，如描写日本、欧美等域外世界的诗篇。徐氏推崇黄遵宪，自觉地与“诗界革命”站成一队，《诗话》搜集了黄遵宪的新派诗，如卷二选黄遵宪《锡兰卧佛诗》、《今别离》、《出军歌》、《军中歌》、《旋军歌》、《幼稚园上学歌》等，通篇圈点，表示赞赏，其求新意识与创变思想，是显而易见的。

他从理论上对旧体诗创作中的求新倾向进行了总结。《北松庐诗话》第一卷第一章，列出了阮元的《望远镜诗》，将新派诗的上限拉到了乾隆道光年间；后又录陈文述的《秋夜观星书寄琅嬛》，称之为“此与阮文达公望远镜中望月歌同一奇作”③；徐兆玮也屡屡在诗话中表明态度：“近人诗余最服膺黄公度遵宪，惜未见其全集，仅于《饮冰室诗话》中

① 宋咸熙语，徐兆玮：《耐冷谭论诗》，《北松庐诗话》卷六收录，手稿。

② 张鸿：《秋心和任公》，《蛮巢诗词稿》，民国二十八年(1939)排印本，第10页。

③ 徐兆玮：《陈云伯秋夜观星诗》，《北松庐诗话》卷一，手稿。

录存数章,以志倾倒”[①];《诗话》中,我们还可以看到徐兆玮的一些求新的探索,如重视以俗语、方言入诗等,说:“作诗有用俗语者”[②];对新材料、新事物入诗,他提出自己的思考:“不脱不黏,恰到好处”[③]。

三、“人心之巧,愈出愈奇”[④]

——徐兆玮的“创格”[⑤]理论

古人论诗强调“正”,如魏庆之说:“唐名辈诗多用正格。如杜甫诗,用偏格者十无二三。”[⑥]而徐兆玮的《诗话》则反其道而行之。其诗学体制的文字虽然以摘录为主,但并不是胡乱摘抄,贯穿了徐兆玮“因难见巧”[⑦]、造微入妙的创格思想,从用字、对仗、句法、平仄等角度,探讨诗歌体制问题,辨析细密,将诗格的问题提高到“人心之巧,愈出愈奇”的高度,其实是剑走偏锋,将属对、句法、诗体中的“难”、“巧”、“奇”、“新”、“细”,作为“创格”的方向加以鼓吹。

1. 推崇奇体怪体

徐氏的“创格”其实是诗歌的“变体”,《律诗绝诗用字平侧有变体》一节,引用《苕溪渔隐》,指出杜甫的《严公仲夏枉驾草堂,兼携酒馔,得寒字》和韦应物《雪夜下朝,呈省中一绝》都属于变体。原文“又有七言律诗,至第三句便失粘,落平侧,亦别是一体。唐人用此甚多,但今人少用耳”[⑧]旁细细加圈,后面又加按语,说明这一体裁又分两体,从中可以

---

① 徐兆玮:《黄公度锡兰岛卧佛诗》,《北松庐诗话》卷二,手稿。

② 徐兆玮:《作诗用俗语》,《北松庐诗话》卷六,手稿。

③ 徐兆玮:《孙眉韵咏阿芙蓉膏集句》,《北松庐诗话》卷二,手稿。

④ 徐时栋:《烟屿楼笔记》,徐兆玮作为重要观点引用。徐兆玮:《集词为诗》,《北松庐诗话》“体制”卷下。

⑤ 徐兆玮:《缪申浦寿诗以八言九言十言十一言十二言分体》,《北松庐诗话》卷九,手稿。

⑥ 魏庆之:《总论》,《诗体》下,《诗人玉屑》卷二,中华书局2007年版,第41页。

⑦ 徐兆玮:《翟晴江八言十言诗》,《北松庐诗话》卷七,手稿。

⑧ 徐兆玮:《律诗绝诗用字平侧有变体》,《北松庐诗话》卷一,手写本。

看出他的重视程度。《专用字之偏旁一样者缀合成诗》一节，收录“药名诗”、“星名诗”、“郡名诗”、“建除体”、“八音诗”、“藏头诗”、“单用一姓”、“通篇用韵”等。他的诗话还选了“五侧体”、“以古人姓名藏句中”等诗歌体式，此外还有“一言诗”、“二言诗”、“三言诗”、“四言诗”，一直到“十一字诗”等等，又加诸多评语，如“尤剪裁入妙也”①，“此亦前人所无”②等等。

2. 强调句法，重视属对

他的诗歌理论探讨细致，并以杜诗为证，强调属对的重要。他重视绝句的四句皆对、当句对，不仅指出有扇对格，而且还提出“此体今人多用之，然亦施之长律为宜耳，绝句不可效也”③。他强调属对精工，“无率易语”，甚至达到苛刻的程度，抄录《艇斋诗话》一段，指出王安石诗歌对偶甚严：“经对经、史对史、释氏事对释氏事、道家事对道家事。”④又抄录《石林诗话》：“荆公诗用法甚严，尤精于对偶。尝云：‘用汉人语止可以汉人语对，若参以异代语，便不相类。’”⑤他随后评价说：“此虽昔论，然学者不可不知。知此自无率易之病矣。”⑥他不仅收集了借对、活对、自对、磋对的例子，还指出今人之弊，在于句法，提供了折句格、两句一意、忌粗忌纤忌俗、采色字虚用、叠用数目字、叠字等形式，供人参考。

3. 推崇集句，甚至主张集词为诗

徐兆玮喜爱集句，《诗话》搜集了《九九销夏录》、《亥馀丛考》、《池北偶谈》、《烟屿楼笔记》等文献，辨析了集句的由来，汇总前代集句，专门另辟一章，引用了徐时栋《烟屿楼笔记》一条，谈集词为诗和集诗为词。虽然是引述资料，但体现了他对集句的重视，强调了集句写作的要点，

①② 徐兆玮：《专用字之偏旁一样者缀合成诗》，《北松庐诗话》卷一，手写本。
③ 徐兆玮：《律诗有扇对格》，《北松庐诗话》卷一，手写本。
④ 曾季貍：《艇斋诗话》，徐兆玮钞录，《北松庐诗话》卷一，手写本。
⑤ 叶梦得：《石林诗话》，徐兆玮钞录，《北松庐诗话》卷一，手写本。
⑥ 徐兆玮：《北松庐诗话》卷一，手写本。

要“惬心贵当”[①]。

吴中诗学出现徐兆玮这一专门在诗体上求新求奇的现象，并非偶然，是时代风气所造成的旧体诗的困境。晚清末年，列强入侵，朝廷昏庸无能，文人士大夫满腔抱负无从施展，心态日渐内倾。古诗经唐宋元明清的发展，又经过李白、杜甫、高适、岑参、王渔洋、龚自珍等大家不断地创作，已经发展到了极致，在内容和意境等方面很难再有发展的余地。这就导致清末文人对于技巧的过度追求，以求弥补前人的不足。如徐兆玮谈到“五侧体”时，就说“可补皮陆所未备”[②]，又说黄山谷多有创体，“此亦前人所无也”[③]。如我们联系当时的旧体诗坛，“同光体”的学宋，用拗律、险韵，樊易等人的次韵叠韵，都让我们看到了西昆诗人的追新逐奇和“逞才斗智”，其实是进行着各种各样体裁的写作实验。

4. 重材料、重实证、重文献的学人风范

虞山派诗人，自钱谦益开始，便以“才大学博”著称，二冯兄弟也都提倡读书，《钝吟杂录·家戒》云：“儒者之业，莫如读书。”[④]近代西昆派诗人延续了这一传统，西昆派诗人也往往以学者居多，如曹元忠是经学家，汪荣宝精通西学、著作等身，参与过立宪等等，他们的诗歌创作也透露出浓郁的学人之气。而徐兆玮集诗人、学者和藏书家于一身，在搜集地方文献，汇辑史料丛书，记载读书心得方面，卓有成效。他力斥《沧浪诗话》，称“《射鹰楼诗话》论诗极精，力斥严沧诗有别才，非关学之说”，又说：“严叟谓‘诗有别才’，是矣，而谓‘诗非关学’，则非也。谓‘诗有别趣’，是矣，而谓‘非关理’，亦非也。果如沧浪所论，则少陵何以读书破万卷耶？”[⑤]

---

① 徐兆玮：《孙希孟飞卿集句诗》，《北松庐诗话》卷三，手写本。

② 徐兆玮：《五侧体》，《北松庐诗话》卷一，手稿。

③ 徐兆玮：《专用字之偏傍一样者缀合成诗》，《北松庐诗话》卷一，手稿。

④ 冯班：《家戒》上，《钝吟杂录》卷一，文渊阁《四库全书》本，台湾商务印书馆发行，第886册，第514页。

⑤ 徐兆玮：《北松庐诗话》卷十，手稿。

（1）《诗话》注重材料收集

其主体部分多用前人诗话，却体现出自己的组织原则和诗学思想，考证细致。如卷一考证了《缃素杂记》关于“进退格”的谬误，又指出这三格今人已经很少用了。记叙了各种体制的创格始末，认为俞樾的平仄两读叠韵诗是创格，顾太清的集词为诗也是创格。资料时效性极强，在交流不便的情况下，不仅大量应用古代资料，还能引用当代资料，如他四处搜集黄遵宪诗歌，《诗话》记载：“黄公度《人境庐集》未见传本，顷读《诗界潮音集》又得数章。”①

（2）注重乡邦文献的整理

《北松庐诗话》搜集了很多以常熟为中心的苏南诗人的作品，对于承继虞山风貌的诗人更加留意，很多诗人的诗作在其诗集中未见，这也是全书的一大贡献。

首先，保存了大量的地方诗人与地方文献，存录诗人。《诗话》保存了一批地方诗人的资料，如娄东顾茂才，今天诗稿已经湮没无闻，《诗话》卷二中记录了其诗集名称。诗人孙筱川，诗人从已经散佚的《龙尾楼诗话》中，记叙其诗歌，留下了可贵的一页。如曾朴的诗歌，一般人只知道曾朴是小说家，但是不知道曾朴也有诗歌。即使西昆诗人的诗作，也多有散佚。如张鸿的《岁暮杂感》、张鸿、徐兆玮与翁之润的互相唱和，《诗话》收集了他们的这一部分诗作。此外还有吴思荃、陆宗泰、汪述祖、吴絅斋等一批吴地诗人的诗作。

其次，记叙了以常熟为核心的吴地诗人唱和交游情况。如《诗话》卷二记载了自己由京师回故乡，与宗子戴同舟谈艺，“甚乐”②。又记载壬寅年（1902），宗子戴应经济特科荐，孙雄的赠诗和宗子戴的唱和。卷二又记载翁之润开诗社，征人唱和的情形，诗话记载说翁之润作《惜花诗》，张鸿、徐兆玮皆有唱和，并评价说这些诗作寄托了“锦瑟华年之感，香草美人之思”③。

① 徐兆玮：《黄公度度辽将军歌》，《北松庐诗话》卷三，手稿。
② 徐兆玮：《孙眉韵宗子戴倡和诗》，《北松庐诗话》卷二，手稿。
③ 徐兆玮：《翁慵庵惜花诗》，《北松庐诗话》卷二，手稿。

第三节 “变雅哀音谱半生”[1]
——西昆派的主题取向及创作内容

西昆诗人生于风云诡谲的时代之奇局之中,大多备历艰辛,见多识广,集家国变故于一身。晚清时期的各种社会矛盾,老百姓的生活状况,以及甲午战争、庚子事变、辛亥革命等重大历史事件,在他们的诗中均有记录。对清末激烈尖锐的帝后党争、锥心刻骨的战败议和及风云变幻的官场仕途,都有深刻的感悟。强烈的幻灭感和丰富的人生经历使他们的作品透着浓重的悲剧色彩,他们的诗歌创作,也因此成为时代巨变的见证。

一、亲历变法,抒写隐忧

清末光绪一朝,早已文恬武嬉,上下解体,既有“不战、不和、不守、不降、不死、不走”的叶名琛,亦有狂奔五百里逃回国内的叶志超,面对朝廷的昏庸无道、列强的群魔乱舞,军阀的连年混战,西昆派诗人或吊古伤今,或隐言谲寓,或香草美人,或刺世嫉时,或感时伤逝,或讽寓现实。其诗作亦取材典型、兼备史实、感触讽咏,是樊增祥等诗人那种春秋笔法、皮里阳秋的描述,所难以想象和体验的。

戊戌政变,是众多西昆诗人的人生转折。对戊戌变法的反映,亦是他们创作的一个重点。光绪时期,翁同龢为帝傅,西昆诗人与翁同龢来往较多,得以直接洞悉国事,张鸿、汪荣宝等人又亲历变法,故感慨时局,实为切肤之痛,其所作深刻、大胆、切中时弊。抒写感愤,揭露真相,成了他们早年创作的重点。

张鸿的《送翁叔平相国》,追述其父子功德,并用“老谋忘曲突,急劫

---

① 徐兆玮:《次师郑辛未旧历元旦口占二律韵题其旧京诗文存后》,《虹隐楼诗集》,徐昂千自印刊行本。

值残棋。忍谤忧疑日，沈机险厄时”①，写出局势的艰险，预感新政的失败和内心的彷徨。汪荣宝当时在京师，目睹了事变的整个过程，有《纪变》、《有感》、《重有感》等诗，回顾康梁往事，描写了事变整个过程，抒发了内心悲愤。有叙事：“告密封章急，思衍制诏哀。汉槎求药去，秦传送医来。”②有愤激：“伤心李斯犬，侧目郅都鹰。”③“汉朝自有家人语，安用春秋至太平。”④后又说：“若凭成败推兴废，甘露当年未足论”⑤，借史抒怀，表达对戊戌变法的肯定；曹元忠《咏史》七首，自注是“戊戌九月作”⑥；沈鹏的《戊戌除夕感赋十二首》，均表现一种无惧生死的气概。

沈北山事件，是戊戌之变的余音。据钱仲联先生《梦苕庵诗话》所载：

> 慈禧当国时，李莲英与荣禄、刚毅，谄媚弄权，蠹政败国。朝野上下，敢怒而不敢言。其能伸正义以相弹劾，寒奸雄之胆者，我乡沈北山编修“三凶”一疏是也。……北山既殁，邑人徐虹隐兆玮编修集义山诗以哭之，凡十首，天衣无缝，北山得此为不死矣。⑦

对于这一事件，西昆诗人多有记叙。俞钟颖有《挽北山二首》，婉转含情，一唱三叹。这些关于沈鹏的诗句中，只有张鸿表达了骄傲和钦佩：“感云吾党多奇节，又恐中朝失狱辞。”⑧沈鹏去世，徐兆玮作诗回忆了

---

① 张鸿：《送翁叔平相国》，《蛮巢诗词稿》，民国二十八年(1939)排印本，第5页。

②③ 汪荣宝：《有感》，《思玄堂诗》，沈云龙主编《近代中国史料丛刊》卷598，文海出版社印行。

④ 汪荣宝：《重有感》其五，《思玄堂诗》，沈云龙主编《近代中国史料丛刊》卷598，文海出版社印行。

⑤ 汪荣宝：《过杨叔峤故居》，《思玄堂诗》，沈云龙主编《近代中国史料丛刊》卷598，文海出版社印行。

⑥ 曹元忠：《咏史》，《笺经室遗集》卷十七，民国三十年辛巳(1941)吴县王氏学礼斋排印本。

⑦ 钱仲联：《梦苕盦诗话》，张寅彭主编《民国诗话丛编》(第六册)，上海书店出版社2002年版，第190—191页。

⑧ 张鸿：《沈北山入狱》，《蛮巢诗词稿》，民国二十八年(1939)排印本。

北山上书的始末、内容以及两人的交往，纠正人们对这一事件的误传："丈夫尚气节，岂为家室累。"感叹沈鹏最后的结局："孤忠拼九死，而又终蓬庐。直声满天下，身陨名亦虚。"将他和屈原司马迁贾谊相比："史公议天道，是耶抑非与？忠謇屈贾伍，骨肉楚越如。"[①]

二、记录时局，考镜得失

由清末到民初，中国社会面临天翻地覆的变化，风雨飘摇，西昆派诗作是外强入侵、内忧外患的真实写照，表达"天下兴亡，匹夫有责"之感。

甲午战争是近代史上最为惨痛的一页。中国遭此奇耻大辱，始能重新正视自己、正视世界。梁启超在《戊戌政变记》中指出："吾国四千余年大梦之唤醒，实自甲午战败、割台湾、偿二百兆以后始也。"[②]甲午战争开始时，西昆诗人都表现出昂扬的斗志和必胜的信心。张鸿有《甲午七月感事》六首，"夜阑犹盼捷书传"[③]，慷慨激昂；徐兆玮有《宫怨》，"请缨拼上桃花马"[④]。而随着战争的失利，徐兆玮有《牙山哀》、《平壤哀》、《台民怨》等等，描写了中日甲午之战的整个过程，描写日寇的凶焰，清军溃败。既哀悼朝鲜，也哀叹清王朝的自断臂膀。

庚子事变，西昆诗人对义和团一开始就抱仇视态度。张鸿有《猛虎行》，作于"庚子五月"，"时拳会甫萌孽"[⑤]，作者对义和团抱不信任态度："虎死不足惜，人惜为虎误。养虎必遗患，吁嗟不敢语。"[⑥]徐兆玮评价说："荏苒半月，火遂燎原，此诗不幸而中也。"[⑦]《庚子五月出都感怀》二首，用明末东林党和李自成典故，联系本朝义和团之乱和列强入侵，

① 徐兆玮：《哭沈北山》，《虹隐楼诗集》，徐昂千自印本，第49页。

② 梁启超：《戊戌政变记》，《饮冰室合集》专集之一，中华书局1989年版。

③ 张鸿：《甲午七月感事》之四，《蛮巢诗词稿》，民国二十八年(1939)排印本，第2页。

④ 徐兆玮：《宫怨》，《虹隐楼诗集》，徐昂千自印本，第26页。

⑤ 徐兆玮：《北松庐诗话》卷三，手稿。

⑥ 张鸿：《猛虎行》，《蛮巢诗词稿》，民国二十八年(1939)排印本，第8页。

⑦ 徐兆玮：《北松庐诗话》卷三，手稿。

感叹自己怀才不遇，报国无门。同类题材还有汪荣宝的《呜呼噫嘻行》、《出都兼旬得北书不能成寐》、《早春即事》、曹元忠的《失题》等。

辛亥革命之后，他们或激流勇进，或成为前朝遗民，但都没有放弃对国事的关心。徐兆玮的《五月十日众议院记事》，记叙当时的府院之争，指出当时的形势是："海外风烟气吐吞，旗旌历乱阵云屯"；讽刺军阀拥兵自重："八千子弟真乌合，十万横磨任大言"[1]。一·二八淞沪抗战期间，他们垂垂老矣，但都焕发出非凡的民族气节和抗日的激情，张鸿的《闻十九路军战胜喜作》，以"笑声""举祝杯""欢呼"为基调，表达了"百年积弱天今醒，万里欢呼海上惊"[2]的狂喜。徐兆玮的《和燕谷老人闻上海十九路军战胜日军志喜之作》，侧重赞叹十九路军的英勇善战，力挽狂澜："愤起挥戈能退日，伫看挽弩竟回潮"；描写了自己的欣喜之情："忧危顿觉心神王，衰朽浑忘旅力孱。"[3]

他们冷静分析时局，考镜兴亡。徐兆玮的《燕台杂感》、《天津杂感》等诗，描述武昌起义："滔滔江汉忽腾翻。"冷静分析清廷覆亡原因："草莽常矜汉诏宽，岂知拘迫到儒冠。""专欲未妨干众怒，分崩从此构兵端。"也有复杂的情绪："夜雨昭陵埋石马，秋风汉殿泣铜仙。"[4]"来日变迁谁能料。"[5]1911 年，徐兆玮游颐和园，写了五言长诗《万寿山》，回忆了光绪三十年，慈禧在颐和园受贺："想当祝嘏时，千官立阶次。"但如今，则是"宫花侵辇路，山鸟忘警跸"。诗人冷静分析了造成这一切的原因，认为是统治者的骄奢。他回忆颐和园兴建的往事，指责慈禧荒废朝政："慈圣春秋高，垂帘倦临莅。"[6]他认为国家的衰落和慈禧的花费巨资兴建颐和园有关。写出了当年朝廷贬斥言官以及重用义和团的整个过程，的确做到了诗补史阙。

---

① 徐兆玮：《五月十日众议院记事》，《虹隐楼诗集》，徐昂千自印本，第 97 页。

② 张鸿：《闻上海十九路军战胜日军喜而有作》，民国二十八年(1939)排印本，第 23 页。

③ 徐兆玮：《和燕谷老人闻上海十九路军战胜日军志喜之作》，《虹隐楼诗集》，徐昂千自印本，第 189 页。

④ 徐兆玮：《燕台杂感》，《虹隐楼诗集》，徐昂千自印本，第 70 页。

⑤ 徐兆玮：《天津杂感》，《虹隐楼诗集》，徐昂千自印本，第 72 页。

⑥ 徐兆玮：《万寿山》，《虹隐楼诗集》，徐昂千自印本，第 61 页。

三、哀悼民生，伤心欲泣

从晚清到民初，列强入侵，军阀割据，战乱频繁。西昆诗人秉持儒家关切民生，体察民情，关心民瘼的优秀传统，从复杂的社会生活中提炼主题，体现出鲜明的现实关怀和时代精神。曹元忠的《偕子昂、立之、献臣晚步》："云谷山荒只长苔，沙河水浅欲生莱。青青依旧陵陂麦，发冢无含更可哀。"[①]写了战后农村的荒凉。徐兆玮的《哀鸿吟》关注百姓疾苦，描述底层民众流离失所的人生境遇，"鹑衣瑟缩西风里，异地谁怜范叔寒"，是天寒地冻；"黔敖不食嗟来食，今日嗟来食亦无"，是无衣无食；"谁家琐尾流离子，无土编茅缚一椽"，是无家可归；"荆天棘地难行路，猛虎长蛇避不胜"[②]，是兵灾连连。

他们记叙百年战乱给百姓带来的苦难，表述了对人民的深切同情及痛惜。徐兆玮的《龚伯康丈挽词》云："白首又惊沧海变，江淮劫火有余哀。"[③]描写了张勋复辟不成，辫子军抢劫江淮大地所带来的哀鸿遍野、生灵涂炭。张鸿的诗，偏重于描写民众在战乱中的心理创伤和情感体验。他有两首诗，其一云："重城严闭炮如雷，万众奔逃势若摧。"描写两军开战，城门紧闭，百姓四处逃窜。其二云："白头老母忆前年，避乱依依在膝前，此际孤儿独垂泪，炮声幸不达黄泉。"[④]写出了孤儿寡母在炮火肆虐之下，无处可避的惨状，触目惊心，强烈地表达了诗人的悲愤。他的《拉夫》写军队强征百姓当兵，《掘壕》写乱军发动徭役。这两首诗，能够站在历史的高度，通过一个从来没见过战乱的虞山县，展示了近现代时期战乱连连的真实状况，体现了强烈的悲悯情怀。《掘壕》的结尾，

---

① 曹元忠：《偕子昂、立之、献臣晚步》，《笺经室遗集》卷二十，民国三十年辛巳(1941)吴县王氏学礼斋排印本。

② 徐兆玮：《哀鸿吟》，《蛮巢诗词稿》，民国二十八年(1939)排印本，第211页。

③ 徐兆玮：《龚伯康丈挽词》，《北松庐诗录》，《虹隐楼诗集》，徐昂千自印本，第97页。

④ 张鸿：《二月二十日党军在南门外与鲁军战》，《蛮巢诗词稿》，民国二十八年(1939)排印本，第16页。

诗人说："努力渡此厄，白日终昭昭。"[①]表现了老杜式的忠厚情怀。这些诗歌，反映了近代社会的残酷与黑暗，统治者的奢侈与腐败，民众的苦难与不幸，体现出传统知识分子的民本思想。

四、绮艳题材，别有所托

西昆派有很多绮艳题材，比喻寄托，隐文谲寓，萦绕着家国之恨、身世之慨，呈现出谲怪、隐晦、僻涩、精深的风格。

首先，他们写得较多的是珍妃之死。但一般都采取隐晦手法。曹元忠的《秘殿》，寓意朦胧，没有写作年代，但从诗意"汉廷急诏谁先入，星使追还不自由"[②]、"华清恩幸古无伦"[③]等看，应该是写于庚子事变后。其中多处涉及珍妃秘事，如"桃叶桃根双姊妹，披香新殿斗腰支"[④]，指珍妃姐妹得宠；"永巷长年怨绮罗，风光今日两蹉跎"[⑤]，指珍妃被打入冷宫；"莫恨名姬中夜没，更须重见李夫人"[⑥]，写珍妃之死。甚至吟诵珍妃宫女白海棠，曹元忠有《听陆贻美曾炜述白海棠事集李义山句》，孙景贤也有《白海棠六首和曹》。钱仲联先生说："曾见曹君直元忠先生集玉溪生句云：'由来碧落银河畔，家住红蕖曲水滨。'为咏珍妃宫婢白海棠而作。最为切合，余雅爱诵之。"[⑦]

其次，赛金花往事。赛是苏州人，吴下诗人对她非常感兴趣。如汪荣宝有《妓席有赠》，曹元忠有《赠侍郎某公故伎》，孙景贤有《客有道秋

---

① 张鸿：《掘壕》，《蛮巢诗词稿》，民国二十八年(1939)排印本，第23页。

② 曹元忠：《秘殿集李义山句》之九，《笺经室遗集》卷十八，民国三十年辛巳(1941)吴县王氏学礼斋排印本(以下简称《秘殿》)。

③⑥ 曹元忠：《秘殿》之二十一，《笺经室遗集》卷十八，民国三十年辛巳(1941)吴县王氏学礼斋排印本。

④ 曹元忠：《秘殿》之三，《笺经室遗集》卷十八，民国三十年辛巳(1941)吴县王氏学礼斋排印本。

⑤ 曹元忠：《秘殿》之五，《笺经室遗集》卷十八，民国三十年辛巳(1941)吴县王氏学礼斋排印本。

⑦ 钱仲联：《梦苕庵诗话》，张寅彭主编《民国诗话丛编》(第六册)，上海书店出版社2002年版，第171页。

舫故妓事者感叹赋成四律》等诗。徐兆玮对孙景贤的诗推崇备至:“述庚子以后事,更足补樊曲所未备。”①钱仲联更从艺术上肯定云:“诗笔绝工,上追樊南。”②相比于樊樊山前后《彩云曲》,吴下诗人往往用近体,作雅音,着重渲染的是赛金花身世遭际,细腻深厚,追忆昔日的繁华,感慨今日之衰落。

其三,香草美人,自伤身世。张鸿有多首《感怀》诗,徐兆玮有《宫怨》,曹元忠有《赠天韵阁主》,曲折地表达了诗人的隐衷,如张鸿的《感怀》:“莽莽乾坤大,偏难着此身。”③曲折地表达了戊戌变法事败后,诗人失落仓皇的心境。曹元忠的《赠天韵阁主》,以一位“谁知红烛夜,背坐泣琵琶”④的青楼少女自比,表达一位身经变革、感慨深重的前朝官员,对礼崩乐坏、世事变迁的感叹。

五、帝制终结,感伤迷茫

朝代更迭,给人们带来巨大的精神冲击和深深的失落。但取消帝制,却体现时代的进步和历史的必然,这给传统体制下成长起来的昆体诗人们带来了巨大的迷茫和失落。同样经历亡国之变,清遗民与明遗民的心态却差异明显。“驱逐鞑虏,恢复中华”,遗民成了被耻笑的对象,这使得清遗民不可能像明遗民那样对其君主、故国有强烈的依恋。而天下为公,不属于一己私有观念的普及,使得清代士人虽对辛亥革命不满,但也没有明遗民那样激烈的抗议。

相比之下,明代的遗民好做,因为没有道义上的困扰,而清遗民则更难。因为他们不是面对铁血和屠刀,而是面对着思想的分歧。明遗民的仕清是被迫,清遗民如果不仕,反而成为是守旧和落后的象征。在

---

① 徐兆玮:《北松庐诗话》卷三,手稿。

② 钱仲联:《梦苕庵诗话》,张寅彭主编《民国诗话丛编》(第六册),上海书店出版社2002年版,第216页。

③ 张鸿:《感怀》,《蛮巢诗词稿》,民国二十八年(1939)排印本,第9页。

④ 曹元忠:《赠天韵阁主》,《笺经室遗集》卷十八,民国三十年辛巳(1941)吴县王氏学礼斋排印本。

这样天翻地覆的变革中，他们无所适从，只好以自己的诗笔，表述了旧式文人对时代变迁的迷茫和苦闷。

明代遗民面对王朝易主和山河破碎，抒发的是故国之思，而西昆诗人咏叹的则是荆棘铜驼之悲和盛衰兴亡之感。如徐兆玮《燕台杂感》："夜雨昭陵埋石马，秋风汉殿泣铜仙。"[①]曹元忠的《玉泉感旧图为兰雪兄元恒题》："还说辽家旧行殿，不知身已阅兴亡。"[②]

明遗民主要以悲愤为主，他们则更多感伤。徐兆玮的《重阳吟五首效方回〈桐江集〉体》其四云："索居落寞亦寻常，避地相从问醉乡。昨夜灯前曾怅触，故园明日又重阳。"[③]"索居落寞"，写出了战乱所带来的荒凉萧瑟，"灯前怅触"写出了诗人浓郁的惆怅。即使决绝如曹元忠，也有"未知明日事，聊以永今朝"[④]的诗句，写出了时代变更前的无所适从。

在创作手法上，他们往往选择比兴寄托的手法。如汪荣宝的《楚宫》，咏辛亥革命后的西苑。全诗集李商隐句，天衣无缝，其四尾联云："曾苦伤春不忍听，十三弦柱雁行斜。"[⑤]言在此而意在彼，以锦筝哀怨、雁群斜飞，塑造了忧伤的气氛，诗人避免直接以清廷灭亡为题，而是通过象征的笔法，以"伤春"为主题，这就使得意蕴更加丰富，情感更加含蓄。这种方式，最能体现西昆诗人对时代变迁的感受，说明他们理性上能够接受民国取代清廷，但主观情感上，难免落寞感伤。

---

① 徐兆玮：《燕台杂感》，《北松庐诗录》，《虹隐楼诗集》，徐昂千自印本，第 71 页。

② 曹元忠：《玉泉感旧图为兰雪兄元恒题》《笺经室遗集》卷十九，民国三十年辛巳(1941)吴县王氏学礼斋排印本。

③ 徐兆玮：《重阳吟五首效方回〈桐江集〉体》，《北松庐诗录》，《虹隐楼诗集》，徐昂千自印本，第 72 页。

④ 曹元忠：《感事有作集陶渊明句》，《笺经室遗集》卷十八，民国三十年辛巳(1941)吴县王氏学礼斋排印本。

⑤ 汪荣宝：《楚宫》，《思玄堂诗集》，沈云龙主编《近代中国史料丛刊》598，文海出版社印行。

第四节　“以清真药华藻”[①]
——西昆派诗人的总体风格及其创作个性

钱仲联先生说:“虞山诗派……宗法西昆,摘艳薰香,末流之弊,太尚涂泽,文胜于质。近时如张丈璚隐、徐少逵、黄摩西、孙希孟诸家,皆学玉溪,无恙与余,亦未能免此。”[②]他们心慕前贤,自成一体,变风变雅,含喻深切。延续二冯出入温李,雅慕少陵的诗学范式,“宗趣以杜陵玉溪为归”[③],老杜忧国之沉郁顿挫、义山咏史之寄讽深遥,都集中于他们的诗歌创作。关注现实,表达伤时之痛,但又以藻丽词采曲传内心之隐衷,总体形成了华美哀怨、典故绵密的艺术特色,这一点,马卫中先生在他的《光宣诗坛流派发展史论》[④]中有详细的论述。

由于经历了天崩地裂式的改朝换代,西昆诗人对少陵情怀也体悟得格外深切,首先,他们都有《春兴》、《秋兴》等诗作,模仿杜诗的外在形式,表达共同的人生感慨。其次,他们也用杜韵。如徐兆玮的《重九用工部九日曲江韵》,彼此以诗史精神一脉相连。但是,不同地域和时代,也体现出不同的历史感和时代苦难。西昆诗人的作品也体现出吴下诗人独特的个性气质,江南文人特有的细腻内敛和时代的恐怖压抑,使得他们虽然学杜,但显示出新的内涵和独有意蕴。如汪荣宝的《秋兴》,虽然与杜甫同题,但却多化用李商隐的诗句,充斥着珊瑚、嫦娥、锦瑟、洛神等意象,表达的其实是美人香草式的悲哀。总之,他们的诗歌在骨力苍劲、大开大阖方面虽不如杜诗,但由温李上溯少陵,形成了思密细致、

① 钱仲联:《虹隐楼诗集序》,徐兆玮《虹隐楼诗集》卷首,徐昂千自印刊行本。

② 钱仲联:《梦苕庵诗话》,张寅彭主编《民国诗话丛编》(第六册),上海书店出版社2002年版,第288页。

③ 钱仲联:《虹隐楼诗集序》,徐兆玮《虹隐楼诗集》,徐昂千自印刊行本。

④ 马卫中《光宣诗坛流派发展史论》中认为:“清末晚唐诗派学习李商隐,最明显的艺术特征就是诗歌哀怨的情感、华丽的藻采和密栗的典故,由此产生一种朦胧与晦涩的总体感觉。”苏州大学出版社2000年版。

深婉沉痛、一往情深等特色。

"诗特以寄兴识者。"[①]"君王自有芳兰恨"[②],比兴寄托是西昆诗人的一个突出特点。无论是香草美人还是怀古写景,都寄以深情,托以深意。金天翮在张鸿、钱仲联等人《游仙诗》序中说:"虽山魈木客奇娼怪优,举足为我隐文谲喻之资,而况乎清虚飘缈化人之宫哉?"而"隐文谲喻"的本质,是为了达到"风人比兴之义"[③]。张鸿自己也引用了冯定远的话说:"'心有所在,未可直陈,则托为虚无惝恍之词,以寄幽忧骚屑之意。诗无比兴,非诗也……'后生数典,讵可忘祖。"[④]

张鸿的《游仙诗》写在壬癸之交,即日本侵占东三省的 1932、1933 年,"其时日本侵华益急,东北立伪朝,念乱之未已,不为无意"[⑤],将浓艳的诗笔与神仙、道教相结合,运用仙事道象入诗,借游仙和梦境表达对现实人生的思考,以诸神意象暗讽权贵军阀,抒发山河破碎、民不聊生的沉痛之情。"诸天新筑黄金窟,任尔河山破碎来"[⑥],写达官贵人只顾个人享乐、谋取个人富贵,不顾日寇入侵的事实;"何如少歇霓裳舞,传与人间辟谷方"[⑦],写百姓忍饥挨冻、历经苦难,权贵们却歌舞升平,完全不顾百姓死活。再如徐兆玮的《宫怨》,以失意宫娥自况,看似婉媚而实则激越,抒发自己的报国热情。汪荣宝的《太液二首》云:"太液秋光动绿萍,五云楼阁入微冥。玉虹带雨参差影,璧水涵天上下青。作戏鱼龙寒未歇,当关虎豹晓还醒。禁中更拟《南熏》曲,多恐仪鸾不忍听。""碧海轻桡去似泙,石桥回首浪冥冥。苍凉落日犹凝紫,咫尺神山忽隐

---

① 袁行云:《清人诗集叙录》,文化艺术出版社 1994 年版,第 171 页。

② 汪荣宝:《陈王》,《思玄堂诗集》,沈云龙主编《近代中国史料丛刊》598,文海出版社印行。

③ 金天翮:《游仙诗》序,张鸿、钱仲联等著《游仙诗》卷首,民国二十八年(1939)铅印本。

④ 张鸿:《游仙诗》序,张鸿、钱仲联等著《游仙诗》卷首,民国二十八年(1939)铅印本。

⑤ 陈声聪:"张璚隐"条,《兼于阁诗话》第二卷,上海古籍出版社 1985 年版,第 137 页。

⑥ 张鸿:《游仙诗》其十六,钱仲联等著《游仙诗》,民国二十八年(1939)铅印本。

⑦ 张鸿:《游仙诗》其十七,钱仲联等著《游仙诗》,民国二十八年(1939)铅印本。

青。托月孀娥能不老,隔河灵匹共长醒。瑶池自弄云和管,那识人间掩泪听。"[①]以"作戏鱼龙"、"当关虎豹"比喻弄权小人,"多恐仪鸾不忍听"比喻自己忠言不得晋见,"瑶池自弄云和管,那识人间掩泪听"比喻当权者不问百姓死活。郭则沄评价其诗为:"微婉深至,尤见楚骚忠爱之遗。"[②]

以上所诉,是西昆之总体特征,在此之下,西昆诸人则各有其"味"。这种独立的个性,体现为他们在李商隐基础上,自成面目的努力。

一、张鸿"雄直恢瑰"的艺术风格

张鸿(1867—1941),初名澂,字映南,一字师曾,号璚隐。晚号蛮公、又号燕谷居士、童初馆主。江苏常熟人。光绪甲辰(1904)进士,官外务部郎中,记名御史,日本仁川领事。归里后,在里中兴办教育,居燕园,日事吟咏,完成小说《续孽海花》。有《蛮巢诗词稿》三卷。

张鸿是近代吴下西昆派的领军人物,"自绛云老人以来,主虞山坛坫之盟者必首公也"[③]。他们在张鸿等人居官京师时,"皆从事昆体,结社酬唱,相戒不作西江语"[④],渐而形成西昆派。

但张鸿的诗歌,在"犹是玉溪风调"[⑤]之外,隐含着强烈的忧国精神和悲愤不平之气,钱仲联所谓"璚隐丈诗得雄直气"[⑥]。这种诗风,一方面由于张鸿关注时局,胸存扭转时运之志,个性中自有雄豪兀傲之气。

---

① 汪荣宝:《太液》,转引自郭则沄《十朝诗乘》卷二十二,张寅彭主编《民国诗话丛编》(第四册),上海书店出版社2002年版,第754页,汪荣宝的《思玄堂诗集》仅录其一。

② 郭则沄:《十朝诗乘》卷二十二,张寅彭主编《民国诗话丛编》(第四册),上海书店出版社2002年版,第754页。

③ 钱仲联:《张璚隐传》,《广清碑传集》,苏州大学出版社1999年版。

④⑥ 钱仲联:《梦苕庵诗话》,张寅彭主编《民国诗话丛编》(第六册),上海书店出版社2002年版,第217页。

⑤ 钱仲联:《梦苕庵诗话》,张寅彭主编《民国诗话丛编》(第六册),上海书店出版社2002年版,第278页。

所谓“少怀大志,自甲午后痛时不可为,放怀诗歌,以抒其浩然之气”①;另一方面也和他“由玉溪窥少陵之堂奥”②,主动接纳了少陵关怀国事,心忧天下的情感有关。其本质,是渴望用世。

这种雄直诗风,表现为开阔的气势和豪迈的情感。其《甲午七月感事》其一云:“鸭绿江头掉战舟,祖宗威武奋神谋。虎牢再驾安天下,箕子分封列彻侯。玉节金符传百代,凤旗鸾辇保千秋。谁知海上征云起,万丈长鲸出十洲。”③慷慨激昂,气势雄浑。但随着战况的变化,诗人的激情转为悲凉激越。如他的《甲午九月出都》其一:“依然怒马出长安,一领青衫泪未干。漫说凤池添姓字,惊闻鳄海起波澜。请缨枉被嗤风汉,筹国原知有达官。只恨北来消息恶,严关烽火逼云端。”其二云:“莫言朝事费平章,身世如斯亦可伤。罗隐当年频下第,相如无奈作赀郎。官卑报国知无分,秋老还家兴自长。独有天边一轮月,相思犹照小筼筜。”④在“独有天边一轮月,相思犹照小筼筜”的悱恻缠绵中,寄托了心思报国却不为所用的郁愤之情。

张鸿的游仙和咏史诗,看似华美含蓄,其实非常直率,有着强烈的讽刺色彩,如《游仙》七律五首,其一云:“淮南霞举上琼宵,月佩星冠拥侍僚。飞剑斩蛟江左重,吹箫引凤大郎娇。朝朝靧面红桃雪,夜夜归心碧树潮。莫说神州多弱水,跨麟乘鹤自逍遥。”⑤讽刺李家父子,身为国家重臣却不把国家利益放在心上。全诗连用六个典故,不仅讥讽了李鸿章的丧权辱国,也讥讽晚清众多食君禄却不能分君忧的股竑大臣。《题钱谦益柳如是小像》其一讽刺钱谦益贪生怕死:“化鹤归来泪满襟,文章气节重东林。只缘红豆难抛掷,怕问西湖水浅深。”其二讽刺柳如是不能从一而终:“南渡仓皇国事非,玉环悔未系罗衣。登仙独让孙公

---

① 唐文治:《张君璠隐墓志铭》,钱仲联主编《广清碑传集》,苏州大学出版社 1999 年版。

② 徐兆玮:《蛮巢诗词稿序》,张鸿《蛮巢诗词稿》卷首,民国二十八年(1939)排印本。

③ 张鸿:《甲午七月感事》,《蛮巢诗词稿》,民国二十八年(1939)排印本,第 2 页。

④ 张鸿:《甲午九月出都》,《蛮巢诗词稿》,民国二十八年(1939)排印本,第 3 页。

⑤ 张鸿:《游仙》,《蛮巢诗词稿》,民国二十八年(1939)排印本,第 2 页。

子,自作鸳鸯拂水飞。”①

戊戌变法之后,翁同龢被谴,诗人失去了政治靠山。但他诗歌中,这种忠愤郁勃之气,却更加激越,诗歌风格沉郁顿挫。沈北山上疏弹劾“三凶”,稿本是张鸿所写,奸党得知,将不利于张鸿,他只好去日本担任领事,避祸东居,《神户咏怀》就是写在这样的背景下,诗云:“浮海东来落拓身,谪留异国分沉沦。画墁求食宁吾志,击柝居卑只为贫。山水自封真万户,功名遥望似三神。空言至竟难拯世,窃禄惟忧久负民。”②全诗以“落拓身”、“分沉沦”等语,写出了东渡日本后,惆怅感怀的心境;以“画墁求食宁吾志”一语,表达了自己壮志难酬的感慨;“难拯世”、“久负民”等语,看似自责,实是愤激之语。

徐兆玮说张鸿早年学李贺,从他的诗集里看,他还学习过韩愈。余恕诚先生有一篇论文《诗歌:从韩愈到李商隐——兼谈文学演进中的穿透与移位现象》,谈到了李商隐通过李贺,对韩愈的接受③。张鸿也有一部分诗作,集李贺与韩愈于一体,这就使得他的诗歌呈现出光怪陆离、情感浓烈的意味。他的七古《无恙属题岱顶观云图》云:“倏忽雨师严驾至,白羽万箭如射潮。我时独立泰山顶,当头旭日红霞烧。俯视尘世付一喟,天人眼界宜超超。”④全诗想象瑰丽,奇险豪纵,气魄纵横,“白羽万箭如射潮”一句,从横向上体现韩愈式的力度,“俯视尘世付一喟,天人眼界宜超超”一句,又从纵向扩大了空间,体现上天入地的豪纵气势。在这样巨大的空间上,作者重视色泽的浓郁,白羽如箭,红霞如烧,想象雄奇,逞弄笔力,色彩浓烈。他的《〈游仙〉绝句五十首》⑤,保持着昆体当行本色的同时,也能不同程度地理出与韩愈、李贺的渊源关系。全诗词语意象,如“卷鱼蛇”之“卷”、“斩得”之“斩”、“飞虹剑”之

① 张鸿:《题钱牧斋柳如是小象》,《蛮巢诗词稿》,民国二十八年(1939)排印本,第9页。

② 张鸿:《神户咏怀》,《蛮巢诗词稿》,民国二十八年(1939)排印本,第9页。

③ 余恕诚:《诗歌:从韩愈到李商隐——兼谈文学演进中的穿透与移位现象》,《文学遗产》,1999年第4期。

④ 张鸿:《无恙属题岱顶观云图》,《蛮巢诗词稿》,民国二十八年(1939)排印本,第12页。

⑤ 张鸿、钱仲联等著《游仙诗》,民国二十八年(1939)铅印本。

“剑”均带刚劲色彩，与韩诗狠重的硬语接近。但与“劫火”、“泪波”、“云英”、“玉女”等意象相联系，则类似长吉式艳体，艳丽中带险怪、婉媚中具峭拔。

二、汪荣宝诗青苍秀媚的艺术特征

汪荣宝(1878—1933)，字衮父，江苏元和(今苏州)人。光绪二十三年(1897)拔贡，光绪三十三年(1907)授民政部右参议，宣统三年(1911)迁左丞。长期任驻日本公使，有《思玄堂诗》。

汪荣宝是晚清西昆派主要成员之一，他早年在北京与张鸿、曹元忠等唱和所成的《西砖酬唱集》，序言就是出自其手，人们也因此认为汪荣宝最得李商隐的神髓。所谓“笃嗜玉溪”[①]，汪荣宝学习玉溪，主要表现为“芬芳悱恻之情”和别有所寄的笔法。米彦青认为：“玉溪生诗注意诗作整体布局、工切属对的特点都是汪荣宝学到而且擅用的……汪衮甫诗作在骈仗之整饬精致中，颇具自然流转。不惟如此，他的诗歌描写之中手法曲折，其抒发情思之跌宕腾挪，……在这方面比兴体诗以其特有的含蓄特征表现得尤为突出。”[②]

但汪荣宝的诗歌还有苍秀的一面，“衮甫《思玄室诗》，由玉溪入。晚岁所作，苍秀在骨。江左旧格，为之一变”[③]。他推崇诗风的刚劲，《题孙高阳画鲁连先生高节书院图》云：“纵笔成雄直，闻风起懦顽。”[④]其诗在绵密醇厚、属对精工的玉溪特色下，隐含了变局。由云龙引述了汪荣宝的《陪听水老人游火神庙列肆》诗歌，强调“衮甫固学樊南者，此首则极力拟似弢庵一派”[⑤]。可见他在玉溪的基础上，掺杂闽派的清苍

---

① 汪辟疆：《近代诗派与地域》，《汪辟疆文集》，上海古籍出版社 1988 年版，第 313 页。

② 米彦青：《清代李商隐诗歌接受史稿》，中华书局 2007 年版，第 194 页。

③ 汪辟疆：《光宣诗坛点将录》，张寅彭主编《民国诗话丛编》(第五册)，上海书店出版社 2002 年版，第 356 页。

④ 汪荣宝：《思玄堂诗》，沈云龙主编《近代中国史料丛刊》598，文海出版社印行。

⑤ 由云龙：《定庵诗话》，《民国诗话丛编》(第三册)，上海书店出版社 2002 年版，第 570 页。

幽峭，以力求变化。

他的弟弟汪东在《金薤琳琅斋集后序》中说："初不喜宋人，晚乃以荆公东坡为不可及。自作亦转趋平淡。"[①]《今传是楼诗话》的作者王逸塘记载了汪荣宝给自己的一封信：

> （汪荣宝）又书中间道致力为诗之甘苦云："弟之好训故词章，第不能为诗。及官京曹，与乡人曹君直、张隐南、徐少玮诸君往还，始从事昆体，互相酬唱。尔时成见甚深，相戒不作西江语，稍有出入，辙用诟病。故少壮所作，专以隐约缛丽为工。久之亦颇自厌，复取荆公、山谷、广陵、后山诸人集读之，乃深折其清超遒上，而才力所限，已不复一变面目。公试观吾近诗，略可见其蜕化之迹。"[②]

"复取荆公、山谷、广陵、后山诸人集读之"的结果是"转趋平淡"，这种平淡，指色彩更加清淡浑涵，即使如《无题》（楼外芙蓉对晓妆）这样的作品，亦能突破李商隐浓艳的窠臼："鞭鲸海沫侵罗袖，驾鹤天风动画裳。"[③]鞭鲸、驾鹤使得人物的描写增加了刚气，海沫、天风使得背景更加开阔。所以，章士钊评汪荣宝的诗歌说："老鹤难藏万里心，名湖潋滟话秋阴。人诗俱带北强味，压倒江南靡靡音。"[④]

汪荣宝作为外交官，饱历世事，宦游、世事感叹、时政等题材，更需要清峭、苍硬的审美特质，这就使得他的用词更加瘦硬、偏于宋调，如嶙峋、寒松、墨痕、断壁、秋菊等。他的诗意境青苍荒凉开阔："沿流灯火兼

---

① 汪东：《金薤琳琅斋集后序》，《思玄堂诗集》卷尾，沈云龙主编《近代中国史料丛刊》598，文海出版社印行。

② 汪荣宝语，转引自王逸塘：《今传是楼诗话》，张寅彭主编《民国诗话丛编》（第三册），上海书店出版社2002年版，第368页。

③ 汪荣宝：《无题》，《思玄堂诗集》，沈云龙主编《近代中国史料丛刊》598，文海出版社印行。

④ 章士钊：《论近代诗家绝句》，张寅彭主编《民国诗话丛编》（第五册），上海书店出版社2002年版，第356页。

星没，隔浦楼台破雾生。”[①]他写出了残破的现实和无限感慨：“江南山色近何如，落日浮云一欹歔。”[②]景物描写以悲慨开阔为主：“中原龙战又经年，落日凭高一惘然。海宇何时得清晏，林峦是处信佳妍。”[③]他的诗中包含着巨大的沧桑感，如他的《与昆吾阶平同登焦山》：

> 佳处当年数往还，白头携客重跻攀。江山自秀玄黄外，城郭全非俯仰间。人意亦如松偃蹇，梦痕惟有水潺湲。旧留题榜难追改，付与残僧一破颜。[④]

在城郭全非的背景下，作者所塑造的自我形象是白首重回，并用偃蹇的松树自比，突出无限沧桑之感。全诗的最后一联，旧、难、残、破等字的连续运用，虽然写的是展颜一笑，但以乐写哀，底蕴荒凉，颇能看出诗人寥落的心境以及苍凉、悲怆的人生感慨。人物形象以消奇瘦癯为特色，情感以萧瑟荒芜为基调，饱含着世事变迁，人生浮沉之感。

但汪荣宝毕竟是昆体诗人，诗境虽然沧桑，但并不肃杀，王逸塘所谓“实则衮甫诗境，近年固已锐变，隐约清超，殆兼有之”[⑤]。如“阶前彩舞摩麟角”[⑥]，彩舞本来是极其柔媚的，但他将之与麟角相连，刚柔相

---

① 汪荣宝：《六月十日晓泊神户志成诸公来迎郑君祝三有诗见赠次韵奉答》，《思玄堂诗集》，沈云龙主编《近代中国史料丛刊》598，文海出版社印行。

② 汪荣宝：《丁卯五月余在京师尔和方罢相……慨然成二绝句因书卷后》，《思玄堂诗集》，沈云龙主编《近代中国史料丛刊》598，文海出版社印行。

③ 汪荣宝：《戊辰四月日本诗社诸君子招饮芝山红叶馆各有诗见赠即席次国分青厓翁韵二首奉答》，《思玄堂诗集》，沈云龙主编《近代中国史料丛刊》598，文海出版社印行。

④ 汪荣宝：《与昆吾阶平同登焦山》，《思玄堂诗集》卷尾，沈云龙主编《近代中国史料丛刊》598，文海出版社印行。

⑤ 王逸塘：《今传是楼诗话》，张寅彭主编《民国诗话丛编》，上海书店出版社 2002 年版，第 368 页。

⑥ 汪荣宝：《子函夫人五十生日寄诗为寿》《思玄堂诗集》卷尾，沈云龙主编《近代中国史料丛刊》598，文海出版社印行。

济、亦柔亦刚。“写照江楼夕霁明，暮驿相从惟岳色”①，在野寺、秋苔、残碑的背景下，有一抹明媚的夕霁，苍茫的景物也因此显得秀媚柔美。他的《初夏归国二峰农相有赠行之作舟中赋寄》云：“小住蓬莱不记年，偶成归思落花前。绿荫遮道如留客，春水浮舟欲上天。老去更无匡国策，兴来恰得起予篇。龙蛇起陆犹难已，三复昌言倍惘然。”②从色彩感上，充分体现出苍秀并存的艺术效果。如“老去更无匡国策”，平添了沧桑和老成，“偶成归思落花前”与“绿荫遮道如留客”又颇有秀美的意味。

三、徐兆玮的“学人之诗”

徐兆玮(1867—1940)，字少逵，号虹隐，别署剑心，常熟人。光绪十六年(1890)进士，任翰林院编修。光绪三十一年(1905)赴日本，曾参加同盟会，民国初年选为国会议员。后南归，自号“虹隐”，以名其志。他学识渊博，喜辑清代轶闻，尤注意搜集地方文献，有《虹隐楼稿》十二卷，内《叹逝集》七卷、《楚雨集》二卷、《癸卯质神集》一卷、《虹隐楼尺牍录存》一卷、《集义山诗稿》一卷。现有其孙昂千印制的《虹隐楼诗集》一本行世。

徐兆玮的诗稿已经不是全本，《虹隐楼诗集》前言云：“一九三七年秋，日军侵华，故乡沦陷，祖父带领全家出逃避难。及至返回，家中已屡遭劫掠，诗集也有部分被毁。所以这次刊印的已不是完稿……即从丙申(1896)到戊申(1908)共十二年的诗稿已全部失去。这段时期正是晚清时局最动荡，变革最激烈的时代，此时的诗稿是很主要的部分。”③也正因此，近代诗论很少谈及徐兆玮。但就其残稿，仍然能看出他部分的诗歌特色。

---

① 汪荣宝：《休日来镰仓访长谷观音寺因游江岛憩岩本楼还至海滨馆一宿而去》，《思玄堂诗集》，沈云龙主编《近代中国史料丛刊》598，文海出版社印行。

② 汪荣宝：《初夏归国二峰农相有赠行之作舟中赋寄》《思玄堂诗集》，沈云龙主编《近代中国史料丛刊》五九八，文海出版社印行。

③ 徐昂千：《虹隐楼诗集前言》，徐兆玮《虹隐楼诗集》卷首，徐昂千自印刊行本。

徐兆玮著述丰富、学问广博。1951年，常熟县文物保管委员会接管虹隐楼藏书，有《虹隐楼图书文物暂编目录》两册①，其中徐氏著作61种，465册，虽未曾刊稿本，但合王羲之与米芾于一体的蝇头小楷，写得密密麻麻，令人叹服。徐兆玮还担任地方文献的编辑工作，曾任《重修常昭和志》副总纂，后任总纂②。

钱仲联先生曾经说徐兆玮是“学与诗兼精者”③。徐兆玮的诗歌，透露出浓郁的学人气息。他的集李诗，标明出处，和朋友赠答常附原文，诗中小注必然交待前因后果。有的小注考证精密，如《慈村金氏九老歌》：

> 一门九老古稀有，兄弟叔侄互师友。江左德星聚一堂，画里须眉传不朽。我翻故事数南华，昆陵会饮摛天葩。倡和成编标高致，卷施一序非浮夸。谓常州庄氏、洪北江亮吉有《南华九老会倡和诗序》见《卷施阁文》乙集。梁溪秦氏映双珏，南巡迎驾拜绮幄。寄畅园中日月长，盛朝雨露恩沾渥。茶余客话，辛未，驾南巡，幸寄畅园，秦氏子姓迎驾九人，共六百余岁，皆近族也。后劲更推泾县朱，东山松翠浮清酤。小万卷斋赋长句，愿为少俊资楷模。朱兰坡珔《小万卷斋诗续稿》有西浦大令约族中读书士，年六十以上者，为九老会，饮于东山松翠之堂，赋呈索和，云：“惟愿究坟典，长作伏辕叟。少俊资楷模，精神愈抖擞。”④

如果不看诗中小注，会以为这是一首普通七古长诗，感今叹旧，令人扼腕。但如果仔细看一下小注，就会发现诗人考证史实，资料丰富，学人之诗，当之无愧。

他的《建文石佛歌》，借建文年间石佛，慨叹兴亡，诗前有小序：

---

① 油印本，现藏常熟市图书馆古籍部。

② 参《常熟市志》“人物·近现代名人传”，1990年版，常熟市地方志编纂委员会编。

③ 钱仲联：《虹隐楼诗集序》，徐兆玮《虹隐楼诗集》，徐昂千自印刊行本。

④ 徐兆玮：《慈村金氏九老歌》，徐昂千自印本，第110页。

石佛为庚申十月,城北锄地所得,背镌:“建文二年”。下署:“章其行,年四十五岁,九月初六日生。妻贺氏,行年三十五岁,十一月十七日生。为求嗣所造。”士女崇信者集资建屋,供奉其中,今称石佛寺。我邑有建文三年石佛,像阴题字,在梅李石佛墩。黄琴六谓:“可与霍山碑并称二绝。”光绪丁酉,福山褚太尉庙僧道熙因感异梦,于大慈寺基掘地得砖,文曰:“福山大慈瑜伽教寺,化缘近事,男刘道升,谨募众缘,重伸安奉,建文三年辛巳八月二十八日。”三十六字。砖下有石匮,匮中有银椁、金棺,棺内有佛像。说者谓此必建文帝像,遗民造此以寄思慕。不书四年者,避时忌也。昔顾亭林谓:“建文一代事迹无可考证。”存一石刻,犹愈于野史之无稽。今则梅林造像,已见珠联。覆釜纪年,又成鼎足。虞山石墨,偏与逊国有缘,亦足纪也。①

谈及虞山三座建文石佛的发现过程,感叹“虞山石墨,偏与逊国有缘”,足以做虞山野史。

但我们并不能因此就把他认为是江西诗派,他致力于义山诗。其诗集有《游仙诗集义山》16 首、《偶成转韵七十二句,书游仙诗后,集义山》,又有《燕台杂感》、《七夕雨中遣闷作,效义山辛未七夕》,《雨中牡丹,用义山回中牡丹为雨所败二首韵》等诗,可以看出其对义山用力之深。

他反对押险韵,不欣赏黄庭坚,《书白香山诗集后示施士则》一诗,表达了对白居易的推崇:

香山每赋诗,老妪亦可解。出语近自然,信笔恣挥洒。譬如写春花,不用胭脂买。当其研炼时,兢兢守模楷。精心穷纤微,大气包溟澥。成无斧凿痕,万象悉振摆。后人称白俗,寡识类童呆。标举示同侪,庶几得神解。②

① 徐兆玮:《建文石佛歌》,《虹隐楼诗集》,徐昂千自印本,第 159 页。

② 徐兆玮:《书白香山诗集后示施士则》,《虹隐楼诗集》,徐昂千自印本,第 116 页。

从这首诗中，我们可以看出两点诗学观，首先他推崇文章平易，强调要出语自然，老妪能解；其次，他推崇文章天然成妙，要能“成无斧凿痕，万象悉振摆”。此外，他推崇性情，《南行有期师郑赋诗为别有遥知生日在苏州之句旋里后用原韵和寄二首》：“妙写真情如白傅，谁知生日在青州。”①从中我们可以看出，徐兆玮以推崇白居易，注重性情表达的诗学取向。

四、曹元忠的情感表达及其温柔忠厚的艺术风格

曹元忠(1865—1923)，字夔一，号君直，又号瓻云，晚号凌波居士，江苏吴县人。光绪二十年甲午年(1894)举人，官玉牒馆校对，改学部图书馆、礼学馆纂修。宣统元年(1909)官内阁侍读，主持校理内阁所藏秘籍。辛亥后，“矢志偕隐，闭门绝世”②，成了遗民。民国初居家讲学，著《笺经室遗集》。尽管他固执的立场，在晚清遗民中比较少见，也颇为可议，但其人其诗，仍有可取之处。

曹元忠“研核训诂，考详典章，诵读校勘”③，甚至在医学方面也有建树，知识面非常广博，尤其对古文经学深有研究，所以，《新语林》记载：“曹君直学问淹博，文章尔雅，精于鉴别古籍，家藏宋元本书籍极多。”④

1. 曹元忠“诗必玉溪”辩

人们一般认为曹元忠专门效法李商隐，陈衍说：“与亦元同时，专学玉溪生者，吴县曹君直舍人元忠……可谓工整绵丽矣，然犹出入于温李

① 徐兆玮：《南行有期师郑赋诗为别有遥知生日在苏州之句旋里后用原韵和寄二首》，《虹隐楼诗集》，徐昂千自印本，第127页。

② 曹元弼：《诰授通议大夫内阁侍读学士君直从兄家传》，《笺经室遗集》，民国三十年辛巳(1941)吴县王氏学礼斋排印本。

③ 曹元弼：《诰授通议大夫内阁侍读学士君直从兄家传》，同上。

④ 陈灨一：《文学》，《新语林》卷三，上海书店出版社1997年版，第44页。

之间者也。”[①]其实，前期他学李商隐，因为有官职在身，只好朦胧隐晦地表达政治观点。辛亥革命是他诗风的一个转折，作为一个长期沉浸在礼教中的读书人，辛亥革命给了他相当大的打击，他毅然地提出辞职：“奈何乞解职，笺表陈丹墀……三复节妇吟，掩卷涕涟洏。”[②]辞官后，他学李的诗歌就减少了。从后期作品看，题目中表明习李集李的诗句没有了，而标明学陶学东坡和元好问的诗歌则大大增多，这就说明他已经开始主动调整自己的诗学渊源。

他说：“强奏庸音称足曲，不弹古调悦今人。”[③]其后期诗歌的整体风格保持了李商隐工整绵密的艺术特质，但他以情感的激烈诚挚，突破了李商隐的隐约含蓄，创作的主题一变而为他所谓的“故国之思”和“黍离之悲”。清晰明朗，情感激烈，不再是朦胧隐晦的李商隐所能牢笼。其苍凉的情调，深沉的感慨，无疑和元遗山更为接近。

2. 曹元忠的情感特征

（1）激越尖锐

清末民初，兵祸连连，这让他对民国初年的混乱更加不满，直笔描述了当时的战乱，如《题西津冷香合作仿董巨墨法卷》，作者采用观画方式，运用对比的手法，描摹了江南生灵涂炭的惨状：“胥门城外七十里，凶徒出没竟无数。”[④]而《夜泊朱家阁》一诗，作者则直笔描写了兵灾连连的现实：“兵屯北府时寻醉，盗出南塘夜怕行。”[⑤]

对于新建立的民国，他的态度非常激烈，诗中表达亦非常直白：“清

---

① 陈衍：《石遗室诗话》卷七，张寅彭主编《民国诗话丛编》（第一册），上海书店出版社 2002 年版，第 100 页。

② 曹元忠：《失题》之一，《笺经室遗集》卷十八，民国三十年辛巳（1941）吴县王氏学礼斋排印本。

③ 曹元忠：《失题》，《笺经室遗集》卷二十，民国三十年辛巳（1941）吴县王氏学礼斋排印本。

④ 曹元忠：《题西津冷香合作仿董巨墨法卷》，《笺经室遗集》卷十九，民国三十年辛巳（1941）吴县王氏学礼斋排印本。

⑤ 曹元忠：《夜泊朱家阁》，《笺经室遗集》卷十九，民国三十年辛巳（1941）吴县王氏学礼斋排印本。

时革命非汤武，乱党共和岂召周。”[①]“小人无忌惮，公然矜爪觜。”[②]他立场坚定地反对共和，在《辛亥秋怀用拥书堂体集陶渊明句》、《感事有作集陶渊明句》等诗中，用集陶的方式，表达对清廷帝制的忠贞，诗学陶渊明、元好问，表达了强烈的遗民之悲，如“同流而合污，吾党蒙余耻”[③]；他剖析失败的原因，痛切思考亡国的缘由，在他看来，一个原因是官员腐败：“尚无寇至官先去，待有兵来民更殃。”[④]还有一个原因是小人乘人之危：“乘危劝禅让，奏闻取进止。适过政事堂，闻此欲掩耳。”[⑤]

(2) 悲凉感伤

曹的诗歌让我们感到浓重的悲哀，诗中充斥的“死灰”、“梦醒”、“亡国”、“死别”、“痛哭”和“自断”等字眼，包含着深重绝望的亡国之悲。他善于营造苍凉惨淡的诗境，如：“地变天荒日，钟鸣漏尽时”[⑥]，“惨淡春如梦，萧寥昼掩门。烛残余泪湿，灰死尚炉温”[⑦]；他把开阔的诗境和孤独的个人进行对举：“侧身天地兵尘黯，满目山河夕照孤。”[⑧]“望阙目千里，伤时肠九回。”[⑨]他对于时运和国家的前景，有敏锐的预感：“休惊鹤

---

① 曹元忠：《辛亥杂感》之五，《笺经室遗集》卷十八，民国三十年辛巳(1941)吴县王氏学礼斋排印本。

②③ 曹元忠：《失题》之二，《笺经室遗集》卷十八，民国三十年辛巳(1941)吴县王氏学礼斋排印本。

④ 曹元忠：《辛亥杂感》其三，《笺经室遗集》卷十八，民国三十年辛巳(1941)吴县王氏学礼斋排印本。

⑤ 曹元忠：《失题》之二，《笺经室遗集》卷十八，民国三十年辛巳(1941)吴县王氏学礼斋排印本。

⑥ 曹元忠：《辛亥岁不尽五日至壬子元旦作》之三，《笺经室遗集》卷十九，民国三十年辛巳(1941)吴县王氏学礼斋排印本。

⑦ 曹元忠：《辛亥岁不尽五日至壬子元旦作》之四，《笺经室遗集》卷十九，民国三十年辛巳(1941)吴县王氏学礼斋排印本。

⑧ 曹元忠：《辛亥杂感》其六，《笺经室遗集》卷十八，民国三十年辛巳(1941)吴县王氏学礼斋排印本。

⑨ 曹元忠：《芸巢侍讲见鸣韵诗两和之，余兄邃庵先生复三叠韵见和，顾皆未见后诗也，并用来韵奉酬芸老兼呈邃兄》，《笺经室遗集》卷十九，民国三十年辛巳(1941)吴县王氏学礼斋排印本。

语寒如许,已尽尧年此岁中。”[①]也有对时局的绝望:“到此寒如已死灰,东皇无力教春回。”[②]“如今野藕伤亡国,露泣秋红总可怜。”[③]他感慨知己的凋零:“南岳祠前路,孤臣有几存。”[④]他的景物描写中,包含着强烈的变迁之感和兴亡之叹,如他的《崔侍读师范寄示过新华门诗……感和二首》,以新华门的变迁,感慨历史的兴亡。新华门是繁荣的象征,也是昔盛今衰的见证:“曾是含元花萼地,不堪契券属民家。”[⑤]他的诗歌表达着漂泊无依之感:“归去南山聊采菊,梦回东海已生桑。……欲俟河清难得寿,可怜后顾各茫茫。”[⑥]

(3) 整体风格的沉郁敦厚

曹元忠的诗歌有激烈的言辞,有绝望的感伤,但王大隆仍然称之为“上嗣谷音,汐社之遗,不失温柔敦厚之旨”[⑦]。究其原因:

首先,他的诗歌能将个人的身世之感和国家命运相联系:“麻衣惨惨拜孤儿,家国伤心事至斯。”将个人的家祭,放在社会忧患的背景之下,又联系了陆游的诗句“家祭无忘告乃翁”,说“中兴待告放翁知”[⑧],显得开阔深沉。曹元忠重视“礼教”,乱世的人伦失常、礼崩乐坏让他痛心疾首,但这样的主题并不让全文显得空疏,如“去礼早知将坏国,发言深愧是盈廷”[⑨],“去礼”说明了“深愧”的内涵,“深愧”让“去礼”变得更加真切感人。

其次,尽管他的愚忠今天看来值得商榷,但毕竟出自性情之正,自

① 曹元忠:《禁中夜雪》之一,《笺经室遗集》卷十八,民国三十年辛巳(1941)吴县王氏学礼斋排印本。

② 曹元忠:《壬子元旦》,《笺经室遗集》卷十九,民国三十年辛巳(1941)吴县王氏学礼斋排印本。

③ 曹元忠:《补题绍岑学士积水潭雅集图卷》,《笺经室遗集》卷十九。

④ 曹元忠:《辛亥岁不尽五日至壬子元旦作》之四,《笺经室遗集》卷十九。

⑤ 曹元忠:《崔侍读师范寄示过新华门诗……感和二首》,《笺经室遗集》卷十九。

⑥ 曹元忠:《赠蔼其》,《笺经室遗集》卷十九。

⑦ 王大隆:《笺经室内遗集》跋,《笺经室遗集》。

⑧ 曹元忠:《七月辛酉朔王考忌日家祭在先府君几筵前泣赋》,《笺经室遗集》卷十九。

⑨ 曹元忠:《失题》,《笺经室遗集》卷十九。

有一份人格境界,"谁使老羸转沟壑,竟令戎马遍关山"①,暗用杜甫的诗句,以杜甫的人格作背景,表达对百姓的牵挂,对国家命运的感慨,有丰富的言外之意。所以,虽然全诗有愤激之语,但毕竟出自忠贞爱国之心。他有集陶诗和集苏诗,将他们任性适意、冲夷平淡的隐逸人格深蕴其中,因而形成了正大的境界,即所谓的根柢。激愤之语遂成沉痛之辞,底蕴丰富,得沉郁之旨。

其三,比兴寄托,怨而不怒。他囿于自己的保守观念,对时代变革不满,但不是直接痛骂,而化用典故,化用前人诗句,委婉表达,使得激烈的情感不那么一发无余。如《补题绍岑学士积水潭雅集图卷》,化用鹿虔扆的诗句:"如今野藕伤亡国,露泣秋红总可怜。"②表达兴亡之叹,乱世的命运无常和对往昔的追念,诗中的情感,是他所自以为的浓郁的家国之悲。

他通过读史书表达时代感受。如《读后汉书有感》云:"肇造人伦建武中,莽时礼法与今同。若非第五取孤女,也许真能挝妇翁。"③以王莽之法来指责当时的思想变革,以汉代大臣第五伦受诬陷的典故,说明世道之乱;他善于托物吟咏,《失题》诗云:"飞角侵边失旧观,百年世事感长安。推枰惆怅成残局,欲着其如国手难"④,借棋局来咏国事;《二月十四日春雪》、《蚊》、《蝇》,以飞蚊、苍蝇来痛骂群小,讥讽他们"啄腐吞腥"、"有孔即钻营"⑤和"无餍食人心"⑥,指出他们必然灭亡的命运:"看汝漫天能几日,更无才思作杨花"⑦,讥讽之辞,语含辛辣,但因为托于咏物,表达上仍然多了一层含蓄。

其四,他语气多转。他的《题孙受之德谦南窗寄傲图集苏子瞻句》

---

① 曹元忠:《辛亥杂感之二》,《笺经室遗集》卷十八。

② 曹元忠:《补题绍岑学士积水潭雅集图卷》,《笺经室遗集》卷十九,民国三十年辛巳(1941)吴县王氏学礼斋排印本。

③ 曹元忠:《读后汉书有感》,《笺经室遗集》卷二十,民国三十年辛巳(1941)吴县王氏学礼斋排印本。

④ 曹元忠:《失题》之二,《笺经室遗集》卷十九。

⑤ 曹元忠:《蝇》,《笺经室遗集》卷十九。

⑥ 曹元忠:《蚊》,《笺经室遗集》卷十九。

⑦ 曹元忠:《二月十四日春雪》,《笺经室遗集》卷二十。

其一，一开始是"此生暂寄寓，所至皆可老。纵浪大化中，美恶随意造"，是逍遥的开头，但紧接着就是"往事今何追，国恩久未报"，转入感叹，接着"行年四十九，莫景迫摧倒"转入沉痛，接着又说："时哉归去来，南窗可寄傲。"转入对陶渊明精神的仰慕；其二一开始是对陶渊明精神的赞慕："陶潜一县令，尚欲逃世名。"接着又回顾往事，转入低沉："那知陵谷变，颓然寄聋盲。"其三是通过对人生的思索，再度转入逍遥，但"凄风弄衣结"①，又让全诗带有惨淡的色彩。正是这种感情的辗转缠绵，造成全诗悱恻缠绵、似往实回的风格。而套用青年鲁迅在《摩罗诗力说》中所评价屈原的观点来评价曹元忠，也是合适的："抽写哀怨，郁为奇文。""中亦多芳菲凄恻之音，而反抗挑战，则终其篇未能见。"②总之，曹元忠的"沉郁"，基调是"悱恻缠绵"，是怨非怒。

五、孙景贤深婉清隽的艺术特征

孙景贤(1886—1919)，字希孟，号龙尾，笔名阿员、滕谷古香，常熟人。《近百年诗坛点将录》点他为"地轴星轰天雷凌振"，并简单介绍了孙景贤的诗歌和生平："孙景贤为沈鹏参三凶疏而作之《轰天雷》说部，见称一时。清末曾在日本长崎领事馆任职。手定《龙吟草》，宗法玉溪，选择谨严。所为《宁寿宫词》，梅村体长篇，咏李莲英事，一代之诗史也。"③

孙景贤十五能诗，幼随父游学京师，往来于翰林、朝士之间。是张鸿弟子，后张鸿任日本长崎领事，他随师东渡扶桑任职，并就读于日本明治大学。孙景贤在诗学上用力甚勤，钱仲联认为："作为张鸿的弟子，孙景贤为诗亦宗尚李商隐，而且是专尚，其成就胜其师。"④

米彦青在她的博士论文中谈道："因其把心中的郁愤之气常常寄情于歌咏之中，诗歌整体弥漫着低沉抑郁的气氛。"孙景贤一生没有入仕

① 曹元忠：《题孙受之德谦南窗寄傲图集苏子瞻句》，《笺经室遗集》卷二十。

② 鲁迅：《摩罗诗力说》，《坟》，《鲁迅全集》第一卷，人民文学出版社2005年版。

③ 钱仲联：《近百年诗坛点将录》，《梦苕庵论集》，中华书局1993年版，第383页。

④ 钱仲联主编：《近代诗钞》，江苏古籍出版社2001年版，第1923页。

之机，政治上的不得意造成他诗歌充满愁怨，也造成他深沉缠绵的诗歌风格。“晚清西昆体诗人作品中弥漫的迁逝之悲和深沉的历史感，仍被孙景贤所承袭，”而且“包孕着更加沉着的意蕴”[①]。但我们认为，和西昆前辈不同，他能把深沉的情感，万端的愁绪以清淡秀美的笔调、精巧玲珑的构思道出。所以，徐兆玮称他为“清隽之才”[②]。浓郁的愁情，马亚中先生、米彦青女士都已经有所论及[③]，下面我们重点谈谈他清隽的文风。

1. 风格清浅，迷离感伤

孙景贤的诗歌，色彩清淡，体现出轻薄迷茫的质感，这主要和他的语言方式有关。首先，在着色方面，与西昆前辈不同，他一般不选择红、紫、绿等有强烈视觉冲击感的色彩，比较喜欢青色、绿色和黄色，组成如“青槐”、“青盲”、“青龙”、“绿荫”、“黄落”和“绿章”等词汇，这些色彩的搭配，或颜色词的使用，使得他的诗歌趋于淡雅，如“檀几微酣鹅酒后，蜻帘斜卷枣花余”[④]等；其次，在词汇选择上，他喜欢用“轻”、“清”和“凉”等字，组成如“清渭”、“轻舆”、“露寒轻”和“轻縻”等词汇，给读者清灵的感受。还擅用“烟”、“梦”、“影”和“迷”等字眼，如“秋影”、“梦中”、“齐烟”和“襟灰”等词汇，形成烟水迷离的氛围；最后，在意象选择上，他喜欢轻盈清亮的意象，前者如“落花风”、“蕙兰”、“枣花”、“云气”、“云驹”和“飞英”等，后者如“星”、“露”、“雪”、“镜殿”、“明灯”、“金盘”、“月斧”、“玉唾壶”、“澄心纸”、“玉树”、“金露”和“金掌露”等。如他的《都门夜眺》[⑤]，抒写登高的所见所感，虽然也是愁绪茫茫、愁肠百结、深沉怆痛，但诗人用的却是“梦”、轻薄的露水、“庭花”、“雨”、“鲸甲”这些明亮轻柔的意象，使得全诗整体风格显得轻柔婉转，迷茫感伤。

---

① 米彦青：《清代李商隐诗歌接受史稿》，中华书局 2007 年版，第 207、205 页。

② 徐兆玮：《龙尾集序》，孙景贤《龙尾集》卷首，民国九年（1920）铅印本。

③ 马亚中先生说：“孙诗……主观情意的渗透，浓郁而明显。”《中国近代诗歌史》，台湾学生书局 1992 年版，第 457 页。

④ 孙景贤：《绿衫草堂题壁三首》，《龙吟草甲》，《龙尾集》，民国九年（1920）铅印本，第 14 页。

⑤ 孙景贤：《都门夜眺》，《龙吟草甲》，《龙尾集》，民国九年（1920）铅印本，第 14 页。

他善于塑造迷茫惆怅的气氛，以轻愁和惋叹的方式，表达沉重的情感，如《西京车中》："绡泪看徒尔，琴心去渺然。"①将浓郁的乡愁化作一句"渺然"，烘托出作者淡淡的惆怅；《正阳门行》描述正阳门的历史变迁，抒发了"三百年来惯浆食，伤心又竖顺民旗"的沉痛之情，既有"往如流水来如云"的繁华，也有"昔年胡虏来酣战"的回顾，用笔纷繁，描述细致，但最后却归结于世道变迁，天理轮回，感伤落泪："呜呼世事如转轮，我闻此语重逡巡。……黄旗皇运何无人，却令羁客徒沾巾。"②再如他的《金陵杂诗》四首，哀悼前朝，虽然他对辛亥革命，民国建立并不否定，但仍将金陵称作秣陵，游赏的是古碑残壁，描摹的是"疮痍在目，风物萧然"的景象，降幡、空城、莫愁湖、宫槐、残民、呜咽的淮流等意象相互映衬，着力于烘托出一种空灵感伤、人去楼空的气氛。全诗别有意味，以"前度刘郎归未得，江南又是柳黄时"③景语作结，轻轻叹息，回味无穷，笼罩在淡淡的忧伤之中。

2. 构思精巧，意味深长

孙景贤的诗歌，构思极为精巧。他的诗歌角度独特，如他的《客有道秋舫故妓事者感叹赋成四律》，在众多描写赛金花的诗歌中独树一帜。避开了赛金花与洪钧、瓦德西旧事，淡化情欲的部分，以烘云托月的手法，描摹了赛金花庚子事变后落魄飘零的一生，"述庚子以后事，更足补樊曲所未备"④，堪称雅音。重点不在叙事，而是通过"游人目送金车过，错认天家女史花"与"水天赌说长安酒，拥髻休灯有剩哀"⑤相对比，突出的是岁月变迁和人生感慨，余味悠长。

他的诗思曲折多变，尤其句末笔锋一转，意味深长。如《览古》："甘泉玉树郁青葱，青史还传辟暑宫。不惜水衡输国库，重教月斧试神工。

① 孙景贤：《西京车中》，《龙吟草甲》，《龙尾集》，民国九年(1920)铅印本，第10页。
② 孙景贤：《正阳门行》，《龙吟草甲》，《龙尾集》，民国九年(1920)铅印本，第1页。
③ 孙景贤：《金陵杂诗》，《龙吟草甲》，《龙尾集》，民国九年(1920)铅印本，第18页。
④ 徐兆玮：《北松庐诗话》卷三，手稿。
⑤ 孙景贤：《客有道秋舫故妓事者感叹赋成四律》其二、其四，《龙吟草甲》，《龙尾集》，民国九年(1920)铅印本，第2页。

内人已见金盘泣，老监休愁镜殿空。岁久连昌词客过，忍令惆怅落花风。"[①]写慈禧挪用军费修建颐和园、昆明湖的史事，但并不正面指斥，而是通过岁月变迁中内监宫女的慨叹巧妙地表达了出来，最后笔墨一转，以唐代元稹的《连昌宫词》作结，别有所托，意在言外。再如前引《都门夜眺》，明明是愁，但诗人却偏偏说"举头争向西山笑"[②]，以乐衬悲，无限沧桑，笔致多变，格调轻灵。再如《西京车中》，作者思乡，却并不直言，而是转过一笔："明灯当晦驿，替月照无眠。"这正是陈衍所叹赏的句法："语末了便转，诚斋秘诀。"[③]"大略浅意深一层说，直意曲一层说，正意反一层侧一层说。"[④]

处理绮艳题材，他往往侧面着笔，同样是写赛金花，孙景贤的风格与樊增祥和王甲荣的《彩云曲》浓墨重彩、穷形尽相不同。词藻未必浓艳，注重的是细节描写，点染神韵，如："长爪教量沧海浅，细眉愁见远山颦"；或者从背景着笔，烘云托月，如："十样蛮笺纪事新，月坊风陌省前尘。楼名重译标南部，户聚三星拱北辰。"[⑤]

总之，孙景贤的特色就在于他能把愁苦忧伤的情感和轻柔婉转的风格、精美的结构相结合，将轻与重，柔和悲结合在一起，余音袅袅，是其诗歌重要审美特征。所以徐兆玮说："乃并其平生所雕肝琢肾，研精洞微，冀究极夫声律之正变者，亦或若靳之。使后人读其遗著，憾其甄录之严、篇章之寡，而窃疑其才之有所未尽也"[⑥]。所以，钱仲联先生才会认为他的成就超过他的老师张鸿。

---

① 孙景贤：《览古》，《龙吟草甲》，《龙尾集》，民国九年（1920）铅印本，第16页。

② 孙景贤：《都门夜眺》，《龙吟草甲》，《龙尾集》，民国九年（1920）铅印本，第14页。

③ 陈衍：《宋诗精华录》卷三，商务印书馆民国二十六年（1937）本。

④ 陈衍：《石遗室诗话》卷十六，张寅彭主编《民国诗话丛编》（第一册），上海书店出版社2002年版，第230页。

⑤ 孙景贤：《客有道秋舫故妓事者，感叹赋成四首》其一，《龙尾集》，民国九年（1920）铅印本，第2页。

⑥ 徐兆玮：《龙尾集序》，孙景贤：《龙尾集》卷首，民国九年（1920）铅印本。

第五节　论西昆的“专学玉溪”[1]

在《石遗室诗话》中,陈衍对西昆诗人颇有不满:“余尝论玉溪末流有咏史之作,专摭本传事实,若一首论赞者,‘西昆’诸公是也;有专事摘艳熏香,托于芬芳悱恻者,《初学》、《有学》二集是也;有属辞比事,专学‘捷书惟是报孙歆,陶侃军宜次石头’诸联者,娄东律句,为瓯北所标举者是也。……(曹元忠诗歌)可谓工整绵丽矣,然犹出入于温李之间者也。”[2]但如前所述,西昆派本身亦有变化。如金天翮就认为张鸿的诗歌“茜深渊隐”,有“宋齐人”的风度[3]。从张鸿的集子可以看出,他学过很多宋人的诗歌。他的很多诗歌清真直白,如前引的《二月二十日党军在南门外与鲁军战》、《拉夫》、《掘壕》等。此外如曹元忠的《题西津冷香合作仿董巨墨法卷》、《夜泊朱家阁》,都是用白描的笔法,勾勒了战争给百姓带来的灾难。

首先,与光宣其他诗派相比,这一诗派有着强烈的现实感,马卫中先生提出了“晚唐诗派”[4]这一概念,关键在于西昆强烈的正义感,与“同光体”凭栏袖手的冷眼旁观相比,西昆诗人始终保持着对国家的关注,对现实的热情以及强烈的参与精神,关注兴亡,与杜甫精神一脉相承,有着强烈的现实意味。强调风雅比兴,抒发忧患之情,这就是汪荣宝在《西砖酬唱集》序中所特别提到的:“诗歌之道,主乎微讽比兴之旨,不辞隐约……侧身天地,庶以写其隐忧。”[5]他们的绮艳题材,内含对现

---

① 陈衍《石遗室诗话》云:“与亦元同时,专学玉溪生者,吴县曹君直舍人元忠。”张寅彭主编《民国诗话丛编》(第一册),上海书店出版社 2002 年版,第 100 页。

② 陈衍:《石遗室诗话》卷七,张寅彭主编《民国诗话丛编》(第一册),上海书店出版社 2002 年版,第 100 页。

③ 金天翮:《游仙诗》序,张鸿、钱仲联等著《游仙诗》,民国二十八年(1939)铅印本。

④ 马卫中:《晚唐诗派》,《光宣诗坛流派发展史论》,苏州大学出版社 2000 年版,第 302 页。

⑤ 汪荣宝:《西砖酬唱集序》,《金薤琳琅斋文存》,沈云龙主编《近代中国史料丛刊》597,文海出版社 1966—1973 年版。

实的批判，即使在辛亥革命后的迷茫中，他们也始终包含着银河洗甲兵的热情。

其次，西昆诗人身处激烈的政治漩涡，是落败帝党的支持者，他们的诗歌的隐晦和过度的修饰，是在特殊背景下的掩饰。徐兆玮日记中，摘录张鸿来信，可见他们的诚惶诚恐："映南二月朔日函云：弟侨处长安，势如骑虎，屡书促足下之出山者，实以同志太寡，郁郁谁语？……近来时事日非一日，将来之祸不为土崩，必为鱼烂。吾乡之变当在四五年，以地居江海冲衝，彼族兵力可以先及也。……吾侪小人，国家之祸且从缓筹，至避祸之方、全身之计，望下次痛切彻底一筹告我，为幸。"[①]即使在这样的情况下，他们能够用笔记下当时的史实，本身就具备非凡胆量。所谓"修门十载，更历万状，欲言不敢。为思公子，长歌当泣；取近妇人，托旨闺幨；从事义山，虽效尤西昆，挦扯弥甚，而曲终奏雅，义归丽则。所谓国人尽保展禽，酒肆无疑阮籍。"[②]徐兆玮也记载："映南十四日书云：……立志忠孝，托词芳菲，异日读吾诗者必谅其难言之隐。"[③]

其三，陈衍从自己兼宗融合的诗学观出发，强调唐宋兼采，对这样一个专宗玉溪的诗学流派不是非常欣赏。他认为："鄙意古人诗到好处，不能不爱，即不能不学，但专学一家之诗，利在易肖，弊在太肖；不肖不成，太肖无以自成也。"[④]这种说法自然有他的道理，但艺术的高低因素很多，不能完全以诗学渊源论断其优劣。

张鸿给钱仲联的一首诗中"愿君重振虞山派，含咀西昆入少陵"[⑤]，在另一个侧面体现了近代诗融合的趋向——风雅与绮靡的结合。以齐梁文学为代表的浮艳、流丽、轻靡的诗风，往往是风骚兴寄精神的对立，

① 张鸿来信，徐兆玮日记收录。徐兆玮：初七日甲寅（4月16日），雨。《己亥日记》，《徐兆玮日记》，手稿。

② 曹元忠：《秘殿集李义山句序》，《笺经室遗集》卷十八，民国三十年铅印本。

③ 张鸿书信语，徐兆玮日记收录。徐兆玮：二十八日甲辰（8月4日），乍阴乍霁，微雨即止，天气稍燠，《己亥日记》，光绪二十五年（1899），《徐兆玮日记》，手稿。

④ 陈衍：《石遗室诗话》卷一四，张寅彭主编《民国诗话丛编》（第一册），上海书店出版社2002年版，第200页。

⑤ 张鸿：《题钱梦苕诗稿》，《蛮巢诗词稿》，民国二十八年（1939）铅印本。

与“诗言志”的文学传统和“兴观群怨”的功利性诗学观相悖离,更与“经夫妇、成孝敬、厚人伦、美教化、移风俗”①的儒家理念完全不同,即使李商隐的诗歌,也无法摆脱绮丽的批评。这两种风格往往是竞相交替的,非此即彼的。而西昆派提出的“含咀西昆入少陵”②,则包含了另一种融合,即功利诗学观与唯美诗学的融合,从某种意义上来说,这也是另外一种旧体诗“集大成”的方式。

第六节 西昆兼派诗人沈汝瑾的诗学归属与诗歌创作

沈汝瑾(1858—1917),字公周,号钝居士,江苏常熟人。钱仲联对他的诗歌非常推崇,认为“吾虞近百年诗人,沈石友汝瑾先生当为第一流”③。

一、沈汝瑾与中晚唐诗人

沈汝瑾是虞山人,和张鸿、徐兆玮等人颇有交情。在诗学主张上,他推崇李商隐,《题玉溪生像砚》云:“我读韩碑诗,顶礼玉溪像。千古翰墨缘,神交结遐想。”④他的《题玉溪山谷像研合拓》认为李商隐和黄庭坚一样,都是源于杜甫:“其源出杜陵,扬镳分道走。”⑤他的诗与西昆诗风渊源很深:

首先,他有艳诗,如《金衣曲》、《题美人簪花图》、《盆中晚荷》、《惆怅

---

① 《毛诗序》,孔颖达著《毛诗正义》,阮元刻《十三经注疏》本,清光绪二十三年(1897)石印本。

② 张鸿:《题钱梦苕诗稿》,《蛮巢诗词稿》,民国二十八年(1939)铅印本,第24页。

③ 钱仲联:《梦苕庵诗话》,张寅彭主编《民国诗话丛编》(第一册),上海书店出版社2002年版,第182页。

④ 沈汝瑾:《题玉溪生像砚》,《鸣坚白斋诗存》卷十一,民国十年(1921)刻本。

⑤ 沈汝瑾:《题玉溪山谷像研合拓》,《鸣坚白斋诗存》卷十二,民国十年(1921)刻本。

词》等，也有效仿李商隐作《无题》等。很多诗歌有香草美人比兴寄托，如他的《游仙四首》其一："吴刚斫桂损根株，零落秋香翠叶枯。雷电未分天喜怒，金瓯作注竞投壶。"讽刺统治者自损根基，只知道狂欢作乐；其三："百琲明珠七宝盘，双成输却驾青鸾。劫棋一局难收拾，多少仙官袖手看。"[①]以围棋残局比喻国家形式不可收拾，而"仙官袖手"，则暗喻了达官贵人对国事冷眼旁观，无动于衷。

其次，他很多诗走了传统的西昆的路径，即由绮艳上溯老杜。如《有客一首赠蒲作英》："有客乱发飘蓬根，残年怀刺来叩门。青毡破砚秃毛笔，江海万里行一身。黄金脱手家仍贫，卖画卖书三十春。松间下榻话山水，睒睒霜月寒窥人。"[②]这首诗学杜甫的《乾元中寓居同谷县作歌七首》，但却没有杜甫的儒者情怀，更多自伤自怜，在霜月清寒，寒松凛凛的氛围中，黄金、青毡两个颜色词的使用，使得全诗染上凄凉绮艳的色彩；再如他的《灵芝咏》："猗猗灵芝天地精，日光月华明紫英。甘霖何须溉金茎，仙人骑鹤白玉城，劝合大丹驻颓龄。能见四海销五兵，草木之瑞安足凭。愿为嘉禾活苍生，年丰人寿世太平。"[③]全诗效法杜甫的情怀，希望"愿为嘉禾活苍生，年丰人寿世太平"，但是更注重色彩的搭配，气格更加柔弱。

但不能因此把他定义为西昆派。钱仲联先生认为沈汝瑾是"不属于西昆体派的宗唐诗人"[④]。首先，他没有参与西砖酬唱；其次不同于后辈诗人孙景贤，与张鸿有师承，并对其表示过巨大的仰慕；其三，就风格而言，他古体较多，比较直白，有汉魏的古风，没有专门集李的诗歌，少有学术专著，诗歌少用典故，放在西昆派里是不合适的。

从渊源来看，他能够转益多师。在虞山传统的诗宗杜甫、李商隐外，他推崇王闿运，《书湘绮楼集后》称之为"大名鼎鼎重乾坤"，并将之比为鲍照和谢灵运，说"六代文章鲍谢魂"[⑤]。从中我们可以看出，湖湘

① 沈汝瑾：《游仙四首》，《鸣坚白斋诗存》卷四，民国十年(1921)刻本。

② 沈汝瑾：《有客一首赠蒲作英》，《鸣坚白斋诗存》卷二，民国十年(1921)刻本。

③ 沈汝瑾：《灵芝咏》，《鸣坚白斋诗存》卷四，民国十年(1921)刻本。

④ 钱仲联：《近代诗钞前言》，《近代诗钞》卷首，江苏古籍出版社2001年版，第18页。

⑤ 沈汝瑾：《书湘绮楼集后》，《鸣坚白斋诗存》卷九，民国十年(1921)刻本。

地区汉魏古风,对他颇有影响。综上所述,我们认为,他应该是兼具西昆诗风和汉魏古风的诗人。

二、诗歌创作

钱仲联先生说:“阅陈石遗《近代诗钞》一过,未能满意。石遗交游遍海内,晚清人物,是集已得大半。然名家如丘逢甲等皆未入选;而选录诸家,如魏源、姚燮、朱琦、鲁一同、王锡振、邓辅纶、高心夔、黄遵宪、袁昶、沈汝瑾、范当世、刘光第、康有为、金天翮,皆未尽所长。”①钱先生认为陈衍所选沈汝瑾诗,“未尽所长”,不是其代表特色。沈汝瑾的特色,吴昌硕说:“其诗境凡三变,少慕清逸,中趋真挚,晚遂举其悲愤之心托于闲适之致,乃至风月之吟弄樵渔之歌唱,而其中若有甚不得已者。”②风格清逸真挚,内容表现为忧国忧民的情怀和不遇之悲。

(一) 主要内容

沈汝瑾以学杜的为标榜,对时事和民生的关注是他诗歌的重要题材,表现了“忧国忧民”和“感时伤世”双重主题。他的国事题材,和杜甫的诗歌一样,有着严肃的实写精神和强烈的批判色彩,记叙时代的苦难,表达对国家命运的忧心,风格以白描为主,所以钱仲联先生称之为“清真”③,又说:“翁文恭公谓其笔端有金刚杵。”④

1. 少陵情怀,心忧天下

他有很多诗描述当时的重大事件,《悲马尾》、《朝议》、《闻道》、《青岛》等诗,从甲午战争、戊戌变法、日俄战争一直写到辛亥革命、张勋复辟。

---

① 钱仲联:《梦苕庵诗话》二九条,张寅彭主编《民国诗话丛编》(第六册),上海书店出版社2002年版,第172页。

② 吴昌硕:《鸣坚白斋诗序》,《鸣坚白斋诗存》卷首,民国十年(1921)刻本。

③ 钱仲联:《梦苕庵诗话》,张寅彭主编《民国诗话丛编》(第六册),上海书店出版社2002年版,第288页。

④ 钱仲联:《梦苕庵诗话》,张寅彭主编《民国诗话丛编》(第六册),上海书店出版社2002年版,第182页。

这一类诗，他因为没有亲身经历，所以侧重主观感受，议论感叹，他的朋友吴昌硕称为“真挚”[①]。《甲午八月十五夜雨待月赋诗诗成月出》，描述了甲午之战败，以“海隅有匹士，郁郁悲热肠。如意击唾壶，楚调歌激昂”，描述了自己悲愤的心情，表达了自己的深情祝愿：“再拜祝太阴，永照汉道昌。”[②]《悲秋》一诗，挂念庚子兵变中逃亡的君臣，感叹“不如天上雁，能向塞云飞”[③]；此外如“湖山为蒙耻，感事成歔欷”[④]，“可憾神仙不点金”[⑤]，“勤王新集众，尤盼早成功”[⑥]，“普照世间人，人事良可哀”[⑦]，包含着他对时局的不满和评判；“大兵凶年一时至，共和那得真共和”[⑧]，表现了对乱世激烈的不满，情到激烈处，他直接爆发：“呜呼噫嘻可奈何！鲁阳挥折挽日戈。”[⑨]

2. 乐府精神，关注民生

“感于哀乐，缘事而发”是乐府诗，特别是“新题乐府”诗的创作标准，沈汝瑾因为长期生活在民间，熟悉农民生活，更能感同身受地体会底层生活，很多诗歌体现了乐府精神。他描摹了当时各种自然灾害，《佣者自田间来听其言演而成谣》、《风灾行》、《风灾行同养浩作》、《苦旱》、《祈雨叹》、《火灾行》、《苦雨》等诗，以民谣的形式，悲悯的口吻，描写了荒年和灾年，百姓盼雨，望眼欲穿的悲惨图景，以及饥寒交迫的生活。他表现灾民的惨状：“有秧无水不能莳，朝朝望雨眼看天。……阖家拼籴升半米，今夜吃饱明朝完。”对官府无能，表现出激烈的嘲讽：“官绅祈祷僧道求，断

① 吴昌硕《鸣坚白斋诗序》，沈汝瑾：《鸣坚白斋诗存》卷首，民国十年(1921)刻本。
② 沈汝瑾：《甲午八月十五夜雨待月赋诗诗成月出》，《鸣坚白斋诗存》卷三，民国十年(1921)刻本。
③ 沈汝瑾：《悲秋》，《鸣坚白斋诗存》卷四，民国十年(1921)刻本。
④ 沈汝瑾：《初到明圣湖率成长篇》，《鸣坚白斋诗存》卷四，民国十年(1921)刻本。
⑤ 沈汝瑾：《感事》，《鸣坚白斋诗存》卷四，民国十年(1921)刻本。
⑥ 沈汝瑾：《北望》，《鸣坚白斋诗存》卷四，民国十年(1921)刻本。
⑦ 沈汝瑾：《辛丑中秋》，《鸣坚白斋诗存》卷五，民国十年(1921)刻本。
⑧ 沈汝瑾：《佣者自田间来，听其言，演而成谣》，《鸣坚白斋诗存补遗》，民国十年(1921)刻本。
⑨ 沈汝瑾：《呜呼噫嘻行》，《鸣坚白斋诗存》卷五，民国十年(1921)刻本。

屠三日出告示。暂将迷信安人心，不得已照前朝例。”①《风灾行同养浩作》云：“惟有颐和三海无此灾。”②把批判的锋芒直接指向了当权者，又说：“十里五里无炊烟，波涛滚滚不见田，县官还说大有年。”③

他写到了繁重的徭役和赋税对百姓的剥削。《清赋谣》、《纳粮谣》，感叹苛捐杂税，老百姓不如“弃田去学贾”④；感慨官府盘剥，“一石只量九斗六，恨我田中少金穴”⑤；感慨民生的艰难，“春雪甚腊雪，此雪能坏麦。饥寒亿兆民，无衣更无食”⑥；他有着老杜“穷年忧黎元，叹息肠内热”⑦的情怀：“热肠忧世变，冷眼看人情。乞食过门外，号寒带哭声。”⑧

作者以虞山为中心，真实、本质地展现了清末社会生活的广阔图景，他痛恨、谴责统治者强行征兵的罪恶，鲜明反映了战争与自然灾害给民众带来的不幸与苦难。应该说沈汝瑾虽然标榜学杜，但比杜甫更加尖锐，因为杜诗歌中毕竟有“勿为新婚念，努力事戎行”⑨的表白，而生于末世的沈汝瑾，则更着重揭露和抨击。

3. 身世之悲，不遇之叹

宋玉开创的寒士文学传统在中国源远流长，林庚先生从创作本体论的角度，强调身份、阶层与其主题取向之间的关系，强调寒士文学以抒发一己之穷愁为其主要内容，说“在封建时代的发展中，作家们中心的理想就是人才的解放、寒士的解放，因为通过这个就会有开明的政

① 沈汝瑾：《佣者自田间来，听其言，演而成谣》，《鸣坚白斋诗存补遗》，民国十年(1921)刻本。

② 沈汝瑾：《风灾行同养浩作》，《鸣坚白斋诗存》卷十二，民国十年(1921)刻本。

③ 沈汝瑾：《风灾行听江北人口述而作》，《鸣坚白斋诗存》卷五，民国十年(1921)刻本。

④ 沈汝瑾：《清赋谣》，《鸣坚白斋诗存》卷四，民国十年(1921)刻本。

⑤ 沈汝瑾：《纳粮谣》，《鸣坚白斋诗存》卷四，民国十年(1921)刻本。

⑥ 沈汝瑾：《春雪》，《鸣坚白斋诗存》卷七，民国十年(1921)刻本。

⑦ 杜甫：《自京赴奉先县咏怀五百字》，仇兆鳌注《杜诗详注》卷七，第530页，中华书局1979年版，第264页。

⑧ 沈汝瑾：《寒夜偕友饮酒楼》，《鸣坚白斋诗存》卷九，民国十年(1921)刻本。

⑨ 杜甫：《新婚别》，仇兆鳌注《杜诗详注》卷七，中华书局1979年版，第530页。

治，社会就会更好的发展，我们无妨称这一段文学为‘寒士文学’，它也就是中国封建时代的正统文学”①。

沈汝瑾是一介寒士，终生不遇，自诩野人，其诗常常包含着彷徨、悲苦、失意的心绪。吴昌硕在沈汝瑾的诗序中，重点谈了沈汝瑾的晚年诗风：“晚遂举其悲愤之心托于闲适之致，乃至风月之吟，弄樵渔之歌唱，而其中若有甚不得已者。”②他后期诗歌，忧郁内积：“耻为儿女态，泪向腹中落。”③“但无一抔土，埋却万古愁，”④“茫茫古今事，郁郁方寸胸。”⑤他甚至表达了对人生的绝望：“长生虽有药，不愿久人间。”⑥

他的悲，来自不遇的感叹，年轻时他曾有济世之志，《古松柏歌》中“参天盖地谁与同，并立宇宙元气中”⑦的老松，是他的自喻。《游剑门归酬渺怀居士》描述自己的志向：“吾生负奇气，猛志排阊阖。”⑧但“五十二年一瞥眼，名未得扬亲未显。”⑨或者“请缨献赋愿都虚，浊世人看作腐儒”⑩，百事输人的处境，使得他对仕途和人生都充满厌倦“欲呼才鬼相与谈，厌听寻常世间语”。⑪

他的悲，来自孤独处境的体悟：“门无车马客，城僻似荒郊。”⑫孤寂之感：“独坐过佳节，无聊易白头。”⑬孤亭、梅花，孤凤是他孤独自我的象征。究其原因，则在“不入时妆”⑭被弃置的处境，跟不上时代的洪流，如《腊月望日作》，慨叹诗书文字成了“弃物”，他写自己被人轻贱：

① 林庚：《中国文学简史》，北京大学出版社1995年版，第304页。
② 吴昌硕：《鸣坚白斋诗序》，沈汝瑾《鸣坚白斋诗存》卷首，民国十年(1921)刻本。
③ 沈汝瑾：《一日少一日》之二，《鸣坚白斋诗存》卷七，民国十年(1921)刻本。
④ 沈汝瑾：《夜不寐》，《鸣坚白斋诗存》卷七，民国十年(1921)刻本。
⑤ 沈汝瑾：《秋怀》，《鸣坚白斋诗存》卷七，民国十年(1921)刻本。
⑥ 沈汝瑾：《惘惘》，《鸣坚白斋诗存》卷七，民国十年(1921)刻本。
⑦ 沈汝瑾：《古松柏歌》，《鸣坚白斋诗存》卷一，民国十年(1921)刻本。
⑧ 沈汝瑾：《游剑门归酬渺怀居士》，《鸣坚白斋诗存》卷一，民国十年(1921)刻本。
⑨ 沈汝瑾：《登楼看桂花歌》，《鸣坚白斋诗存》卷九，民国十年(1921)刻本。
⑩ 沈汝瑾：《自嘲》，《鸣坚白斋诗存》卷九，民国十年(1921)刻本。
⑪ 沈汝瑾：《中秋夜独步荒野中》，《鸣坚白斋诗存》卷五，民国十年(1921)刻本。
⑫ 沈汝瑾：《养拙》，《鸣坚白斋诗存》卷九，民国十年(1921)刻本。
⑬ 沈汝瑾：《清明》，《鸣坚白斋诗存》卷九，民国十年(1921)刻本。
⑭ 沈汝瑾：《己酉中秋》，《鸣坚白斋诗存》卷九，民国十年(1921)刻本。

“平生多白眼，意气为人贱。”①

他虽然说：“悟彻万缘都是假，何妨一笑暂为痴。”②但其实并不超脱，甚至田园山水往往也无法让他忘却烦恼，如《上巳泛舟》，首句“三桥桃瘦绿杨肥”，描摹了春光之美，但紧接着语气一转，从“除却韶华事事非”③开始，展开了农村萧条景象的描述，他往往将对人生的悲叹置于田园生活的背景中，试图用村居生活的安闲来消解人生的惆怅，如《秋晚归舟漫成》：“归帆指西郭，微雨夕阳明。黄叶疏藏寺，青山半入城。地偏尘事远，人静道心生。令我幽居适，何须叹不平。”④描摹了归家途中清幽的山水，表面虽潇洒自如，但一句“叹不平”，让我们感觉藏于其后的难言的不平。

（二）风格

1. 古朴平易，浅近流畅

沈汝瑾一生未仕，长期生活在民间，使得他的诗歌更接近底层，有汉魏古风浅白的一面，旁人往往以“清”来评价他的诗歌，如吴昌硕说他的诗歌“少慕清逸”⑤，钱仲联先生称之为“清真”⑥。所谓“清”，指他的语言能继承了汉魏古诗的真率无华、浅近质朴的特色，同时又能真实传达出自己的人生体验，诗味盎然，情致富足。

他的《题潘教授所寄岁寒图》：“我心虚似竹，我发苍如松。我身同老梅，日卧冰雪中。知己写我像，绘神不绘容。……国家不树人，所树蒿与蓬。览此长太息，吾道其终穷。”⑦这首诗力避陈言，少用典故，务去一切冷字僻词。清水芙蓉，通俗易懂，简洁明快，体现出浑厚质朴的艺术风格，表现出安守本真、保全节操的高尚人格精神。

---

① 沈汝瑾：《罗浮山歌索昌硕画梅》，《鸣坚白斋诗存》卷一，民国十年（1921）刻本。

② 沈汝瑾：《悟彻》，《鸣坚白斋诗存》卷七，民国十年（1921）刻本。

③ 沈汝瑾：《上巳泛舟》，《鸣坚白斋诗存》卷七，民国十年（1921）刻本。

④ 沈汝瑾：《秋晚归舟漫成》，《鸣坚白斋诗存》卷七，民国十年（1921）刻本。

⑤ 吴昌硕：《鸣坚白斋诗序》，沈汝瑾：《鸣坚白斋诗存》，民国十年（1921）刻本。

⑥ 钱仲联：《梦苕庵诗话》，张寅彭主编《民国诗话丛编》（第六册），上海书店出版社2002年版，第288页。

⑦ 沈汝瑾：《题潘教授所寄岁寒图》，《鸣坚白斋诗存》卷七，民国十年（1921）刻本。

他的诗歌流露出鲜明的乡村色彩，是对普通民众的生活和思想的充分描写和反映，充满了浓郁的生活气息；他的语言明快生动，对民间百姓的口语、俗语和谚语进行了广泛地吸收、提炼和加工。如“泥滑滑，雨夹雪，岁暮穷民生路绝。今年尚可过，明年当奈何”①，“一路逃荒到何处，戴星披雾，前僵后仆，到处偏逢官长怒”②等等，这种纯用白描，清浅如话，通俗易懂的诗歌语言，最为接近当时的民歌语体，最适合反映民间疾苦。

2. 感情真挚，质而实腴，淡而实浓

沈汝瑾的诗歌得到钱仲联先生高度的评价，因为诗人以朴素的语言，对生活进行了深入的艺术概括与提炼。将淳朴通俗的语言与丰富的内容、真挚的情感相结合，形成淡而有味，枯而实腴的创作风格。

《鸣坚白斋诗》在抒情方面的特点就是感情的真挚朴实，这种真挚的情感主要反映在沈汝瑾对国家、君主、人民的情感流露，即对家国集体的情感流露。前引吴昌硕在为沈汝瑾的序中说：“其诗境凡三变，少慕清逸，中趋真挚，晚遂举其悲愤之心托于闲适之致。”其实，并不仅仅是中年，这一真挚的情感贯穿于他诗歌创作的始终。

首先，他能以常见生活作为描写对象。如雏鸟、野菜、乌鹊、邻舍妇、春蚕、鸡雏、鹅鸭等等，都是乡村常见的景物；他的创作主题都是他的亲眼所见、亲耳所闻、亲身的经历，富于实感，如《登曾家亭子失足堕池戏为短歌》、《积雨歌》、《丙戌二月二十日观竞渡是夜与昌硕别》等等。其次，他善于细节点染。如《食蟹》：“母病入膏肓，煮蟹看我食。矮儿移近床，谓儿须饱啖，母寿已不长。”③通过母亲看自己食蟹这一细节，于细微处见真情，表达了母爱的诚挚和自己对母亲的思念；《儿啼行》，以第一人称展开叙述，以我半夜被儿子的哭声惊醒这一件小事，表达了对儿子的爱怜：“待儿长大有家室，阿耶伤心发将白，泪垂到晓秋衾湿。”④其三，他的诗歌感情浓郁，他的很多词汇，有浓郁的感情色彩，如“泣”、

---

① 沈汝瑾：《禽言六首》之二，《鸣坚白斋诗存》卷七，民国十年(1921)刻本。

② 沈汝瑾：《禽言六首》之四，《鸣坚白斋诗存》卷七，民国十年(1921)刻本。

③ 沈汝瑾：《食蟹》，《鸣坚白斋诗存》卷八，民国十年(1921)刻本。

④ 沈汝瑾：《儿啼行》，《鸣坚白斋诗存》卷一，民国十年(1921)刻本。

“颓”、“愁”、“啼”与“情深”等等；他善于描写普通人实实在在的情感，如父子之情、母子之情、夫妻之情、友朋之情、兄弟之情等；他的《题秋声夜绩图》：“图中稚子今老人，骨肉零落家又贫。军中功名一片纸，荒村日暮无妻子。”①没有一字言及哀乐，但能以白描的手法，直写老兵晚年寂寥的情状，让人感叹万分；他文中有我，直接抒情，直写愁情，“新人聊慰情，此恨终不舍”②，“欲叩松扉入，鸡鸣满枕愁”③。

3. 汉魏风神与唐宋骨骼的结合

他的诗歌有汉魏古意，沈焜说：“平生癖古研，……字字郁古愁。”④他自己说：“好古心尤笃，摩挲百砚铭。”⑤如《公无渡河》、《行路难》，是乐府旧题；他采用了杂言句式，《禽言六首》之一云：“姑恶姑恶，姑性恶，妇命薄。姑恶在口，食粟一斗。”⑥他虽然不采用精确的排偶句，但通过大致相称的句式，加深诗歌的感染力，如：“今年尚可过，明年当奈何？”⑦他采用顶针句式：“女萝与兔丝，异根忽同枝。同枝不同心，貌合而神离。”⑧他擅长重复：“送春送春上高楼，送春望到天尽头。”⑨前引的《题潘教授所寄岁寒图》，不断强化“我”字；他注重双关：“莲子在房中，心苦君知否？”⑩这些在汉乐府中常见的句式在他的诗歌中出现，是诗人有意识的模仿，以图重现乐府民歌的语言特色。

但他毕竟是生长在虞山的诗人，诗歌虽有汉魏风神，但却善于用典，格律精工，有晚唐的体格。平易古雅的语句中蕴涵着绮丽的品格，

① 沈汝瑾：《题秋声夜绩图》，《鸣坚白斋诗存》卷一，民国十年(1921)刻本。
② 沈汝瑾：《亡妇姚墓下作》，《鸣坚白斋诗存》卷一，民国十年(1921)刻本。
③ 沈汝瑾：《暑夜梦至剑门》，《鸣坚白斋诗存》卷二，民国十年(1921)刻本。
④ 沈焜：《校读石友先生诗竟谨志数语》，沈汝瑾：《鸣坚白斋诗存》卷首，民国十年(1921)刻本。
⑤ 沈汝瑾：《好古》，《鸣坚白斋诗存》卷十二，民国十年(1921)刻本。
⑥ 沈汝瑾：《禽言六首》之一，《鸣坚白斋诗存》卷七，民国十年(1921)刻本。
⑦ 沈汝瑾：《禽言六首》之二，《鸣坚白斋诗存》卷七，民国十年(1921)刻本。
⑧ 沈汝瑾：《女萝兔丝篇》，《鸣坚白斋诗集》卷七，民国十年(1921)刻本。
⑨ 沈汝瑾：《送春词》，《鸣坚白斋诗集》卷七，民国十年(1921)刻本。
⑩ 沈汝瑾：《采莲歌》，《鸣坚白斋诗集》卷九。

婉丽多姿，是汉魏古风和晚唐格律、绮艳词藻的结合，格律化倾向非常明显。如他的《功成行》："功成谁言不受赏，蹈海鲁连已长往。尧舜可为竟不为，乃欲悍然为操莽。金匮誓书墨未干，山河一掷宜僚丸。乾坤从此更多事，秦帝犹能传二世。"①讽刺袁世凯窃国，全诗以古体铺叙来描绘其可恶行径，而大量用典，则近晚唐气质；他的《苦雨吟五章》"湿稻挂竹竿，白波漾青草"②，他的《江南春》"曲歌得宝窟销金，草种忘忧花解语"③，对仗工整，色泽绮艳，语气却非常平易，有古风；他的《送春》是一首工整的七律，但一开篇的"琼筵无计可留春，留得残春更恼人"④，不断重复的"留、春"两字，有汉魏古诗回环往复的特色。

总之，他以浅切的风格、关注民间疾苦的情怀，为西昆派诗风注入勃勃的生机。在内容上，他的诗歌婉丽精工，充满了个人的哀怨感伤；在风格上，他又能以晚唐为根基，融入乐府风神。俞钟銮称为："寝馈于杜者三十年，乃上溯汉魏，下逮宋元。自病宽廓，收束于半山、后山。"⑤

综上所述，我们可以看出，西昆诗派是一个不断发展演变的诗歌流派。当陈衍还在以"专学西昆"定名其主要诗人时，他们已经在继承钱谦益、冯班、冯舒等人诗学传统的基础上开拓创新，尤其是沈汝瑾的诗歌包含汉魏古风和晚唐绮艳等多个侧面，体现了西昆诗风包容异质、不断演进的时代风貌。

---

① 沈汝瑾：《功成行》，《鸣坚白斋诗集》卷十二。

② 沈汝瑾：《苦雨吟五章》，《鸣坚白斋诗集》卷十二。

③ 沈汝瑾：《江南春》，《鸣坚白斋诗集》卷十二。

④ 沈汝瑾：《送春丙辰四月四日》，《鸣坚白斋诗集》卷十二。

⑤ 俞钟銮：《跋鸣坚白斋诗刻》，沈汝瑾：《鸣坚白斋诗集》卷末，民国十年(1921)刻本。

第七章　中晚唐诗派边缘：岭南、蜀中等地兼派诗人群的双重诗学风格

除了以中晚唐为主要渊源的诗人外，全国各地还有散落着兼学李商隐和其他诗人的创作群。主要分布在四川、广东等地，主要诗人是顾印愚、梁鼎芬、曾习经等人。他们因为交游、地域等原因，有兼派特色。顾印愚作为蜀中诗人，不仅推崇李商隐，也推崇苏东坡，汪辟疆说："惟蜀中诗派，自有其渊源可寻，广雅、湘绮虽启迪之，蜀人未能尽弃其所学而学之也。"①他自称住所为"双玉堪"，所谓"双玉"，指玉溪和玉局，其渊源可想而知；岭南诗人梁鼎芬、曾习经久居京师，受到温李之风影响，但因为地域的原因，他们"与闽赣派诗人投分较深"②，所以梁鼎芬同时推崇沈增植和樊增祥，秀美中颇有幽深之气，而曾习经后期则由李商隐转向江西派。

第一节　梁鼎芬与中晚唐诗派

陈衍《石遗室诗话》说："前清诗学，道光以来一大关捩。"③道光以

---

① 汪辟疆：《近代诗派与地域》，《汪辟疆文集》，上海古籍出版社 1988 年版，第 321 页。

② 汪辟疆：《近代诗派与地域》，《汪辟疆文集》，上海古籍出版社 1988 年版，第 317 页。

③ 陈衍：《石遗室诗话》卷三，张寅彭主编《民国诗话丛编》，上海书店出版社 2002 年版，第 47 页。

后，列强纷起，内战不休，中央统治力度大幅度削弱，朝廷为后党把持。乱世纷纭，文学创作中的盛世主题已难以为继。梁鼎芬的诗歌，深刻体现了道光以来这一诗风的转移。他的《题王渔洋集》，通过对王的批评，推崇“声律”与“闲长”[①]，是道光以来，诗求新变思想，在诗论中的反映，敏锐地表达着诗学转型的时代需求。

在这场诗学复古运动中，有人认为他承继了晚唐的感伤诗风，被陈衍评价为“篇中振起处笔意奇横”的石铭吾诗论，认为“节庵工超逸，中晚多感伤”[②]，陈衍专门将之收录；也有人认为他学宋，李渔叔认为其格调与“半山东坡为近”[③]，梁鼎芬曾大力提倡北宋诗，钱仲联也曾经说他“不特意妙，句法亦入北宋高境”[④]；更多人认为他兼学唐宋，陈衍说：“时窥中、晚唐及南、北宋诸名家堂奥”[⑤]。很多名家的说法其实很矛盾，钱仲联认为他宗宋而兼学中晚唐，又认为他走的是晚唐愁惋一路，不是“同光体”；汪辟疆一方面称之为韩偓：“眼中事，心中泪。今疑纸上未曾干，诗爱冬郎带泪看。别有缠绵孤往抱，只怜高处不胜寒”，但又说他的诗歌幽秀近于闽赣派。我们认为梁鼎芬的诗学，是以韩偓和晚唐诗人为核心，扩大至宋代相关诗人。我们将从梁鼎芬与樊易的交游、主要风格和诗学渊源等方面进行探讨。

梁鼎芬(1859—1920)，字星海，号节庵，清季岭南四家的主要人物。他的诗造诣颇高，以婉丽幽秀的风格在清末诗坛独据一席。对于他的诗歌渊源，各家意见不同。

---

① 梁鼎芬：《题王渔洋集》，《节庵先生遗诗六卷》卷一，民国十二年(1923)沔阳卢弼慎始基斋刊本。

② 陈衍：《石遗室诗话》卷二九，张寅彭主编《民国诗话丛编》，上海书店出版社2002年版，第397—398页。

③ 李渔叔：《鱼千里斋随笔》，沈云龙主编：《近代中国史料丛刊》续编，台北：文海出版社1974—1983年版。

④ 钱仲联：《梦苕盦诗话》，张寅彭主编《民国诗话丛编》(第六册)，上海书店出版社2002年版，第172页。

⑤ 陈衍：《石遗室诗话》卷一，张寅彭主编《民国诗话丛编》(第一册)，上海书店出版社2002年版，第26页。

一、婉丽感伤的艺术风格

梁鼎芬很多诗歌效仿白居易的新乐府。作为一个参与过时代巨变,有气节与胆量的传统文人,他对时局有着清醒的认识:"谁信漏天能补缀,了无余地转迢遥。"[①]也有一些时事诗直接唱出了自己的愤懑,但更多的,他还是选择以哀婉的声调,吟诵内心的惆怅。李泽厚先生曾说:"(晚唐诗歌)审美趣味和艺术主题已完全不同于盛唐,而是沿着中唐这一条线,走进更为细腻的官能感受和情感色彩的捕捉追求中","时代精神已不在马上,而在闺房;不在世间,而在心境"[②]。晚清的诗人们,再一次遭遇了晚唐的困境,感伤时代的感伤心理在对于中晚唐感伤诗的接受中找到了最合适的表达。

1. 造语、对仗与意象:诗学用语上的女性化特征

梁鼎芬的诗歌继承了中晚唐感伤诗的构成内涵,表现了"婉约幽秀,如怨如慕"[③]的艺术风格。陈道量称之为"清绝似不食人间烟火者"[④];汪辟疆称为"其髯戟张,其言妩媚";林庚白以美女拟之:"节庵诗绝似二十许女子,楚楚有致"[⑤]。其诗文辞工丽、属对精切、格律整密,整体风格感伤超逸,婉丽缠绵。

他大量选用婉媚绢静的词汇和意象。如杜衡香、兰芬、凤鸾、春月、花影、灯痕、香姜、雨露香、点点等,充分显示柔媚之感和女性特征。这些词汇传统上一般用于女性题材,如闺思艳情等等。但梁鼎芬却将之扩大,江湖是浩洁,欧苏之作是"光回环",淤泥化为"水玉",鸟声是"绵

① 梁鼎芬:《绿阴四首和顾印愚》,《节庵先生遗诗六卷》卷一,民国十二年(1923)沔阳卢弼慎始基斋刊本。

② 李泽厚:《美学三书》,安徽文艺出版社,1999年,第154页。

③ 陈道量:《单云阁诗话》,转引自钱仲联主编:《近代诗钞》,江苏古籍出版社2001年版,第1238页。

④ 陈琰:《艺苑丛话》,转引自钱仲联主编:《近代诗钞》,江苏古籍出版社2001年版,第1238页。

⑤ 林庚白:《孑楼诗词话》,《民国诗话丛编》,第107页。

蛮”，焦山雪景是“琼瑶万仞”，而游山时听到的是“佩环”之声等；幽静的山水题材中，他大量地加入了芳菲、佳人、娟娟、飘带等语汇；悼亡诗《挽汪丈璪六首》[①]中，就用了纨扇、末春、绿芜、孤芳等意象；他的交友应答诗，如情诗般婉媚，《龙伯莺表弟问病山居出示京师见怀诗依韵答谢六首》描写对故人的思念及内心的忧愤，却以“琼芳凭寤寐，幽恨结歌辞”[②]这样秀美的语句表达。

在意象选择上，梁鼎芬的诗歌不仅具有“尖鲜”、“近人”、“切小”的晚唐特色，而且表现为细小与柔媚的并存，寓荒凉与娟秀为一体。自然意象如晚春、晚霁、翠微、凉露、夜雨、疏星、渐暮的黄昏、雨打的梅花、萧疏的细草、渐渐沉没的“大星”、落月、零落的黄花；飞鸟昆虫意象则有冻蝇、寒蝉、飞莺等；社会意象则如疏钟、高坟、晚嫁人、夜漂的风帆、妙龄的孀妻，契合诗人末世背景下的时代审美，又呈现出诗人内心感伤、惋叹的瞬间。

无论娟静的少女还是险怪的山川，他都能以幽秀之笔出之。“清绝似不食人间烟火者”[③]，这些意象的组合，构成了诗人幽秀哀婉的境界，或者说，梁鼎芬感伤的特色，正建立在这种幽秀深婉的境界之上。李瑞清曾模仿《诗品》评价其诗歌境界说：“庭宇无人，梨花独开。苍苔夜碧，明月忽来。玉阶露凉，倩魂悄立。残星映月，如闻幽泣。”[④]

2. 软弱、病态和幽美：诗歌情感的女性化色彩

他的诗包含着多思多感、伤春伤别的晚唐情绪：“满身雨点兼花片，

---

① 梁鼎芬：《挽汪丈璪六首》，《节庵先生遗诗六卷》卷四，民国十二年（1923）沔阳卢弼慎始基斋刊本。

② 梁鼎芬：《龙伯莺表弟问病山居，出示京师见怀诗，依韵答谢六首》，《节庵先生遗诗六卷》卷四，民国十二年（1923）沔阳卢弼慎始基斋刊本。

③ 陈琰：《艺苑丛话》，清宣统三年（1911）石印本。

④ 李瑞清文，陈道量：《单云阁诗话》，转引自钱仲联主编：《近代诗钞》，江苏古籍出版社 2001 年版，第 1238 页。

中有春愁不忍弹。”①有嗟老叹病：“欲折一枝感华发，萧疏浑觉不胜簪。”②有自伤身世：“低回少日嗟难再，危苦余生得在兹。”③花落、春尽、自叹等晚唐主题再度出现。在“缥缈高楼一昨风，晓来惆怅见飘红”的惋叹中，是更加感伤的“绮岁才人看落花，旧家词客赋飞蓬”④的无奈，一枝灿烂的秋荷能引起零落之感⑤，偶尔的飞莺竟让他看到了“中庭风露尽凄凉”⑥。反复出现的幽恨、泪水、凄凄、恨、寂寂、深深、伤心等词汇，倍添才子式的感伤。在诗中，梁鼎芬展示的是一颗末世之际的脆弱心灵，花之凋零，月之易缺，都会引发诗人关于生命短暂、人生孤寂的感伤，相思离别、红颜易老、贬谪异乡、亡国之恨，都构成他诗歌的感伤主题。

如同晚唐诗歌的总体特征，感伤情绪在他的诗中作了全方位的渗透。他的山水诗，点染着淡淡的惆怅，构成哀婉的境界。据魏中林记载，钱仲联说梁鼎芬的诗歌带有“晚唐愁惋”⑦的风格，《夜抵镇江》：“脱叶嘶风正二更，灯船初泊润州城。芳菲一往成凋节，言笑重来已隔生。寒鸟凄凄背江去，疏星历历向人鸣。此回不敢过衡市，怕听茅檐涕泪声。”⑧以芳菲凋零、寒鸟凄凄、落叶嘶风，烘托出荒凉萧瑟的气氛，以不敢过衡市，点出物是人非，故人已去的感伤主题。陈声聪说：“屋梁落

① 梁鼎芬：《春窗读书二首》，《节庵先生遗诗六卷》卷五，民国十二年(1923)沔阳卢弼慎始基斋刊本。

② 梁鼎芬：《答云阁》，《节庵先生遗诗六卷》卷四，民国十二年(1923)沔阳卢弼慎始基斋刊本。

③ 梁鼎芬：《双溪寺夜》，《节庵先生遗诗六卷》卷五，民国十二年(1923)沔阳卢弼慎始基斋刊本。

④ 梁鼎芬：《落花诗》，《节庵先生遗诗六卷》卷二。

⑤ 梁鼎芬：《秋荷》，《节庵先生遗诗六卷》卷二。

⑥ 梁鼎芬：《飞莺一首》，《节庵先生遗诗六卷》卷五，民国十二年(1923)沔阳卢弼慎始基斋刊本。

⑦ 魏中林整理：《钱仲联论清诗》，《韶关学院学报》(社会科学版)，2004 年第 7 期。

⑧ 梁鼎芬：《夜抵镇江》，《节庵先生遗诗六卷》卷五，民国十二年(1923)沔阳卢弼慎始基斋刊本。

月，生死友朋之感，凄咽欲绝。”[①]他的送别诗，追往叹今，自伤身世：“画尾题名已埃灭，佳人何事埋青山。”[②]他将思友诗写得缱绻缠绵。《得伯严书》，超逸沉郁，不可多得之作也；他的写景咏史诗，吊古伤今中寄托了无限感慨；即使他为张之洞祝寿，也要写“独居深念无人会，手把吴钩感愤同”；他的赠答、题画、怀人、咏物、隐居、思亲等诗歌，都寄托了诗人羁旅行役、家国之思、身世之叹、人生近暮、功业无成、迁逝之悲等感伤情绪。

综以上所述，尽管梁鼎芬提倡北宋诗，取材南北宋诸大家，甚至取法黄庭坚，用拗律，受沈增植及“同光体”影响较大，部分诗作加大量注释，有兼派特色，但总体风格走的是晚唐一路，广博的取径是在中晚感伤情绪和婉转风格的笼罩之下，与李商隐和部分晚唐诗一样，都有向着词的意境与词藻发展的倾向。

二、梁鼎芬的诗学渊源

梁鼎芬诗歌博采众家：“闲花细草当门静，霁月风光取径宽。”[③]南北朝诗人中，他学习阴何，有“近流谁俊及，佳句学阴何”的诗句；唐宋诗人中推崇白居易、韩孟、李商隐、杜牧、韦庄、黄庭坚和苏轼；当代诗人中推崇宝廷。

1. 梁鼎芬与晚唐诗风

陈衍说：“（梁鼎芬）‘兴往思友生，悲来涕山川’、‘到门惊老大，临水与徘徊’……诸联，皆可入《主客图》者。”[④]从这些诗歌中可以看出，他

---

① 陈声聪：“梁节庵”条，《兼于阁诗话》，上海古籍出版社 1985 年版，第 34 页。

② 梁鼎芬：《杨三舍人将还绵竹再用前韵见赠五叠报之即以为别》，《节庵先生遗诗六卷》卷四，民国十二年（1923）沔阳卢弼慎始基斋刊本。

③ 梁鼎芬：《毋暇斋》，《节庵先生遗诗六卷》卷二，民国十二年（1923）沔阳卢弼慎始基斋刊本。

④ 陈衍：《石遗室诗话》卷一，张寅彭主编《民国诗话丛编》（第一册），上海书店出版社 2002 年版，第 26 页。

最为擅长的诗体是中晚唐诗人最擅长的五律、七律和绝句。

他的诗有中晚唐尖新的风格:“有月阑干都在水。”①写情新巧:“眼前欲语无驺卒,心上相逢半故人。”②近俗清浅:“披书更咏狱中句,将泪与水流汪汪。”③多用双字,如“念念”、“看看”、“疏疏”、“隐隐”、“凄凄”等,有些诗歌,境界闲雅,有晚唐诸子的风格,如《同张十六舅文三游永胜寺》:“闭关惟颂酒,出郭始知春。僧懒睡过午,鹤驯鸣向人。危芳经雨定,深靓入烟匀。莫道同游易,追思或怆神。”④

梁鼎芬说:“近流谁俊及,佳句学阴何。”⑤阴铿、何逊最主要的特色就是锤炼诗句,以求精工,杜甫就曾经通过对他们的倾慕,表达自己的诗学追求。梁鼎芬的诗如“冲船双鹭去,列岫一亭收”、“客行头渐白,人坐烛微红”等,偶对精巧、格律工稳;他的诗歌也秉承了晚唐诗造语精炼的特色,如“秋辛秉金肃,湖宽取月敛”⑥。

他的诗表现了幽深清僻的晚唐境界。《斋居》云:“春尽花成雨,苔深绿掩门。怀人长托梦,有客则开尊。商略黄公术,沉吟素士言。芳菲谁不见,宠辱世徒喧……先代图书在,闲庭草木蕃。”⑦这种境界,不仅晚唐的姚合贾岛有,而且较为普遍地出现在宋代的“晚唐体”中。

---

① 梁鼎芬:《泛舟大通桥书所见》,叶恭绰辑《节庵先生遗诗续编》铅印本。

② 梁鼎芬:《白月一首》,《节庵先生遗诗六卷》卷二,民国十二年(1923)沔阳卢弼慎始基斋刊本。

③ 梁鼎芬:《泊古楼村吊邹吏目》,《节庵先生遗诗六卷》卷一,民国十二年(1923)沔阳卢弼慎始基斋刊本。

④ 梁鼎芬:《毋暇斋偶书》,《节庵先生遗诗六卷》卷一,民国十二年(1923)沔阳卢弼慎始基斋刊本。

⑤ 梁鼎芬:《同张十六舅文三游永胜寺》,《节庵先生遗诗六卷》卷一,民国十二年(1923)沔阳卢弼慎始基斋刊本。

⑥ 梁鼎芬:《丰湖夜泛》,《节庵先生遗诗六卷》卷一,民国十二年(1923)沔阳卢弼慎始基斋刊本。

⑦ 梁鼎芬:《斋居》,《节庵先生遗诗六卷》卷一,民国十二年(1923)沔阳卢弼慎始基斋刊本。

2. 梁鼎芬与韩偓

在唐代的诗人中，梁鼎芬反复表达过对韩偓的倾慕："晓来微雨较春寒，诗爱冬郎尽日看。"[①]他常用典故是"捋虎须"，并以此自勉，坚持为人臣子的本分；他追求由韩偓上溯杜甫的诗学途径："乱世竟同韩偓愤，沧江何止杜陵悲。"[②]夏敬观在《忍古楼诗话》中说："公诗孤怀远韵，方驾冬郎，而身世亦相若。"[③]他和韩偓一样遭遇了天崩地裂的政治变局，类似的人生经历和价值取向，使得他在诗歌中表达了同样的对君主的忠诚，对家国沉沦的感伤，也就是所谓的孤怀。

梁鼎芬的诗和韩偓一样，饱含着对已逝王朝的忠诚慷慨之气，时人誉为"景庙山陵今永奠，节庵忠爱冠词曹"[④]。他的《叠前韵怀檗厂》："诸公负国但谋身，独忆朱云千载人。双手尚思回落日，两心犹与惜余春。市儿都爱五斗米，橘叟来收九斛尘。忠义研磨吾不及，看君肝胆与喉唇。"[⑤]通过对一位前清遗老的追忆，表彰忠义，贬斥势利小人；《无题》以诗明志："秀夫赴海心难灭，正则沈湘志可哀。怅望千秋吾泪在，崇陵桥下有人来。"[⑥]他的诗和韩偓一样，表达着末世的无奈、心酸和悲楚和对前朝的留恋。《凄凉一首四用唇字韵》："孤儿失母凄凉雪，孀女怀夫决绝春。"[⑦]深沉地表达了作为遗老的梁鼎芬，对辛亥革命的感受。

他哀婉悲慨的诗风，与韩偓一脉相承，是对时代动乱的深刻描摹。主题上，他的《落花诗》、《秋荷》、《晚春》、《伤春》、《壬子春怨五首》等诗，语气清浅，少用典故，以意境胜，与韩偓的惜花、悲春诗一样，寄托着深

① 梁鼎芬：《读韩致尧诗感题二律》，《节庵先生遗诗六卷》卷三。

② 梁鼎芬：《读韦浣花集和云阁》，《节庵先生遗诗六卷》卷四。

③ 夏敬观：《忍古楼诗话》，张寅彭主编《民国诗话丛编》(第三册)，上海书店出版社2002年版，第3页。

④ 章梫诗，魏元旷《蕉庵诗话》卷二收录，张寅彭主编《民国诗话丛编》(第二册)，上海书店出版社2002年版，第11页，原集未见。

⑤ 梁鼎芬：《叠前韵怀檗厂》，《节庵先生遗诗六卷》卷六，民国十二年(1923)沔阳卢弼慎始基斋刊本。

⑥ 梁鼎芬：《无题》，《节庵先生遗诗六卷》卷六。

⑦ 梁鼎芬：《凄凉一首四用唇字韵》，《节庵先生遗诗六卷》卷六。

厚的家国情愁与个人的悲痛辛酸，接韩偓“哀感悲楚”[①]；语言上，梁鼎芬仿效韩偓，诗中频繁出现“涕泪”、“伤心”、“流泪”、“泣”、“凄凉”、“多恨”、“悲”、“愁”等字眼，如“凭他一纸凄凉色，梦见瑶华泪暗来”[②]等，故汪辟疆称为“眼中事，心中泪。今疑纸上未曾干，诗爱冬郎带泪看”[③]。意象上，承袭韩偓的醉酒主题，抒发家国情愁。他的《醉一首六用唇字韵》借酒抒怀，通过描写醉酒者如狂似癫的情状，表达了一位前清遗老的悲愤和抑郁；此外还有一些诗，虽然没有韩偓的狂癫，但也表达了伤时悲世的愁情：

高楼有酒人皆醉，佳节无风日正中。[④]
风樯战舰当年酒，古旨今情几个人。[⑤]
昔为彭泽令，常饮义熙酒。[⑥]

三、梁鼎芬与樊易的诗学交游

梁鼎芬保持着和樊易的深厚情谊。易顺鼎早年就和梁鼎芬唱和。1884年，梁鼎芬上《奏为疆臣骄横奸恣、罪恶昭彰，吁恳特旨明正典刑，以伸国法而纾众愤折》，弹劾李鸿章，震惊中外。易顺鼎写诗送其返乡，赞叹为“尚右元戎节，高前勇士冠”[⑦]；后梁鼎芬辞广雅书院院长一职，

---

① 南京师范大学硕士宗瑞冰在其学位论文《韩偓诗歌艺术研究》中认为，韩偓的主导性风格是“哀感悲楚”。

② 梁鼎芬：《歌者王瑶卿画梅》，《节庵先生遗诗六卷》卷六，民国十二年(1923)沔阳卢弼慎始基斋刊本。

③ 汪辟疆：《光宣诗坛点将录》，张寅彭主编《民国诗话丛编》(第五册)，上海书店出版社2002年版，第333页。

④ 梁鼎芬：《戊午九日遥集楼》，《节庵先生遗诗六卷》卷六。

⑤ 梁鼎芬：《徐随庵钟山访碑图题词四首》，《节庵先生遗诗六卷》卷六。

⑥ 梁鼎芬：《题画四首》，《节庵先生遗诗六卷》卷六。

⑦ 易顺鼎：《送梁节庵编修归粤次杭雪副贡韵四首》，《出都诗录》，《琴志楼诗集》卷五，上海古籍出版社2004年版，第240页。

入焦山海西庵读书，易顺鼎作《送节庵还焦山用苏韵》，对梁鼎芬大加赞叹，将之比作梁鸿和柳下惠，甚至以屈原相比："古来骚人忠爱意，行吟泽畔游江潭。"对梁鼎芬当年"捋虎须"行径大加赞叹："写忧肆志固有别，黑白一任他人谈。"[①]易顺鼎有《张梦晋梅花图》，梁鼎芬也为他题诗。而从樊增祥《叠前韵简星海》、《星海远寄佳茗二瓶瓷杯二事报以小诗用素瓷传静夜芳气满闲轩为韵》等诗中，可以看出两人声气相通，互有馈赠，交情深厚。

清亡后，梁鼎芬成为遗老，与樊易更相酬唱，梁鼎芬曾请樊增祥为其画像题诗。从樊增祥集中的《早睡节庵见过留诗次答一首》、《次韵酬节庵见简》等诗，易顺鼎的《节庵自孔林及崇陵还奉简一首》、《髯归遂雪再赠二十八字》、《髯翁河朔之游宇内所希有也……再咏一律以申之》等诗，可见其往来频繁；樊增祥对梁鼎芬非常了解："节庵辟谷谢甘酸，欲起风痱在养肝。食尽世间诸混沌，黎祁鸡子是常餐。"[②]樊易对梁鼎芬多有赞叹，称为"孤臣"，樊增祥感叹其一片忠心："啼尽蜀鹃一口血，……梦里麻衣见旧君。"[③]

在诗歌创作上，梁鼎芬对他们颇为推崇。《题实甫四魂集》赞美易顺鼎才华盖世："湘水才人怜绝代，清河幼女在黄昏。"[④]易顺鼎作《告剪发诗》，梁鼎芬盛赞为"光芒万丈"[⑤]；对樊增祥，他说："樊山以诗鸣，趲趲四十春……御此绝代才，兰芬如在身。"[⑥]可见，他们彼此之间诗歌互动是颇为频繁的。作为名满天下的樊易，其创作观念与理论主张，梁鼎

① 易顺鼎：《送节庵还焦山用苏韵》，《庐山诗录》，《琴志楼诗集》卷五，上海古籍出版社2004年版，第416页。

② 樊增祥：《乙庵节庵散原旭庄诒书同过茶仙亭略观书画……》，《杂体诗》，《樊山集外》卷五，《樊樊山诗集》，第1900页。

③ 樊增祥：《节庵自梁格庄寄书题后》，《樊山集外》卷五，《樊樊山诗集》，第1874页。

④ 梁鼎芬：《题实甫四魂集》，《节庵先生遗诗六卷》卷五。

⑤ 梁鼎芬评语，易顺鼎：《告剪发诗》，后附其评语，《琴志楼诗集》，上海古籍出版社2004年版，第1206页。

⑥ 梁鼎芬：《樊山以三品次所投诗答一首招乙庵籀园实甫留垞同赋》，《节庵先生遗诗续编》，民国铅印本。

芬不会视而不见，他们交往的诗学印记最终会带入梁鼎芬的诗歌创作中。从梁鼎芬诗歌创作来看，他有以下两个特点接近樊易：

首先，梁鼎芬的诗歌有格律精工的一面，从他的诗学观来看，他和樊易相近，都注重诗句的工整，如："得意小蛙频据案，欺人黠鼠辄殷箱。"[①]以"得意"对"欺人"，"小蛙"对"黠鼠"，"据案"对"殷箱"，格律精工；从他的《赠别顾印伯》一诗，可以看出他的创作标准："此去金台莺燕节，芳菲零乱句难工。"[②]感叹离别，诗句难工，可见他把"工"作为诗歌创作重要标准；他甚至变本加厉，走入技巧的炫耀。他次韵叠韵，四叠"欧"字韵，十二叠"唇"字韵，都属于险韵；他喜欢僻典："人间亦有王官谷，我欲题诗表圣衣。"[③]王官谷和表圣衣，都是一般人不常见的典故。

其次，他注重设色融色。追求颜彩的运用和意象的华美，如其诗句"青珠摇落凄黄环"[④]，"庭梅受冻红犹勒，瓦雪黏空白竟齐"[⑤]，"侠女红灯宴，仙童碧玉颜"[⑥]，"满几黄花来劝酒，半林红叶坐看山"[⑦]等等，在这些诗句中，作者以"青珠"对"黄环"，"红灯"对"碧玉"，"黄花"对"红叶"，色彩搭配虽然鲜亮，却并不浓艳，形成了清丽秀美的诗学境界。

四、结论

近代旧体诗人，共同面对时代的巨变与革新，不同流派之间不再有门户之争。梁鼎芬和近代诗人都有交往，既推崇樊增祥，又推崇沈曾植和陈宝琛。尽管他的诗，不同于易顺鼎的色相狂欢，不同于樊增祥的错彩镂金；尽管他和同光诸位，保持着诗歌酬唱，但我们认为他偏向樊易一派，是其羽翼诗人或边缘诗人。

---

① 梁鼎芬：《耐寂治芗同过时雨后无坐处》，《节庵先生遗诗六卷》卷六。

② 梁鼎芬：《赠别顾印伯》，《节庵先生遗诗六卷》卷五。

③ 梁鼎芬：《题陈师傅听水斋图十首》之一，《节庵先生遗诗六卷》卷六。

④ 梁鼎芬：《杨三舍人将还绵竹再用前韵见赠五叠报之即以为别》，《节庵先生遗诗六卷》卷四，民国十二年(1923)沔阳卢弼慎始基斋刊本。

⑤ 梁鼎芬：《岁暮书怀》，《节庵先生遗诗六卷》卷四。

⑥ 梁鼎芬：《燕子三首》，《节庵先生遗诗六卷》卷四。

⑦ 梁鼎芬：《缪五荃孙招饮涵秋阁》，《节庵先生遗诗六卷》卷五。

首先，梁鼎芬是张之洞的幕府成员。张之洞不喜欢江西诗派，众所周知，这样的观点，应该给依附于他的梁鼎芬影响很大。梁鼎芬自己曾经这样表述："昨宵论诗派，同志无厓厍。"①和江西诗派划开距离；讨论顾印愚的归属时，陈衍和陈三立认为是宋诗，梁鼎芬则论断顾是晚唐诗派，他的《赠印伯用间山韵》："秀野妙才分宋派，亭林遗迹得秦关……双玉庵名无不识，义山婉丽又眉山。"②各人都是从自己的诗学视野出发，推断顾的诗风。

其二，他以晚唐境界，对北宋诗歌的幽僻进行了改造，和北宋诗人纯粹关乎自我的艺术境界不同，与闽派主要诗人沈曾植不同。如《书堂晚霁》③融入了晚唐的秀美和韩偓的孤怀远韵，变幽僻为幽秀，变清冷为柔媚，与沈曾植的青苍幽峭是不同的境界，尤其不同于沈曾植好用僻典、生字的特色。所以林庚白谈到梁鼎芬和沈曾植时说："逊清同光以来诗人，余雅好梁节庵而最不喜沈子培。盖节庵诗绝似二十许女子，楚楚有致；乙庵则喜用僻典及生涩之字面，大类鸠盘荼故为搔首弄姿者然。"④

第二节　曾习经、顾印愚等兼派诗人

一、曾习经及其诗歌创作

曾习经（1867—1926），字刚甫、刚父，号蛰庵，广东揭西人，与梁鼎芬、罗瘿公、黄晦闻并列为"岭南近代四家"。著有《蛰庵诗存》、《秋翠斋

---

① 梁鼎芬：《同张琳论事谈诗有赠并送归省沅江二首》，《节庵先生遗诗六卷》卷三，民国十二年（1923）沔阳卢弼慎始基斋刊本。

② 梁鼎芬：《赠印伯用间山韵》，《节庵先生遗诗续编》，民国铅印本。

③ 梁鼎芬：《书堂晚霁》，《节庵先生遗诗六卷》卷四。

④ 林庚白：《孑楼诗词话》，张寅彭主编《民国诗话丛编》（第六册），上海书店出版社2002年版，第107页。

词》，另有《蛰庵文存》一卷，但未曾刊印。《蛰庵诗存》有诗作 368 首，前后跨度将近 40 年。狄葆贤在《平等阁诗话》中称他为“瑰丽”、“独树一帜者”①等。梁启超对曾习经更加推崇，称其“光晶炯炯，惊心动魄，一字而千金也”②。

梁启超有“诗凡三变”论，论及曾氏诗风：“刚父之诗凡三变。蚤年近体宗玉溪，古体宗大谢，峻洁遒丽，芳馨悱恻，时作幽咽凄断之声，使读者醰醰如醉。中年以降，取经宛陵，摩垒后山，斫雕为朴，能皱能折，能瘦能涩，然而腴思中含，劲气潜注，异乎貌袭江西以犷态向人者矣。及其晚岁，直凑渊微，妙契自然，神与境会，所得往往入陶柳圣处。”③

曾氏早年学李商隐，狄葆贤说：“为诗沉博绝丽，学玉溪，得其神理。”④汪辟疆记载：“余于清末，在开封见曾刚父有《送王聘三之官抚州》诗云：‘远下鸾皇闭九阍，更无鹰隼击秋原。匡床谏笔收残箧，归路荷花感圣恩。一郡江湖闲不握，五更朝鼓断无闻。王民虚有横流叹，又向新台怅失群。’极喜诵之，以为李玉溪嗣音也。”⑤

曾习经生当末世，感伤情绪，时时化作“幽咽凄断之声”。如他的《题腊梅》：“水晶欲刻鸳鸯翅，金粉私裁蛱蝶衣。惆怅小楼熏被夜，梦回官烛照横枝。”⑥华美中包含着旧梦不再、年华易逝的感伤，寄托深措辞婉。《崇效寺牡丹开后作》、《春心》、《别梦》⑦等诗，极尽悱恻缠绵之思，抒婉伤之情。

他一生经历众多事变，反映到他的作品中，就是感时忧世，以玉溪之笔，叙一代史实。《送翁常熟师傅归里》，以贾谊自比，感慨深重；《平谷秋兴》表达诗人忧国忧民之心；《平谷杂诗》，忧时伤事，记慈禧出逃、珍妃坠井以及八国联军入侵等一代史实。

曾习经 40 岁后退出政坛，诗风一转。学梅尧臣、陈师道，外枯实

① 狄葆贤：《平等阁诗话》卷一，铅印本。

②③ 梁启超：《蛰庵诗存序》，曾习经《蛰庵诗存》，民国十六年（1927）影印本。

④ 狄葆贤：《平等阁诗话》卷一，铅印本。

⑤ 汪辟疆：《光宣以来诗坛旁记》“王乃征”条，张寅彭主编《民国诗话丛编》（第五册），上海书店出版社 2002 年版，第 416 页。

⑥ 曾习经：《题腊梅》，《蛰庵诗存》，民国十六年（1927）影印本。

⑦ 曾习经：《蛰庵诗存》，民国十六年（1927）影印本。

腴，似淡实浓，晚年入陶柳化境。《田园杂诗》、《寓居春晚，花卉蔬果敷荣，欣然有作》、《题谭玉生烟雨归耕图》等，充分反映出其隐居后的闲适情调。

二、顾印愚与其他诗人

顾印愚(1855—1913)，字印伯，号所持，又号塞向翁，四川华阳人。为张之洞入室弟子，光绪五年(1879)举人，官湖北知县。顾印愚喜欢美酒、书法和诗钟。他工诗，惟其性简默，所作不轻易示人，在武昌幕府十数年，同辈罕有知者，卒后门弟子程穆庵(程千帆先生之父)，穷二十年之力，裒集遗篇，编成《成都顾先生诗集》并补遗，于是"世乃知顾氏于书法之外，诗笔冠绝当时。其句律之精严，隶事之雅切，一时名辈，无以易之。顾氏胸次高简，绝类晋人，尝自署所居曰双玉堪，双玉者，玉溪、玉局也，平生宗尚，略可想见。"[①]《石遗室诗话》称他的诗"工于用事"[②]，《光宣诗坛点将录》点他为行文走檄调兵遣将一员，写诗赞曰："义山婉丽又眉山，双玉堪前酒意安。遥想蜀山清碧处，只留残梦落江潭。"[③]

此外还有黄黎雍，陈衍记载："辽阳黄黎雍式叙有诗一卷，名《松客集》，远道寄余，则散原、季直亟称其才，推许甚至，而与陈鹤柴缟纻最密。然其诗与散原数子绝不相类，而颇似樊山"；又说："《越百步紧登三十三天》云：'峭崖百丈高，裂此盈尺道。'则散原、海藏之佳处矣。"[④]

王乃征，字聘三，号病山，四川中江人，晚年寓居上海，更名潜，号潜道人，王乃征有《庚子落叶词》四首，咏庚子事也。汪辟疆说："狄平子云：'此诗婉而挚，沈而佻，哀音激楚，有类变《雅》。'余谓清末京朝，颇多

---

① 汪辟疆：《近代诗派与地域》，《汪辟疆文集》，上海古籍出版社 1988 年版，第 322 页。

② 陈衍：《石遗室诗话》卷二二，张寅彭主编《民国诗话丛编》(第一册)，上海书店出版社 2002 年版，第 308 页。

③ 汪辟疆：《光宣诗坛点将录》，张寅彭主编《民国诗话丛编》(第五册)，上海书店出版社 2002 年版，第 370 页。

④ 陈衍：《石遗室诗话》卷三一，张寅彭主编《民国诗话丛编》(第一册)，上海书店出版社 2002 年版，第 445—446 页。

哀楚绵邈之音,皆从玉溪、冬郎而出。如李亦元、曾蛰庵、丁叔雅皆工此体。病山则不时作。此亦因珍妃之死,感而为此。事既哀怨,题亦凄惋,遂不觉偶入此派耳。实则病山其他诸诗,皆骨力坚苍,而游山之什尤工,亦不全似此种也。”①

叶大庄(1844—1898 年),字临恭,号损轩,福建省福州市仓山区盖山镇人,他推崇易顺鼎,为其《魂北集》、《魂东集》两集题诗。《石遗室诗话》记载:“叶损轩郡丞为诗三十年,寝馈于渔洋、樊榭,语多冷隽。梁节庵鼎芬亟称之,刻有《写经斋稿》四卷……未几,损轩官江南,见实甫《魂东》诸集,喜之,顿改故步,《续稿》、《又续稿》,七律诗十居八九,惟求裁对工整,视旧作若出两人矣。”② 又说:“损轩晚年作律诗,喜属对工整。”③

兼派诗人的出现,恰恰说明中晚唐诗风的影响以及近代诗坛的特征:近代流派开始摆脱地域和乡党的影响,真正走向以内涵为主导的现代流派概念。这批诗人的存在,从结构上体现了中晚唐诗人复合、多元的特征。

---

① 汪辟疆:《光宣以来诗坛旁记》,张寅彭主编《民国诗话丛编》(第五册),上海书店出版社 2002 年版,第 419 页。

② 陈衍:《石遗室诗话》卷一,张寅彭主编《民国诗话丛编》(第一册),上海书店出版社 2002 年版,第 26 页。

③ 陈衍:《石遗室诗话》卷一三,张寅彭主编《民国诗话丛编》(第一册),上海书店出版社 2002 年版,第 195 页。

结　　语

在近代交通和交流都日益频繁的19世纪末和20世纪初，诗人诗学趣味接近，突破地域的局限，是非常普通的。晚清民初宗尚中晚唐的诗人生活在一个悲剧时代，这个悲剧是双方面的。他们诗歌中的挣扎——对于国事的关心与悲愤，由儒家诗教而来的对于政治使命的忠实，对于传统诗歌形式的迷恋，体现了在旧有价值体系崩溃过程中，传统的无所适从。

从政治角度来说，晚清的三大政治事件对于当时的诗派无疑是产生了重大影响的。从甲午战争到辛亥革命"天下大乱"，从爱国志士到租界遗民"莫谈国事"，无疑，他们是最具有悲剧性的诗派，所有的才情、努力都贡献给了一个即将没落的王朝——甚至可以说是一个即将被淘汰的体制，在此过程中他们不约而同地选择了李商隐。方回曾推测韩偓《香奁集》的创作动机是"世事已不可救，姑流连荒亡以纾其忧"①。出于政治的一种无奈的疏离，绮艳的意图不在于描述恋情，而在于抒发自己观照时代的复杂意绪，为了负载主体的悲剧性心态，这就决定了他们标榜李商隐，而不似李商隐。

他们很多诗歌，不一定非要"香草美人"，表达对于君王前途的无限

---

① 李庆甲集评校点，方回选评：《瀛奎律髓汇评》卷七，上海古籍出版社1986年版，第279页。

深情,但“屈曲要眇”[①],是一种形式主义的追求。譬如易顺鼎《数斗血歌为诸女伶作》云:“与其拜孙夏峰,不如拜陈圆圆;与其拜傅青主,不如拜马守真。与其拜黄梨洲,不如拜柳如是;与其拜顾亭林,不如拜李香君。”[②]再也没有李商隐的深情绵邈,甚至没有元白、韩偓、王次回的风流自赏,他们最急于表现的不是恋情,而是自我,在变革时代的价值混乱与无所适从。

从诗歌发展规律而言,旧体诗歌是无法摆脱其没落的命运的。在西学东渐、大变革的背景下,他们强调复古,其实是在形式方面有意识地探索,以复为变,是晚清文学自身,努力寻找突破的重要组成力量。对新文学,他们本能地仇视,石铭吾的话颇有代表性:“话言谓独创,寒山实滥觞。谓辟新纪元,《击壤》早津梁。自命活文学,病已入膏肓。”[③]将矛头对准新文学。樊增祥也有类似的论述:“近人之以诗鸣者,排印虽多,皆不愿耗吾目力,非敢薄视时贤,诚以彼所言者,皆非吾意中语,读之多所不解,不如勿读也。”[④]他们已经做了大胆尝试,在保持基本体式的情况下,以浅近文言杂糅新思想,提供了与新诗不同但都源于变革思想的另一种变革方式,但这一努力,没有被时代选择。究其原因,是他们文化价值观念上,还是停留在传统的诗文视野之内,所谓的“变”,只是在传统框架内旧体诗学的内部调整,而不能像后来胡适这一辈人那样,在西方文化的对比下对传统文化进行观照,这是一种时代局限。尽管其结果如刘师培所总结的“为学日益,为文日损”[⑤],尽管这种努力以失败而告终,但这毕竟是旧体诗突破自身困境的一次悲壮的努力。

“夕阳无限好”。我们不能因此而否定其成就,恰恰相反,应该更重

① 樊增祥:《戏和宋人李元膺十忆诗》,《十忆诗》,《樊山续集》卷二十六,涂晓马、陈宇俊点校《樊樊山诗集》,上海古籍出版社 2004 年版,第 1465 页。

② 易顺鼎:《数斗血歌为诸女伶作》,《癸丑诗存》,《琴志楼诗集》卷十八,上海古籍出版社 2004 年版,第 1277 页。

③ 陈衍:《石遗室诗话》,张寅彭主编《民国诗话丛编》(第一册),上海书店出版社 2002 年版,第 398 页。

④ 樊增祥:《天放楼诗续集书后》,金天羽著:《天放楼诗文集》,上海古籍出版社,第 1418 页。

⑤ 刘师培:《论近世文学之变迁》,《国粹学报》,1907 年 3 卷 1 期。

视这批诗人的最后努力，他们熔铸元白温李的诗学追求，一方面体现了传统士大夫“经世致用”的文学传统，“天下兴亡，匹夫有责”的社会责任；一方面以其特有感伤内质，浅易文风，不期然与现代新诗相联系，其中易顺鼎以“真性情”的标准，“拉杂鄙俚”的文风，突破规范的形式，成为古今诗文演变的脉络中，“由四言而骚体，由五言、七言而长短句，乃至由词而曲，曲再要加入衬字衬句”①，最后到达新诗的过程中，不可或缺的一环。而他们使尽浑身解数，七十二般变化，为我们展示的旧体诗歌的种种技巧、精美形式，本身已经显示了旧体诗强大的生命力，已经不期然成为旧体诗的结穴。推究这一诗派内部构成，考察其成员与创作，探索其精神实质所在，可以厘清近代诗歌发展脉络，了解在中晚唐诗人背后，更多、更为庞大的旧体诗人群，在“总结”和“终结”的意义上，理解旧体诗人的创作。

① 郭沫若：《新诗并未抛弃中国诗歌传统》，《郭沫若全集·文学编》第十七卷，人民文学出版社 1989 年版，第 67—68 页。

参考文献

A

《閤公诗存》，丁传靖，民国二十四年(1935)刻本

B

《白居易诗集校注》，谢思炜点校，白居易，中华书局，2006 年

《北松庐诗话》，徐兆玮，手稿，现藏常熟图书馆

《部畇府君年谱》，王迈常、王蘧常编，北京图书馆编，《北京图书馆藏珍本年谱丛刊》，北京图书馆出版社，1991 年

《白华绛跗阁诗集》，李慈铭，石印本

《檗坞诗词存稿》，王以敏，清刻本

《被开拓的诗世界》，程千帆等，上海古籍出版社，1990 年

C

《陈衍诗论合集》，钱仲联编校，福建人民出版社，1999 年

《春游社琐谈》，张伯驹，北京出版社，1998 年

《草堂之灵》，杨钧，岳麓书社，1985 年

《成都顾先生诗集》，顾印愚，民国二十一年(1932)铅印本

《曾朴及虞山作家群》，时萌，上海文艺出版社，2001 年

D

《丁戊之间行卷》，易顺鼎，光绪五年(1879)贵阳刊本

《丁叔雅遗集》，丁惠康，《古今文艺丛书》第三集，刻本

《杜甫评传》，莫砺锋，南京大学出版社，1993年

F

《樊樊山诗集》，樊增祥著，涂晓马、陈宇俊校点，上海古籍出版社，2004年

《樊山政书》，樊增祥，中华书局，2007年

《樊园斗诗记》，樊增祥，《古今文艺丛书》第三集，刻本

《粉云盦词可园诗集》合本，三多，民国三十一年(1942)铅印本

《复古与复元古：中国古代复古文学理论的美学探源》，刘绍瑾，中国社会科学出版社，2001年

《樊园五日战诗记》，樊增祥，古今文艺丛书，刻本

《樊园战诗续记》，樊增祥，古今文艺丛书，刻本

G

《龚定庵全集文集》，龚自珍，清宣统铅印本

《广清碑传集》，钱仲联主编，苏州大学出版社，1999年

《光宣诗坛流派发展史论》，马卫中，苏州大学出版社，2000年

《古典文学研究资料汇编·白居易卷》，陈友琴编，中华书局，1962年

H

《韩昌黎诗系年集释》，韩愈，上海古籍出版社，1984年

《韩昌黎文集校注》，韩愈著，马其昶校注、马茂元整理，上海古籍出版社，1986年

《环天室古近体诗类集选》，曾广钧，清宣统元年刻本

《环天室续刊诗集》，曾广钧，民国铅印本

《虹隐楼诗集》，徐兆玮，徐昂千自印本，2003年

《海国图志》,魏源,上海书局,清光绪二十一年(1895)石印本
《黄遵宪全集》,黄遵宪,中华书局,2005年
《黄遵宪传附黄遵楷传》,郑海麟,中华书局,2006年
《洪宪纪事诗三种》,张伯驹,上海古籍出版社,1983年
《海云阁诗钞》,叶衍兰,民国十七年(1928)刻本
《湖湘诗派研究》,萧晓阳,人民文学出版社,2008年

J

《江苏省常熟市志》,江苏省常熟市地方志编纂委员会编,上海人民出版社,1990年
《笺经室遗集》,曹元忠,民国三十年辛巳(1941)吴县王氏学礼斋排印本
《近代诗钞》,陈衍编辑,民国十二年(1923)铅印本
《孑楼随笔》,林庚白,晨报社出版部,1934年
《近代诗钞》,钱仲联,江苏古籍出版社,2001年
《江山万里楼诗词钞》,杨圻,中华书局,民国十五年(1926)铅印本
《寄禅遗诗》,释寄禅,张伯桢,民国五年(1916)刻本
《近代中国史料丛刊》,沈云龙主编,文海出版社,1966—1973年
《近代名家评传》初集,王森然,三联书店,1998年
《近代名家评传》二集,王森然,三联书店,1998年
《近代文学的突围》,袁进,上海人民出版社,2001年
《节庵先生遗诗》,梁鼎芬,民国十二年(1923)刻本
《节庵先生遗诗续编》,梁鼎芬,民国铅印本
《剑桥中国晚清史》,[美]费正清主编,北京:中国社会科学出版社,1985年
《江湖诗派研究》,张宏生,中华书局,1995年
《兼于阁诗话》,陈声聪,上海古籍出版社,1985年
《接受美学与接受理论》,[德]H·R·姚斯、[美]R·C·霍拉普著,周宁、金元浦译,辽宁人民出版社,1987年
《精神分析引论》,弗洛伊德,高觉敷译,商务印书馆1984年

K

《哭庵丛书》,易顺鼎,光绪刊本刻本

《可园诗钞外》,三多,清光绪刻本

《可园诗话》,陈作霖,民国八年排印本

《哭庵赏菊诗》,易顺鼎、张江裁辑,《清代燕都梨园史料》,民国二十三年(1934)铅印本

L

《龙吟草》,孙景贤,民国九年(1920)铅印本

《李商隐诗歌研究》,刘学锴,安徽大学出版社,1998年

《李商隐资料汇编》,刘学锴、余恕诚、黄世中编,中华书局,2001年

《李商隐文编年校注》,刘学锴、余恕诚,中华书局,2002年

《中国诗学研究》第2辑(李商隐研究专集),余恕诚主编,上海古籍出版社,2003年

《李商隐研究》,吴调公,上海古籍出版社,1982年

《李商隐的心灵世界》,董乃斌,上海古籍出版社,1992年

《李商隐诗歌接受史》,刘学锴,安徽大学出版社,2004年

《李商隐研究》,吴调公,上海古籍出版社,1982年

《柳亚子语体文》,《磨剑室文录》,柳亚子,上海人民出版社,1993年

《庐山诗录》,易顺鼎,清光绪刻本

《庐山诗录》(张之洞评点本),易顺鼎,清光绪三十四年(1908)石印本

《柳营诗传》,三多辑,清光绪十六年(1890)刻本

《吕碧城诗文笺注》,吕碧城著,李保民笺注,上海古籍出版社,2007年

《陇右近代诗钞》,王干一,路志霄辑,吴坚主编,《中国西北文献丛书》第一百七十七卷

《历代诗话续编》,丁福保辑,中华书局,1983年

M

《孟郊诗集校注》,孟郊著,华忱之点校,人民文学出版社,1995年
《明文海》,黄宗羲主编,中华书局,1987年
《民国诗话丛编》,张寅彭主编,上海书店出版社,2002年
《梦苕庵清代文学论集》,钱仲联,齐鲁书社,1983年
《梦苕盦诗文集》,钱仲联,黄山书社,2008年
《梦苕盦专著二种》,钱仲联,中国社会科学出版社,1984年
《梦苕庵论集》,中华书局,1993年
《蛮巢诗词稿》,张鸿著,民国二十八年(1939)铅印本
《鸣坚白斋诗集》,沈汝瑾,民国十年刊本,1921年
《明代诗文的演变》,陈书录,江苏教育出版社,1996年
《眉韵楼诗话》,孙雄,清光绪三十四年(1908)刻本
《眉韵楼诗话续编》,孙雄,清宣统二年(1910)刻本
《眉韵楼诗》,孙雄,清光绪三十年(1904)刻本
《磨剑室诗词集》,上海人民出版社,1985年
《平等阁诗话》,狄葆贤,铅印本

Q

《清诗话》,丁福保辑,上海古籍出版社,1963年
《清稗类钞》,徐珂编撰,中华书局,1984—1986年
《琴志楼诗集》,易顺鼎撰,王飚校点,上海古籍出版社,2004年
《琴志楼编年诗》,易顺鼎,民国十二年(1923)排印本
《清代七百名人传》,蔡冠洛,台北明文书局,1985年
《清诗纪事》,钱仲联,江苏古籍出版社,1980年
《清诗纪事初编》,邓之诚编,上海古籍出版社,1984年
《清诗史》,严迪昌,浙江古籍出版社,2002年
《清诗流派史》,刘世南,人民文学出版社,2004年
《清代李商隐接受史稿》,米彦青,中华书局,2007年
《清诗话续编》,郭绍虞,上海古籍出版社,1983年
《清诗话考》,蒋寅撰,中华书局,2005年

《钱玄同文集》,中国人民大学出版社,1999 年
《绮情楼杂记》,喻血轮,《近代中国史料丛刊续辑》,文海出版社

R

《人境庐诗草笺注》,黄遵宪,上海古籍出版社,1981 年
《心理学与文学》,荣格著,冯川、苏克译,三联书店,1987 年
《闰余集》,徐兆玮著,民国三十一年(1942)铅印本,1970 年

S

《散原精舍诗文集》,陈三立,上海古籍出版社,2003 年
《散原精舍诗文集补编》,陈三立,潘益民,李开军辑注,江西人民出版社,2007 年
《山水田园诗派研究》,葛晓音,辽宁大学出版社,1993 年
《四魂集》,易顺鼎,光绪刊本
《石遗室诗文集》,陈衍,光绪刊本
《泗州杨尚书遗诗》,杨士琦,1942 年铅印本
《思玄堂诗集》,汪荣宝,沈云龙主编《近代中国史料丛刊》,文海出版社印行
《近世文人吟评》,尘僧、金成生未定稿,1940 年油印本
《沈曾植集校注》,沈曾植著,钱仲联校注,中华书局,2001 年
《上海近代文学史》,陈伯海、袁进,上海人民出版社,1993 年

T

《同光风云录》,邵镜人,《近代中国史料丛刊续编》,台北文海出版有限公司影印本,1983 年
《天放楼诗文集》,金天羽,上海古籍出版社,2007 年
《藤花吟馆诗录》,陈桀仁,铅印本

W

《晚晴簃诗汇》,徐世昌,《续修四库全书》本
《汪辟疆文集》:汪辟疆,上海古籍出版社,1988 年 12 月第 1 版

《无恙初稿》,杨无恙,民国间武进董氏诵芬室刻本
《无恙续稿》,杨无恙,民国三十一年(1942)油印本
《无恙后集》,杨无恙,1960 年石印本
《万首论诗绝句》,郭绍虞、钱仲联等编,人民文学出版社,1991 年
《文心雕龙》,刘勰,中华书局,2005 年
《呜呼易顺鼎》,易顺鼎,铅印本
《吴社诗钟》,易顺鼎,古今文艺丛书
《吴中叶氏族谱》,叶德辉,清宣统三年(1911)活字印本

X

《现代中国文学史》,钱基博,世界书局出版,民国二十五年(1936)增订本
《新订清人诗学书目》,张寅彭辑著,上海古籍出版社,2003 年
《湘绮楼全集》,王闿运,宣统二年国学扶轮社刊本
《潇湘絮语》,彭小峰主编,上海书店,1992 年
《湘雅摭残》,曾卓、丁保赤标点,岳麓书社,1988 年
《徐兆玮日记》,手稿,常熟图书馆藏书
《雪桥诗话》,杨锺义,民国二年(1913)刻本
《杏花香雪斋诗》,李慈铭,民国二十八年(1939)铅印本
《郎园山居文录》,叶德辉,民国刻本
《郎园诗文集》,叶德辉,民国刻本
《新语林》,陈灨一,上海书店编,1997 年
《新世说》,易宗夔,上海古籍书店,1982 年
《心理学与文学》,荣格,三联书店,1987 年

Y

《艺术哲学》,傅雷译,丹纳,安徽文艺出版社,1991 年
《元稹集》,元稹,中华书局,1982 年
《雁影斋诗》,李希圣,民国七年(1918)吴氏双照楼刊本
《越缦堂日记》,李慈铭,广陵书社影印出版,2004 年
《一士类稿》,凌霄一士,文海出版社,1933 年

《药裹慵谈》,李祥,江苏古籍出版社,2000 年

《游仙诗》,张鸿、钱仲联等著,民国二十八年(1939)铅印本。

《疑始诗》,侯毅,稿本

《疑始诗文辞初稿》,侯毅,稿本

《疑始诗文辞杂作稿》,侯毅,稿本

《越缦堂诗话》,李慈铭,民国十四年(1925)铅印本

《饮冰室诗话》,梁启超,人民文学出版社,1959 年

《饮冰室合集》,梁启超,中华书局,1989 年

《虞社丛书》,俞鸥侣,民国十二年(1923)铅印本

《元白诗笺证稿》,陈寅恪,上海古籍出版社,1978 年

《倚霞宫笔录》,易顺鼎,清光绪十九年(1893)刻本

《乙丑江亭修禊诗》,樊增祥,民国十四年(1925)

《一山文存》,章梫,民国七年(1918)刻本

《易氏作家群论》,李达轩,湖南文艺出版社,1998 年

《鱼千里斋随笔》,李渔叔,沈云龙主编《近代中国史料丛刊》,文海出版社印行

《艺林散叶》,郑逸梅,中华书局,1982 年

《虞社菁华录》,钱育仁,陆宝树辑,民国二十六年(1937),开文社代印

Z

《张文襄公全集》,张之洞撰,民国十七年刻本

《中国文学史话》,梁乙真,上海元新书局,1936 年

《中国文学史讲话》,陈子展,上海北新书局,1937 年

《中国近代文学之变迁》,陈子展,中华书局编印,1936 年

《中国近代诗歌史》,马亚中,台湾学生书局,1992 年

《中国近三百年学术史》,梁启超,中华书局,1986 年

《中国文学观念的近代变革》,袁进,上海社科出版社,1996 年

《中国文学的近代变革》,袁进,广西师范大学出版社,2006 年

《中国小说叙事模式的转变》,陈平原,上海人民出版社,1988 年

《中国近代文论选》,舒芜等编,人民文学出版社,1981 年

《中国近代思想史论》,李泽厚,北京人民出版社,1979年
《蛰庵诗存》,曾习经,民国十六年(1927)手稿影印本
《艺苑丛话》,陈琰,清宣统三年(1911)石印本

后　记

《晚清民初中晚唐诗派研究》是我在博士论文基础上修改而成的，今蒙凤凰出版社予以认可和出版，不胜荣幸。

我的博士论文的最终完成，首先感谢恩师陈书录先生，他让我感受到学问的光和热。我基础不佳，工作繁忙，因此常常让老师担心和操心，现在想来愧疚不已。是先生的温和宽容，鞭策鼓励，支持我走到现在。记得入学之初，老师就鼓励我要对自己有高标准，他说“求其上者得其中”，谆谆教导，言犹在耳。在博士论文的选题过程中，我举棋不定，很难突破，是老师的反复启发和不断引导，让我找到了写作方向。在博士论文的写作过程中，从资料的查找到论文的框架，甚至标点符号，老师都给予了细致的指点。从书录师身上，我感受到一位纯粹的学者，严谨平和的人生境界，从他身上，我收获的是不断追求的执着精神。

在这篇博士论文的写作中，我感谢每一位指导过我的老师、朋友、同事和家人。首先感谢陆林教授、程杰教授、钟振振教授、徐克谦教授和王青教授等，感谢他们在我论文写作过程的每一个提点、每一个建议，使我的论文质量得以完善；感谢他们在开题会上的指点迷津和出谋划策，使我的论文有了明确的目标；感谢他们在论文答辩期间的宝贵意见，使我收获良多。其次要感谢在查找资料过程中每一位帮助过我的好友和老师。感谢湖南文理学院副院长李达轩教授，他的《易氏作家群论》是我写作的基础；感谢常熟地方志办公室的李家成先生，他提供的信息和资料，帮助我完成了本篇论文。感谢同门的支持和帮助，感谢同门孙风华、黄玉琰、纪玲妹和张昳丽等各位同学，怀念那些促膝长谈、互相激励的清谈时光，感谢我在南师读书期间遇到的每一位有缘人。还要感谢我的家人，是他们无怨无悔的付出，支持我走过了五年的求学之路。感谢我单位的领导和同事，感谢他们在我读博期间的宽容和支持。值此出书之际，感谢凤凰出版社李相东编辑的认真负责，细致周到。

“衣带渐宽终不悔，为伊消得人憔悴。”这是我读博五年的时光中，深刻感受到的南师精神。论文的出版，绝不是学术生涯的终点，而是新的起点。晚清民初是中国历史上一个特殊的时期，在这一历史时期所诞生的这一诗派仍然有很多的问题值得挖掘，我的前期成果只是对这一课题的一个粗浅的认识，仍然有很多疏漏或者不准确之处，期待方家批评指正。套用我所研究的清末诗人樊增祥的一句治学心得：“须时时勤以自课，虚以受人。”今后我将在已有的基础上继续深入挖掘和开拓，“深思力学以底于熟”，对诗派成员的活动轨迹，同一时期的文学流派以及文化背景等方面作进一步的探讨。

黄 培

2019.3.18